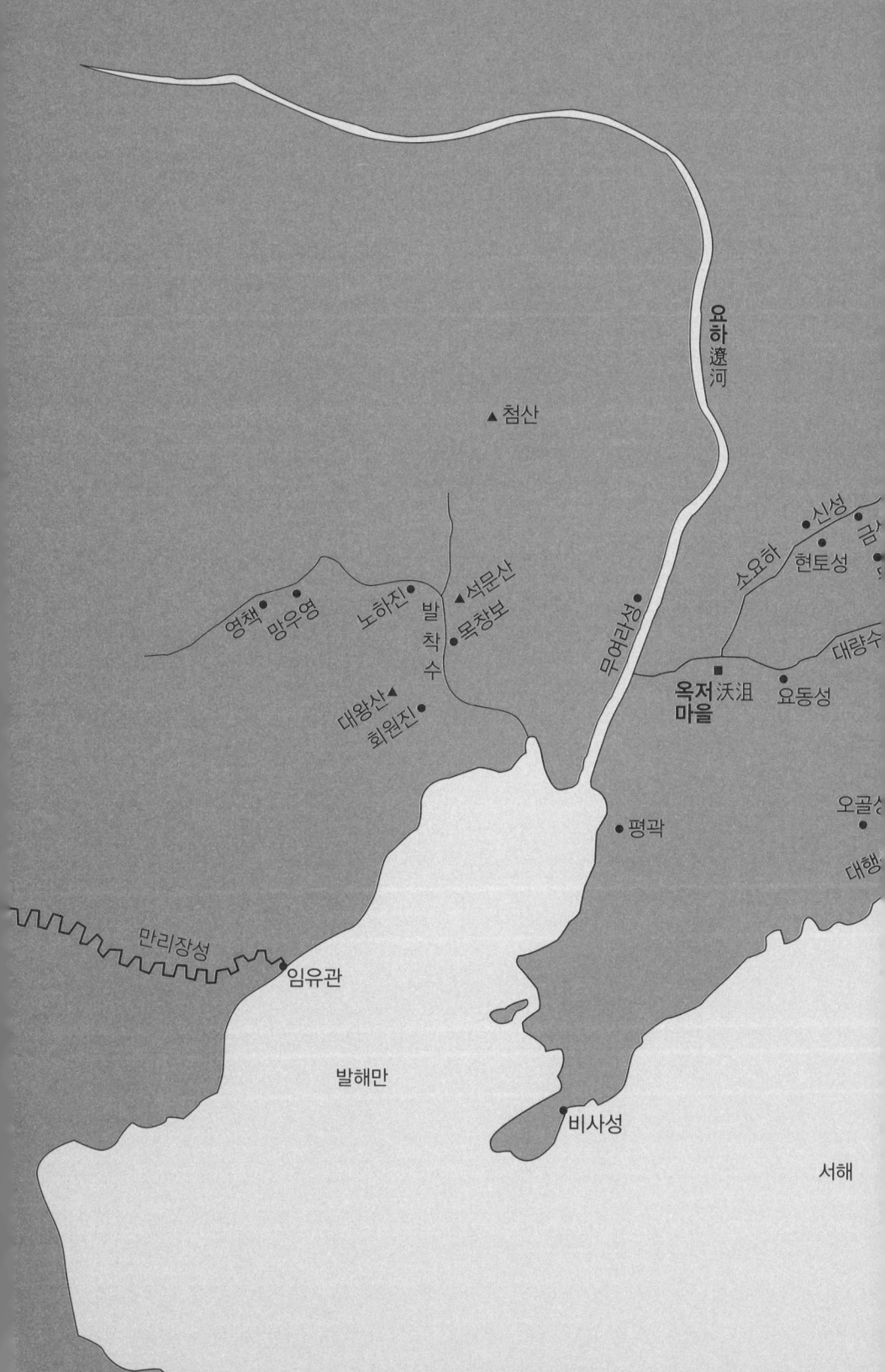

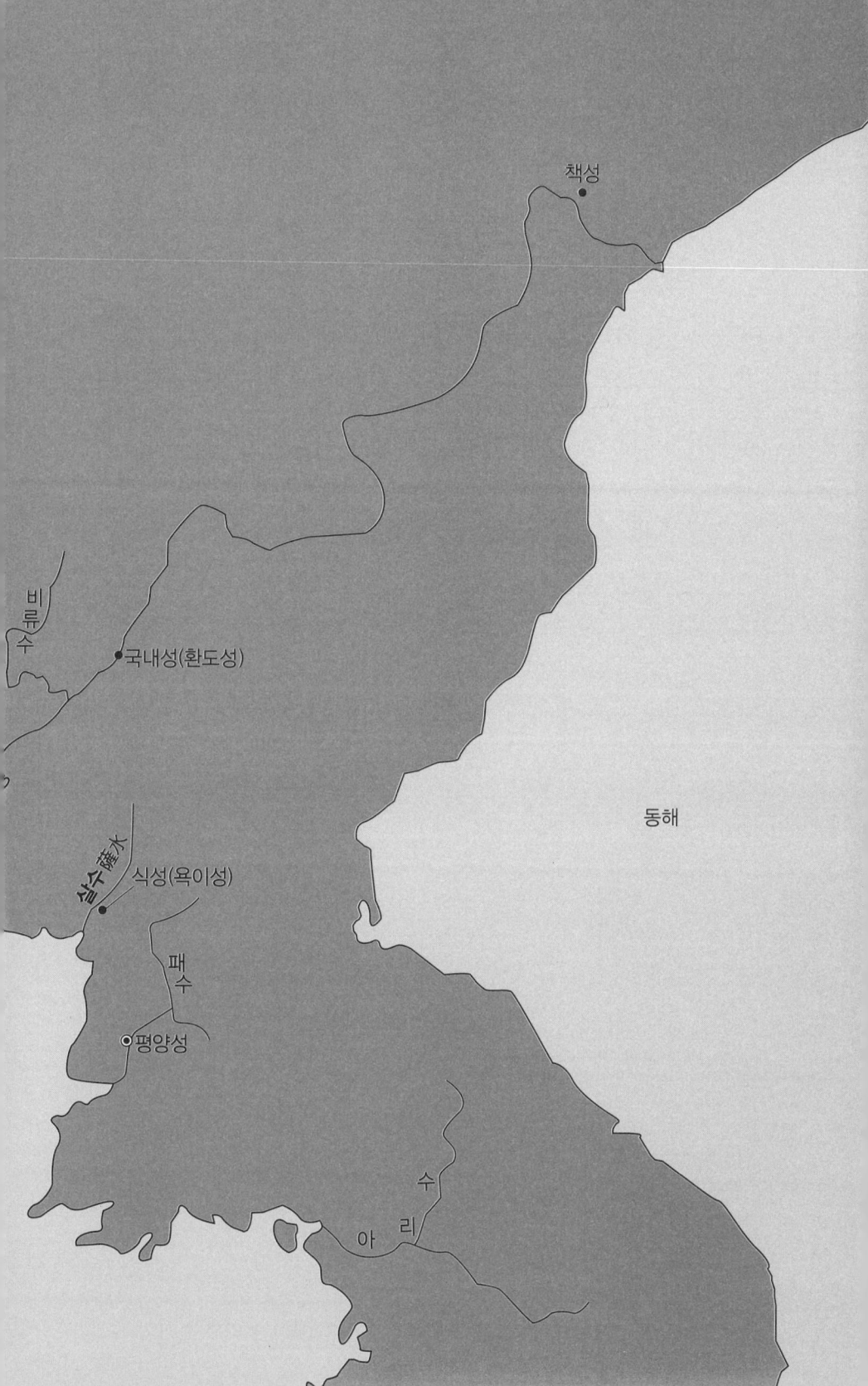

큰 江 遼河 3

나남
nanam

김성한 대하소설

요하遼河·3 — 아! 고구려

2011년 7월 15일 1쇄
2011년 10월 5일 4쇄

지은이_ 金聲翰
발행자_ 趙相浩
발행처_ (주) 나남
주소_ 413-756 경기도 파주시 교하읍
       출판도시 518-4
전화_ (031) 955-4600 (代)
FAX_ (031) 955-4555
등록_ 제 1-71호(1979.5.12)
홈페이지_ http://www.nanam.net
전자우편_ post@nanam.net

ISBN 978-89-300-0595-1
ISBN 978-89-300-0572-2(세트)
책값은 뒤표지에 있습니다.

김성한 대하소설

요하 遼河 3

아! 고구려

나남
nanam

김성한 대하소설

요하 遼河 3
아! 고구려

차례

아버지의 여인, 아들의 연인   11

고구려 정벌에 실패하고 돌아온 당태종 이세민은 분을 이기지 못해 건강마저 쇠진해 간다. 병구완을 하는 무미랑에게 태자는 알 듯 모를 듯한 눈짓을 보낸다. 장수들을 채근하여 또 한 번의 고구려 원정을 계획하던 중 이세민은 병세가 악화되어 세상을 떠난다. 그의 뒤를 이어 태자가 황위에 오르고, 황실의 법도에 따라 무미랑은 다른 후궁들과 함께 절로 보내져 머리를 깎게 된다.

고구려 유민들의 한   36

백암성이 함락되어 당나라로 끌려온 도바의 아내 백화는 다른 고구려 아낙네들과 함께 짐승만도 못한 취급을 받으며 고된 노역에 시달리고, 탈출 시도 역시 실패하여 모진 형벌만이 돌아온다. 모든 희망을 잃은 백화는 마지막 결단을 내린다.

위험한 여인 56

황후 왕씨는 온통 소숙비에게 쏠려 있는 고종의 마음을 돌리기 위해 감업사에 있는 무미랑을 궁으로 불러들인다. 뜻밖의 구원을 만난 무미랑은 고종의 총애를 이용해 원래 신분인 재인(才人)보다 여러 단계 높은 소의(昭儀)가 되고, 점차 세력을 키워 가면서 그 이상을 노리기 시작한다.

측천무후, 승자와 패자 86

무소의, 곧 무미랑은 왕황후와 소숙비를 누명을 씌워 폐위시키고 스스로 황후의 자리에 오른다. 허수아비 같은 황제를 좌지우지하기 시작한 측천무후는 걸림돌이 될 수 있는 자들을 차례차례 제거하기 시작한다.

장막 속의 태평성대 123

655년. 연개소문은 도바에게 이제 그만 휴식을 취할 것을 권하지만 도바는 북쪽 변경지역에서 싸우게 해줄 것을 청한다. 용맹과 지혜를 겸비한 성군이던 백제 의자왕은 새로 맞은 왕후 은고(恩古)에게 빠져 정사를 멀리하고, 이를 틈타 외척세력인 사택씨 가문이 정권을 농단하면서 백제는 혼란에 빠진다.

허수아비 황제 145

무열왕 김춘추의 아들 김인문이 청병(請兵)을 위해 당나라에 사신으로 떠난다. 측천무후는 눈에 거슬리는 이들을 닥치는 대로 제거하는 한편, 자신에게 쏟아지는 안팎의 비난을 잠재우기 위해 황제에게 전쟁을 일으킬 것을 부추긴다.

폭풍 전야 179

측천무후는 고구려를 이길 수 없음을 알고 우선 신라와 연합해 백제를 치기로 결정하고, 자신의 고향 병주(幷州)에서 화려한 출정식을 올려 사람들의 마음을 휘어잡는다. 김인문은 당나라가 직접 백제 땅에 군사를 보낸다는 사실과 측천무후라는 여인의 대범하고도 주도면밀한 행보에 불안감을 느낀다.

뼈아픈 후회 194

연개소문의 처소에 15년간이나 당에 붙잡혀 있던 부도와, 승려 신성(信誠)이 된 그의 아버지 지루가 찾아와 당이 고구려를 치기로 했다는 전갈을 전한다. 은고왕후와 사택천복에 의해 눈과 귀가 막혀 있던 백제 의자왕은 나당 연합군이 들이치자 비로소 부랴부랴 계백, 귀실복신 등의 명장을 불러들인다. 계백장군은 결사대를 조직해 황산벌에서 나당연합군을 맞는다.

매운 칼바람에 꽃은 지고 231

마침내 소부리성까지 함락당하자 의자왕은 왕실과 대신들을 이끌고 투항한다. 귀실복신은 탈출하여 임존산에서 저항군을 조직해 지수신, 흑치상지 등을 휘하에 두고 나당 연합군에 맞선다. 백제를 점령한 측천무후는 흡족해하며 이제 고구려를 칠 계획을 꾸민다.

평양회전(平壤會戰) 270

661년. 당군은 고구려 침공을 개시한다. 도바는 연개소문의 아들 남생과 함께 압록강변을 수비하지만, 남생의 경솔한 지휘로 당군에 패배하고 만다. 당군은 침공 한 달 만에 평양성을 포위하고 연개소문이 이끄는 고구려 백성은 끈질긴 농성전을 펼친다.

통곡하는 백제의 혼 287

백제 귀실복신의 항전은 눈부신 성과를 거두어 나당 연합군을 궁지로 몰아넣는다. 복신은 왕위에 오르라는 측근들의 권유를 물리치고 일본에 볼모로 잡혀갔던 왕자 풍(豊)을 모셔와 왕으로 옹립한다.

거인의 죽음 308

665년. 병이 깊어진 연개소문은 남생, 남건, 남산 3형제와 도바를 불러 서로 화합할 것을 당부하는 유언을 남기고 숨을 거둔다. 연개소문의 죽음으로 고구려의 앞날에는 먹구름이 드리우고, 부친의 뒤를 이어 한마리치(大莫離支)에 오른 남생을 못미더워하는 도바는 지방으로 보내줄 것을 자청해 부여성으로 떠난다.

권력은 나누지 못한다 315

남생은 한마리치에 오른 것을 조상에게 고하는 예를 올리기 위해 평양성을 떠나 동부로 향한다. 도바가 처려근지로 있는 부여성을 찾은 남생에게 두 동생 남건, 남산이 역모를 꾀한다는 전갈이 온다. 도바와 부도는 광분하는 남생을 말려보려 하지만 평양에서 또 다른 충격적인 소식이 전해지면서 사태는 걷잡을 수 없이 휘몰아쳐 간다.

아아, 고구려 333

남생은 국내성을 거점으로 하여 두 동생과 대적하는 한편 아들 헌성을 당나라에 보내 원군을 청한다. 남건은 어떻게든 진실을 알리고 형의 마음을 돌려보려 한다. 형제들의 분쟁으로 고구려 곳곳에서 내분이 일어나고, 측천무후는 이를 하늘이 준 기회로 여긴다.

최후의 결전을 향해 350

당은 남생을 앞세우고 1백만 대군으로 고구려를 침공한다. 중요 성들이 차례차례 적의 손에 떨어지는 가운데 도바는 밀려오는 적군을 맞기 위해 부여성으로 말을 달린다.

영원한 대륙의 꿈 371

파죽지세로 닥쳐온 당군을 맞아 부여성을 지키던 도바는 적의 화살에 치명적인 부상을 입는다. 남건은 승려 신성(信誠)을 불러 부처님의 힘으로 이 난국을 타개할 수 있도록 해달라고 부탁하고, 신성은 남건에게 친히 불전에 백일기도를 올릴 것을 권하며 고구려 제국의 몰락을 자초한다. 그러는 사이 적은 어느새 평양성 앞에 당도한다.

- 후기 407
- 《요하》 5부작 완성한 김성한 씨. 고구려인의 기상, 비운을 그려. 10년 걸린 5천 5백 장의 대하(大河) – 박병서 기자(〈동아일보〉, 1980. 7. 16) 409
- 주요 등장인물 412
- 백제멸망 및 부흥운동 관계도 415
- 나당 연합군의 고구려침공 주요도 416

요하 遼河 1
영웅의 탄생

- 순결한 젊은 그들
- 요하 강변의 불안한 희망
- 날아오르는 작은 용
- 타오르는 질투
- 살아 있는 전설, 무여라(武厲羅)성
- 전쟁 속의 외로운 싸움
- 목숨을 건 임무
- 말할 수 없는 비밀
- 살아나는 욕망의 불꽃
- 소년 연개소문
- 전쟁의 예감
- 수양제의 탐욕
- 위대한 작은 승리
- 전쟁과 여인들
- 요하를 건느는 법
- 잔인한 유언
- 욕망과 갈등의 나날
- 안개 속의 도하(渡河) 작전
- 다시 전장으로
- 여인의 또 다른 전쟁
- 평양성으로 향하는 적의 칼날
- 덫에 걸린 공룡
- 을지문덕 장군의 담판
- 적과의 동침

요하 遼河 2
대륙의 꿈

- 벌판을 뒤덮는 북소리
- 살수대첩
- 황제의 분노
- 화려한 귀향
- 피의 혼인식
- 폭주하는 야욕
- 장군의 아내의 짧은 행복
- 요동성, 피어린 항쟁
- 적 안의 적
- 전쟁과 새 생명의 탄생
- 무너져 가는 수나라
- 백일천하
- 위대한 제국을 위하여
- 당태종의 실패한 야욕
- 흙먼지바람은 다시 피어오르고
- 도바, 백암성의 참극
- 대륙혼, 만리장성을 눈앞에 두고

아버지의 여인, 아들의 연인

　서기 649년(唐 貞觀 23년). 무미랑(武媚娘)은 스물여섯 살의 봄을 맞았다.
　봄은 젊음이 약동하는 계절이라고 하건만 약동은커녕 눈을 감으면 시들어 가는 소리가 귀에 들리는 것만 같았다. 동원(東苑)의 수양버들에 기대선 무미랑은 세상이 재미없고 봄은 고통이었다.
　황제를 따라 여산(廬山)의 종남산 꼭대기에 있던 폐궁을 수리해서 새로 단장한 별궁인 취미궁(翠微宮)에 온 지도 벌써 여러 날이 지났다. 그런데 이튿날부터 통 들라는 기별은 없고 낌새를 보니 서혜(徐惠)가 자주 그 방에 들락거리는 눈치였다. 제 몸도 주체하지 못하는 처지라 서혜와 재미를 볼 것도 없겠지마는 역시 기분이 안 좋았다.
　그것이 왜 비위에 거슬렸는지 알다가도 모를 일이었다. 여기 도착한 다음날 아침, 별것도 아닌 말 한 필 때문에 생긴 것이었다.
　밤에 잠자리에 모셨고, 조반도 같이 들자기에 같이 들었다. 그리고는 여관(女官)들의 부축을 받아 이 동원으로 나왔다. 벌써 황제가 좋아하던 말인 사자총(師子驄)이 대령하고 있었다.

　서혜와 양쪽에서 파초선으로 아침 햇살을 가리우는 가운데 교의에 앉은 황제는 고삐를 잡고 선 군관에게 물었다.

　"어때, 좀 나아졌느냐?"

　모두들 준마(駿馬)라고 칭송이 자자하지마는 앞발을 허공에 쳐들고 요동치는 바람에 탔던 사람이 떨어지기도 하고 앞으로 가자면 뒷걸음치는 못된 버릇이 있었다.

　"어디 타봐라."

　군관은 말에 올라 꽃밭 사이로 길을 따라 달렸다. 한 바퀴 도는 모습은 역시 그림에서 보는 용마(龍馬) 같고 잘생긴 말이었다.

　"그만하면 될 것 같아. 그대로 타고 밖에 나가 이 궁을 한 바퀴 돌고 오너라."

　군관은 대문을 빠져나갔다.

　"정말 근사한 말이네요."

　"폐하께서 말을 보시는 눈은 백락(伯樂)의 천 배는 되실 거야."

　여자들은 들으라는 듯이 재잘거리고 몸이 불편한 황제는 자리에 고쳐 앉으면서 싫은 얼굴이 아니었다.

　대문에서 왁자지껄했다. 앞발을 쳐들고 요동치는 사자총을 세넷이 잡아끌고 뒤에서도 여럿이 회초리로 엉덩이를 후려쳤다. 말은 몇 번이나 도중에서 앙탈을 부리다가 마지못해 어전까지 끌려오고 사람들은 흐르는 땀을 씻지도 못하고 머리를 숙였다.

　"또 말썽이구나."

　황제가 한마디 하자 군관은 머리를 숙였다.

　"황공하옵니다. 한 바퀴 거의 도는데 별안간 곱뛰면서 뒷발질을 하는 바람에 초병 한 명이 크게 다쳤습니다."

　황제는 말이 없다가 서혜를 돌아보았다.

"너 같으면 저런 말을 어떻게 길을 들이지?"

서혜는 공연히 얼굴이 빨개지고 망설이다가 한참 뒤에야 입을 오물 거렸다.

"저 같은 게 어떻게 알겠사옵니까?"

이번에는 나를 돌아보았다.

"너 미랑이는?"

"길을 들일 수 있지요. 그런데 세 가지 연장이 필요해요. 철편(鐵鞭)과 철과(鐵撾), 그리고 비수(匕首)예요. 우선 철편으로 뚜드려 패고, 듣지 않으면 철과로 목을 짓쑤시지요. 그래도 듣지 않으면 비수로 목을 왕창 잘라 버리는 거예요."

대답이 끝났는데도 빤히 들여다보는 황제의 얼굴에는 웃음이 없었다. 손짓으로 사자총을 물러가게 하고도 오래도록 제자리에 앉아 있었다. 다른 아이들과는 실없는 소리를 주고받고, 우습지도 않은 일에 웃기도 했으나 또다시 나를 돌아보는 일도 말을 거는 일도 없었다.

그로부터 황제와는 왕래가 끊어졌다. 서혜처럼 모른다고 하는 걸 좋아하는 걸까, 아니면 버르장머리 없다고 생각한 걸까? 이불 속에서 하던 말버릇 그대로 한 것이 후회되었으나 엎지른 물이라 도리 없었다. 그러면 그렇다고 까놓고 얘기할 것이지 말도 없이 돌아설 건 무엇이냐.

하기는 황제를 모신대야 병신 구완밖에 될 것이 없었다.

요동에서 돌아올 때 정주(定州)에는 오래 머물렀다. 처음에는 전장(戰場)의 오기가 남았는지 그런 대로 팔팔했으나 시일이 흐르자 피곤하다면서 낮에도 침상에 드러누워 다리를 주물러라, 팔을 주물러라 들볶더니 등창이 도져 반듯이 눕지도 못하고 엎드려서 낑낑거렸다. 빨아내면 좋다는 소리에 태자는 주먹만 한 등창에 입을 대고 물씬거리는 고름을 빨아내기까지 했다.

전과는 달리 의심도 유별나게 많아졌다. 정주에서 쉬는 동안 대신들과 주고받는 얘기는 대개 아무개의 거동이 수상하다느니 눈치가 심상치 않다느니 눈을 박아 보아야 한다느니, 여자들이나 할 소리를 서슴지 않았다.

"미랑아, 황제가 고구려 놈들한테 쫓겨 돌아왔다고 모두들 날 우습게 보지?"

한번은 침상에 엎드린 황제의 다리를 주무르는데 베개에 얼굴을 파묻고 이렇게 물었다. 나라를 세울 때부터 전쟁은 수없이 치렀어도 싸웠다 하면 이겼지 진 역사는 없다는 황제인지라 가슴에 사무치는 모양이었다. 아닌 게 아니라 영악한 고구려 놈들에게는 황제도 별 수 없다고 은근히 쑥덕거리는 축도 없지 않았다.

한번은 궐문 밖에서 떠들썩하기에 전각 모퉁이에서 엿보았더니 머리를 풀어헤친 미치광이 노파가 춤을 추고 돌아갔다.

"내놔, 내 아들을 내놓으란 말이다."

병정들에게 끌려가면서도 고래고래 소리를 질렀다.

"빌어먹을 전쟁은 왜 해? 꺼우리들한테 진통 얻어터지고, 남의 자식 죽이고, 이게 뭐야? 어떤 놈이 전쟁 시작했어?"

본 사람도 많았으나 황제의 귀에만은 이런 소리를 전하지 않기로 되어 있었다.

무미랑은 다리를 주무르던 손을 멈추고 살그머니 다가갔다.

"누가 감히 폐하를 우습게 보겠어요?"

추워서 정주에 오래 머무는 줄 알았고, 봄이 오면 낙양을 거쳐 장안으로 돌아가겠거니 생각했는데 그렇지 않았다.

달포나 정주에 있다가 섣달의 강추위를 무릅쓰고 병주(幷州: 태원)로 떠났다. 병주는 황제의 발상지지(發祥之地)로 모든 백성이 우러러

받들기 때문에 안심이 된다고들 속삭였다. 정말 안심이 안 될 정도로 황제를 우습게 보는 놈들이 있을까? 알 수 없는 일이었으나 누구에게 물어보기도 안 되어 잠자코 있었다.

황제는 등창이 낫지 않아 좋아하는 말도 못타고 큼직한 가마에 탔다. 가마 속에서도 똑바로 앉지 못하고 이불에 기대고서는 자기더러 옆에서 부축하라고 했다. 태자는 정말 효도가 극진한지, 아니면 나하고의 관계가 켕기는지 이번에도 묘하게 놀았다. 그 추위에 가마에 한 손을 대고 병주까지 여러 날을 터벅터벅 걸어서 옆을 따라왔다. 제까짓 게 손을 댄다고 가마가 가벼워지나.

병주에서 들으니, 조정에서 영을 내려도 들은 둥 마는 둥 하고 세공(稅貢)을 바치라면 바칠 것이 없다고 대드는 풍조가 날로 퍼져 간다고 했다. 역시 곡절이 있었구나. 황제의 입에서 "가만 안 둔다"는 말이 자주 나오더니 설이 지나자 대리경(大理卿) 손복가(孫伏伽)를 비롯한 거물 22명이 부하들을 거느리고 전국에 흩어져 갔다. 황제를 우습게 보는 놈들을 조진다는 것이다.

그로부터 침상에 엎드린 황제에게는 매일 시산한 보고가 들어왔다. 어느 현령(縣令)은 귀양 보내고 어느 자사(刺使)는 목을 잘라야 한다는 것들이었다. 어느 날인가 등창에 고약을 갈아 붙이면서 저수량(褚遂良)이 보고하는 것을 엿들었다.

"고을에 내려간 사람들이 무턱대고 죄를 주는 일이 많습니다. 여태까지 수백 명이 죽고 수천 명이 귀양 갔는데 신이 보기에는 억울한 사람도 적지 않은 듯합니다."

엎드린 황제는 베개 위에서 얼굴을 돌렸다.

"전쟁에 한 번 실수했다고 황제를 업신여기고 나라의 법도를 무시하는 풍조는 뿌리를 뽑아야 하오. 자칫하다가는 수양제(隋煬帝) 꼴이 된단 말이오. 억울한 자가 있으면 이름을 적어 와요."

그 이후에도 여전히 죽였다는 소리, 내쫓았다는 소리가 꼬리를 물었고, 저수량이 애를 써서 모면한 사람도 있으나 새발에 피라고 했다.

2월도 그믐에야 안심이 되었는지 황제는 병주를 떠나 3월초에 장안(長安)에 돌아왔다. 재작년 10월 장안을 떠날 때는 잎이 떨어진 나무들이 가지만 앙상하던 것이 지금은 신록(新綠)에 눈이 부시고 대궐 마당에는 진달래가 봉오리를 내밀었다. 역시 장안은 아름답고 마음에 평화를 주는 고장이었다.

그러나 황제의 몸은 여전히 시원치 않았다. 등창은 그럭저럭 주저앉았으나 밤이면 잠을 이루지 못하고 식은땀을 흘렸다. 통 식욕이 없고, 기운이 없다면서 침상에 드러누워 천정만 바라보았다. 의원들은 화병이라고 했다.

"내 기운이 쇠잔해서 쉬어야겠으니 군국기무(軍國機務)를 태자에게 맡기도록 하오."

장안에 도착한 이튿날 아침 장손무기 이하 중신들을 불러 한마디 했다. 꿇어 엎드린 중신들은 말리지 않고 당분간 쉬시는 게 좋겠다고 입을 모았다.

이때부터 열 달 남짓이나 무미랑에게는 제일 좋은 시기였다. 여간 큰일이 아니고는 황제가 정사(政事)에 나서는 일도 없었고, 대신들이 찾아와도 골치 아픈 이야기 아닌 바둑으로 시간을 보냈다.

엉뚱한 일이 전혀 없는 것은 아니었다. 태자에게 정사를 맡기고 20일 가까이 지나 누가 무어라고 고자질했는지 장량(張亮)의 목을 베라고 불호령이 떨어졌다. 지난 전쟁에 수군을 이끌고 공을 세운 대장군이건만 난데없이 역적으로 몰아치는 바람에 아무도 두둔을 못했고 장량은 그날로 목이 떨어졌다. 그래놓고는 며칠 후에 애매한 사람을 죽였다고 후회하는 것이었다.

그 밖에는 별일이 없었다. 대개는 나를 데리고 비원(秘苑)을 거닐거나 강에 나가 낚시질을 했다. 전같이 많이 들지 않았으나 잡아온 고기를 안주로 단둘이 앉아 술을 마시는 일도 드물지 않았다. 이런 때는 으레 내가 안주를 만들었고, 만들면 '미랑이가 만든 건 별미'라고 칭찬해 주었다. 여름에는 함께 시원한 물을 끼얹었고, 날씨가 추워져서는 온탕에 함께 들어갔다.

황제의 몸은 차츰 회복되었고 그만큼 내게 쏟는 정성도 더해갔다. 밤이면 서혜니 다른 비빈이니 불러들이기도 했으나 나와 밤을 지내는 일이 월등 많았다. 거의 홀로 황제를 차지하는 기분이었고, 무슨 청을 드리면 즉석에서 들어주고, 간혹 정사에 대한 얘기를 물어도 전처럼 벼락이 내리지 않고 자상하게 일러 주었다.

그러던 것이 해가 바뀌고 얼마 안 가 모든 것이 달라졌다. 금년도 황제와 오순도순 재미있게 보내려니 생각했는데 2월에 들어서자 별안간 대신들을 불러들였다.

"내 아무리 생각해도 참을 수 없소. 모두들 나더러 화병이라고 뒷공론인 모양인데 화병이 맞소. 생각해 보시오, 화병이 안 나게 생겼소? 무슨 일이 있어도 고구려는 치고야 말 터이니 계책들을 말해 보시오."

폐하의 눈에는 한동안 사라졌던 살기(殺氣)가 되살아났다. 목이 타는지 뒤에서 어깨를 주무르는 나를 돌아보고 눈을 부라렸다.

"냉수를 떠오란 말이다!"

황제는 떠다 바친 냉수 한 사발을 다 마셨다.

"폐하."

맨 앞의 장손무기가 두 손을 모아 쥐었다.

"신 등이 폐하의 심정을 모를 까닭이 없고, 진실로 황공하기 그지없는 일입니다. 그리하여 요동에서 돌아온 후 노심초사하여 의논 끝에 짜낸 계책이 하나 있습니다. 고구려는 산을 의지해서 성을 쌓기 때문에 공격해도 졸지에 빼앗기는 어렵습니다. 전에 폐하께서 친히 정벌하시매 그 나라 사람들은 전란 통에 농사를 짓지 못했고, 우리가 뺏은 성에 비축했던 양곡은 모두 몰수해 버렸습니다. 그 후로는 또 가뭄이 계속돼서 고구려 백성들은 지금 태반이 굶주리고 있습니다. 이런 터에 몇 개 작은 부대를 보내서 소란을 피우는 겁니다. 그들은 이 군사들을 쫓느라고 이리 뛰고 저리 뛸 것이며 농사를 짓지 못할 것입니다. 그렇게 해놓고는 우리 군사들은 되돌아오는 것입니다. 이 일을 몇 해 두고 되풀이하면 천리 넓은 땅은 황량해질 것이고 자연히 민심도 이반(離反)해서 크게 싸우지 않고도 저들을 멸망의 구렁으로 몰아넣을 수 있다고 생각됩니다. 서두를 것이 아니라 이 계책으로 나가는 것이 어떨까 합니다."

황제는 잠자코 있다가 고개를 끄덕였다.

"그럴듯한 계책이오. 누가 얼마만 한 군사를 끌고 어디를 친다든지, 하는 자세한 계책을 꾸며 보시오."

그로부터 황제는 매일 장군들을 불러들여 지도를 놓고 오래도록 의논했다. 이렇다 할 얘기도 없이 태자는 정사에서 손을 떼고 황제가 다시 나섰다. 그러나 또다시 식욕이 떨어지고 잠을 못자서 광대뼈가 나오기 시작했다.

달포를 그렇게 부산을 떨더니 3월 어느 날 황제는 마침내 몸져누워 버렸다. 고구려에 들어가 떠들썩할 군대의 편성을 의논하는 자리에서 황제는 이따금 아픔을 참는 것이 완연했다. 다른 사람들은 눈치를 채지 못한 모양이었으나 옆에 앉아 팔을 주무르던 나는 금시 알아차렸다.

　　　좌위대장군(左衛大將軍) 우진달(牛進達)은 청구도 대총관(靑丘道大摠管)으로 … 1만여 명의 군사를 지휘하여 동래에서 배를 타고 바다에 나가 적의 해안지역을 교란한다. 태자첨사(太子詹事) 이세적은 요동도 대총관으로 … 3천 명의 군사를 지휘하되 그 밖에 영주

(營州) 도독부 병력도 동원하여 요동지역을 교란한다.

장손무기가 최종안을 읽어 드리는 것을 듣고 고개를 끄덕였다.
"그대로 하오."
모두 물러가자 황제는 침상에 몸을 내던지고 신음소리를 냈다.
"미랑아, 의원을 불러오라고 해라."
문을 열고 나인에게 이르고 나서 물었다.
"어떻게 아프세요?"
"머리가 마구 쑤시는구나. 가슴도 답답하고."
달려온 의원은 진맥을 마치고 풍질(風疾)이라고 했다.

또다시 황제는 침상을 떠나지 못했다. 좋다는 약은 다 들어오고 용하다는 의원은 다 들락거렸다. 그래도 일어나지 못했다.

서둘러 이 산꼭대기에 있던 폐궁을 수리해서 취미궁이라 이름하고 5월에 이리로 옮겨왔다. 그중에서도 함풍전(含風殿)은 바람이 사방으로 통해서 삼복에도 더운 줄을 몰랐다. 무미랑은 여기가 마음에 들었다.

그러나 황제는 안절부절못하고 변덕이 심했다. 여름에는 시원한 이 산꼭대기에 있고 겨울에는 기슭에 내려가 온탕에 잠긴다더니 얼마 안 가 못 견디겠다고 장안(長安)으로 돌아갔다.

새해, 그러니까 작년 정월에는 갑자기 온탕에 가야겠다고 추위를 무릅쓰고 여기까지 모시고 왔더니 며칠 안 가 또 갑갑하다고 장안으로 돌아갔다. 그러나 막상 장안에 돌아오니 여산도 싫고 장안도 싫다고 앙탈이었다.

어찌나 앙탈이 심한지 며칠 후 대신들은 북으로 2백여 리 떨어진 방주(坊州: 섬서성(陝西省) 의군현(宜郡縣))의 옥화궁(玉華宮)에 모셨다. 신수점에 폐하에게는 옥화궁이 제일이라는 소문이 파다하더니 2

월에 갔는데 10월까지 별로 보채지 않고 조용히 지냈다.

그러는 동안에도 전쟁애기만 나오면 눈이 빛나고 주먹을 불끈 쥐곤 했다. 재작년 여름 이세적이 압록강 이북 내륙에 깊숙이 들어가서 동에 번쩍, 서에 번쩍 흑작질을 하고, 바다를 건너간 우진달이 압록강 이남을 이리 치고 저리 친다는 기별이 왔을 때는 팔뚝질을 하고 입에 거품까지 물었다.

"군량과 병사들을 실어 나를 배를 만들란 말이오!"

강남(江南) 12주(州)에는 관원들이 뻔질나게 달려가서 배 만드는 일을 독려했다.

작년 여름, 옥화궁에 있을 때에도 마찬가지였다. 고신감(古神感) 이라는 오랑캐 장군과 설만철(薛萬徹)이 수군을 끌고 가서 고구려 놈들을 죽신하게 뚜드려 팼다는 소식이 들어오자 황제는 이를 갈고 흥분했다.

"이제 그놈들을 잡아 족칠 때가 왔소. 내년에는 30만 대군을 움직여 일거에 없애버릴 터이니 차비를 서두르오."

장손무기가 한 말씀 드렸다.

"3년 전의 요동 정벌에서 경험한 바와 같이 육로를 축승(畜乘)으로 군량을 실어 나른다는 것은 어려운 일입니다. 많이 나르기도 힘들고, 도중에서 적에게 격파를 당해서 제구실을 못했습니다. 지금 강남 12주에서 1,100척의 배를 만들고 있습니다마는 더욱 큰 배를 더 많이 만들어야 합니다. 검남(劍南: 사천)은 수말(隋末)의 난리에도 휩쓸리지 않았고, 지난번 요동 정벌 때도 인원이나 물자를 내지 않아 백성들이 부유하고, 또 그 지방에는 큰 나무들이 많으니 여기서도 배를 만들게 하는 것이 좋을까 합니다."

관원들은 검남에 달려가서 길이 100척, 넓이 50척의 큰 배들을 만들라고 족쳐댔다.

경사유수(京師留守)로 장안에 남아 있던 방현령이 7월의 더위를 무릅쓰고 가마를 타고 옥화궁까지 찾아왔다. 중병에 걸려 목숨이 간닥간닥하는 노인은 특명으로 황제가 계신 지밀층계 밑까지 와 가마를 내려 기어들어왔다.

"폐하….."

황제와 손을 마주 잡은 노인은 눈물이 주르륵 흐르고 수척한 황제의 눈에도 눈물이 고였다.

방현령은 교의에 앉아서도 몸을 가누지 못했다. 무미랑은 황제의 분부로 부축하면서 보니 이미 해골이 다 된 것이 숨이 차서 말도 제대로 못했다.

"폐하… 지금… 천하가 태평한데… 오직 동정(東征)만… 미결로 남아 있습니다. 이건 해서는 안 된다는 걸… 알면서도… 폐하의 기세에 눌려… 어느 대신도 감히… 말리지 못합니다. … 신이 숨이 차서 …미리 표를 만들어… 왔습니다."

노인은 숨 가쁜 소리를 하다가 품에서 봉서를 꺼내 바쳤다.

황제는 봉서를 뜯어 읽어 내려갔다.

"노자(老子)께서 말씀하시기를 족한 것을 알면 욕됨이 없고 그칠 줄을 알면 위태로움이 없다고 하셨습니다(知足不辱 知止不殆). 지금 폐하의 공명과 위덕(威德)은 가히 족한 것이요, 강토를 넓히는 일도 그만하면 되었습니다.… 또한 폐하께서는… 인명을 중히 여기고 계십니다. 무고한 병정들을 적의 칼밥으로 만들고, 그들로 하여금 간뇌(肝腦)를 땅에 내치게 하는 일만은 가련하지 않다는 법이 없습니다. 고구려가 신절(臣節)을 어겼다거나 우리 백성을 못 살게 굴었다거나 훗날 우리 중국의 우환이 된다면 없애 버려야 하겠지마는 지금 이 세 가지 중의 하나도 해당되는 일이 없습니다. 그런데도 우리는 앉아서 우리 중국을 스스로 들볶고 있습니다. 안으로 전대(前代)의

치욕을 씻고, 밖으로는 신라의 원수를 갚는다지마는 얻는 것이 적은 반면 잃는 것이 얼마나 큽니까.

　원컨대 폐하께서는 … 만든 배를 불살라 버리고 모집한 군사들을 해산하소서. 그러시면 우리 중국이나 고구려나 다 같이 기뻐하고 서로 믿게 될 것입니다. 신은 곧 죽어서 땅에 들어가게 되어 있습니다마는 이 간절한 소원을 들어 주신다면 죽어도 썩지 않을 것입니다."

다 읽고 난 황제는 딴소리를 했다.
"그래 약은 무얼 쓰고 있소?"
"소합청심환(蘇合淸心丸)을 … 쓰고 …."
방현령은 허덕이다가 다시 기어나가 가마를 타고 사라졌다.〔방현령은 곧이어 세상을 떠났다.〕

늦가을에 들어서면서 황제는 아주 만족했다. 강남과 검남에서는 수천 척의 배들이 다 되었을 뿐 아니라 그 고장에서 모은 양곡을 싣고 양자강에서 바다로 나와 북쪽으로 내주를 향해 오는 중이라고 했다. 군사의 동원도 순조로워 매일 각처에서 들어오는 보고를 보면 30만이 아니라 1백만도 곧 모일 계산이었다.

"봄만 오면 고구려는 없어진다!"
황제는 주먹으로 탁자를 치고 외쳤다.
"장안으로 가자!"
8개월 만에 장안에 돌아온 그해 10월 황제는 장군들을 불러들이고 영을 내리고, 수척한 몸은 더욱 수척해 갔다.

12월. 신라의 대신 김춘추를 맞은 황제는 한때 생기가 도는 듯했다. 무미랑은 하늘 아래 황제를 덮을 사람은 없다고 생각했는데 얼굴은 물론 말 한 마디, 몸짓 하나, 이렇게 아름답고 근사한 사나이는 처음 보았다. 차라리 신라에 태어나서 김춘추의 아내가 되었더라면 … 연석(宴席)에서 그를 보면서 엉뚱한 생각까지 했다.

어느 날 밤 황제는 통역과 장손무기만 합석한 자리에서 김춘추를 대접했는데 나더러 시중을 들라고 했다.

"누차 얘기한 대로 지금 만반의 준비가 다 돼 있소. 새해에는 고구려를 없애고, 이어서 백제도 짓밟아 신라의 구원(舊怨)을 갚을 터이니 신라에서도 전력을 다해 주시오."

황제는 식사를 하면서 말을 꺼냈다.

"좋습니다. 다만 예로부터 병(兵)은 위험한 물건이라고 하였거니와 이런 일은 미리부터 한계를 명백히 그어놓는 것이 그 위험을 미리 막는 길인가 합니다."

"한계라니?"

"고구려와 백제가 망한 후의 당과 신라의 국경 말입니다."

황제는 통역이 하는 말을 다 듣고 한참 생각하다가 입을 열었다.

"모개흥정으로 합시다. 백제 땅은 신라, 고구려 당은 우리 당나라가 차지하면 어떻소?"

"일이 자질구레하게 되겠습니다."

"무슨 뜻이오?"

"국경으로 제일 좋은 것은 바다요, 다음은 큼직한 강이라고 합니다. 지금 당나라와 고구려는 땅의 연속이라 경계가 분명치 않아 말이 많고 싸움도 잦게 마련인데 또다시 우리 두 나라 사이에 네 것이니 내 것이니 하다가 간격이 생길까 염려됩니다."

"그것도 그렇군. 어떻게 하면 좋겠소?"

"시원스레 압록강을 경계로 하는 것이 좋을까 합니다."

여태까지 잠자코 있던 장손무기가 끼어들었다.

"그건 안 됩니다. 우리 중국은 수(隋) 대에 4번, 당나라가 되어서도 지난번에 이어 내년에 치면 2번, 이렇게 고구려와 여섯 번이나 전쟁을 하고 막심한 피해도 보았습니다. 적어도 그 도성(都城)은 우리가

아버지의 여인, 아들의 연인 23

차지해야 명분이 섭니다."
　폐하는 듣고 있다가 김춘추의 의견을 물었다.
　"그대의 생각은 어떻소?"
　"외신(外臣)의 눈은 지난 일보다 언제나 앞을 보고 있습니다. 과거에 앞을 보지 않았기 때문에 오늘의 분란이 있고, 오늘 또 앞을 보지 않고 과거만 본다면 내일 또다시 분란이 없을 수 없습니다."
　황제는 무릎을 쳤다.
　"과연 옳은 말이오. 그대의 말씀대로 압록강 이남은 신라, 이북은 당나라로 합시다."
　장손무기는 시무룩한 얼굴로 젓가락을 놀리다가 딴 얘기를 꺼냈다.
　"일전에 폐하께서는 김공 이하 같이 오신 분들에게 벼슬을 내리시고 갖가지 선물을 주신 가운데 우리 당나라 관복(官服)도 있더군요. 그게 소용되십니까?"
　"새해부터 우리 관복도 당나라 관복 비슷하게 바꿀 생각이니 소용이 되지요."
　장손무기는 신이 나는 모양이었다.
　"신라는 언제나 성심으로 중국을 섬기고 이번에는 우리와 비슷한 관복으로 바꾼다니 참으로 잘하시는 일이외다. 그런데 내 한 가지 모를 일은 여자를 임금으로 받드는 일 말이오. 작년에 선덕여왕(善德女王)이 돌아갔다기에 이번에는 남자가 서나 보다 했더니 또 여자란 말이오(眞德女王). 중국에는 그런 법이 없지요."
　여자는 사람이 아닌가. 산양처럼 홀쭉한 것이 외국사람 앞에서까지 되지 못한 소리를 씨부리는구나. 무미랑은 여자가 임금을 한다는 신라가 꿈나라같이만 생각되었다. 김춘추는 못 들은 척하고 양치질을 하는데 장손무기가 다그쳤다.
　"김공, 안 그렇소이까?"

"중국에는 중국대로 사정이 있고, 신라에는 또 신라대로 사정이 있고, 그런 게 아니겠습니까."

김춘추는 찻잔을 놓고 입가에 미소를 띠었다.

식사 대접이 끝나고 김춘추가 물러가자 장손무기는 주저앉아 양미간을 찌푸렸다.

"폐하, 어쩌자고 그러십니까?"

"뭘 말이오?"

"백제를 주는 것도 아까운데 압록강 이남을 다 주신다니 과하십니다."

"김춘추가 요하 이동을 달래도 준다고 했을 거요. 이봐요. 전쟁에는 어린애 주먹도 보탬이 되지 않소? 잔뜩 기를 돋워서 부려먹자는 거요. 주긴 뭘 줘? 고구려 백제가 다 없어지면 신라가 뭐요? 한 입에 삼켜버릴 텐데 천지간을 다 준다고 약속한들 무슨 걱정이오?"

일어서는 황제의 그림자가 천정을 덮을 듯이 움씰하고 깡마른 장손무기도 따라 일어섰다.

김춘추는 본국으로 떠나고 황제는 새봄을 손꼽아 기다렸다.

그러나 새해에 들어서자 광대뼈는 더욱 튀어나오고 두통뿐 아니라 두 무릎의 통증이 심해서 겨드랑을 양쪽에서 끼지 않고는 뒷간에도 가지 못했다. 그러나 침상에 드러누워서도 고구려는 금년 가을 안에 없어진다고 입버릇처럼 뇌까렸다. 3월이 와서 후원의 진달래가 피어도 황제는 침상을 떠나지 못했다.

"내가 일어나야 하는 건데."

누워서도 황제는 초조했다. 하루는 장손무기가 대신들을 끌고 들어와서 침상 밑에 엎드렸다.

"폐하, 태자에게 다시 정사를 맡기시고, 치병에 전념하시는 게 좋을까 합니다."

"뭐? 태자에게 맡겨? 태자가 고구려 정벌을 해낼 것 같소?"

"고구려 정벌은 폐하가 아니고는 어느 누구도 감히 할 수 없는 국가 대사입니다. 무엇보다 바로 그 일을 위해서 치병에 전념합시사 하는 것입니다."

"그렇지, 태자에게 정사를 맡기오."

이튿날부터 정사에서 손을 떼었고, 무더위가 오기 전에 장안을 떠나야 한다고 얼마 전에 이 취미궁으로 다시 온 것이다. 좀 차도가 있는 듯해서 은근히 갖가지 기대도 했는데 그 말(馬) 새끼 때문에 일을 잡치고 말았다.

"무재인(武才人)은 대전에 안 드시나요?"

중년 나인이 지나다가 말을 걸었다. 그렇지 않아도 화가 나서 죽을 판인데 빈정대는 거냐. 그는 대답 대신 뚫어지게 쩌려보았다.

나인은 눈길을 내리깔고 오솔길을 따라갔다. 남의 걱정 말고 자기나 똑똑할 것이지. 코 흘릴 때 들어와서 중늙은이가 되도록 걸레짝이나 들고 다니는 주제에 무슨 참견이냐. 멀어져 가는 뒷모습도 밉살스러웠다. 벼락에 맞아 뒈져라!

"좀 비켜 주실까요?"

앳된 여자의 목소리에 몸을 뒤틀었다.

어린 나인이 턱을 쳐들고 그 뒤에는 태자비(妃) 왕(王)씨가 눈으로 웃고 있었다. 그는 머리를 숙이고 길을 비켜섰다.

더러워서. 네깐년 얼굴이 반반하다지마는 내 얼굴은 어디가 못하냐? 나는 그래도 수(隋)나라 황실의 피를 받았다. 천한 것이 재기는. 얼마나 못났으면 얼간이 같은 사내 하나 휘어잡지 못해? 밤낮 다른 계집들을 들쑤셔 벌써 애새끼 다섯이나 낳도록 넌 뭘 했어, 애꾸 하나 못 낳고.

〔이때 태자 이치(고종)는 22세로 3남 2녀가 있었으나 모두 다른 여자 소

생으로 왕씨는 하나도 못 낳았다.]

 태잔지 뭔지 그 병신 같은 것이 뒷구멍으로 호박씨만 까고 나는 어떡허란 말이냐? 이거 정말 죽을 판이다. 팽개친 신짝같이 이리저리 구박이나 받고. 무미랑은 태자비가 대전에 사라져 들어가도록 바라보고 서 있었다.

 5월. 다리를 쩔뚝거리고 가슴이 답답하다던 황제는 이질(痢疾)까지 겹쳐 아주 몸져누워 버렸다. 처음에는 서혜(徐惠)의 어깨에 매달려 뒷간 출입을 했으나 며칠 못 가 자리에서 대소변을 받아낸다고 했다. 고년, 다람쥐 같은 것이 그딴 일이나 하란 말이다.

 황제의 이질은 날로 위중해서 장안에 있던 태자가 대신들을 거느리고 찾아왔다. 서혜 혼자만으로는 안 되겠으니 무미랑도 거들라는 바람에 냄새 나는 방에 들어가 대낮부터 황제의 엉덩이와 씨름을 시작했다. 보름 만에 다시 보는 황제는 아주 껍데기가 되어 버렸다. 얼굴만 하더라도 전에는 광대뼈가 나온 것을 가지고 안 되었다고 했으나 이건 아예 해골바가지에 가죽을 씌운 허깨비였다. 나를 보고도 가타부타 말이 없고, 하는 거동이 나 같은 건 없는 것으로 치부하는 모양이었다.

 "뒤, 뒤."

 혀는 꼬부라지지 않았다. 모로 누워 손가락으로 엉덩이를 가리키기에 바지를 내리고 대야를 들이밀었다. 호박같이 둥글넓적하던 엉덩이는 아예 자취를 감추고 양쪽으로 뾰쪽한 뼈다귀가 내밀었을 뿐이다.

 "소자 문안드립니다."

 열어젖힌 문으로 들어온 태자가 앙상한 엉덩이를 향해 무릎을 꿇었다. 침상의 황제는 돌아누운 채 낑낑거리고, 태자는 대야를 받쳐 든 나와 눈이 마주쳤다. 황제가 요동에서 돌아온 후, 지난 3년 5개월 동안 먼발치로 두세 번 본 일은 있어도 이렇게 가까이서 대하기는 처음이었다.

한쪽 눈을 찡긋했다. 황제가 보았을까 가슴이 내려앉았으나 황제는 여전히 벽을 보고 있었다.

대야를 내려놓고 명주 조각으로 황제의 뒤를 씻으면서 눈길을 다시 쳐들다가 깜짝 놀랐다. 밖에서 기침소리가 나고 장손무기가 들어섰다.

태자와 장손무기가 엉덩이를 쳐들고 나는 바지를 올렸다.

"마침 잘 왔소."

돌아누운 황제가 입을 열자 그들은 침상 밑에 다가앉았다.

"태위장(太尉長: 당시 장손무기의 벼슬)이 있는 자리에서 너한테 할 말이 있다."

눈을 치뜨기에 밖에 나와 대야를 측간(厠間) 나인에게 넘기고 마당에 내려섰다. 처마 밑 등나무 그늘에 쭈그리고 앉아 태자의 '찡긋'을 생각했다. 아무리 따져도 이것은 뜻이 있는데 어쩌자는 것인가.

"이세적이 걱정이란 말이다."

활짝 열린 방에서 황제의 목소리가 들렸다.

"네…."

태자의 목소리였다.

"이세적을 그냥 둘 수는 없다."

"고구려 정벌에는 이세적이 있어야 하지 않습니까?"

"아무래도 나는 며칠 못 간다. 내가 죽으면 고구려 정벌은 못하는 거다."

한동안 끊겼다가 다시 계속되었다.

"이세적은 훌륭한 무장(武將)이지. 허지마는 내 신세는 졌어도 네 신세를 진 일은 없다. 내가 죽으면 너는 그를 부리기 어려울 게다. 덮어놓고 귀양은 안 될 말이고 … 그렇지, 첩주(疊州: 감숙성 변방) 도독(都督)으로 좌천을 시키겠다. 순종해서 즉시 부임하면 네가 즉위한 후에 불러다가 복야(僕射)로 제수해서 중용해라. 나한테 좌천당한 것을 네가 구했을 뿐 아니라 더 중용해 준다고 고맙게 생각할 것이고 충성을 다할 것이다. 그 대신 이 핑계 저 핑계로 부임하지 않으면 붙들어다 목을 자르는 거다. 태위장 어떻소?"

"폐하의 심모원려(深謀遠慮)에 놀랄 뿐입니다."

임금이란 묘하게 머리를 쓰는 인간이로구나. 그러나저러나 고구려와 전쟁을 안 하는 것만은 분명해졌고, 내가 보기에도 황제는 십중팔구 죽을 것 같다. 그렇게 되면 태자가 황제가 되고 … 세상은 어떻게 되지?

두 사람이 물러난 뒤에도 황제는 무시로 "뒤, 뒤" 했다. 그때마다 바지를 내리고 대야를 들이대고, 이건 정말 못할 노릇이었다.

해가 서산에 너울거리는데 이세적이 땀을 흘리며 들어와 마루에 엎드렸다.

"태자첨사 신 이세적 문안드리오."

황제가 손짓으로 부르자 이세적은 무릎걸음으로 침상 옆에 다가갔다.

"경도 알다시피 내 병은 이제 가망이 없소."

"그럴 리 있겠습니까."

"내가 죽으면 서북 오랑캐들이 다시 머리를 쳐들까 걱정이오. 좀 안 되기는 했소마는 경은 첩주도독으로 즉시 부임하오."

"성지대로 거행하겠습니다. 부디 조리를 잘하시기 바랍니다."

물러나온 이세적은 활기 있는 걸음으로 사라져 갔다.

황제는 여러 날을 두고 더운물 외에는 목을 넘어가지 않고 약도 받지 않았다. 태자는 벽에 기대 앉아 새우잠을 자면서 줄곧 옆에 있었다. 서혜와 함께 있어 그런지 눈을 찡긋하지도 않고 보는 척도 하지 않았다. 가끔 눈물이나 찔끔거리고.

침상 옆에 밤을 지새운 의원들은 새벽에 진맥을 하고는 저마다 한숨을 내쉬었다.

"태위장과 저수량(褚遂良)을 부르오."

이상하게 말똥말똥한 눈으로 의원들의 거동을 지켜보던 황제가 모기 소리같이 중얼거렸다.

의원들이 물러가고, 여러 날째 옆방에 대기하고 있던 대신들 중에서 장손무기와 저수량이 들어와 침상 밑에 엎드렸다.

황제는 물그릇을 들고 양쪽에 서 있는 나와 서혜를 번갈아 보다가 서혜에게 눈짓을 했다. 서혜가 한 손으로 뒷머리를 받치고 대접하는 물을 마신 황제는 흰 눈으로 나를 힐끔 쳐다보았다. 밉다는 것인지, 잊지 않았다는 것인지.

"나는 말이오."

엎드린 사람들에게 눈길을 돌린 황제가 띄엄띄엄 말을 이었다.

"나는 경들에게 뒷일을 부탁하고 이제 세상을 하직하오. 태자가 착하다는 건 경들도 알 것이니 잘 이끌어 주시오."

세 사람이 목이 메어 눈물을 삼키는 소리가 완연히 귀에 들어왔다. 황제의 눈에도 눈물이 고이고 서혜의 눈에서는 소리 없이 눈물이 마구 쏟아졌다.

"치(治: 태자, 즉 고종의 이름)야, 이 두 대신을 믿고 그 말대로 하면 너는 천하에 걱정할 것이 없다."

황제는 길게 한숨을 쉬고 신하가 아니라 다정한 친구에게 말하듯 계속했다.

"이 사람 수량이, 무기는 정말 충신이오. 내가 천하를 잡은 데는 그의 힘이 컸소. 내 죽은 후에 행여 치(治)와 그의 사이를 이간질하는 사람이 있으면 한사코 그런 짓을 못하게 해주오. 그리고 내 마음은 자네가 잘 알 터이니 유조(遺詔)를 써주구려."

황제는 목이 메어 더 말을 못했다.

두 사람이 물러간 후 하루 종일 눈을 감고 축 늘어졌던 황제는 해가 지고 어둠이 깔릴 무렵, 마지막 숨을 크게 내쉬었다. 옆방에 대기하고 있던 대신들이 몰려 들어오자 태자는 장손무기의 목을 끌어안고 통곡했다.

"필부(匹夫)처럼 이게 무슨 짓이오? 체통을 지켜야 하오."

장손무기는 태자를 교의에 앉히고 목청을 가다듬었다.

"대신들의 공론에 따라 국상(國喪)은 장안에 돌아가서 발하겠소. 여기서는 물론이고, 돌아가는 도중에서도 곡은 말할 것도 없고 국상이 났다는 눈치도 보여서는 안 되오."

버티고 선 장손무기는 엎드려 흐느끼는 사람들을 훑어보았다.

무미랑은 서혜와 함께 뒤뜰, 비빈들이 모여 앉은 별당으로 자리를 옮겼다. 우선 고역에서 풀린 것이 감옥에서 풀린 듯 한숨이 저절로 나왔다.

서혜는 길에서도 울고 별당에 가서도 여전히 쏟았다. 자기도 울지 않은 것은 아니었다. 그러나 몇 방울 떨어지고 그만이었는데 서혜는 어느 구석에 그렇게도 많은 물이 고여 있을까. 아침부터 굶은 터이라 별당에 닿자마자 늙은 나인이 주는 대로 먹고 마시는데 서혜는 손을 내젓고 그냥 울어댔다. 깍쟁이 같은 것이 유별나게 운다고 누가 곱다고 할 줄 아나? 먹을 대로 먹고 양치질을 하면서 둘러보니 그게 아니었다. 찔끔거리던 비빈들이 구경거리라도 생긴 양 자기를 바라보고 있었다. 아차, 실수를 했구나.

이튿날 취미궁을 떠난 행렬은 도중에서 하룻밤을 묵고 다음날 장안에 들어왔다. 함께 마차에 실려 오면서 보니 수십 명의 비빈들은 눈물이 나와도 찔끔거리고 안 나와도 찔끔거렸다. 모두들 애통하는 얼굴을 경쟁이라도 하듯 상판을 오그려댔다.

장안에 온 다음날 아침 정식으로 국상(國喪)이 발표되자 이번에는 아예 목청의 경쟁으로 변해버렸다. 누가 더 높이, 더 오래 곡을 하느냐, 이것이 문제였다. 듣자하니 아주 슬피, 또 열렬히 곡을 해서 눈에 띄면 대접이 다르다는 이야기가 있었다. 무미랑은 땅을 치고 통곡했다.

온 천하가 슬퍼하는 줄 알았더니 그런 것도 아니었다. 장안에 돌아온 지 며칠 안 돼서 첩주로 쫓겨 간 이세적을 곱빼기로 벼슬을 올려 불러들인다고 말 탄 사람들이 부리나케 서쪽으로 달려갔다는 얘기가 퍼졌다. 내막을 아는 무미랑에게는 시시하게만 보였다. 그렇게 하는 것이 정치라면 나도 하겠다.

8월 18일. 서북으로 60리 떨어진 구준산(九峻山) 기슭에서, 마지막으로 한층 드높이 떠들썩하고 죽은 황제를 땅속에 묻었다. 이 석 달 동안 어떻게 시달렸는지 온통 제정신이 아니었다. 남이 하는 대로 절을 하고 곡을 하고 녹초가 되어 대명궁(大明宮)에 돌아온 것은 첫닭이 울 무렵이었다.

아예 몸져누워 산소에도 못 간 서혜가 미안했던지 창을 열고 모가지를 내밀었다.

"묘호(廟號)는 태종(太宗)이시라지? 능은 소릉(昭陵)이시고?"

"그런가 봐."

"아이고, 아이고."

다람쥐 같은 년이 청승맞기는 … 무미랑은 입을 삐쭉하고 자기 방으로 들어갔다.

삼우제(三虞祭)가 끝난 밤은 손가락 하나 까딱하기 싫었다. 늘어지게 자리라 마음먹고 잠에 곯아떨어졌다가 해가 중천에 올라서야 눈을 떴다. 시장기를 참을 수 없어 떡 조각으로 배를 채우는데 짐을 챙겨 가지고 별당에 모이라는 것이었다. 군소리가 통하는 세상이 아니기에 세수도 한 둥 만 둥 옷가지를 보자기에 싸들고 별당 넓은 방으로 건너

갔다. 얼른 보아도 1백 명 가까운 여자들이 퀭한 눈으로 모여앉아 수군거리고 있었다.

"무슨 일이에요?"

"몰라서 물어?"

벽을 향해 돌아앉은 여자가 쏘아붙였다.

국상(國喪)이 난 후로 틈만 생기면 쑥덕공론이었다. 황제의 아들이나 딸을 낳은 사람은 따로 특별한 대접을 받지만 잠자리를 같이하고도 생산을 못한 여자는 그대로 두지 않는다는 것이었다. 전례에 따라 머리를 깎아야 한다는 것을 알고 있었으나 이건 너무하지 않은가.

이 대명궁의 터줏대감이라고 부르는 백발의 할망구가 5, 6명의 못생긴 여자들을 거느리고 들어서더니 쪽제비 눈으로 쓰윽 훑어보고 찢어지는 소리를 내뱉었다.

"모두들 들어요. 이제 태종께서 돌아가시고 그 아드님 되시는 분이 등극하셨으니 이 대궐은 새 임금을 모실 비빈들이 차지하고 당신들은 물러가야 하오. 그런데 당신들은 설사 황자(皇子)나 공주를 낳아 드리지는 못했을망정 돌아가신 임금을 모신 몸이오. 나라의 법도에 의하면 지존(至尊)을 모시던 분은 속계(俗界)에 나가 몸을 더럽힐 수 없는 것이오. 따라서 당신들은 이제부터 속세를 떠나 절간에 들어가서 육신을 고이 간직하고 마음속으로 돌아가신 태종 폐하를 섬기다가 저승에 가는 날 그분을 다시 모시기로 되어 있소. 그런 만큼 절간에서는 다른 스님 이상으로 단련할 것이니 각오들을 해요. 이제부터 각자 들어갈 절간의 이름을 부를 터이니 잘 들어요."

종이를 든 할망구의 입에서는 여자들의 성명과 직함, 그리고 배정된 절의 이름이 쏟아져 나왔다. 장안 안팎의 이름 있는 이사(尼寺)에 4, 5명씩 배당되는 모양이었다.

"무재인(武才人)은 감업사(感業寺)."

도시 듣지도 보지도 못한 절간이었다. 어느 심심산천에 있는 절간일까.

그길로 보따리를 옆에 낀 여자들은 밖에 나와 조그만 가마에 올라탔다. 북문을 빠져나온 가마의 행렬은 대궐의 담장을 오른쪽으로 돌아 십자로에 이르자 두셋, 혹은 네댓씩 갈라져 흩어지기 시작했다. 감업사에 간다는 가마 3채는 남으로 10리쯤 가다가 서쪽으로 꼬부라져 5리도 못 가 안업방(安業坊)의 조그만 절간 앞에서 내려놓았다.

이것은 장안의 한복판이 아닌가. 현판에는 어김없이 감업사라고 씌어 있었다. 〔당시 장안 성내는 동서 약 25리, 남북 약 23리의 거의 정방형의 도시〕

황소 같은 여승이 애송이들을 거느리고 마중 나왔으나 별로 좋은 얼굴이 아니었다. 산문(山門)에서 교군들을 보내고 들어오면서부터 시어머니 노릇이 시작되었다.

"느으들 지존을 모셨다고 여기서 까불다가는 눈깔을 빼놓는다. 알간?"

별안간 세상이 물구나무를 선 느낌이었다. 다른 두 여자는 멍하니 서 있었으나 무미랑은 황소를 아래위로 훑었다.

"뭐요?"

"너 잠을 덜 깼구나."

황소는 주먹으로 턱을 올리 질렀다. 애송이들을 시켜 다른 두 여자는 방으로 데리고 갔으나 무미랑은 황소가 뒤꼍으로 끌고 갔다.

"뒈질 때까지 여기서 푹 썩어라."

골방문을 열어젖히고 목청을 높였다.

곰팡내가 코를 찌르는 컴컴한 방이었다. 무미랑은 보따리를 내려 옆에 낀 채 우두커니 서 있었다. 이 쥐구멍 같은 방에서 황소 말마따나 뒈질 때까지 썩는다 생각하니 먹었던 것이 도로 올라오고 머리가 어지러웠다.

"왜 장승같이 서 있는 거야?"

마당에서 노려보고 있던 황소가 쏘아붙였다.

"대갈통을 깎아야 할 게 아냐?"

또 주먹이 날아올 것만 같아 보따리를 내려놓고 얼른 밖으로 나섰다. 황소는 그의 등을 밀어 울타리 밑 대추나무 그늘로 갔다. 가위와 칼을 든 애송이 여승 두 사람이 기다리고 있었다.

그렇게도 다부지게 자라던 머리도 인정사정없는 가위 끝에 맥없이 떨어져 그들의 발밑에 짓밟혔다. 무미랑은 속세를 떠난다는 뜻을 실감하고 눈물이 앞을 가렸다.

고구려 유민들의 한

도바(突拔)는 1백여 기를 지휘하여 창을 겨누며 적을 바싹 쫓아갔다.

전쟁이라는 폭풍이 휩쓸고 지나간 후 도바의 눈에는 온 천지가 황량하고 꽃도 사람도 산천초목도 예전의 모습이 아니었다. 예전에는 봄철에 하얀 박꽃을 보면 꽃에도 정이 흐르고 속삭임이 있고 내일이 있었다. 나무 한 가지, 풀 한 포기, 심지어 길가의 돌멩이까지도, 이 세상 만물은 무심한 것이 하나도 없었다.

그러나 이제 눈에 보이는 모든 것이 생명을 잃고, 의미도 없고, 자기와는 아무 관계도 없었다. 그는 하늘과 땅 사이에 홀로 서 있는 고적감을 누를 길이 없었다.

아버지와 어머니, 아내 백화(白花)는 폭풍에 휘말려 종적도 없이 사라지고, 장인 돌쇠마저 전쟁이 끝나고 얼마 안 되어 세상을 떠나고 말았다. 의원들은 오랜 심로(心勞) 때문이라고 했다.

단 하나 이제까지 생명을 지탱해 온 것은 백화 생각이었다. 어쩌면 백화는 살아 있을 것 같고, 지금이라도 문고리를 당기고 들어올 것도 같았다.

 꿈에는 자주 나타났다. 언제나 활짝 핀 목련 같은 예전 모습 그대로였으나 눈물을 머금은 얼굴로 바라볼 뿐 말이 없었다. 그런 아침이면 싸늘한 가슴을 주체하지 못하고 눈을 감은 채 오래도록 일어날 줄을 몰랐다. 꿈도 생각도 고통이었다. 잊어야겠다고 한겨울을 술에 몸을 내맡겼으나 머리는 더욱 어수선했다.

 그는 다시 싸움터로 치달았다. 물러갔던 당나라 군사들은 몇백, 몇천 명씩 무시로 국경을 넘나들면서 어느 성을 공격하는 것도 아니고 농촌을 흑작질하고 돌아다녔다. 한때는 깊숙이 남소성(南蘇城)까지 쳐들어왔고, 압록강 이남에서도 불쑥 바다에서 올라와 소동을 부리고는 사라진다고 했다. 군대를 풀어 치러 가면 도망치고, 돌아오면 다시 나타나고… 이 때문에 농사가 말이 아니었다.

 도바는 자원해서 싸움터에 나가 반드시 선두에 섰다. 도망간다고 그냥 두지 않고 철저히 추격해서 박살을 내고야 말았다. 적의 술책에 말려든다고 말리는 경우도 흔히 있었으나 병법(兵法)이니 거기 따른 술책 같은 것은 안중에 없었다. 몸을 내던진 사람에게는 삶이란 이미 없는 것이고, 언제나 죽음을 찾아다녔다.

 해가 바뀌고 또 바뀌어도 적은 끈덕지게 나타나고, 도바는 쉴 틈 없이 그들과 맞붙어 싸웠다.

 교대해서 평양으로 가라는 이야기도 여러 번 들었으나 거절했다. 이제 자기에게 남은 것은 자신을 매질하는 외에는 아무것도 없었다.

 적은 250에서 300명, 도바는 그들을 추격하여 요하(遼河)에 밀어붙였다. 일부는 옆으로 흩어져 뛰고 일부는 강으로 뛰어들고 나머지는 말을 버리고 꿇어 엎드려 두 손을 비벼댔다. 사정없이 짓밟아 버린 고구려 병사들은 물속에서 말과 함께 허우적거리는 적에게 화살을 퍼부었다.

"물귀신이나 돼라!"

도바는 활을 당겨 마지막 놈이 물속으로 나가떨어지는 것을 보고 손등으로 이마의 땀을 닦았다.

6월이라도 금년 6월은 유난히 찌는 더위였다.

백화(白花)는 아침부터 노렸으나 창을 든 초병들은 틈을 주지 않았다. 벼랑까지 200보, 단숨에 뛸 수 있고, 가기만 하면 모든 시름도 끝장이 나는 것이다.

도시 세수라는 것을 해본 일이 없는데다 홑옷 한 벌로 4년을 지내온 남녀 1천여 명은 사람이라기보다 검은 두더지였다. 닳아빠진 구멍으로 무릎이며 엉덩이가 내밀어도 눈에 뜨일 것도 없고 이상할 것도 없었다. 남자나 여자나 볼기짝 하나쯤 드러나지 않은 사람이 없고 걸친 누더기와 내민 살갗은 다 같이 흑갈색 땟국이 배어 얼른 보아서는 구분이 서지도 않았다.

그들은 6월의 무더위에 검푸른 땀줄기를 흘리면서 괭이로 나무뿌리와 풀뿌리들을 캐고 있었다. 1년 4시를 두고, 고구려 사람들은 황무지를 개간하는 것이 일이었고, 중국 사람들은 개간한 농토를 차지하고 거드름을 피우는 것을 낙으로 삼았다. 모두들 고구려와 전쟁할 때 요동까지 갔다 온 사람들로, 지금은 이 고장의 둔전병(屯田兵)이라고 하였다.

아무리 농토를 만들어 바쳐도 그들은 만족하는 법이 없고, 꺼우리들이 지은 죄를 생각하면 이것은 아무것도 아니라고 더욱 채찍을 퍼부었다. 살아서 움직이는 한 땅을 파야 하고, 지쳐서 죽으면 그것으로 끝장이요, 누구 하나 서러워하는 사람도 없었다.

지난번 그들의 황제가 죽었을 때는 큰 소동이 벌어졌다. 수백 명의 둔전병들이 한꺼번에 몰려와서 창대를 거꾸로 쥐고 무조건 뚜드려 패는 바람에 10여 명이 죽고 다친 사람은 그 배도 넘었다. 무어라고 중얼거리고 눈물을 떨어뜨리면서 매질하는 자도 있었다.

"너희 꺼우리 놈들 때문에 폐하께서 끝내 화병으로 돌아가셨단 말이다."

영문도 모르고 한바탕 얻어맞고 나서 다시 풀을 뽑는데 옆에서 일하던 여자가 그들의 욕지거리를 통역해 주었다. 백화는 썩 잘 돼졌다고 생각하니 그 정도 얻어맞은 것은 대수로울 것도 없었다.

백암성(白岩城)에서 남편이 강으로 뛰어드는 것을 보고 자기도 일어서 고함을 지르다가 그들에게 얻어터졌다. 시어머니가 그들의 창끝에 피를 토하고 죽어가는 것을 보고는 제정신이 아니었다.

마구 돌아가며 당나라 병정들을 물어뜯었다. 수없이 뚜드려 맞고 발길에 채이다가 먹살을 잡혔다. 단도를 빼들고 덤비는 품이 죽일 모양이었다. 턱을 쳐들고 가슴을 내미는데 군관이 고함을 지르며 달려와 뺏었다.

뒷짐을 묶여 성내로 끌려가서 그 밤은 이세적의 방에서 지냈다. 40대의 거무데데한 사나이는 손발을 침상에 묶어 놓고 고양이가 쥐를 놀리듯 별짓을 다 했다. 얼굴에 침을 뱉어도 히죽히죽 웃어댔다. 될 대로 되라고 내맡기고 있는데 술 냄새를 풍기면서 덮쳐 왔다. 자기도 모르게 덥석 물어버린 것이 상대방의 코였다. 그는 코를 쥐고 돌아가다가 한 대 걷어차고 나가버린 채 밤새 돌아오지 않았다.

이튿날 아침 일찌감치 들어온 군관에게 개처럼 얻어맞고 그길로 끌려나와 북쪽으로 향하는 사람들과 같은 오랏줄에 묶였다. 통정진(通定鎭)을 거쳐 유주(幽州), 장안(長安), 함양(咸陽)을 지나 5천 리도 더 된다는 이 농서(隴西: 감숙성)까지 끌려와서 이 고역이다. 멀리 남방 양자강과 회수(淮水) 일대에도 끌려갔고, 태산(泰山) 근방과 이 농서에도 많이 와서 흩어졌다는데 자기는 백암성의 낯익은 사람들과 함께 위수(渭水) 가 이 산골짜기에 와서 4년을 보냈다.

　백암성에서 그들에게 묶이는 순간부터 이 먼 고장에 올 때까지 꿈에서도 생각하는 것은 도망치는 일이었다. 남녀노소가 한데 묶인 오랏줄을 용케 자르고 도망친 사람도 없는 것은 아니었으나 대개는 붙들려 칼이나 창에 찔려 목숨을 잃고 말았다.

　마침내 이 고장에 끌어다가 내동댕이쳤다. 황량한 겨울의 산골짜기였다. 눈보라 속에서 나무를 찍고 마른 풀을 긁어모으는 일부터 시작했다. 나무 밑이나 바위틈에서 밤을 떨고 아침에 눈을 뜨면 옆에 웅크리고 있던 사람이 그대로 꽁꽁 얼어붙은 채 꼼짝하지 않는 일도 한두 번이 아니었다.

　초병들이 다가와 발길로 한 대 차도 움직이지 않으면 죽은 강아지처럼 강가에 끌려가서 물구멍에 들어가거나 지나가는 농부의 썰매에 실려 돼지밥으로 팔려갔다. 그때마다 병정들은 한두 푼 받아 쥐었고, 밤이면 술 한잔 없을 수 없었다.

　얼마 안 가 그들은 물구멍에 차 넣는 어리석음을 깨닫고 길가에 돌각담처럼 쌓아 올렸다. 어지간히 올라가면 으레 장사치가 나타나서 흥정이 시작되고 그 밤은 장막에서 큰 잔치가 벌어졌다. 병정들은 흥이 나서 좋고, 장사치들은 이문이 남아 좋고, 이 농서 땅의 돼지들은 전에 없이 살이 쪄서 좋다고 하였다.

　10여 채의 통나무집이 서고 봉당에 마른풀을 깔 때까지는 반수 이상이 얼어 죽었고, 썰매에 실려 가서 식성 좋은 중국 돼지들의 뱃속으로 들어갔다. 백화는 추위와 굶주림에 쓰러져 없어진 그들보다도 용케 살아서 통나무집에 들어온 사람들이 신기했다. 자기도 그들 틈에 낀 것이 대견하고 딱히 무어라고 표현은 할 수 없어도 가슴속과 사지에 자신이 생겼다.

　봄에는 어김없이 도망치리라. 아득하게만 생각되던 동방 5천리의 고구려까지 능히 걸어갈 수 있음직했다.

그러나 봄이 오기 전에 당나라 병정들은 둥근 철인(鐵印)을 들고 나타났다. 고구려에서 남의 소와 자기 소를 구분하기 위해서 뿔에 찍는 그런 철인이었다.

통나무집에 갇힌 사람들을 하나씩 끌어내다 자빠뜨려 놓고 일을 벌였다. 새끼 돼지를 거세(去勢)할 때처럼 두셋이 달려들어 손발을 짓누르면 한 놈이 숯불에 단 철인을 이마에 지그시 눌렀다 떼었다. 그때마다 숨이 넘어갈듯 비명이 터지고 검푸른 연기와 함께 찍찍 소리도 들렸다. 끝나면 우선 옆구리를 걷어차고 일어서면 엉덩이에 발길이 들어가고 비틀거리면 몽둥이찜질이 왔다.

며칠을 두고 계속된 철인의 수고로 중국 사람과 인종지말에 불과한 꺼우리는 보기만 해도 단박 알 수 있었다.

백화는 다른 여자들의 일그러진 얼굴에서 자기 얼굴을 보았다. 이것은 분명히 사람이 아니고 더구나 여자일 수 없었다. 모든 것이 무너져 버렸고, 몇 번이고 혀를 깨물어 죽으려다 마음을 고쳐먹었다. 이대로는 결코 죽을 수 없었다. 대개는 열이 오르고 곪아 터지고 개중에는 돼지우리로 가버린 사람도 적지 않았으나 일은 하루도 쉬지 않았다.

봄이 오자 겨울에 없던 일이 시작되었다. 밤만 되면 여자들만 들어 있는 통나무집에 횃불을 든 병정들이 나타났다. 머리채를 쳐들어 불에 비춰 보고는 도로 쥐어박고, 다음 여자를 쳐들고, 차례로 그 짓을 되풀이하고 지나갔다. 그때마다 하나씩 골라잡고, 앙탈을 부리건 말건 덜미를 잡아 끌고 나갔다.

새벽에 돌아온 여자들은 축 늘어져 하루 종일 일어나지 않고, 가끔 생각난 듯 훌쩍거렸으나 그날만은 일하라고 내모는 일은 없었다. 이상하게도 한 번 겪은 여자들은 다음부터는 순순히 따라 나갔고, 때로는 삶은 감자 한두 개를 얻어 오기도 했다. 침을 뱉는 여자들도 있었

고구려 유민들의 한

으나 은근히 부러운 눈치를 보이는 축도 없지 않았다.

"이 에미나 빽시지 마라!"

몇 번 들락거리던 여자가 새벽에 문을 들어서자 곧바로 백화에게 다가와서 발길질을 했다.

"뭐야?"

백화는 일어나 눈을 비볐다.

"시침 따기야?"

여자는 주먹으로 그의 턱을 받쳤다.

"무슨 소리지?"

"너 장안(長安)에 간 대장과 눈이 맞았다면서?"

백암성에 있을 때 집에 드나들던 병정의 아내였다. 어쩌다 길에서 마주치기만 해도 죽는시늉을 하던 것이 딴판으로 달라졌다.

"혼자 깨끗한 척 … 여기서도 군관 여편네야?"

백화는 이 여자들을 흰 눈으로 본 일은 없었다. 엄청난 힘에 짓눌려 스스로 운신도 못하는 여자들에게 정절이니 뭐니 하는 것처럼 당치도 않은 얘기는 없었다. 추수를 한 농부들이 수수 이삭을 자르건 부수건 자기 마음대로 하듯이 전장(戰場)에서 여자라는 이삭을 긁어온 병정들이 그들을 어떻게 하건 도리가 있을 수 없었다. 이삭더러 어떻게 하란 말이냐.

그런 변명으로 언젠가 도바에게 돌아갈 궁리를 하고 있는 것은 아니었다. 자기는 당나라 사람들의 손에 철저히 파괴되어 버렸다. 마음은 황폐하고 육신도 찌그러졌다. 남은 것은 악뿐이었다.

"이년이 도도하게 …."

머리칼을 잡아 뜯는데 옆에 누웠던 여자가 일어나 끼어들었다.

"얘기가 다르잖아? 대장이 떠나면서 점을 찍어놨다고 했지, 얘가 어쨌다는 소리는 없잖아?"

"마찬가지지 뭐."

여자는 마구 주먹질을 해대고 자기 자리를 찾아갔다.

자기 혼자만 몰랐지 묘한 얘기는 벌써부터 돌아다닌 모양이었다. 적어도 이때 이 고장에서, 그들에게 짓밟히고 있는 고구려 사람들에게는 대장이라는 직함을 가지고, 2, 30명의 병정을 거느린 새까만 사나이가 멀리 떨어진 고구려 왕보다 천 배는 더 권세가 있었다. 밑바닥의 병정보다 그의 상대가 되면 감자 하나쯤 더 생길지도 모른다. 감자 하나⋯.

위수(渭水)의 얼음이 풀리고 양지바른 산에는 진달래가 피었다. 하늘이 이렇게 고마울 수 없었다. 겨우내 눈을 헤치고 언 땅을 파고 나무뿌리를 캔 손들은 여러 갈래로 찢겨 피가 흐르고, 부어오른 채 얼어붙었건만 약은 고사하고 녹일 불조차 없었다. 아린 것을 참지 못해 눈물짓는 여자들도 있고, 꿀을 바르고 불에 쪼이면 단박 낫는다고 그럴싸한 처방을 내리다가는 멋쩍어 웃는 이도 있었다.

봄은 모든 것을 녹여 주었다. 산과 강의 얼음뿐만 아니라 이들의 손과, 그리고 발가락에 깃든 얼음도 녹여 주었다. 녹으면 진물이 흐르는 경우도 적지 않았으나 핏발이 걷히고 한결 부드러워졌다. 나무에 새로운 기운이 돌고 그것이 잎과 꽃으로 피듯이 영영 얼어붙은 것만 같던 이들에게도 희미하나마 겨울과는 달리 생기가 엿보였다.

4월 초파일 밤이었다. 산기슭에 바싹 붙여 지은 병사(兵舍)에서 흘러오는 퉁소 소리를 귓전으로 들으면서 백화는 옆에 누운 젊은 여자와 함께 낮에 나무뿌리를 캐다가 감춰 가지고 온 도라지를 씹었다. 병사에서는 아침에 잡은 돼지고기를 안주로 장안에서 오늘 돌아왔다는 대장을 모시고 술잔도 오가는 양 떠들썩하다가는 여럿이 한꺼번에 웃는 소리도 들렸다. 백화는 쓴물이 더욱 쓴 것만 같아 슬그머니 뱉어 머리맡에 던져 버렸다.

어둠 속에서 침을 삼키는 소리, 한숨을 쉬는 소리가 들렸다. 오늘 밤 따라 유달리 뱃속에서 물소리가 요란하고 목이 타올랐다.

문이 열리면서 등잔불과 함께 고기냄새가 풍겨 왔다. 짚을 깔고 누웠던 1백 명 가까운 여자들은 날쌔게 일어나 앉았다. 병정 한 명이 소반에 잔뜩 차린 것을 들고 들어와 문간을 지키고 앉았던 초병과 마주앉았다.

그들은 주먹만큼씩 큼직하게 자른 고깃점들을 물어뜯으면서 술을 찔끔찔끔 마셨다. 소반을 바라보는 여자들의 눈들은 깜박이지도 않고, 이 농서(隴西: 감숙성)에 온 이래로 이렇게 광채가 날 수 없었다. 그러나 두 병정은 옆에 아무도 없다는 듯이, 있어도 그것은 사람이 아니라 부대자루에 지나지 않는다는 듯이 곁눈도 팔지 않고 자기들끼리 먹고 마시고 지껄여댔다.

별안간 그림자 두셋, 얼씬거리기가 무섭게 우지끈 소리에 이어 온 집안이 캄캄해지고 앉았던 군상은 '우!' 소리를 지르고 일제히 문간으로 쏟아져 갔다. 병정들이 무어라고 한두 마디 외치다가 문밖으로 밀려나 고함을 지르며 산기슭으로 달아나는 소리가 들리고 집안에서는 난장판이 벌어졌다.

"이리 내놔."

"내 거다."

"내 게 어딨어?"

어둠 속에서 밀고 당기고 치고 차고 물어뜯기까지 했다.

꽹과리가 울리고 떠들썩하면서 뛰어오는 뭇 발자국 소리에 여자들은 슬금슬금 제자리에 돌아와 숨을 죽였다.

"난동 부린 살암 나와 해!"

초롱을 앞세우고 들이닥친 병정들은 몽둥이를 들고 들어와 눈을 부라리고 문간에 버티고 선 자가 목청을 높였다. 그러나 여자들은 드러누운 채 아무도 응대를 하지 않았다.

"말이 안 해? 죽여 한다."

발을 굴렀으나 머리를 쳐드는 여자는 없었다. 그의 구령으로 병정들은 머리고 가슴이고 닥치는 대로 몽둥이를 퍼붓고 찢어지는 비명이 터졌다. 백화(白花)는 닭장에 들어가 회초리를 휘두를 때와 같은 법석이라고 생각하는데 잔등이 쾅하고 가슴이 막혔다. 놈은 몽둥이만 휘두르는 것이 아니라 춤추듯 두 발을 번갈아 놀리며 마구 짓밟고 돌아갔다. 백화는 사지를 오그리고 엎드려 숨을 죽였다.

몽둥이찜질이 멈추고 문간 병정은 또 외쳤다.

"말이 안 해도 알아내는 수가 있어 해."

그는 초롱불을 들고 하나하나 손바닥을 더듬어 보고 지나갔다.

"똑똑이 들어 해!"

17, 8세 소녀의 머리채를 끌어다 복판에 내동댕이치고 모두 주위에 둘러앉게 하고 나서 병정이 외쳤다.

"더 많이 있는 걸 알아 하지마는 오늘은 파일이다. 이거 하나 귀를 떼어한다!"

병정은 고개를 숙이고 공포에 떠는 소녀에게 다가가 단도를 빼어 들었다.

"이번에는 귀를 하나만 떼어한다. 또 못된 짓 해? 다른 귀를 또 떼어한다. 또 해? 그럼 목을 떼어한다. 알아했어?"

병정들에게 사지와 몸뚱이를 지그시 눌린 소녀는 밧줄에 묶여 모로 쓰러진 돼지가 칼을 기다리듯 휑하니 두 눈만 껌벅거렸다.

참으로 간단했다. 놈은 허리를 꾸부리자마자 한쪽 귀를 잘라, 모두들 보라는 듯이 머리 위에서 한 바퀴 돌리고 구석에 팽개쳤다.

"죽어도 좋아 해."

그들은 문간에 초병 한 명만 남기고 밖으로 사라졌다.

고구려 유민들의 한 45

"으으―."

쓰러진 소녀는 그제야 짐승 같은 외마디 비명을 질렀다.

둘러앉았던 여자들은 입은 옷의 가장자리를 찢고, 백화도 고의의 무릎부터 아래를 찢어 소녀의 피를 대강 닦고, 그럭저럭 동여매고 나서 제자리에 돌아와 누웠다. 모든 것이 캄캄하기만 했다.

밤 사경(四更). 달이 지기를 기다려 백화는 홀로 밖에 나왔다. 뒷간에 간다는 몸짓에 초병은 군소리 없이 내보내 주었다.

그는 앞뒤 두 군데, 망루(望樓)를 번갈아 쳐다보았다. 고국의 원두막 같은 망루는 어둠 속에 말이 없고 아까까지 떠들썩하던 산기슭의 병사(兵舍)도 고요했다. 그는 발소리 죽이고 통나무집 사이로 살금살금 걸었다.

마지막 집 모퉁이에서 귀를 기울이고 두리번거렸으나 멀리 강물소리만 요란하고 주위에는 아무 기척이 없었다. 그는 냅다 뛰었다. 어둠 속에서 갑자기 으르렁거리는 소리에 이어 개들이 마구 짖어댔다. 바로 눈앞에서 어둠이 파도치듯 검은 그림자들이 움씰대는 것이 눈에 보이는 것만 같아 옆으로 뛰었다. 그러나 온 천하가 개의 바다를 이룬 듯 어디나 개 짖는 소리였다.

백화는 정신없이 뛰었다. 강을 따라 동으로 뻗은 오솔길은 평소에 눈여겨보아 두었고 그 길로 가다가 다급하면 물에 뛰어들리라. 그러나 오솔길까지는 거리가 있고, 파헤친 구렁에 빠지고 나무뿌리에 걸려 나동그라졌다가 다시 뛰었다.

산기슭에서 호각이 울리고 횃불을 든 사나이들이 이리저리 뛰었다. 개들이 짖어대는 소리에 고함소리가 뒤범벅이 되어 산에 울리고 말뚝에 매어 빙빙 돌아가는 개들을 풀어놓는 모습이 불빛에 드러났다.

수십 마린지 수백 마린지 종잡을 수 없는 개들이 떼를 지어 바람같이 쏴 하는 소리를 내며 뒤쫓아 왔다. 백화는 어둠 속에 희미하게 빛나는 강물을 바라보고 다리에 힘을 주었다.

제일 앞지른 개가 치솟으면서 어깨를 물고 늘어지는 바람에 백화는 짚단처럼 맥없이 쓰러졌다. 이어서 무수한 개들이 들이닥치고 갈기갈기 찢고 그는 혼이 나가 버렸다.

며칠 혹은 몇 달이 지났는지, 통나무집 제자리에서 정신을 되찾은 백화는 눈을 뜨고 바라보아도 지켜 앉은 소녀는 말이 없었다. 돼지고기 한 점 때문에 귀가 떨어진 소녀였다. 백화는 입을 놀렸으나 말라서 갈라진 입속에서는 말이 나오지 않았다. 아직도 천으로 귀를 싸맨 소녀는 허리춤에서 진달래꽃 몇 잎을 꺼내 입에 넣어 주었다.

백화는 천천히 씹었다. 침이 솟고 말라붙었던 목구멍이 트이는 듯했다.

"며칠인지 아세요?"

백화는 고개를 저으려다 머리가 울려 그만두었다. 어느 한 군데도 아프지 않은 곳이 없고, 온몸이 상처투성인 모양이었다.

"열흘 만이에요. 또 사람들이 죽었어요."

"왜?"

"언니 때문이에요. 이튿날 나무뿌리를 캐다가 모두 들고 일어났어요. 언니 얘기가 퍼져서 우리는 개만도 못하냐고 남자들이 대들었대요. 몇 놈 때려눕히기는 했지마는 무기를 든 병정들을 당해내나요? 그 자리에서 몇 사람 죽고, 나중에 또 모두 모아 놓고 3명을 창으로 찔러 죽였어요. 이건 저도 보았어요. … 며칠 잠잠하더니 닷새 전인가 엿새 전에 수십 명이 무더기로 도망치다가 언니처럼 개한테 뜯기고 붙들려 왔어요. 허지만 끝내 도망친 남자도 한두 사람 있나 봐요."

"너는 왜 일터에 안 나갔지?"

"몰라요. 귀가 아플 테니 쉬라고 말이에요, 오늘 아침에는 부드럽게 나오데요."

　백화는 열이 오르고 전신이 아려 눈을 감고 이를 깨물었다.
　두 놈이 화로를 들고 들어와 옆에 놓고 자기들끼리 중얼거리다가 달려들어 아래위를 홀랑 벗겼다. 백화는 꼼짝할 기력도 없고 하는 대로 버려두는 수밖에 없었다. 그들에게 붙들린 이래로 여자의 대접은 고사하고 사람의 대접을 받아본 일이 없었다. 그들이 짐승이든가 이쪽이 짐승이든가, 어느 한쪽은 짐승이어야 마땅했다.
　그들은 화로에 철판을 얹어 놓고 돼지비계를 녹였다. 알몸을 이리저리 굴리면서 전신에 기름칠을 하며 히죽거렸다.
　"하오(好)?"
　하오? 고양이가 잡아온 쥐를 물어뜯기 전에 풀어놓고 놀리듯이 한 번 놀려대는 것일까. 그는 눈을 뜨지 않고 대답도 하지 않았다.
　저녁에는 이변이 일어났다. 여태까지 먹던 희멀건 수수죽에 감자가 하나씩 붙어 왔다. 소리 없는 환성이 귀에 들리는 듯하고 실로 오래간만에 생기가 돌았다.
　이변은 그것뿐이 아니었다. 어두운 후에 등잔불이 켜진 것이다. 등잔불 밑에서 서로 얼굴을 볼 수 있다는 것은 참으로 희한한 일이었다.
　병정들이 몽둥이를 하나씩 들고 들어왔다. 감자도 등잔도 공것일 수 없고 역시 곡절이 있었구나. 흩어져 여기저기 버티고 서는 병정들을 곁눈으로 쫓던 여자들은 풀이 죽어 고개를 떨어뜨렸다.
　바깥이 왁자지껄하고 대장의 인도로 비단옷을 입은 인간들이 들이닥쳤다.
　"모두들 들어 해."
　문간에 몰려선 7, 8명의 비단 중에서 가장자리의 사나이가 두 손을 모아 쥐고 턱을 쳐들었다. 억지로 일으키는 바람에 소녀의 품에 기대앉은 백화는 어디서 본 듯한 얼굴이라고 생각했으나 머리가 울려 눈을 감아 버렸다.

"우리는 장안에서 와서 했다. 너희들이 이렇게 목숨을 부지하고 편안히 잘이 있어 하는 것은 우리 황제 폐하의 높아 하신 은혜의 덕분이다. 이 은혜를 몰라 하면 죽어 하고, 알아 하면 잘이 살아 한다. 이제부터 여기 있어 하는 손벌음 따—징 말씀 잘이 들어 해라."

손벌음이라는 말에 백화는 정신이 바짝 들었다. 문간에 서 있는 비단 중에서 뒤에 있던 사나이가 비집고 앞으로 나섰다. 어김없는 손벌음이었다. 그렇지, 가장자리의 사나이는 전에 백암성에서 통역하던 그치로구나. 백화는 불이 튀어나오는 두 눈을 깜빡이지도 않고 침을 삼켰다.

"여러분 얼마나 수고 많았소?"

수염을 내리 쓰다듬는 손벌음의 비단옷이 불빛에 번들거렸다.

"무엇보다 우리는 인자하옵신 황제 폐하의 은덕에 감읍(感泣)하지 않을 수 없소. 그분의 하해 같은 은혜로 우리는 신명을 보전하고 창창한 앞날을 바라보게 되었소."

그는 말을 끊고 좌중을 둘러보았다. 지켜선 병정들이 두리번거리는 가운데 뼈와 가죽의 군상은 숨을 죽이고 그를 바라보았다.

"에헴, 이 높으신 은덕을 망각하고 혹은 난동을 부리고 혹은 도망치는 자까지 나타났다는 것은 우리 고구려인의 수치요. 내가 에헴, 저어 남쪽 강회(江淮) 지방을 위시하야 고구려 백성이 있는 곳은 골고루 다녀서 지금 여기까지 왔는데 말썽이 없는 곳은 하나도 없단 말이오. 우리 고구려인이 언제부터 이처럼 배은망덕하는 족속이 되어 버렸는지 실로 한심하오."

좌중이 웅성거리고 손벌음은 목청을 높였다.

"조용들 해요. 심지어 좋은 말로 타이르는 나를 죽인다고 몰려드는 인간들도 있었소. 불의에 달려드는 바람에 얻어맞고 한 달이나 누워

고구려 유민들의 한

있은 일도 있지마는 내 소신은 굽힐 수 없소. 우리는 은혜를 알아야 하오 ….”

"야—. 손벌음 너 자알났다!"

웅성거리는 가운데 한층 높다랗게 외치는 여자의 음성이 뒤에서 울려 왔다.

그는 병정의 몽둥이에 어깨를 얻어맞고 문간의 비단들은 자기들끼리 쑥덕거렸다. 그중 배가 나온 뚱뚱보가 무어라고 고함을 지르자 병정은 그의 머리채를 끌고 앞으로 나갔다.

"손벌음 이 새끼, 똥뙤눔 밑창 맛이 어떻더냐!"

여자는 끌려가면서도 악을 쓰고 그때마다 몽둥이에 얻어터졌다.

"뭐 어째? 니가 ….”

병정은 여자를 꿇어앉히려고 했으나 마구 발버둥 쳤다.

"너 날 알지? 곰보 군관 온사문(溫沙門) 의 여펜네다. 이놈아, 남편과 애들 다 잡아먹고 ….”

뚱뚱이가 중얼거리자 대장이 단도로 그의 귀를 잘라 쳐들고 외쳤다.

"알아 했어?"

그러나 여자는 얼굴과 어깨에 피를 쏟으면서도 멈추지 않았다.

"어서 죽여라. 무슨 낯짝을 쳐들고 응 … 이 역적놈아 … 돼지 밑구녕 같은 그 아가리를 … ”

대장은 허리를 구부리고 나머지 귀를 잘라 또 쳐들었다.

"살고 싶어 사는 줄 알아? 죽여라, 죽여!"

여자는 피범벅이 된 얼굴을 내저었다. 비단들이 쑥덕거리고 통역이 고함을 질렀다.

"들어 해! 살기 싫어 한 살암, 얼마든지 죽여 한다.”

대장은 한 발로 여자의 잔등을 디디고 옆에 찼던 긴 칼을 뽑았다. 바라보던 여자들은 두 손으로 얼굴을 감싸고 고개를 떨어뜨렸다.

"흑!" 하는 외마디뿐이었다. 그리고는 좌우로 번갈아 치는 칼에 여자의 목이 떨어져 뒹굴고 비단들은 내뿜는 피를 피해 옆으로 비껴 섰다.

좌중에서는 숨소리도 들리지 않았다. 백화는 일어서려고 힘을 다했으나 몸은 한 치도 뜨지 않고, 눈치를 알아버린 소녀가 두 손으로 입을 막아 버렸다.

대장은 피 흐르는 여자의 머리를 문간에 걸어 놓았다.

"이 불칙한 인간의 머리를 봐요."

손벌음이 또 나섰다.

"은(恩)과 위(威)는 병행하는 법이오. 은을 모르는 자는 위로 다스릴 수밖에 없소. 이 점을 명심하지 않다가는 누구든지 이렇게 될 줄 아시오."

그는 뒷짐을 짚고 좌중을 훑어보았다.

"나는 오늘밤 기쁜 소식을 가지고 왔소. 여러분이 순종하고 열심히 일하면 5년 후에는 한식구가 한지붕 밑에서 살 수 있고, 땅도 생길 것이오. 또 영광된 중국 백성이 되는 길도 있소. 어떻소?"

아무도 대답하는 사람이 없고 나지막이 한숨소리가 들릴 뿐이었다.

"벌음아, 네가 … ."

백화는 다시 한 번 요동을 쳤으나 몸은 약간 움씰할 뿐 소리도 나가지 않았다.

비단들이 물러가고 대장은 문간에 걸린 여자의 머리를 벗겨 들고 뒤를 따랐다. 밤이 깊도록 그들은 차례로 통나무집을 찾아다니는 모양이었다. 한바탕 소동이 벌어졌다가는 조용해지고 다시 벌어졌다. 몇 채 건너 남자들 칸에서는 크게 벌어진 양 이 집까지 움씰거리는 듯했다.

이튿날 일터에서 돌아온 사람들은 간밤에 스무 명도 더 죽었다고 했다. 드나드는 길가에 말뚝을 박아놓고 그 위에 즐비하게 머리를 꿰

놓았다는 것이었다.

손벌음도 죽었다고 했다. 어느 남자들 칸에서 불문곡직하고 짓밟혀 뇌수(腦髓)가 터져 나오고 갈빗대가 모조리 박살이 나서 즉사했다고 전했다. 그 바람에 더욱 많은 사람들이 목을 잘렸다는 것이다.

4월이 다 가고 5월도 보름께 되어 백화는 기동을 시작했다. 봄에 어렴풋이 돌던 생기는 씻은 듯이 가시고 사람들은 눈에 띄게 풀이 죽었다.

"할 수 없지. 5년을 기다려 볼밖에."

5년 후에 희망을 거는 축도 없지 않은 눈치였다.

그러나 설사 손벌음의 이야기가 정말이라도 백화는 5년 후에 걸 희망이 없었다. 다만 남이 움직일 때 가만있는 것이 미안해서 머리가 쑤시는 것을 참고 일터에 나가 나무뿌리를 캐기 시작했다. 개한테 할퀸 자국 때문에 몰라보게 되었다고들 했으나 잠자코 흘려들었다.

"너 다 나아 했구나."

창을 들고 오락가락하던 병정이 발을 멈추고 말을 걸었으나 그는 고개만 끄덕였다. 살아 있다는 것이 지겹고 목숨이 이렇게 짐스러울 수 없었다.

사라졌던 병정이 되돌아와서 발길로 정갱이를 찼다.

"라이 라이."

그는 떠미는 대로 앞서 걸었다.

"뿌요(不要)."

침상 위에 두 손으로 머리를 받치고 누운 대장은 빤히 쳐다보다가 내뱉었다. 다시 떠밀려 밖을 나서려는데 대장은 불쑥 일어서 덜미를 잡고 단도를 빼어 들었다.

"너 도망가 했지?"

대답할 겨를도 없이 칼이 들어오고 왼쪽 귀가 떨어졌다. 백화는 쓰러지고 떨어진 귀는 쓰레기 더미로 날아갔다.

"까!"

대장은 엉덩이를 한대 찼다.

다시 병정에게 덜미를 잡혀 통나무집으로 돌아온 백화는 쓰러진 채 이를 악물고 눈물을 삼켰다. 멍하니 서서 내려다보던 병정이 두건을 풀어 머리를 동여매 주고 나가 버렸다.

백화는 다시 몸져누워 숨이 막히는 무더위도 집안에서 보내고 가을 바람이 떨어진 연후에야 기동을 시작했다. 이제 짐승도 아니고 그렇다고 무슨 물건도 못 되는 신세였다.

잊으리라. 잊는 속에 세월이 가고 세월이 가면 끝장이 있으리라. 겨울이 가고 새해에 들어서면서 그는 마음을 고쳐먹었다.

잊는 노력 속에 한 해가 가고 또다시 한 해가 흘렀다. 감시병들은 일꾼이라고 어깨를 두드리고 가끔 밥덩이 하나 덤으로 더 돌아오는 수도 있었다.

그러나 같은 집에 있는 여자들 중에는 흰 눈으로 보는 축도 있었다. 서방도 자식도 없는 년이 되놈들한테 잘 보이려고 설치는 데는 이유가 있다고 속삭였다. 되놈 서방 생각이 간절하리라는 것이었다. 그는 못 본 척 못 들은 척 입을 다물고 세월을 엮어갔다.

그런데 지난달에는 또 나머지 귀가 떨어졌다.

그동안 산기슭의 병사(兵舍)가 확장되고 그 옆에는 대장이 집을 짓고 가족을 옮겨다 살림을 차렸다. 개간한 땅이 늘어남에 따라 병정들은 가족을 데려다 농사를 짓고, 번갈아 보초를 섰으나 대장은 유별난 취미가 있었다. 돼지를 기르는 일이었다.

집 뒤에 우리를 여러 채 짓고 1백여 마리를 길렀다. 6, 7개월 길러 어지간히 크면 30리인가 40리 떨어졌다는 읍내에 몰고 가서 비단이나 금은과 바꿔오는 것을 낙으로 삼았다.

먹이가 조금 부족해도 그날 풀을 뜯어온 고구려 사람들은 한 끼를 굶어야 했다. 돼지만도 못한 것들이 돼지님들이 시장하신데 밥을 먹는다는 것은 인사가 아니라고들 했다. 며칠에 한 번씩 강에 가서 물을 길러다 말끔히 씻어줘야 하고, 이가 생기면 이를 잡아줘야 했다. 여름철에 모기가 들끓을 때는 나뭇가지를 꺾어 들고 번갈아 가며 밤새 모기를 몰아주는 일도 빠지지 않았다.

백화는 이 돼지지기가 되었다. 부지런한 일꾼이라고 특히 뽑혀 아침부터 저녁까지 돼지님들이 배는 고프지 않은가, 아프지는 않은가, 눈을 똑바로 뜨고 보라는 것이었다.

이 돼지가 며칠 사이에 절반이나 죽은 것이다. 한 놈이 비실비실하다가 쓰러지자 무더기로 죽어 자빠졌다. 대장은 미친 듯이 날뛰고, 그 무렵에 풀을 뜯어온 고구려 종자는 모조리 몽둥이찜을 맞았다. 감시가 소홀했다고 백화도 개처럼 얻어맞았다.

50마리가 넘자 대장은 엄숙히 선언했다. 신상필벌(信賞必罰)을 중히 여기는 중국의 전통에 따라 백화의 귀를 뗀다는 것이다. 돼지우리 옆에서 대장의 칼에 남은 귀가 떨어지고 귀는 큼지막한 암돼지 입에 들어갔다.

돼지지기를 쫓겨나서 달포나 누워 있다가 오늘 처음으로 다시 일터에 나왔다. 이번에는 주위가 미안해서 나온 것이 아니고 틈을 보러 나온 것이다. 이 생명의 굴레를 벗어던질 틈을 찾아 아침부터 강으로 이르는 거리를 재고 있었다.

점심때라고 놈들은 저들끼리 웅성거리다가 반수만 남겨 놓고 나머지는 병사(兵舍)로 돌아갔다. 이런 때면 고구려 종자들은 제자리에 앉아 한참 쉬고 강에서 길어온 물로 배를 채우게 되어 있었다. 물을 길어오는 일을 자원하고 나섰으나 발길에 채였다. 시키지 않는 일에 나서지 말라고 얼굴에 침까지 뱉었다.

모두들 여기저기 물통 주위에 몰려 앉아 실랑이를 벌리고, 병정들은 그들 등 뒤에서 하품을 하거나 노닥거리고 있었다.
　앞질러 물을 마시고 난 백화는 일어섰다. 제일 끄트머리 물통으로 걸어가도 말하는 사람이 없고, 그들과 어울려 한 모금 얻어 마시고 다리를 뻗고 앉아도 무어라는 사람이 없었다. 물을 들이켠 군상은 땅에 드러누워 한 팔을 베고 한 팔을 이마에 얹었다.
　백화는 뛰었다. 다리가 몹시 휘청거렸다. 뒤에서 고함과 함께 병정들이 쫓아왔다. 그는 정신없이 뛰었다. 벼랑까지 앞으로 10여 보, 그러면 끝나는 것이다.
　발자국 소리는 바싹 뒤에 따라붙고 머리채에 손이 닿는 듯했다. 백화는 벼랑 끝에서 몸을 날려 허공을 거꾸로 내리질렀다. 모든 것을 떠나는 해방(解放)의 일순(一瞬). 이 순간 시간은 영원히 멎고 그는 물 속 깊숙이 박혔다가 급류(急流)에 휘말려 곤두박질하며 떠내려갔다.

위험한 여인

　추석이 지나고 감업사(感業寺)의 오동잎도 반이나 떨어졌다.
　빗자루를 들고 마당을 쓸던 무미랑(武媚娘)은 손을 멈추고 허리를 두드렸다. 벌써 며칠째 이 고역이다. 재(齋)인지 뭔지 왜 쓸데없는 지랄일까.
　내일은 돌아간 태종의 대상(大祥)이라 전국의 사찰은 재를 올리라고 영이 내렸다. 쌀을 방아에 찧어 떡을 빚고, 초롱을 달아매고…. 새벽에 일어나면 밥 먹을 때를 빼고는 도시 엉덩이를 붙여보지 못했다. 허리는 아프고 다리는 방망이처럼 굳었는데 아직도 할 일은 태산같이 남았다.
　이 감업사에 온 지도 3년째 되었다. 젊어서 펄펄 뛰는 것을 절간에 처넣고 머리를 깎아 말려 죽이는 나라의 법도라는 것은 도대체 무어냐 말이다. 죽을 때까지 마음에도 없는 경이나 씨부리다가 땅속에 들어가라는 법도는 어떤 시러배 아들이 만들어 냈느냐.
　내가 언제 태종을 섬기겠다고 했나? 열네 살밖에 안 된 것을 어명이라는 한마디로 끌어다 낫살 먹은 것이 별 지랄 다 하다가 그것이 죽으니까 법도를 내세워 이 절간에 처박아 놓았다. 이거 정말 죽을 지경이다.

우습게 보았던 서혜(徐惠)란 애가 차라리 약은 수작을 했다. 태종의 숨이 떨어지자 울고불고 굶어서 축 늘어지더니 병이 나버렸다. 장지(葬地)에도 못 가고 방구석에 처박혀 있기에 놀아도 시시하게 논다고 눈을 흘겨 주었다.

그런데 요것이 약을 안 먹는다고 알개를 부렸다. 돌아가신 태종을 따라 하루 바삐 저승에 가서 모시는 것이 소원이라나. 저승이 어떤 곳인지 가보기나 한 것처럼 데데하게 놀아댔다. 덕분에 남처럼 쫓겨나지 않고 궁중에 그냥 남아 있는 것을 보고 나왔다.

며칠이나 그 짓을 하나 보자고 비웃었는데 정말 끝까지 약을 안 먹고 죽어 버렸다. 듣자하니 나라에서는 하도 기특해서 현비(賢妃)를 추증(追贈)했고 죽은 시체를 태종릉의 석실(石室)에 넣어 소원을 풀어 주었다는 것이다.

이 지경이 될 것을 미리 알고 그 짓을 했을까? 죽은 송장보다 못한 것이 산송장이다. 앞으로 죽을 때까지 그 무수한 나날을 어떻게 이 모양으로 지낸다? 난 젊었단 말이다.

도대체 대궐 안에서는 권력이라는 걸 대수롭게 보지 않았다. 태종의 엉덩이도 수없이 만졌고, 요즘 황제라는 인간의 허약한 꼬라지도 볼 대로 다 보았다. 이것들이 사람의 목숨이고 산천초목이고 쥐고 흔든다 생각하니 우습기 한량없었다. 이불 밑에서 가슴이고 사타구니고 두루 만지면서 한마디 하면 아쉬운 일치고 안 풀리는 것이 없었다. 권력이란 엉덩이쯤으로 치부해 두었다.

그런데 이렇게 쫓겨나고 보니 그게 아니었다. 태종은 죽어서 저승에 들어갔으니 말할 것이 못 되고, 그 못나게 놀던 태자, 요즘 황제의 약간 모자라는 상판조차 볼 길이 없다. 그 못생긴 것이 씨부리는 것도 어명이라고 온 천하가 납쭉해서 야단이다. 세상 사람들은 황제라는 말만 들어도 떨고, 그 자에게도 엉덩짝이 있다는 생각조차 못하는 판국이다.

철이 없었단 말이다. 대궐에 있을 때 권력의 꼬리 끝이라도 틀어줘었던들 오늘 여기서 이렇게 썩어 가지는 않았을 터인데.

"또 농땡이야?"

소리 없이 다가온 황소가 주먹으로 옆구리를 질렀다.

"요 올빼미 같은 것이."

무미랑은 부지런히 빗자루를 놀리고, 황소는 째려보다가 모퉁이를 돌아갔다.

어둠이 내리고 15, 6명의 여승들이 모두 달라붙어 사방에 늘어뜨린 초롱에 하나하나 불을 켜고 돌아가는데 산문이 떠들썩하고 창을 든 병사들이 몰려들어 왔다.

무미랑은 가슴이 덜컥했다. 온 장안이 떠들썩하고 돌아가는 폼이 대상(大祥) 날은 그냥 넘길 것 같지 않았다. 옛날에는 산 사람을 제물로 바쳤다. 죽은 태종이 기뻐하라고 대상에는 그가 좋아하던 여자를 바친다는 소문이 은근히 돌았다. 좋아하던 여자라면 서혜는 죽었고, 누가 보아도 내가 아닌가. 발가벗겨 제상에 올렸다가 돌려보낸다고도 하고 그냥 목을 졸라 저승에 보낸다고도 했다. 그는 사지가 떨렸다.

모두들 입을 벌리고 바라보는데 병정들은 구석구석에 흩어져 기웃거리고 대장이 외쳤다.

"이리 모이시오."

까까머리 여자들은 병아리 걸음으로 대웅전 섬돌 밑에 버티고 선 그의 주위에 모여들었다.

"불의에 이렇게 들어와서 미안하오."

생각과는 달리 연하게 나왔다.

"황공하옵게도 내일 성상 폐하께옵서 이 절에 납시기로 돼 있소. 따라서 만에 일이라도 불칙한 일이 없도록 지금부터 이 절 안팎을 자세히 살펴보아야겠고, 내일 오셨다가 돌아가실 때까지 경비를 할 터이니 놀랄 것은 없고 하던 일을 계속하시오."

군관이 돌아서려는데 황소가 물었다.

"틀림없이 감업산가요?"

"내 말이 믿어지지 않소?"

초롱불에 비친 군관의 얼굴은 미소를 머금고 있었다.

"장안에는 큰 절도 많은데 이 작은 절에 납신다는 것이 믿어지지 않고, 더구나 비구(比丘)의 절도 아닌 비구니(比丘尼)만 있는 절에 말입니다."

"그건 나도 모르겠소. 내가 들은 것은 감업사에 납신다. 경비를 해라. 이것뿐이오."

군관은 초롱불을 하나 떼어들고 이리저리 기웃거리기 시작했다.

무미랑은 저절로 한숨이 나왔다. 황제가 직접 제물을 고른다면 적어도 자기를 고르지 않을 것만은 분명했다. 자기와 나만이 아는 비밀, 살아서는 몰랐지마는 죽어서 귀신이 된 지금은 태종도 알 것이 아닌가. 바치고 싶어도 못 바칠 것이다.

초에 불을 옮겨도 자꾸 빗나갔다. 내가 여기 있는 것을 알고 있을까. 얼굴이 마주치면 어떻게 할까.

다음 순간 가슴이 싸늘했다. 설사 황제가 아직도 자기를 간절히 생각한다 하더라도 이 일만은 황제의 권력으로도 어쩔 도리가 없을 것이었다. 저녁도 먹는 둥 마는 둥 하고 자리에 누워서도 잠이 오지 않았다. 녹초가 되어 곯아떨어진 여승들 틈에서 혼자 눈이 말똥말똥한데 달 밝은 창문에 그림자들이 얼른거리고 속삭이는 소리가 들렸다.

"무(武) 가년 골로 가는 게 아냐?"

"설마."

"얘 봐라. 폐하는 인효(仁孝)로 호가 난 분이 아냐? 대상에 아버님이 제일 좋아하실 제물을 직접 찾아 나선 거야."

"궁중에 있을 땐 시게 놀더니만."

함께 대궐을 쫓겨나온 패거리였다.

"모르거든 가만히나 있으라지."

무미랑은 속으로 웃어 주었다.

자정 무렵에 또다시 문간이 떠들썩하고 선잠을 깬 여승들이 달려 나갔다.

"부처님께 바치라고 폐하께서 특히 내리시는 거요."

대명궁의 터주 할망구가 붉은 상자를 쳐들고 황소는 무릎을 꿇고 받았다. 금은보환가 부다. 뒤에 멈춰 선 마차에는 쌀부대가 잔뜩 실려 있고. 입이 찢어진 황소는 상자를 눈높이로 쳐들고 대웅전에 들어가 불전에 바치고 나왔다.

병정들이 뒤꼍 곳간으로 쌀부대를 메어 나르는 것을 눈으로 세고 있던 할망구가 마지막 병정이 옷을 털고 나오자 헛기침을 했다.

"으응, 폐하께서 효성이 지극하시다는 건 모르는 사람이 없을 것이오. 내일 그 아버님 되시는 태종 폐하의 대상을 앞두고는 수라도 안 드시고 슬퍼하시던 끝에 이 절에서 제를 올리신다오. 당신들에게는 일생일대의 영광이니 조금이라도 실수가 있어서는 안 되오."

"네. 이르다뿐입니까."

땅바닥에 아주 엎드려 버린 황소를 내려다보던 할망구는 가마에 올라 어둠 속으로 사라졌다.

그러나 무슨 곡절이 없을 수 없었다. 도교(道敎)를 숭상하는 황실에서, 그것도 황제가 제 애비 대상에 도관(道觀)에 간다면 이상할 것도 없지마는 절간에 온다는 것은 예삿일이 아니다.

이튿날 대궐에서 감업사에 이르는 길에 창을 든 병정들이 늘어선 가운데 황제의 노부(鹵簿)가 산문에 당도했다. 무미랑도 다른 여승들 틈에 끼어 땅에 무릎을 꿇고 머리를 조아렸다. 쳐다보고 싶었으나 옆에 지켜선 병정이 창으로 후려칠 것 같아 눈을 내리깔고 있는데 폐하가 탄 연(輦)은 앞을 지나 대웅전 앞 층계에서 멈췄다.

무미랑은 힐끗 곁눈질을 했다. 땅에 내린 황제는 하늘을 쳐다보다가 이쪽으로 눈길을 돌렸다. 자꾸만 눈알을 굴리는 것이 사람을 찾는 모양이다. 그는 문득 자기의 까까머리 생각을 하고 고개를 떨어뜨렸다.

재(齋)를 올리는 동안 불단(佛壇) 밑에 비스듬히 비껴 앉은 황제는 시종 눈을 감고 꼼짝하지 않았다. 무미랑은 남이 하는 대로 경을 흥얼거렸으나 도중에서 끊어지기 일쑤였다. 무슨 수가 없을까. 어떻게든 이 지옥에서 벗어날 단 한 번의 기회 같은데 이걸 놓치면… 그는 목이 탔다.

재가 끝나자 황제는 잠시 쉬신다고 대방(大房)으로 옮겨 갔다. 오늘 따라 대신들은 보이지 않고 젊은 내명부(內命婦)들이 앞뒤를 둘러쌌다. 나보다 젊고 아름다운 여자들, 무미랑은 가슴이 꺼지는 심정이었다. 대방에 잠깐 앉았다가 대궐로 돌아가면 그것으로 끝나는 것이다.

"병신 같은 것이 주방에 가서 차나 끓여!"

황제를 대방에 인도하고 돌아온 황소가 눈을 부라렸다. 여기 오던 날부터 못살게 구는 황소는 순순히 말하는 일이 없었다. 입만 열면 욕설이고, 공연히 목탁으로 머리를 치기 일쑤였다. 오늘도 왜 하필 나야?

주방으로 나가려는데 앳된 내명부가 층계 밑에서 쳐다봤다.

"이 절의 스님은 모두 대방에 드시래요."

대웅전에 엉거주춤 몰려 서 있던 여승들은 서로 밀치며 신발을 찾아 신고 밖으로 나왔다.

"넌 찰 끓이라니까!"

황소는 뒤에 따라붙은 무미랑을 밀쳤다. 휘청거리며 돌아서는데 내명부가 외쳤다.
"아니에요. 한 사람도 빠지면 안 된대요."
황소를 선두로 대방에 들어간 15, 6명의 여승들은 절을 하고도 머리를 들지 않았다.
"모두들 머리를 들어요."
교의에 앉은 황제가 처음으로 입을 열었다. 스물네 살, 3년 전보다 훨씬 숙성하고 대물스러웠다.
"돌아가신 부황(父皇) 폐하를 위해서 그처럼 성심으로 재를 올리는 것을 보고 내 크게 감동했소."
굴리던 눈알이 무미랑과 시선이 마주쳤다.
"내 이를 가상히 여겨 중한 상을 내릴 것이오."
입을 놀리면서도 시선은 움직이지 않았다.
"이 절에도 부황 폐하를 모시던 이들이 있군."
"네, 세 사람이 있사옵니다."
황소가 입을 놀렸다.
"호—. 감개무량하오."
황소가 눈짓을 하고 세 사람은 무릎걸음으로 폐하의 발밑으로 나가 머리를 숙였다.
"고개를 들어요. 여러분과 이렇게 대하니 부황 폐하의 생각이 더욱 간절하오."
무미랑에게 고정되었던 황제의 눈에서 눈물이 주르륵 흘렀다. 무미랑은 저도 모르게 눈물이 쏟아져 어깨를 들먹였다. 역시 나를 잊지 않았구나. 더 바라지 않는다. 이 지옥에서 꺼내만 주려무나. 지나온 세월이 억울해서 더욱 서글펐다.
황제는 눈물을 흘리면서도 다른 두 사람에게는 눈길을 돌리지 않고 그냥 무미랑만 바라보았다.

"후—. 무재인이구만. … 더욱 정진(精進) 해 주오."

황제는 내명부가 내민 손수건으로 두 눈을 훔치고 일어섰다.

대궐로 돌아가는 황제의 노부(鹵簿)를 길목까지 배웅하고 돌아오면서 여승들은 말이 많았다.

"폐하께서는 정말 효성이 지극하셔. 그 눈물이야말로 효성의 눈물이란 말이야. 우리 당나라에 효자도 많겠지만 폐하를 덮을 효자는 없을 거야."

무미랑은 골방에 돌아와 드러누웠다. 더욱 정진(精進) 하라? 다 틀렸구나.

황후(皇后) 왕(王)씨는 가슴이 설레었다. 이제 수가 나타난 것이다. 황제가 감업사에서 무미랑과 마주 보고 둘이 다 눈물을 흘렸다는 소문은 궁중에 감동의 바람을 일으켰고, 바람은 장안을 휩쓸고 전국으로 번져갔다. 아버지를 섬기던 여자만 보아도 눈물짓는 황제의 효성은 하늘에 닿은 효성이요, 황제는 성인(聖人)이라고 떠들어 댔다.

그러나 왕씨의 생각은 달랐다. 그 눈물은 결코 아버지를 그리는 눈물일 수 없고 서로 마주 보고 울었다는 그 여자, 무미랑을 그리는 눈물일시 분명했다. 세상에서 몰라서 그렇지 황제는 여자를 위해서는 얼마든지 눈물을 흘릴 수 있어도 돌아간 아버지를 위해서 눈물을 흘릴 위인은 못된다. 생각은 간절한데 세상 이목이 있으니 건드리지는 못하고, 안타까웠을 것이고, 눈물을 흘렸을 것이다.

도대체 황제라는 사나이는 계집이라면 사족을 못 쓰는 인간이다. 이 계집 저 계집, 궁중의 그 많은 계집치고 건드리지 않은 것이 없고 벌써 애새끼들도 수두룩하게 낳아 버렸다. 고작 스물네 살밖에 안 된 사내가 말이다.

요즘은 소숙비(蕭淑妃)인가 뭔가 하는 계집에게 빠져 버렸다. 고것이 아들 하나 딸 둘을 낳았다고 나대지마는 아이는 고년만 낳았나? 생쥐 같은 것이 어떻게 아양을 떠는지 황제는 아주 녹아 버리고 말았다. 나는 어디가 소숙비만 못하단 말이냐. 자식을 낳지 못했다고 구박이지마는 스물을 갓 넘은 나이에 앞으로 뭐가 나올지 어떻게 알고 이 소동이냐.

요년 두구 보자. 황제의 마음은 지금 무미랑 생각으로 꽉 차 있을 것이다. 그리 보아서 그런지 감업사에 다녀오고부터 황제는 멍하니 생각에 잠기는 버릇이 생기고 소숙비의 처소에만 가던 것이 밤마다 여자를 바꾸고 제정신이 아니다. 간밤에는 거의 1년 만에 이 방에도 찾아들었다. 밤새 엎치락뒤치락하다가 샐녘에 잠이 들자마자 잠꼬대를 했다.

"무재인, 으응, 무재인."

일찍 일어나 단장한 왕씨는 잠자는 황제의 얼굴을 내려다보았다. 근심걱정이 아물거리는 얼굴이었다.

"벌써 깨었어?"

눈을 뜬 황제가 두 손을 벌려 끌어당겼다.

"역시 중전이 제일이야."

품에 안고 엉덩이를 두드렸으나 두 눈은 멀쩡하게 천정을 쳐다보고 있었다.

"제일이야 따로 있지요."

갸름한 얼굴에 오뚝한 코가 약간 벌름거렸다.

"그건 무슨 소리야?"

"알아맞힐까요? 무재인 생각에 가슴을 태우시지요?"

아니라고 뻗댈 배짱도 없는 위인이라 얼굴이 빨개졌다.

"가슴을 태우실 게 있나요? 후궁에 들여오시지요."

"큰일 날 소리 마라. 아버지를 모시던 사람이라는 건 천하가 다 알잖아?"

"생각은 있으세요, 없으세요?"

"그렇다고 도리 없잖아?"

힘없이 실토를 했다.

"폐하는 일천만승(一天萬乘)의 천자(天子)세요. 하늘 아래 못하실 일이 무어가 있겠어요?"

"선대부터 내려오는 대신들이 있잖아? 낫살 먹은 것들이 여간 성가시게 굴어야지."

"뭐라고도 않겠지마는 뭐라면 어떠세요? 무재인은 돌아가신 부황께서 생전에 내리신 사람이라고 하시문 되잖아요?"

"통할까?"

"궁중의 이불 밑 사정을 누가 알겠어요? 그렇게 우기는 거죠. 선례(先例)도 있는걸요?"

황제는 벌떡 일어나 앉았다.

"한(漢)나라의 선제(宣帝)가 후궁 중에서 왕정군(王政君)을 불러내다 태자에게 내린 고사(故事)가 있지 않아요?"

〔왕정군은 한선제의 후궁으로 있다가 태자비가 죽자 선제의 명령으로 황후가 후궁 중에서 그를 골라 태자에게 주었다.〕

"그런 고사가 있었던가?"

황제의 얼굴에 화색이 돌았다. 그러나 다음 순간 이마에 손을 얹고 중얼거렸다.

"허지마는 내 입으로 어떻게 꺼내지?"

"제게 맡기세요."

입이 헤벌어졌다.

황제를 보내고 나서 왕씨는 은근히 이를 갈았다. 소(蕭)가 년 네가 황제의 품에서 해드득거리는 것도 며칠이 아니다.

그는 우선 감업사에 있는 무미랑에게 쪽지를 보내고 중서시랑(中書侍郞) 유석(柳奭)을 불러들였다.

"한 가지 부탁이 있어요."

왕씨는 무슨 일이 있을 때마다 이 외숙(外叔)과 단둘이 마주 앉아 목소리를 낮췄다.

"무재인 아시지요? 그 무재인을 후궁에 불러들이기로 했어요."

유석은 다부진 수염을 움씰했다.

"왜, 안 되나요?"

"인륜(人倫)을 거역하는 일이 아닙니까?"

"폐하께서는 무재인 생각에 침식을 잃고 계신데 …. 아저씨께 부탁은 직접 나서 달라는 건 아니에요. 잠자코 계셔 달라는 거예요. 황후의 외숙되는 아저씨가 잠자코 있는데 누가 뭐라겠어요?"

"원로 재상들이 가만있을까요?"

"아저씨만 입을 다물고 계세요. 다음은 내가 알아서 할게요."

왕씨의 생각으로는 천하에 제일 높은 것은 황제요 다음은 자기요, 다음은 유석(柳奭)이었다. 이 셋만 합치면 다른 사람은 문제될 것도 없었다.

"소숙비 때문에 마음이 편치 않으신 걸로 아는데 무재인까지 들어오면 더하지 않을까요?"

"내게 다 생각이 있어요."

"그러시다면 …."

유석은 젊은 황후의 태도가 들떠 보였으나 그렇다고 입 밖에 낼 수는 없고 말꼬리를 흘렸다.

유석을 보내고 나서 다시 곰곰이 생각했으나 역시 이것은 비상한 생각이요, 계책이 안 맞을 까닭이 하나도 없었다. 절간 귀신이 다 된 것을 이렇게 구해 주는데 짐승이 아닌 이상 그 은혜를 잊을 리 없다. 내 말이라면 발바닥을 핥으래도 핥을 것이다. 폐하도 그렇지, 생각은 간절하고 처지는 난감하고, 죽을 지경인데 내가 나서 깨끗이 해결해 드린다면 감지덕지 안 하려야 안 할 수 없지. 결국 나는 두 사람에게 다같이 은인이 되는 터이라 숙비년을 쫓아내라면 쫓아낼 것이고, 죽이라면 죽이지 않고 배길 수 없을 것이다. 또 황제도 나를 달리 보고 내게도 자주 올 것이다. 내 애간장을 그다지도 태우더니, 이년 잘됐다.

황후 왕씨는 아무리 생각해도 자기 머리는 예사머리가 아니었다. 하루빨리 무미랑의 머리가 자라 궁중에 들어오는 날, 숙비년 어떤 상판을 할지 보고 싶었다.

문득 생각하니 절간에서 중이 머리를 기른다는 것은 될 말이 아니었다. 미리 소문이 퍼져도 곤란하다. 그는 또 쪽지를 써서 사람을 감업사로 보냈다. 성내에 있는 홀어머니 양(楊)씨 댁에 가서 두문불출하고 머리를 기르되 털끝만치도 입 밖에 내서는 안 된다고 당부하는 것도 잊지 않았다.

가을도 더디 가고 겨울도 지루했다. 사람들은 세월을 유수(流水)같다느니 화살같이 빠르다느니 하지마는 빠르기는커녕 제자리걸음만 하는 것 같았다. 며칠에 한 번은 여관(女官)이 진귀한 물건과 자(尺)를 들고 양씨 댁에 다녀왔다. 무미랑은 눈이 내리는 날에도 대궐에서 사람만 오면 맨 버선 바닥으로 마당에 달려 나와 엎드리고, 황후가 내리는 패물이며 비단을 받고는 어김없이 눈물을 글썽거렸다. 여관이 갖고 간 자로 머리를 재고 나면 대궐 쪽으로 돌아서 절을 하고는 이 지극한 은혜는 뼈가 으스러져도 잊지 않겠다고 중얼거렸다.

왕씨는 여관이 돌아와 머리의 치수를 알리면 가을부터 적어 내려오는 백지에 그날의 날짜와 무미랑의 머리길이를 적어 놓고, 자기의 은덕에 감격하는 그의 몇 마디를 전해 듣는 것이 낙이었다.

새해 봄.

사내들의 마음이란 참으로 변덕이 심했다. 감업사에서 돌아와서는 한동안 무미랑 때문에 잠을 이루지 못하던 황제는 어느 틈에 무미랑 이야기는 들어가고 도로 소숙비에게 빠져 요즘은 긴하게 드릴 말씀이 있다고 전갈을 보내도 도통 얼굴을 비치지 않는다. 이 여우 같은 소가년을 그저. 남의 애타는 심정은 모르고 무미랑의 머리는 그렇게 더디 자랄 수 없었다. 종이에 적은 것을 내놓고 아무리 계산해 보아도 제대로 머리를 갖춘 무미랑을 맞아들이려면 줄잡아도 이태는 기다려야 했다. 그동안에 소가년은 아주 황제를 녹여버릴 것이고, 나는 간이 말라 죽는 수밖에 없다. 내가 죽으면 그 여우가 황후자리에 올라 떵떵거릴 것이고 … 고것이 좋아하라고 내가 죽어? 나는 못 참겠다 이 말이다.

새해에 들어서는 하루에도 몇 번씩 손을 꼽아보고 그때마다 애꿎은 궁녀들에게 화풀이를 했다.

제비가 다시 찾아들고 대궐 동산에 분홍색 살구꽃이 만발하자 왕씨는 더 이상 기다릴 수 없었다. 함원전(含元殿: 대명궁의 정전)에서 신라 사신을 접견하고 있다는 황제는 끝나면 그길로 숙비의 처소에 가서 점심을 들고 그냥 파묻혀 내일 아침까지 시시닥거리겠지. 그는 이를 깨물고 밖에 나와 섬돌을 내리 디뎠다.

"어디로 납시옵니까?"

"왜? 난 밖에도 못 나가?"

따라붙은 궁녀들을 흘겨보고 합문(閤門)을 밀쳤다. 동북쪽 연못가에 자리 잡은 숙비의 처소에서는 웃음소리가 새어 나오고 마당에서는 다섯 살 난 소절(素節: 고종의 4남. 소숙비의 소생)이 궁녀들에 둘러싸여 무언가 재잘거리고 있었다.

지금 판세가 돌아가는 것을 그대로 팽개쳐 두면 저것이 태자가 되고 장차 황제가 될 것은 뻔한 일이다. 먼발치로 바라보면서 왕씨는 목이 말라 들어갔다. 허지만 가만있을 내가 아니다.

　수라상을 들고 가던 나인들이 발을 멈추고 머리를 숙였다. 이 몇 해 동안, 소숙비가 들어온 후로 수라상은 으레 그리로 가는 것으로 되어 있었다. 이것도 될 말이 아니다.

　왕씨는 그들을 아래위로 훑었다.

　"내 방에 가져가. … 내 말이 안 들려!"

　주춤거리던 나인들은 돌아서 중궁(中宮)을 향해 발을 옮겼다.

　그렇지, 소가년을 족치고, 다음은 너 소절이다. 네 에미가 자빠지는 날 너라고 무사할 줄 알아? 에미고 새끼고 한데 묶어 조져줄 터이니 희한한 생각 아예 집어치우란 말이다.

　전각 모퉁이에 황제가 나타나기 바쁘게 뛰다시피 다가가 읍했다.

　"이거 중전이 웬일이오?"

　"긴히 말씀드릴 일이 있어요."

　"그럼 가만있자. 내일? 아니, 모레도 안 되겠고 … 일간에 한번 들를게."

　"점심 수라는 중궁(中宮)에 차렸는데요."

　황제는 왕씨의 얼굴을 한참 바라보다가 잠자코 앞장서 걸었다.

　"미안하오."

　왕씨가 따라주는 술을 한 잔 들이켜고 폐하는 멋쩍게 웃었다.

　"마음은 그게 아닌데, 자주 들르지 못해서."

　아들을 낳고도 숙비에게 사랑을 뺏긴 유(劉)씨, 정(鄭)씨, 양(楊)씨에게도 어쩌다 마주치면 같은 넋두리를 한다는 소문이다.

　"긴히 얘기할 일이란 뭐요?"

　술이 조금 들어가고 얼굴이 붉어지자 황제는 두 손으로 턱을 고이고 물었다.

　"무재인을 잊으셨어요?"

"헤헤 … 난 또 무슨 얘기라고."

"싫으세요? 오늘이라도 데려올까 하는데 어떨까요?"

두 눈이 게슴츠레해서 입을 헤벌렸다.

"그럼 저녁에 사람을 보내서 데려오겠어요."

폐하는 침을 삼켰다.

"정말 괜찮을까?"

"그런 건 걱정 없어요. 예전대로 재인으로 부르실까요? 제 생각 같아서는 몇 등 올리는 것이 좋을 것 같아요."

"그건 난 못해. 벼슬을 내리자면 재상들에게 얘기해야 하고. 자연히 입방아에 오를 터인데 어떻게 하지?"

"유석 아저씨한테 얘기해서 잘되기로 돼 있어요."

"그 소리는 왜 했어? 또 유석이는 겨우 중서시랑인데 재상들이 그 말을 들을라고?"

"황후의 외삼촌인 걸요."

"허허, 장손무기는 황제의 외삼촌이 아니오? 내게 맡기라더니 겨우 유석이한테 얘기한 거요?"

왕씨는 자기 잘난 생각만 했지 남도 잘날 수 있다는 생각을 미처 하지 못했다. 듣고 보니 유석이보다 장손무기가 더 잘났다. 그렇다고 이제 와서 후퇴할 수는 없었다.

"중전. 내 실토를 하지마는, 무재인을 잊으려고도 했소. 허지마는 그게 마음대로 안 된단 말이오."

"그럼 살짝 들여오시지요. 다짜고짜 가마에 태워 들여오고 보는 거죠 뭐."

"벼슬도 없이?"

"벼슬이 없다고 무재인의 어디가 비뚤어지나요?"

취기가 돈 폐하는 상을 한 바퀴 돌아와 허리를 껴안았다.

오래간만에 한나절을 함께 지내고 밤에도 자리를 같이한 왕씨는 이제 이 사나이가 자기에게 돌아올 날도 멀지 않았다고 가슴이 부풀었다. 그 아름다운 무미랑은 어김없이 소숙비한테서 그를 뺏을 것이고, 무미랑은 태산 같은 자기의 은혜를 생각해서도 뺏은 이 사나이를 자기에게 돌려줄 것이다.

이튿날 폐하가 나가자마자 별당을 치우라고 일렀다. 소숙비의 처소와 나란히 있는 이 별당은 연못에 뜨다시피 해서 경치가 좋고 여름에도 바람이 잘 통해서 좋았다. 대궐 안에 마련한 황후의 별장이었으나 소숙비가 득세한 후로는 꼴이 보기 싫어 통 나타나지 않았다. 없는 먼지를 다시 털어내고 이부자리며 옷장이며 침상을 들여다 놓는 것을 직접 나서 감독하는데 이웃의 소숙비가 들어와 큰절을 했다.

"중전마마 문안드립니다."

방바닥에 머리를 조아렸으나 왕씨는 버티고 선 채 대답도 않고 바삐 돌아가는 여자들을 윽박질렀다.

점심을 먹고 점바치를 불러다 일진(日辰)을 다시 확인하고 어둡기를 기다려 가마를 떠나보냈다.

햇수로 4년, 만으로 2년 반 만에 다시 대궐에 들어온 무미랑은 저절로 눈물이 솟았다. 절간에는 할 수 없이 끌려갔고 부처님이라는 쇳덩이에 무슨 힘이 있으랴 싶어 독경(讀經)도 기원도 건성으로 했다. 그저 주야소원은 인간사회로 돌아오는 일이었다. 큰 것도 바라지 않았다. 식충이나 면한 청년을 만나 어느 먼 고장에 가서 아들딸 낳고 단란하게 사는 일이었다.

황제의 생각을 안 한 것은 아니었다. 감업사(感業寺)에서 만났을 때는 눈물도 쏟았고 황후가 전갈을 보냈을 때는 가슴이 뛰었다. 그러나 머리를 기르면서도 이건 될 일이 아니라고 생각한 것이 한두 번이

위험한 여인 71

아니었다. 태종의 계집이라는 것은 천하가 다 아는데 한두 번 몰래 만난다면 몰라도 드러내 놓고 그 아들과 붙는다는 것은 아무리 생각해도 말이 안 되었다. 황후가 공연히 사람을 놀리는 것이 아니면 철없이 농간을 부리는 것이고, 자기는 결국 웃음거리가 되어 목을 잘리거나 도로 절간으로 쫓겨 가는 것이 아닐까, 불안은 걷힐 날이 없었다.

그런데 정말 대궐로 들어온 것이다. 길이며 전각의 처마며 초롱불이 염주처럼 달려 낮이나 진배없는 대궐안의 풍경은 예전보다 훨씬 아름다워 보였다. 복숭아꽃 배꽃도 만발하여 불빛에 꿈같이 비치고 오가는 여자들도 그대로 움직이는 꽃이요 나비들이었다.

황후는 문 밖까지 나와 맞아들였다. 예전에 먼발치로 보았고, 간혹 스쳐 지나는 길에 말없이 인사를 드린 일은 있어도 가까이서 이야기를 주고받은 일은 없었다. 그런데 지옥에서 돌아온 동기를 맞듯이 얼싸안았고 기뻐서 어쩔 줄을 몰랐다.

"내 너를 얼마나 기다렸다고."

큰절을 받고 또 손목을 잡았다.

"황공하오이다. 하해(河海) 같은 이 은혜는 죽어도 잊을 길이 없습니다."

"전부터 착하고 아름다운 네가 마음에 꼭 들었다. 나는 이 세상에서 너를 제일 믿는다."

"황공…."

그는 목이 메어 말이 나오지 않았다.

"이렇게 착하다니까. 이제부터 나를 잘 도와줘."

"이르다… 뿐이겠습니까."

무미랑은 가까스로 말을 이었다.

"네 벼슬은 다음에 생각하기로 하고, 폐하를 잘 모셔야 한다. 너도 짐작이 갈 거다. 연못가의 그 내가 쓰던 별당을 네 처소로 정했다. 시중들 애들도 있고. 오늘은 피곤할 터이니 우선 가서 쉬고, 천천히 할 얘기가 태산 같다."

궁중에서 시녀를 거느리고 독채를 쓴다는 것은 적어도 빈(嬪) 이상이어야 한다. 더구나 연못가의 별당이라면 황후 아니면 비(妃) 중에서도 으뜸가는 비나 차지할 것이었다. 무미랑은 꿈과 현실 사이를 오락가락하는 기분이었다.

잠자리에 들어온 폐하는 다짜고짜 부둥켜안고 물고 빨고 눈물까지 찔끔거렸다.

"이거 정말 얼마 만이야?"

"이런 자리에서 모시기는 정주(定州) 이후 처음이니 7년 만인가 하옵니다."

"하옵니다가 다 뭐야?"

뺨을 비벼댔다. 그때는 태자로 열여덟밖에 안 되던 소년이 지금은 스물다섯의 청년 황제가 되었다. 외모는 의젓해도 잠자리에서 움직이는 모양은 달라진 것이 없었다.

또 덤비고 돌아가는 품이 아직도 애송이 티를 벗지 못했다. 내 나이 이제 스물아홉, 겉늙은 것은 아닐까.

세상이 달라졌다. 칙칙하고 어둡던 단색(單色)의 천지가 맑고 밝고 백화가 만발한 듯 아름답기만 했다.

그러나 그는 자기의 처지를 잊지 않았고, 말 한 마디 행동 하나에도 조심을 했다. 자칫하면 누구보다도 남의 입에 오르고 손가락질을 받을 사람이 자기였다. 또 예전에 철없이 놀던 때와는 달리 이 궁중의 그 수많은 여자들이 자신뿐만 아니라 삼족의 영화와 어쩌면 생사까지 걸머쥐고 서로 말없는 싸움을 벌이고 있다는 것도 잊지 않았다.

늘어붙는 황제를 달래고 아침마다 일찍 일어나 세수를 하고는 그 길로 중궁에 가서 문안을 드리고, 찾아오거나 길에서 마주치거나, 또 높고 낮은 것을 가리지 않고 궁중의 여자들에게는 한결같이 정중하게 대했다. 자기같이 상처가 있는 사람은 어느 구석에서 건드릴지 알 수 없는 일이었다.

단오 날 찾아온 황후는 나란히 앉아 쌀을 넣은 죽통(竹筒)을 고련나무(楝) 잎으로 막고 채색실을 돌리다가 말을 걸었다.

"내 신세가 굴원(屈原)이같이 될 것 같아 걱정이다."

〔초(楚) 나라의 재상 굴원은 나라의 앞날에 절망하여 동정호에 가까운 멱라에 투신자살, 5월 5일은 그가 죽은 날로 죽통에 쌀을 넣어 던지는 풍습은 그 위령을 위한 것이다.〕

"마마께서 그게 무슨 말씀이십니까?"

황후는 다 동여맨 죽통을 활짝 열린 문으로 연못에 던졌다. 죽통이 가라앉고 파문이 사라질 때까지 잠자코 바라보다가 고개를 돌렸다.

"폐하는 여전하셔."

6, 7세는 연하인 이 젊은 여인은 다시 고개를 돌려 물을 바라보고 길게 한숨을 내쉬었다. 무미랑은 자기 죽통을 얼른 물에 던지고 다시 물었다.

"무슨 말씀이신지요?"

"너만은 내 생각도 할 것으로 알았는데…."

무미랑은 알아차렸다. 그러지 않아도 밤마다 찾아드는 황제를 며칠에 한 번은 밀치다시피 해서 중궁으로 보내곤 했다. 그런데 중궁으로 안 가고 딴 데로 샌 모양이다.

"애, 소가년이 독차지하는 게 밉살스러워 너를 들여왔는데, 너도 이러기야?"

팔뚝질까지 했다. 달포를 두고 자세히 보니 경망한 데다가 점잖을 피우다가도 문득 속된 본성이 드러나는 여인이었다. 그건 타고난 것이니 할 수 없다 치고 거만해서 도무지 사람을 버러지 정도로밖에 보지 않는 못된 버릇이 있었다. 좋은 집안에 태어나 호의호식하다가 태자에게 시집와서 황후까지 되었으니 세상을 알 까닭이 없지. 나도 절간 3년에 사람이 됐다. 그 3년이 없었더라면 아마 이 여인같이 사람이 사람으로 보이지 않았을 게다.

"애써 보겠습니다."

"어떻게 애쓴다는 거야?"

"폐하께서 중궁으로 가시도록…."

"난 흐리멍덩한 건 싫다. 네게 한 번 오면 내겐 두 번 와야 한다. 알았어?"

"알았습니다."

"약속대로 안 하면 네까짓 년은 어느 귀신이 물어갈지 모른다."

황후는 휭 하고 일어서 나가 버렸다. 무미랑은 쫓아나가 중궁까지 모셔놓고 돌아와 곰곰이 생각했다. 이대로 죽어지내다가는 정말 어느 귀신에게 물릴지 알 수 없는 일이었다. 나도 살아야 할 게 아니냐.

다음날 밤부터 사흘이면 이틀은 무슨 핑계를 대든지 치근덕거리는 황제를 끌고 중궁에 가서 황후에게 내맡기고 돌아왔다. 한 번에 두 번이 아니라 한 번에 세 번은 넉넉히 되었다. 황제도 눈치를 모를 까닭이 없건만 자기를 끌어들인 황후가 고마워서인지 못 이기는 채 끌려가곤 했다.

황후는 입이 벌어져서 만나는 사람마다 아무개같이 정숙한 여자는 없다고 칭송이 자자하다는 소문이 돌았다. 이불 밑에서 황제를 붙잡고도 아무개는 성인 같은 여자라고 한다는 것이었다.

황제는 안달이 나서 투덜대기도 했으나 그만큼 더욱 정을 쏟는 눈치였다. 사흘이 멀다 하고 옥이니 약재니 비단을 내려서 도무지 주체할 길이 없었다.

황제를 중궁에 들여보내고 돌아오면 그대로 자리에 들기가 싫었다.

잡히는 대로 하나씩 집어 들고 여느 여인이고 가릴 것 없이 불이 켜 있는 방을 찾아들었다. 말똥말똥한 눈으로 고적을 달래던 여인들은 말동무가 생겨 반가웠고 물건을 주어 고마웠다. 눈치로 사는 인간들이라 황제가 총애하는 사람을 소홀히 구는 법이 없었다. 소숙비에게는 문전에서 쫓겨 왔으나 그 밖에는 모두 궁중 문자로 황공하게 생각하는 태도들이었다.

시일이 흐름에 따라 찾아가는 것보다 찾아오는 일이 훨씬 많아졌다. 한가한 때면 낮이고 밤이고 혼자 몰래 찾아와서 은근히 아첨을 떠는 축도 나타나고 무더기로 찾아드는 일도 드물지 않았다. 그때마다 빈손으로 보내는 법이 없고 있는 물건은 아낌없이 주워 주었다. 약한 여자를 보면 녹용이니 산삼을 갖다 주는 일도 잊지 않았다. '아무개는 소탈하고 물욕이 없고, 거기다가 당나라에서 제일가는 미인'이라는 평까지 덤으로 붙어 다녔다. 저도 모르는 사이에 온 궁중이 자기를 감싸주는 느낌이었다.

주기만 하는 것이 아니라 받는 것도 있었다. 입이 무겁다는 평도 곁들인지라 누구에게도 안 하는 말도 무미랑에게는 어김없이 갖다 전했다. 궁중에 있는 여자들은 물론이고, 대신들의 장점과 약점, 집안 사정까지 귀에 들어오지 않는 것이 없었다. 궁중의 여인들 사이에는 행여 누가 무미랑이 어떻다고 빼딱하게만 이야기해도 한사코 두호하고 나서는 풍조가 감돌았다.

겨울이 와서 날씨가 추워지자 일단 들어왔던 황제는 다시 나가려고 하지 않았다.

"내 다 알고 있다. 중전이 못살게 굴어서 그러지? 그만하면 됐어."

무미랑은 더 고집을 부리지 않았고, 황제의 발길은 또다시 중궁으로부터 멀어졌다.

한 해가 가고 새해에 들어서면서 입덧이 나고 가끔 구역질이 났다.

찾아온 어머니는 눈을 크게 떴다.
"있을 것도 없고? 그저 사내만 낳으려무나."
좋아서 어깨에 손까지 얹었다.
남편을 여의고 과부가 된 언니도 자주 대궐에 들어와 함께 어울리고 때로는 황제와 셋이서 주사위를 놀기도 했다. 황제는 이 언니가 마음에 들었다. 인일(人日: 1월 7일) 저녁에는 대신들에게 나눠주고 남은 동인승〔(銅人勝: 둥근 동경(銅鏡)〕하나를 손수 들고 와 언니에게 주고 미인의 언니는 역시 미인이라고 추켜세웠다.
"미랑이 적적한 모양인데 아예 대궐에서 기거하면 어떻소?"
셋이서 주사위를 놀다가 폐하는 이런 말을 꺼냈다.
"아이 좋아라."
무미랑은 탄성을 발했다.
"후원 숲속에 있는 자미당(紫薇堂)이 비었는데, 거기 기거하면서 외로운 자매끼리 어울려 사는 것이 좋을 것 같은데."
"황공하오이다. 분부대로 거행합지요."
언니는 서슴지 않고 응낙했다.
"일러둘 터이니 날씨가 풀리거든 곧 들어와요."
언니는 좋아 어쩔 줄을 몰랐다. 무미랑도 그리울 때는 언제든지 언니와 만나 함께 뒹굴고 하소연하고 먹고 마실 생각을 하니 아련하게 머리에 남아 있는 어린 시절이 되돌아온 듯 기쁘기만 했다.
삼월 삼짇에는 큰 소동이 벌어졌다. 남들이 하는 대로 연못에서 머리를 감고 방에 돌아와 손질하는데 문이 우당탕 열리고 황후가 들이 닥쳤다. 황제의 발길이 끊어지면서부터 가끔 불려가 호통을 맞아왔다. 또 한바탕 욕설을 퍼붓고 가려니 생각하고 일어서 두 손을 마주 쥐었으나 여느 때와는 달리 공기가 심상치 않았다.
"누가 너더러 새끼를 배라고 했어?"

삿대질을 했다. 황제와 어머니, 그리고 언니 외에는 아무도 모를 터인데 어떻게 알아차렸을까? 감출 것도 없었으나 참았다.

"황공하오이다."

"황공해? 너더러 황제를 뺏으라고 불러들인 줄 알았더냐? 언니고 나발이고 일가 부스러기를 끌어들이지 않나, 멋대로 새끼를 배지 않나, 배은망덕도 유분수지. 이젠 아예 이 대명궁을 차고 들어앉을 작정이구나. 애비고 아들이고 가리지 않는 이 갈보년아!"

가장 아픈 상처를 건드렸다. 무미랑은 온몸을 부르르 떨고 얼굴을 똑바로 쳐들었다.

"그래서요?"

"이것이, 응. 어디다 대고 ⋯."

황후는 얼굴이 파래서 아래윗니를 부딪쳤다.

"그 갈보년을 왜 불러들였지요?"

"이것이 어어 ─."

말 한마디로 모든 것이 통했고, 도시 말대꾸라는 것을 받아본 일이 없는 황후는 정신 나간 사람처럼 입을 크게 벌리고 어찌할 바를 몰랐다.

"기왕 말이 나왔으니 다 합시다. 새끼를 배는 것도 누구의 승낙을 받아야 하나요? 마마의 신세를 진 건 사실이고 고맙게 생각했는데 이건 너무하지 않아요? 신세를 졌으니 너는 아주 등신이 돼라, 죽어라 이거죠?"

"어어 ⋯."

"저더러 어떡허란 거예요? 할 만큼 했잖아요? 밤마다 폐하를 업어다 들이밀어 달라는 거죠? 그게 될 일에요? 한마디 일러두지요. 그렇게 표독스럽게 굴어서는 이 세상에 붙을 사람이 하나 없어요."

"후 ─, 기르던 강아지에게 물렸구나, 후 ─."

"지렁이도 밟으면 꿈틀하는 법 아니에요? 너무 밟지 마세요."

"응, 말 다 했어? 당장 나가라. 모가지가 떨어지기 전에 당장 나가 란 말이다."

황후는 노려보다가 나가 버렸다. 기왕지사 이렇게 된 바에는 할 대로 해보는 수밖에 없었다. 무미랑은 도로 자리에 앉아 거울을 들여다 보고 빗질을 시작했다.

"저는 언제까지 무의무관(舞衣無冠)으로 두실 작정이에요?"

밤에 자리를 들자 황제에게 따지고 들었다.

"여태 아무 말 없더니 …."

황제는 대수롭지 않게 받아넘겼다.

"곧 애기가 나올 터인데 에미는 무어라고 하지요? 주방나인이라고 할까요, 종이라고 할까요?"

"그것도 그렇군. 가만있자, 옛날에 재인이었으니 두 등을 뛰어 첩여(婕妤)로 하면 어떨까?"

황제는 큰마음 먹고 불렀으나 무미랑의 대답은 의외였다.

"저 같은 갈보가 첩여도 과만하지요."

"어디라고 그런 방자한 소릴 함부로 하는 거야?"

"중전께서 저를 갈보라고 하시는데야 갈보로 자처해야 별 수 있나요? 애비와 아들도 가리지 않는 갈보라던데요."

황제는 흡사 상처를 송곳으로 찔린 짐승이었다.

예측대로 벌떡 일어나 앉아 갈빗대를 씰룩거렸다.

"미친 쪽제비 같은 것이, 이걸 그냥!"

"쪽제비한테도 가끔 가시라요. 그래야 안 미칠 게 아니에요?"

"도대체 왜 그따위 소리가 나왔어?"

"다짜고짜 들이치데요. 애를 뱄다고 시비하다가 갈보도 아니고 갈 보년이라는 거예요."

"내가 미안해. 이 일은 잊어줘."

황제는 도로 이불 밑에 기어들어 얼싸안았다. 무슨 일이든 두서없이 흥분하고, 이 얘기 하다가도 흐지부지해 버리고, 도무지 맺힌 데가 없는 본성이 또 드러났다.

"잊지요. 첩여도 그만두고요. 폐하나 중전이나 저를 헌 계집으로 보시기는 매일반이에요."

"헌 계집이라니?"

"첩여 정도로밖에 안 뵈시나요? 폐하께서 그쯤으로 보시는데 남이 갈보년으로 보는 것도 잘 봐주는 거지요."

"아냐. 내가 잘못했어. 지금 소원(昭媛) 자리가 비었는데 소원을 하지. 재인에서 아홉 등을 뛰는 거야."

"고맙군요."

"어째 말투가 이상하다."

"그 위에는 빈 게 없나요?"

"아니, 아홉 등 뛰어도 성에 안 차는 거야?"

"그러니까 갈보 소리도 나오지요. 무재인은 잊으세요. 저는 1년 전에 궁에 들어온 무조(武照)예요."

"응—, 그것도 그래. 그 위의 소용(昭容) 자리도 비었으니 그럼 소용으로 하지."

역시 좀스러운 사나이였다.

"비(妃)가 되는 여자는 눈이 셋이라도 있나요?"

황후라는 말이 목구멍까지 나오는 것을 삼키고 한 등 낮은 비를 요구했다.

폐하는 어처구니없다는 눈치였다.

"그렇지, 내 생각해볼 터이니 우선 소용으로 있어."

"그 위의 소의(昭儀)도 비어 있잖아요?"

"소의는 구빈(九嬪)의 으뜸이야. 어떻게 단박…."

"장차 비가 될 사람이 소의도 안 된다면 이거 어떻게 하지요?"
"재상들이 뭐라지 않을까?"
"폐하가 위세요, 재상들이 위세요?"

무미랑은 이제 내친걸음이라고 결심했다. 상처는 언젠가는 찢어 발겨야 한다. 내미는 거다. 그 상처라는 것도 나만의 상처냐, 황제의 공동의 상처다. 나를 건드리는 자는 황제를 건드릴 것이고, 무사하지 못할 것이다.

"허지마는 선대의 고명유신(顧命遺臣)들이야. 사실 머리가 올라가지 않아."
"제게도 생각이 있어요. 뭐예요? 고명유신이고 허깨비고 임금은 임금이고 신하는 신하지요."
"그건 그래. 소의로 하지."
"입방아를 찧는 인간이 있으면 가만두지 마세요."
"얘기를 들으니 나도 힘이 솟는 것 같아."

황제는 그의 목에 팔을 감았다.

소의(昭儀)가 되었다고 시비하는 대신은 없었으나 여름과 가을은 소리 없는 싸움으로 지새웠다. 원수지간이던 황후와 소숙비는 한패가 되어 덤볐으나 문제가 되지 않았다. 있는 말, 없는 말 꾸며서 황제의 귀에 불어넣으려고 버둥거렸으나 황제의 귀는 열흘이면 아흐레는 무소의(武昭儀)의 방에 있었다.

일을 꾸며놓고 며칠씩 기다리는 사이에 황제의 귀에 들어가기 전에 무소의의 귀에 들어왔다. 물건을 뿌리고 아픈 자를 어루만진 것은 헛일이 아니었다. 톡톡 쏘아대고 사람을 우습게 보는 황후의 성깔도 도움이 되었다. 토라진 여자들은 제 발로 걸어와 미주알고주알 고해바치고 하소연했다. 그때마다 값진 물건을 안겨 보내는 것도 잊지 않았다.

언제나 그들이 일을 꾸미는 것을 앞질러 알고, 앞질러 폐하에게 소상하게 일렀다. 어쩌다 붙잡은 황제의 귀에 대고 아무리 불어봐야 돌아오는 것은 역정뿐이었다.

"그런 생판 거짓말을…."

훤히 알고 있는 황제를 속일 재간은 없었다. 황제의 눈에는 갈수록 그들이 악독한 계집으로 비치고 생사람을 잡는 여우로만 보였다. 그들은 한마디라도 할수록 황제로부터 멀어지고 무소의는 그만큼 득을 보았다.

황후와 소숙비는 어쩔 수 없이 입을 다물어 버렸다.

서기 653년 10월. 함박눈이 내리는 날 무소의(武昭儀)는 아들을 낳았다. 돌아간 태종을 닮아 영특하게 생겼다고 온 궁중이 떠들고 돌아갔다. 무소의는 이제 거칠 것이 없고 자신만만했다. 황제는 태사령(太史令)과 의논해서 홍(弘)이라고 이름을 지었다면서 처음으로 아들을 보기라도 한 듯 싱글벙글했다.

황후와 소숙비도 포대기를 하나씩 싸들고 와서 반갑다고 축하하였으나 좋은 얼굴이 아니었다. 무소의는 아픈 것을 참고 일어나 깍듯이 절을 했다. 그들은 절을 받고는 훌쩍 일어나 나가 버렸다. 이것들 정말 걸레 같구나. 일부러 찾아와서 남의 비위를 건드리고 손해만 보는 맹충이가 무슨 황후요 숙비냐?

겨울은 꿈같이 지나갔다. 황제는 사족을 못 쓰듯 달라붙고, 재상 이하 높고 낮은 관원들과 고을에서 들어오는 축하선물은 산더미처럼 쌓였다. 궁중의 그 많은 여자들에게 무더기로 안겨주고 또 주고 친정과 대신들의 아내에게도 푸짐하게 보냈다. 무소의 같은 사람이 없다, 복을 받을 것이라고 입을 모았다.

또 봄이 왔다. 홍은 유모의 품에서 무럭무럭 크고, 별당에는 찾아오는 여자들이 꼬리를 물었다. 낮은 남편은 좀더 오르도록, 높은 남편은 떨어지지 않도록, 금은보화를 바치고 큰절을 했다.
 오는 사람을 거절하지 않고 주는 것도 사양 않고 받아 뿌렸다. 받은 부탁은 잊지 않고 황제의 귀에 전했고, 이튿날이 아니면 그 다음날은 그들의 소원이 성취되었다. 황제는 이제 자기 말이라면 팥으로 메주를 쑨대도 곧이들었고, 마음먹어서 안 되는 일이 없었다. 그는 권력이 자기 주위에서 맴돌기 시작했다고 생각했다.
 무소의는 겸손하고 신의가 있고 모든 일이 민첩하다고 대궐 안뿐 아니라 온 장안이 떠들었다. 심지어 먼 고을에서 금덩이를 싸들고 수천 리 길을 찾아오는 여자들도 드물지 않았다.
 늦은 봄부터 또 태기가 있었다.
 황후가 욕설을 퍼부었다는 소식이 그 즉시로 들어왔다.
 "그 가시나, 가을봄으로 새끼를 까나?"
 잠자코 가슴에 접어 두었다. 그런데 흘러 넘길 수 없는 욕설이 날아들었다.
 "언젠가는 태자가 등극하는 날이 있겠지. 그때 보잔 말이다."
 〔태자는 고종의 장자 충. 이때 11세. 미천한 출신의 유씨 소생. 아들이 없는 왕황후는 652년 7월, 유석과 짜고 그를 태자로 삼아 자기편을 삼아 두었다〕.
 두구 보자. 이렇게 되면 네가 죽든가 내가 죽든가, 둘 중에 하나다.
 6월. 중서령(中書令)으로 있는 황후의 외숙 유석이 세상 돌아가는 판국에 불안을 느꼈는지 굳이 사임한다고 나왔다. 황제는 당장 내쫓겠다고 을러댔으나 무소의는 말렸다.
 "한꺼번에 없애면 싱겁잖아요?"
 "그럼 어떡할까?"
 "보라는 듯이 이부상서(吏部尙書) 쯤으로 끌어내리는 거지요."
 별안간에 충격을 주면 재상들이 시끄럽게 굴 염려가 있었다. 한 등쯤 끌어내리면 거만하게 굴더니 고소하다고 생각하는 사람이 많을 것이고, 황후도 별것이 아니라는 것을 은근히 보여줄 터이니 이럭저럭 올라갈 것은 무소의 자기였다.
"그러지."
황제는 두말 않고 그 길로 나가 유석을 강등해 버렸다.
황후의 욕설이 또 날아왔다.
"구미호 같은 무가년의 작간이다."
소숙비도 거든다는 소문이었다.
"고걸 씹어 가는 호랑이는 없나?"
어느 쪽이 씹히나 두고 보면 알 것이다.

8월 보름. 어지간히 배가 불러 올랐으나 달 밝은 밤을 그대로 보낼 수 없었다. 언니와 함께 장안성 동남 구석에 있던 유원지로 곡강이라는 호수가 있는 부용원(芙蓉園)으로 놀러 갔다.

잡인들을 물리친 부용원은 보름달 아래 잠자듯 고요하고 호수의 물결은 금빛으로 넘실거렸다. 따라온 궁인(宮人)들을 물가에 두고 단둘이 호수에 뜬 화방(畵舫)에 올라, 가지고 간 꿀물을 마시며, 둥근 달을 바라보았다.

그는 언니를 돌아보았다. 달빛을 받은 언니는 낮보다도 훨씬 아름답고 30대라기보다 20 전후의 한창때 같았다.

"문수(文水: 산서성 태원의 그들의 고향)에서 보던 달보다 더 아름답다고 생각 않니? 모두 네 덕분이다."

무소의는 잠자코 뱃전에서 몸을 뒤트는 언니의 배를 주시했다. 아무래도 심상치 않다고 판단한 무소의는 넘겨짚었다.

"언니 정말 아무 일도 없었어요?"
"내가 누구하고 무슨 일이 있었단 말이냐?"
아무리 황제가 자기를 좋아한다 해도 한 여자만 상대하라는 법은 없었다. 사실 다른 데서 자고 나타나지 않는 밤도 가끔 있었다. 그런 걸 가지고 강짜를 부릴 단계는 못 되었고, 강짜를 부리지 않고 덤덤한 것이 자기의 큰 매력이기도 했다. 또 궁중에서는 뭐니 뭐니 해도 벼슬이 문제였다. 황후도 못 부리는 강짜를 소의밖에 안 되는 것이 부렸다가는 무슨 바람이 불지 알 수 없었다.

그렇다고 황제가 설마 언니까지. 미주알고주알 다 고해바치는 여자들이 이것만 빼놓을 리 있을까? 또 눈앞에 보는 언니의 배도 부르다면 부르지마는 그렇지 않다면 않게도 보였다. 내가 너무 의심이 많은 게 아닐까.

"너 뭣 때문에 그러니?"

동생의 눈길을 알아차리지 못하는 모양이었다.

"아니, 농담이에요."

무소의는 웃어넘기고 광주리의 대추를 집어 들었다.

측천무후, 승자와 패자

 10월. 바람이 몹시 부는 날, 무소의는 딸을 낳았다. 홍의 돌이 지난 지 며칠 만에 태어난 애기는 아무리 보아도 팔삭둥이였다. 숫가마가 말랑말랑한 데다 기껏해야 신짝만 한 것이 아무리 보아도 인간 구실을 할 것 같지 않았다. 돼지상을 떠이고 못생기기는 왜 이렇게 못생겼을까. 정이 가지 않을뿐더러 보기만 해도 섬뜩했다. 인륜(人倫)을 거역했다고 하늘이 내린 요물(妖物)은 아닐까.
 사흘 만에 자리를 걷고 일어나 앉았는데 황후가 녹용을 싸들고 찾아왔다. 아무래도 안 되겠다 싶었던지 요즘은 풀이 죽었다. 비위를 맞추느라고 가끔 속에도 없는 말로 아양을 떨기도 했다.
 "산후에는 몸을 보해야 하오."
 절을 받은 황후는 크게 생각하는 말투였다.
 "황공하오이다."
 무소의는 깍듯이 두 손을 무릎에 얹었다.
 "어디, 안아볼까."

황후는 제 손으로 애기를 안고 뺨을 어루만지기도 했다.

"에미를 닮아서 너도 미인이구나."

훤히 들여다보이는 거짓말이다.

"코도 오뚝하고 눈도 어글어글하고."

남의 속도 모르고 황후는 계속 수다를 떨었다. 해당화 같다느니 서시(西施)를 찜찌겠다느니 말이 많았다. 애기가 울자 황후는 무소의에게 넘겨주었다.

황후가 나간 후 젖을 물리고 내려다보니 더욱 요물이요, 어김없는 돼지귀신이었다. 그는 망설이지 않았다. 손으로 목을 졸라 이불 밑에 처박고 돌아앉아 거울을 들여다보았다. 황제가 들어온다고 전갈이 왔는데 얼굴의 붓기가 마음에 걸렸다. 얼굴이야 어쨌든 오늘이야말로 갈림길이다.

"누워 있지 그래."

황제는 일어서 마중하는 무소의의 어깨를 끌어당겼다.

"몸도 거뜬하고 오늘은 아주 기분이 좋아요."

무소의는 활짝 웃는 얼굴로 황제를 쳐다보았다. 바로 이 얼굴이 사람을 녹인단 말이야. 황제는 뺨에 뺨을 비벼대고 자리에 앉았다.

"애기는 자나?"

그는 관을 벗어 무소의에게 넘기고 이불을 들쳤다.

"어어—."

애기를 안으려던 황제는 외마디 소리를 질렀다.

"왜 그러시지요?"

관을 문갑 위에 놓은 무소의는 옆에 다가앉았다.

"이거 잘못된 게 아냐?"

애기는 이미 굳기 시작했다. 한바탕 어루만지고 난 무소의는 주먹으로 가슴을 쳤다.

"아이고, 아이고오⋯."
"도대체 어떻게 된 거야? 얘기를 해야 알지."
황제가 목청을 높이자 옆방에 대령하고 있던 여자들이 몰려들었다.
"애기가 죽었으니 이게 웬일이냐?"
"돌아가시다니요?"
그들은 놀라고 애써 슬픈 표정을 지었다. 한 여자가 나서 머리를 조아렸다.
"아까 중전 마마께서 오셨을 때도 눈을 반짝 뜨셨습니다."
"그래?⋯ 그 다음은?"
"마마께서 누여놓고 가신 후로는 그냥 주무시는 줄 알았사옵니다."
"아무도 온 사람 없고?"
"없사옵니다."
함께 들어온 여자들은 틀림없다는 듯 고개를 끄덕였다.
"알았다, 물러들 가라!"
황제는 노기가 등등하고 무소의는 한층 구슬피 울었다.
"아이고, 그렇게 죽을 것이면⋯ 아이고⋯"
"중전이고 뭐고 그 뱀 같은 것이 내 딸을 죽였구나. 이걸 그냥!"
"폐하, 전 어떡해요⋯."
무소의는 황제의 무릎에 쓰러졌다.
"이걸 내 그냥 둘 줄 알아?"
황제는 이를 갈았다.
"내가 미우면 날 죽일 것이지⋯ 아이고⋯."
"밉다니?"
황제가 살기등등해서 돌아보았다. 무소의는 코를 풀고 눈물을 닦았다.
"기왕 이런 변까지 당했으니 다 말씀드리겠어요."

무소의는 바싹 다가앉아 목소리를 낮췄다.

"중전은 사내 생각에 머리가 돈 계집이에요. 저더러 밤마다 폐하를 모셔다 바치라는 거예요. 폐하께서도 아시다시피 저도 하느라고 했잖아요?"

"고럼."

"이건 더욱 미쳐 날뛰거든요. 경망하기 이를 데 없고. 채신머리없고."

"이봐라아. 중전을 이리 당장 들라고 해라!"

붉으락푸르락하던 폐하는 크게 목청을 뽑았다.

황후를 기다리는 사이에도 무소의는 주먹으로 방바닥을 치며 '아이고'를 되풀이했다.

허둥지둥 달려온 황후는 파랗게 질려 통곡하는 무소의에게 곁눈을 보냈다.

"중전은 무엇이 부족해서 저 애를 죽였소?"

"아이고 … 하, 하늘이 내려다보십니다."

황후는 손바닥으로 가슴을 쳤다.

"애기를 안았다가 이불을 덮어놓고 가지 않았소? 그때는 괜찮았지? 그 후에는 온 사람도 간 사람도 없단 말이오. 그러니 누가 죽인 것이오?"

"전 정말 아닙니다."

"그럼 제 에미가 죽였단 말이오? 천지간에 제 새끼를 죽이는 사람 보았소? 짐승도 그 짓은 못하오."

"폐하, 저는 진정 모르는 일입니다."

"보기도 싫소. 썩 물러가오!"

밤마다 이불 속에서 오만가지 의논이 분분했다. 무소의는 당장 황후를 내쫓고 자기가 올라서야겠다고 버티었다. 그러나 잡아라도 먹을 듯이 노발대발하던 황제는 막상 이야기가 나오자 뒷걸음질을 쳤다. 대신들에게 말을 꺼내기도 멋쩍고, 특히 장손무기가 무서웠다. 아버지의 친구요, 외숙(外叔)이 되는 장손무기는 겉으로는 신하의 예절을 갖추지마는 속으로는 자기를 어린애로 보고 있다. 남이 보지 않는 데서는 귀가 엷다느니 줏대가 없다느니, 심지어 여자들의 치맛바람에 흔들리지 말라고까지 했다.

"만사 절차가 있는 법이야."

"절차는 무슨 말라빠진 절차예요?"

홍을 낳은 후로 반쯤 손아귀에 들어온 황제는 애기가 죽으면서부터 완전히 들어왔다. 거리낄 것도 없고 말조심할 것도 없고 마구 쥐고 흔들어도 그만이었다.

"장손무기가 겁나서 그러지요?"

무소의는 언제나 자기 속을 들여다보고 있었다.

"아닌 게 아니라 그 영감태기가 골치란 말이야."

"내쫓아 버리죠 뭐."

흐느적거리는 품이 일을 치기는 다 틀렸다.

"그럼 그만두세요. 제 자식 죽이는 걸 뻔히 보고도 꼼짝 못하는 이놈의 세상 지긋지긋해요. 도로 머리를 깎든가 죽든가 … 제 일은 상관 마세요."

"그럼 나도 죽어야지, 소의가 없음 난 못 살아."

한다는 소리가 겨우 고거야? 별게 다 용상에 앉았다.

"잘해 보세요."

무소의는 돌아누웠다.

"이렇게 하면 어떨까?"

잔등에 감아 붙은 황제가 젖가슴을 어루만졌다.

"장손무기를 녹이는 거야. 벼슬과 금은보화로 말이야."

여태 벼슬과 금은보화로 녹지 않은 사람을 보지 못했다. 더구나 장손무기는 벼슬은 높아도 청렴을 떨어서 사는 것은 신통치 않다. 고집불통이라 안 될 수도 있지마는 될지도 모른다.

"어떻게 생각해?"

"말만으로 세월을 보내는 것보다야 낫겠지요."

"역시 그게 좋아."

"한 말씀 있어야 할 게 아니에요?"

"애기 죽인 죄를 내대는 거지."

"애길 죽인 건 사실이지마는 본 사람이 없잖아요? 그 능구렁이가 캐고 물으면 걸려들어요. 중전이 아이를 못 낳는다고 한마디만 하면 다 알아들어요."

"그렇지. 역시 소의는 총명하단 말이야."

"벼슬은 누구에게 내리지요?"

"그야 장손무기지."

"장손무기는 태위장인데 더 올라갈 벼슬이 있나요? 요즘 데리고 사는 젊은 여자, 아들이 3형제라잖아요?"

"그 큰아이한테 줄까."

"3형제 다 주세요. 그 여편네 입이 찢어져서 영감태기를 들볶을 거 아니에요?"

"그렇지. 소의는 머리가 좋아. 당장 내일 한 마차 싣고 가지."

"겨우 한 마차예요?"

이 사나이는 어디까지나 좀스럽고 쩨쩨하다.

"제게 맡기고 이제 잡시다."

무소의는 코를 골기 시작했다.

이튿날 밤, 대궐에 있는 금은보화와 값진 비단을 죄다 끌어내어 실으니 열 마차가 되었다.

따라오라 이르고 먼저 떠난 황제와 무소의는 도중까지 마중 나와 큰절을 하는 장손무기 일가를 따라 그의 집으로 들어갔다. 집은 별 것이 못되었으나 어느새 차렸는지 술이고 음식이고 대궐이나 진배없었다.

반백의 장손무기는 능수능란했다. 스물일곱밖에 안 된 황제를 깍듯이 대하면서도 손바닥에 놓고 굴리는 격이었다. 함께 술을 들면서 이야기도 무궁무진했다. 옛날 고조와 태종을 모시고 무수히 싸워 이 당나라를 세우던 이야기로부터 고구려에서 패해 돌아올 때의 고생에 이르기까지, 반쯤은 알고 있는 내용이었으나 직접 체험한 사람의 입에서 나오니 실감이 났다. 술도 주는 대로 마시고 아주 유쾌한 얼굴이었다.

무소의는 오기를 잘했다고 생각했다. 옛날 태종을 모실 때 여러 번 본 일이 있으나 그때보다는 훨씬 백발이 늘었고, 노재상(老宰相)이라는 말 그대로 위풍이 당당했다. 역시 이 사람을 움직이지 않고는 일이 될 것 같지 않고, 그가 움직이기만 하면 안 될 일이 없을 것 같았다.

황제는 자기가 시킨 대로 그를 경(卿)이니 태위장이니 하지 않고 아저씨라고 불렀다. 일부러 집까지 찾아와서 부탁하는 처지에 재는 것보다는 훨씬 나을 것이었다.

세 아이들에게 벼슬을 내릴 때도 좋았다. 8, 9세에서 10여 세 된 소년 셋이 들어와 꿇어 엎드렸다.

"내 너희들 3형제에게 꼭 같이 조산대부(朝散大夫)를 내린다. 공평하게 내렸으니 싸우면 안 된다."

"황공하오이다."

세 소년은 머리를 조아렸다.

"너의 아버지하고 내 어머니는 남매간이니 나는 너희들에게 뭐가 되지?"

"황제 폐하십니다."

"허허 — 형님, 고종사촌 형님이다."

폐하는 떠나기 전에 연습한 대로 실수 없이 해내고, 장손무기도 기분이 좋았다.

아이들과 이러니저러니 하는데 궁인(宮人)들이 마차에 실었던 것을 메고 들어왔다. 비단은 곧바로 곳간에 들어가고 금은보화만 방안에 들여다 즐비하게 늘어놓았다. 불빛에 글자 그대로 휘황찬란했다.

"이모저모로 황공해서 몸 둘 곳이 없습니다."

장손무기는 말은 그렇게 하면서도 가끔 곰곰이 생각하는 눈치였다.

"그런데 아저씨."

들락거리던 사람들이 물러가고 다시 조용해지자 폐하는 식탁에 팔뚝을 짚고 두 손으로 턱을 고였다.

"중전은 아이가 없어 탈입니다."

무소의는 숨을 죽이고 쳐다보는데 장손무기는 뚱딴지같은 소리를 했다.

"금년은 대풍이 들어서 일전에 들으니 낙주(洛州)에서는 조 한 말에 두 돈 반 한답니다."

폐하는 입을 벌리고 무소의를 돌아보았다. 못 들었을까? 그럴 리 없는데. 무소의는 눈짓을 했다.

"중전 말이오. 아이가 없어서 …."

폐하가 되풀이했으나 장손무기는 또 딴전이었다.

"쌀은 말에 열한 돈밖에 안 한다니 이런 대풍은 일찍이 듣지 못했습니다."

일은 다 틀렸는데 황제는 또 한마디 하려는 눈치였다. 무소의는 얼른 가로막고 나섰다.

"오곡이 이렇게 잘 익으니 참으로 태평성세 같군요."

측천무후, 승자와 패자

"모두가 폐하 성덕의 소치십니다."

장손무기는 술을 죽 들이켰다. 잘될 것 같더니 결국 틀어지고 말았다. 구렁이 중에서도 백년 묵은 왕구렁이다. 무소의는 황제에게 눈짓을 하고 장손무기를 향했다.

"오늘밤은 정말 즐거웠어요."

"다시없는 영광입니다."

장손무기는 취했는지, 취한 척하는지 혀 꼬부랑 소리를 하고, 황제는 일어서면서 볼멘소리로 한마디 던졌다.

"융숭한 대접 고맙소."

"화앙 — 공 무지로소이다."

문 밖까지 배웅 나온 장손무기는 더욱 혀가 꼬부라졌다.

돌아오면서 아무리 생각해도 금은보화만 날리고 고약하기 그지없었다.

분한 생각에 잠을 설쳤다. 황제는 이불 밑에서 여전히 큰소리였으나 귀담아듣지도 않았다.

결코 물러설 수 없고 질 수 없는 싸움이었다. 무소의는 내리칠 사람과 추켜올릴 사람, 싸움을 붙이는 방법과 시기를 곰곰이 생각했다. 기왕 벌어진 싸움은 끌어서 적에게 여유를 주는 것보다 선수를 치는 것이 좋다. 이 해가 다 가기 전에 요절을 내리라.

그런데 참으로 기막힌 일이 벌어졌다. 과부언니가 애기를, 그것도 황제의 아들을 낳은 것이다.

설을 앞두고 태종릉에 제사 지내러 간다고 법석이었다. 황제는 같이 가자고 했으나 다른 데는 몰라도 태종릉에는 차마 갈 수 없었다. 마음에 켕길 뿐 아니라 무덤 속에서 귀신이 내다볼 것 같고, 어쩌면 그 귀신이 와락 덮칠 것도 같아 으스스했다.

"뼈마디마다 오싹거리는걸요."

"저런, 몸살인가 부군. 내 약방에 얘기하지."

"벌써 패독산을 지어다 먹었어요."

"땀을 내요. 그럼 이걸 어떡한다?"

자기가 못 간다면 어느 허름한 비빈 한 사람 데리고 갈 줄 알았으나 그게 아니었다.

"그러면 중전이 간다니까."

"다른 사람은 왜 안 되나요?"

"원래야 중전이 갈 건데 무소의가 간다고 했더니 궁중의 공기를 아는 대신들도 가만있지, 안 간다면 으레 중전이 갈 게 아냐?"

거기까지는 생각을 못했다. 아무래도 가기는 싫고, 그렇다고 황후가 황제를 따라가는 것을 내버려둘 수는 없었다.

"제가 탈 가마에 언니가 타면 어떨까요?"

"언니가 왜?"

"저라고 하지요 뭐. 키도 비슷하고 생긴 것도 비슷하고 누가 아나요?"

"그래도…."

"이 추위에 빈틈없이 꽁꽁 싸매는데 누가 알아보겠어요."

황제는 자꾸 뒷걸음치다가 우겨대는 바람에 마지못해 승낙했다. 자미당에 전갈을 보냈더니 두말없이 가겠다고 나선다는 것이었다.

"그것 보세요."

쭈뼛거리는 황제를 등을 밀다시피 떠나보냈다.

가는 데 하루, 제사 지내는 데 하루, 오는 데 또 하루, 이 사흘 동안 푹 쉬면서 황후를 잡아 껍데기를 벗길 방책을 다듬으리라.

어머니를 불러들여 방안에서 속삭였다. 장손무기 한 사람만 없으면 일은 쉽게 풀릴 터인데 이것을 어떻게 처치하느냐. 밥 짓는 종을 매수해서 독살해 버리느냐, 망나니들을 시켜 밟아 버리느냐, 낙수(洛

水) 얼음 구멍에 처박아 버리느냐, 어쨌든 피를 보지 않고는 일이 안 된다는 데 의견이 일치했다. 될 수만 있으면 설을 전후한 북새통에 해치우는 것이 좋을 것 같다.

생각하고 꾸미고 흥분하고 벼르는 사이에 이틀은 가고 태종릉에 간 황제의 노부(鹵簿)가 돌아올 사흘째 아침이 왔다. 빨라야 초저녁에 당도할 것이라고 느긋하게 마음먹고 자리에서 일어나지도 않았다.

난데없이 언니를 따라갔던 궁녀 한 사람이 숨을 허덕이며 나타났다. 침상 밑에 무릎을 꿇고 겁먹은 눈으로 쳐다보다가는 다시 내리깔곤 하는 것이 심상한 일이 아니었다.

"폐하의 밀명(密命)이십니다. 폐하께서 돌아오실 때까지 일체 문 밖으로 나가지 마시고, 딴 사람을 들이지도 마시랍니다."

40대 초로의 궁녀는 일에 닳을 대로 닳은 열 손가락으로 방바닥을 짚었다.

"저어 … 자미당께서 아들을 낳으셨단 말입니다."

무소의는 눈앞이 캄캄했다. 뛰는 가슴을 애써 진정하고 자리에 도로 누웠다.

궁녀가 나간 후 자리에 엎드려 흐느꼈다. 언니고 뭐고, 이년을 그저! 그렇게 감쪽같이 속일 수도 있단 말이냐. 속도 모르고 이러니저러니 의논한 것이 분했다.

지난 추석에 눈치가 이상했으나 딱 잡아떼기에 믿었다. 요년이 그 배때기를 어떻게 주체하고 다녔기에 여태 몰랐을까. 그녀을 보기만 하면 찢어 죽이고 나도 죽겠다 이 말이다.

그는 차츰 마음이 가라앉았다. 여태까지 힘이 없어 수모도 받고 마음고생도 무척 했다. 어떻게 된 세상이기에 천하의 힘은 온통 이 병신의 손에 쥐여 있고 잘났건 못났건 그 앞에서 쭉을 못 쓴단 말이냐. 이건 옳지 않은 일이다.

그는 아예 황제가 사람으로도 보이지 않았다. 만약 황제 아닌 다른 남자와 살다가 이런 일을 당했다면 몽둥이로 허리를 분질러 쓰레기통에 쑤셔 넣었을 것이다. 그러나 이 황제라는 병신은 힘, 권력을 쥐고 있다. 수가 있을 것 같았다. 트집은 생겼겠다, 배짱이라고는 병아리 눈물만큼도 없는 이 병신을 윽박지르면 안 될 일이 없을 것 같았다.

"세상에서 몰라 그렇지, 궁중에는 이런 일이 흔히 있는 법이다."

어머니는 물을 떠주고 달랬다.

"이런 때일수록 신중하게 처신해야 한다."

창살에 비친 해는 실오라기만큼밖에 남지 않았다.

"알았어요. 폐하가 오실 터인데, 엄마는 돌아가 보세요."

어머니를 보내고 무소의는 다시 곰곰이 생각하다가 몸치장을 하고 옷도 갈아입었다. 재촉을 해서 수라상도 들여다 놓고 숯불에 주전자도 얹어 두었다.

"추운데 얼마나 고생하셨어요."

어두워서 돌아온 황제는 눈에 핏발이 서고 안절부절못했으나 아랑곳하지 않고 온 낯이 웃음이 되어 맞았다.

"아무 데도 안 나갔지?"

겉옷을 벗으면서 던진 첫마디였다.

"그럼요, 어명이신데."

"온 사람도 없고?"

"개미 한 마리 얼씬 안 했어요."

수라상을 받고도 황제는 진정을 못했다. 마주 앉은 무소의의 눈치를 살피는가 하면 쓸데없이 옆으로 눈알을 굴렸다. 따끈한 술을 권했다. 연거푸 네다섯 잔을 들이키고 눈을 치떴다.

"피곤하신가 부네요. 어서 수라를 드시고 주무시지요."

그는 여전히 술만 들이마셨다. 눈을 치떴다가는 내리깔고 무슨 말을 할 듯하다가도 그만두고 잔을 기울였다. 식사는 들지도 않고 상을 물렸다. 술만은 남겨놓고 찔끔 마시고는 쳐다보고 멍하니 생각에 잠겼다.

"피곤하실 터인데 자리에 드시지요."

마침내 술기운이 동한 모양이다. 죽 들이키고 다가앉아 손목을 잡았다.

"소의(昭儀). 저어 —. 내 부탁 들어주지?"

"부탁이라니 그런 황공하신 말씀을."

"저어 —. 에라 모르겠다. 언니가 애를 낳았어."

"저런? 어떤 시러배 아들이 소리도 없이 젊은 과부를 슬쩍했어요?"

무소의는 놀라고 분개하는 표정이 역력했다.

"조용, 조용."

"이게 조용할 일이에요? 어떤 짐승 같은 놈이 그런 짓을 했어요?"

더욱 목청을 높였다.

"조용하라니까."

"언니는 그런 사람이 아니에요. 이건 필시 … 폐하, 원수를 갚아 주세요. 전 못 참아요. 그런 놈은 잡아서 능지처참을 해야지요."

"아, 이거 참 … 사실은 … 내 아이야."

폐하는 고개를 떨어뜨렸다.

"뭐라고 하셨어요? 네?"

"면목이 없어."

무소의는 돌아앉아 벽을 향했다.

"용서해줘. 새벽에는 당도할 거야. 어떻게 하지? 이 일이 발설되면 난 대신들에게 얼굴을 못 들어."

"왜 못 드시나요?"

무소의는 돌아보지 않고 쏘아붙였다.

"성군(聖君)이라는 순(舜) 임금도 아황(娥皇) 여영(女英) 자매를 한꺼번에 데리고 살지 않았어요?"

"그건 태고 3황 시대 얘기고, 더구나 천자는 처녀 외에는 상대하지 못하는 걸로 돼 있어. 발설만 되면 나는 황음무도(荒淫無道) 한 ···."

"그런 짓을 왜 했어요?"

무소의는 조금 남아 있던 존대투마저 빼버렸다.

"그게 글쎄···"

"이미 그렇게 된 걸 할 수 있나요? 자미당에서 기르는 수밖에."

"날 살려줘. 소의 당신의 아들이라고 해줘. 소의의 말이라면 뭐든지 들을게."

빌붙을 정도가 아니라 아예 손아귀에 들어와 무릎을 꿇었다. 어깻죽지를 잡아 흔들다가 턱밑에 낯짝을 들이밀었다.

"정말이죠?"

"고럼. 나도 사내대장부야."

무소의는 돌아앉아 황제를 똑바로 보았다.

"좋아요. 내 아들이라고 하지요."

"지금부터 이불을 쓰고 드러누워 줘."

"그건 또 왜?"

"애를 낳았으니 누워 있어야 할 게 아냐? 새벽에 오면 젖 빨리는 시늉도 하고."

참으로 잔걱정이 많은 시러배 아들이다.

"생각해 보세요. 내가 두 달 전에 분명히 애를 낳았지요? 왕가년이 목을 졸라 죽인 일 잊었어요?"

"잊지 않았지."

"두 달 만에 또 애를 낳았다, 이거 곧이들을 사람 있겠어요?"

"아뿔사, 그 생각을 못했군. 이 일을 어떻게 하지?"

황제는 오만상을 찌푸렸다. 무소의는 옷을 벗고 침상에 드러누워 버렸다.

"내게 맡겨요. 내가 낳았다고 우기지요. 두 달 만에는 낳지 말라는 법이 어디 있어요? 쌍둥인데 하나는 두 달 후에 나올 수도 있잖아요?"

"고마워, 소의, 내 은혜는 죽어도 안 잊을게."

부스스 일어나 목을 껴안았다. 이건 병신 중에도 해파리 같은 배냇 병신이다.

며칠을 집안에 박혀 앓는 시늉을 하고 애기는 곧장 유모에게 내맡겼다. 그러나저러나 죽일 것은 언니였다. 얼굴이 붓고 제대로 걷지도 못하는 것을 불러다 놓고 윽박질렀다.

"너 같은 년 내 살려둘 줄 알아?"

얼굴도 못 들 줄 알았으나 그게 아니었다.

"네가 뭔데?"

뻣뻣이 나왔다.

"따지겠거든 폐하에게 따져라. 난 하자는 대로 했다. 나 아니면 못 산다고 찰싹 달라붙는 걸 어떡하니? 폐하신데."

이 병신이 똑같은 넋두리를 만나는 계집마다 뿌리고 다녔구나.

"그렇다고, 요 얌체년이 동생의 서방을 뺏어?"

"얌체? 홍, 내 입만 터져봐라. 제 새끼 모가지 비튼 년은 뭐야?"

섬뜩했다. 이년이 아는 것이 너무 많구나.

"보기도 싫다. 어서 꺼져!"

"누가 꺼지나 두구 보자."

언니는 문을 차고 나가 버렸다. 당장 죽여 없앨까 생각하다가 마음을 고쳐먹었다. 우선은 그대로 두자. 병신을 윽박지르는 데 필요할 때가 있을지도 모른다.

세상에 비밀이 없었다. 대궐 안의 여자들이 입을 놀리고 머리를 배틀고 어깨를 움츠리고 … 돌아가는 꼴이 다 알고 있다는 눈초리들이었다.

"그래 요즘 언니는 잘 있어?"

위문이라고 찾아온 황후는 고소하다는 얼굴이었다.

"어떻게 된 애가 어미보다 이모를 닮았네."

숙비는 더욱 철없이 굴었다. 파리새끼들이 종알거린다고 내 눈 하나 까딱할 줄 알아? 그는 품에 안은 애기를 어르고 응대도 하지 않았다.

저녁에 들어온 황제는 종이에 적은 것을 넘겨주었다.

"이름은 현(賢)이라고 지었어."

"좋구만."

무소의는 따끈한 술을 잔에 붓고 길게 말하지 않았다.

"소의가 잘한 덕분에 눈치 챈 사람은 아무도 없나 봐."

"그래요. 아무도 없어요."

대답 대신 씩 웃는 황제의 얼굴은 어김없는 머저리였다.

쑥덕공론이야 어떻든 또 황자(皇子)가 태어났다고 전국에서 공물(貢物)이 더미로 들어오고, 새해(655년)의 설까지 겹쳐 금과 옥, 그리고 비단이며 꿀이며 심지어 공작, 앵무새, 마소에 이르기까지 홍수같이 밀려들었다. 그런데 궁중의 여자들은 입이 딱 벌어졌다. 무소의가 통이 큰 것은 알았어도 이렇게 큰 줄은 몰랐다.

"변주(卞州: 하남성 개봉) 자사의 공물로 금은 한 상자에 쌀 백 섬이 들어왔습니다."

"내가 고맙게 받았다고 전하고 물건은 그대로 네가 가져라."

종이를 들고 무릎을 꿇은 젊은 채녀(采女: 여관 중의 최하위)는 서두부터 혼이 나갔다. 교의에 앉은 무소의는 물끄러미 바라보다가 재촉했다.

"다음을 읽어라."

"서주자사는 금 200냥에 비단 50필입니다."

"그건 정재인(鄭才人)에게 주어라."

"밀주(密州: 산동반도 남부) 자사는 어물 1백 상자에 소금 50바리올시다."

"그건 살림에 소용되겠구나, 허상서의 부인에게 전해라."

그 많은 공물을 대궐 안팎에 다 뿌리고 하나도 남기지 않았다.

"이렇게 되면 소의께서는 …."

"끝났으면 물러가라. 곤해서 한잠 자야겠다."

하품을 하는 것을 보고 물러나온 채녀는 만나는 사람마다 기막힌 선물을 전하고, 아울러 무소의의 바다같이 넓은 마음을 선전하지 않고는 배길 수 없었다. 선물을 받은 사람마다 당나라가 넓다 해도 남녀를 통틀어 이런 대물(大物)은 없다고 단언하고 돌아갔다.

우습게 태어난 아이 때문에 한동안 비스듬히 돌아섰던 여자들은 말할 것도 없고, 아주 등을 돌렸던 여자들도 다시 돌아와 곱절로 아양을 떨고 대궐 밖에 사는 대신들의 마누라들도 입방아와 팔뚝질이 한결 적어졌다는 소식이었다.

무소의는 다시 누구의 눈에도 궁중에서는 덮을 여자가 없이 되었고, 크고 작고 간에 그에게 관계되는 일은 아무리 은밀히 꾸며도 사전에 귀에 들어오게 마련이었다.

괘씸한 것은 장손무기였다.

"팽개쳐 둬. 무가네 계집 형제가 대궐 안에서 머리채를 잡고 싸울 날이 올 게다."

무어라고 지껄이는 아들에게 이렇게 말했다는 것이다. 이 무소의를 그렇게밖에 못 보는 네 눈이 멀었다.

그러나 다음 순간 그 말이 억설만은 아니라는 생각이 들었다. 자기는 그렇지 않다 하더라도 그 주책바가지 언니가 무슨 호들갑을 떨고 어느 때 어떻게 추태를 부릴지 모른다. 정말 자기의 머리채를 거머쥐고 앙개를 부리는 날은 망하는 날이다.

황제도 안심이 안 되었다. 이번 일은 유야무야로 가라앉는다 치더라도 여자라면 쪽을 못 쓰는 그 병신이 어느 야밤중에 자미당에 기어들어가서 또 일을 저지를지 알 수 없었다. 언니는 기승해서 정말 자기 머리채를 잡을지도 모른다.

안 나간다고 버티는 언니를 친정으로 내쫓았다.

"얼씬해 봐라. 죽는다 죽어."

협박도 잊지 않았다.

이 무소의가 살아 있다는 것을 보라는 듯이, 특히 장손무기가 보라는 듯이 한바탕 소동을 벌일 필요가 있었다. 두 아이를 한꺼번에 왕으로 봉하는 일을 크게 벌였다.

홍이는 세 살 났으니 좋지마는 현이는 아직 핏덩이라고 황제는 반대였다. 둘을 한꺼번에 할 필요도 없거니와 왕이 된 핏덩이가 젖을 달라고 식전(式典)에서 빽빽거리면 얼마나 창피냐고 손목을 잡고 타일렀다.

꼬리에 불이 붙은 것처럼 왜 이리 서두르냐고, 장손무기가 한마디 했다는 소식도 들어왔다. 더구나 한다 하더라도 식전에는 무소의는 안 되고 왕황후가 참석해야 한다고 우겨댄다는 것이다.

무소의는 막무가내로 밀었다. 둘을 한꺼번에 해야 하고 황후는 안 되고 자기만 나가야 한다고 고집했다. 하나보다 둘이 더 요란할 것이고, 장손무기의 주장은 안 통할 수 있어도 무소의가 한 번 주장하면 반드시 통하고야 만다는 것을 보여줄 필요가 있었다.

1월 17일. 온 장안이 떠들썩하는 가운데 문무백관은 서차에 따라 함원전(含元殿: 대명궁 정전) 전정(前庭)에 도열하고 태위장 장손무기와 사공(司空) 이세석만은 특별대우로 당상 옥좌의 우편에 나란히 앉았다. 황제는 홍의 손목을 잡고 앞서 걷고 무소의는 현을 안고 뒤를 따라 식장으로 들어갔다.

현을 안은 무소의는 옥좌의 좌편, 홍의 옆자리에 앉았다. 주악이 울리고 예부상서 허경종의 주재로 의식이 진행되는 동안 무소의는 생각이 많았다.

도대체 소의(昭儀)라는 것은 이런 마당에 나와 보니 앉을 자리조차 없는 미물이었다. 황후가 나오는 것을 한사코 반대해서 나오지는 못했으나 그렇다고 자기가 그 자리에 앉은 것은 아니었다. 엉거주춤하게 해결돼서 그 자리는 황후가 나올 때와 마찬가지로 앞에 발을 내린 채 비워두고 자기는 현을 안고 옆줄에 앉아야 한다는 것이다. 황후가 낳은 젖먹이를 왕으로 봉하는 경우라면 유모가 앉는 자리라고 했다. 법도라는 것도 사람이 만드는 것인데 어떻게 된 법도가 장손무기와 저수량(褚遂良)이 우기는 바람에 이 꼴이 되고 말았다는 것이다.

식전은 주악으로 시작되어 만조백관이 구령에 따라 절하고, 허경종이 무어라 외치고, 읽고, 또 절하고, 거침없이 진행되었다.

그러나 무소의는 처음부터 맞은편에 앉은 장손무기의 수염만 주시했다. 흰 것이 섞이기는 했으나 아직도 씽씽한 것이 죽으려면 10년은 더 기다려야 할 것 같았다.

10년, 나는 마흔두 살이 되고 좋은 세월은 다 가버린 뒤다. 나는 못 참는다. 그 10년 동안에 저 구렁이가 나를 물어뜯지 않는다고 어떻게 장담하느냐 말이다. 네가 황제의 외숙이라면 나는 마누라다. 어느 쪽이 더 가까우냐? 형식을 갖추지 못해서 이 구박이다. 그것도 다 되는 것을 네가 훼방해서 말이다.

홍을 대왕(代王)으로 봉하고, 현은 노왕(潞王)으로 봉한다는 소리도 감동을 주지 않았다. 무소의는 처음부터 끝까지 괘씸한 생각, 분한 생각으로 머리를 짜다가 끝장에 가서 어전에 사은숙배(謝恩肅拜)를 드리는 때에야 제정신으로 돌아왔다.

기분이야 어떻든 떠들썩한 효과는 거두고도 남았다. 여간내기가 아닌 무소의가 두 아들을 한꺼번에 거느리고 앉은 모습을 본 백관들은 생각이 달라졌다고 했다. 아무래도 세상은 무소의의 세상이 되는 모양이라고 야단들이라는 것이다. 우선 달갑지 않은 쑥덕공론이 자취를 감추고, 친정에는 아침부터 금은보화를 싸든 인간들이 꾸역꾸역 밀려들고, 곁들여 이복오빠 형제의 재미도 만만치 않다는 소식이다.

무소의 자신의 실속은 더욱 엄청났다. 황자 두 분을 한꺼번에 왕으로 봉하는 마당에 신자(臣子) 된 자로 범연할 수 없고, 더구나 돌아가는 공기가 심상치 않은 때라 계산했던 것보다 10배는 더 들어왔다.

봄에서 여름까지, 전국에서 쏟아져 들어오는 물건은 지체되는 일이 없었다. 면밀히 조사해둔 명단에 따라 대신들뿐만 아니라 말단 관료들에 이르기까지 좀 똑똑하다는 사람치고 선물을 받지 않은 사람은 없었다. 그것도 무소의의 친필로, 받는 사람의 이름과 자신의 이름 '무조(武照)' 두 자가 적힌 쪽지가 들어 있는 전례 없는 선물이었다.

벅찬 감격에 젊은 아들을 붙잡고 눈물을 흘린 노파의 이야기는 하루에도 몇 번씩 들려오고, 일가친척이 모여들어 사당(祠堂)에 고하고 크게 잔치를 베풀었다는 이야기도 심심치 않게 들렸다.

이제 무소의는 하늘 아래 둘도 없는 고맙고 거룩한 분이요, 행여 장안 거리에서 누가 그를 시답지 않게 말할라치면 반드시 몰매를 맞아 갈빗대가 부러지든지, 다리가 부러지든지, 결코 무사할 수 없었다.

무소의(武昭儀)는 곰곰이 계산했다. 천하 사람들이 머리에 그리고 애정을 보내는 무소의는 물욕이 없듯이 권세욕도 없고 선녀(仙女) 같이 아름답고 착한 여인이다. 이 여인의 가슴속에서 불타는 욕망이 꿈틀거리고 있다는 것은 몇몇 대신들밖에 모르는 일이다. 백성들의 자기를 향한 이 애정을 허물지 않기 위해서는 차제에 그들의 관심을 딴 데로 왕창 돌려버릴 필요가 있다. 애정은 기정사실로 굳어질 것이고, 새로운 일에 정신을 뺏겨 울고 웃고 팔뚝질하고 입에 거품을 물 것이다. 마침 고구려와 백제가 연합해서 30여 성을 뺏었으니 도와달라는 신라의 요청이 왔다.

"폐하, 신라를 도와야 하잖아요? 하다못해 선제(先帝) 말년처럼 요하 연변에 군대를 보내서 못살게라도 굴어야 할 게 아니에요?"

"그만두라는 유조(遺詔)가 있어."

"그러니까 폐하는 나약하다는 소리를 듣지요."

"누가 그래?"

황제는 발끈했다.

"말은 안 해도 천하 사람들의 마음은 훤히 들여다보이는 걸요. 언제까지 유조에 묶일 작정이세요? 폐하도 한 번 위세(威勢)를 뵈야 할 게 아니에요?"

"내 가만있을 줄 알아? 두고 봐."

며칠 동안 부산을 떨더니 정명진(程名振: 영주 도독)과 소정방(蘇定方: 좌위 중랑장)이 1만여 명의 출정군을 편성한다고 했다. 전쟁에 질까 걱정, 아들이 죽을까 걱정, 백성들은 걱정이 태산 같고, 출정군에 낀 아들을 빼내려고 뛰고 안 낀 아들은 행여 낄까 미리부터 뛰었다.

6월. 2월에 떠난 출정군이 요하(遼河)를 건넜다는 소식이 온 후 잠잠하더니 지난달에는 귀단수(貴端水: 신성 서남)에서 대승을 거두고 천여 명을 죽이고 혹은 사로잡았다는 소식이 들어왔다. 온 장안이 떠들썩하고 돌아갔다. 정말이면 더욱 좋고 거짓말이라도 무방했다. 무소의는 이제 움직일 때라고 판단했다. 때라는 것은 오기 전에 서둘러도 안 되지마는 왔는데도 미적거리다가 놓치면 영영 다시 오는 법이 없다.

황후의 어머니 유씨(柳氏)가 딸과 함께 자고 간 이튿날 무소의는 혼자 짐을 꾸리기 시작했다.

점심 먹으러 들어온 황제는 엉거주춤 서서 물었다.

"친정에 갈 거요."

무소의는 소매를 눈물을 훔치고 황제는 다가앉아 손목을 잡았다.

"왜 그래?"

"모르시나요? 무꾸리(厭勝) 모르세요? 여기 있다가는 어느 귀신한테 물려갈지 모르겠어요."

무소의는 또 부득부득 짐을 싸려 들고 황제는 한사코 말렸다.

"얘기를 해야 알 거 아냐?"

"간밤에 중전과 위국부인(魏國夫人: 왕황후의 어머니)이 몰래 무꾸리한 걸 모르세요? 저를 죽어 자빠지라고."

"설마 그랬을라고."

"두 분이 잘 사세요. 전 가요."

잡힌 손을 뿌리쳤다.

"정말이면 이거야말로…."

"제가 없는 말을 한단 말이에요? 애, 이리 들어와, 그걸 갖고."

옆방에서 궁녀가 보자기에 싼 것을 들고 들어와 엎드렸다.

"넌 왜 여기 와 있지?"

황후를 모시는 궁녀를 보고 황제는 놀라는 표정이었다.

"오죽하면 시키지도 않은 일을 하겠어요?"

무소의가 가로막고 보자기를 풀어 헤치자 짚으로 만든 장승이 나동그라졌다. 황제는 입술을 떨었다.

"간밤에 바로 얘가 저 섬돌 밑에 갖다 묻었대요."

"널더러 누가 그런 짓 하라고 했어?"

황제는 홧김에 주먹을 쥐고 일어섰다.

"내가 다 알아서 처결할 테니 잠자코 있어."

황제는 대답을 기다리지 않고 휭 하니 밖으로 나가 버렸다.

그날로 위국부인 유씨는 궁중의 출입의 금지되고 자택에 갇혀 일체 바깥 접촉을 못하게 되었다.

무소의는 더 이상 입을 열지 않고 형세를 보았다. 대궐 안의 여자들은 둘만 모여도 속삭거리고, 저마다 찾아와서 위로를 한답시고 입을 나불거리는데 개중에는 눈물을 머금고 자기 가슴을 후려치는 갸륵한 축도 드물지 않았다.

대궐 밖의 남자들도 의분(義憤)을 참지 못하는 것은 매일반이었다. 결국 이 천인공노(天人共怒)할 무꾸리 사건에 이부상서 유석이 관련되지 않았을 리 없고, 그는 마땅히 죽어야 한다는 것이었다.

7월. 황제가 크게 노해서 극형에 처한다는 것을 당사자인 무소의가 극구 감싸서 좌천(左遷)에 그쳤다는 소문이 자자한 가운데 유석은 수주(遂州: 중경 동북) 자사로 떠나갔다. (그는 가는 도중에 또 모함을 받아 같은 사천성이지마는 더욱 두메산골인 영주자사로 변경되었다.)

벼슬아치들 중에는 왕(王) 황후를 내쫓고 무소의를 그 자리에 앉혀야 한다고 드러내 놓고 글을 올리는 자도 나타났다. 몰래 불러다 구슬 한 말을 주고 소원도 들어주었다.

8월. 약간 건드리기만 해도 일은 술술 굴러갔다. 그러나 돌다리도 건너기 전에 한 번 두드려 본다고 손해될 것은 없다. 구렁이 같은 대신들의 뱃속부터 두드려 보자.

"폐하."

등불 밑에 무소의는 황제와 마주 앉아 과일을 깎아 먹다가 말을 건넸다.

"전 언제까지 소의로 둘 작정이세요?"

또 황후를 시켜달라고 나올까 은근히 걱정이었으나 무소의는 한

걸음 후퇴하고 있었다.

"어떻게 비(妃)는 안 될까요?"

소의는 바로 비의 아래인지라, 한 등 올라가겠다는 것은 결코 과욕이라고 할 수 없었다.

"나도 그 생각은 굴뚝같은데 자리가 꽉 차 있으니 어떡하지?"(당제에 비는 귀비, 숙비, 덕비, 현비 각 1인으로 제한되어 있었다.)

"비를 다섯 명으로 하되 그 으뜸을 신비(宸妃)라고 한다. 이렇게 법을 고치면 어때요?"

"그거어 그럴듯하군. 그렇게 하지."

신(宸)이라면 황제가 기거하는 방인데 그 자를 딴 비라면 황후와 맞먹을 것이다. 일이 되면 슬그머니 황후 비슷한 자리에 오르는 것이고, 안 되어도 조정의 공기를 알 수 있으리라. 장손무기고 다른 대신들이고 요즘 무슨 생각을 하는지 통 알 길이 없다.

이튿날 저녁에 들어온 황제는 어깨가 축 늘어졌다.

"말을 꺼냈다가 본전두 못 찾았어."

"장손무기가 또 쌍지팽이루 나왔어요?"

"거기까지두 못 갔어. 이건 문하부(門下部)와 중서성(中書省)에서 할 일이거든. 그래서 시중(侍中)과 중서령을 불렀더니 선례가 없다, 안 된다는 거야."

"할 수 없지요."

무소의답지 않게 순순히 물러서는 것이 기특했다.

"미안해, 소의. 내 마음속에 두고 언젠가는 소원을 풀어줄게."

무소의는 더 말하지 않았다.

9월. 달포를 두고 생각했으나 발 벗고 나서 반대할 사람은 대신 몇 사람이요, 많은 사람들은 이러나저러나 상관이 없다는 패들이고 자기가 되면 한몫 보리라고 찬성할 숫자도 적지 않다는 계산이 나왔다. 내민다고 세상이 뒤집힐 염려는 없었다. 그렇다고 말로 될 일이 아니요, 결국 피를 보아야 할 것이다.

해파리 같은 황제에게 맡겨서 될 일도 아니다. 몇 밤을 황제의 귀에 대고 속삭여서 없는 용기를 북돋아 놓고 원로 재상 네 사람을 자기가 있는 별당에 불러들였다.

처음부터 기를 죽인다고 대청에 교의 둘을 놓고 황제와 나란히 앉아 자기 앞에는 발을 내렸다.

그는 발 너머로 대청 밑에 선 재상들을 훑어보았다. 네 사람 중에 장손무기, 우지녕〔于志寧: 태자태사(太子太師), 동중서문하(同中書門下)〕, 저수량〔褚遂良: 상서우복야(尙書右僕射), 동중서문하(同中書門下)〕의 세 사람이 나란히 서 있고, 이세적은 몸이 불편해서 못 온다는 전갈이었다.

황제는 잔기침을 몇 번 하고 입을 열었다.

"경들도 알다시피 황후는 아들이 없고 무소의는 아들이 둘이나 있소. 차제에 무소의를 황후로 삼을까 하는데 어떻겠소?"

미리 연습한 대로 그럭저럭 엮어내려 갔으나 멋쩍은 얼굴에 떠듬거리기까지 했다.

장손무기와 우지녕은 말이 없고 저수량이 앞에 나와 읍했다.

"폐하, 황후는 명문가의 출신으로 선제(先帝)께서 폐하를 위해서 혼례를 올리신 분입니다. 선제께서 임종에 폐하가 손을 잡으시고 신에게 말씀하시기를, 내 착한 아들과 착한 며느리를 경에게 맡긴다고 하셨습니다. 이것은 폐하께서도 직접 들으신 바로 신은 지금도 귀에 생생하게 남아 있습니다. 황후께서 잘못이 있다는 소리를 일찍이 못 들었습니다. 어찌 가볍게 폐할 수 있겠습니까. 신은 폐하에게 곡종(曲從)하여 선제의 유명을 어길 수는 없습니다."

황제는 시무룩한 얼굴로 듣다가 중얼거렸다.

"모두들 물러가요."

세 사람이 돌아간 후 무소의는 팔뚝질을 했다.

"저는 끼어들 틈도 안 주고 물러가라면 어쩌자는 거요?"

"저수량의 얘기는 사실인 걸 어떡해?"

"사실이라서 못하겠다 이거요?"

"못하겠다는 것보다도 말문이 막혀서, 헤헤…."

"정말 이렇게 해파리같이 놀 거요? 오늘은 결말을 짓기로 하잖았어요?"

"미안해. 어떻게 하면 되지?"

"내일 같은 시간에 또 여기 불러들여요. 우겨대고 내밀고, 정 안 들으면 내 마음대로 한다고 호통을 치고 들어와 버려요."

"그런다고 될까?"

"왜 안 돼요? 오늘도 그러기로 해놓고서는. 내일은 내 말이 떨어지기 전에는 물러가라는 소리 말아요."

잠자리에서도 무소의는 윽박지르고, 황제는 다시는 못나게 굴지 않겠다고 맹세했다.

그러나 다음날도 막상 대신들을 앞에 한 황제는 죄지은 사람처럼 머리를 똑바로 쳐들지 못하고 입 속에서 중얼중얼했다.

"다름이 아니고 어제 일인데 밤사이에 좀 생각해 봤소?"

한동안 침묵이 흐른 후에 또 저수량이 앞에 나와 읍했다.

"폐하께서 반드시 황후를 갈아야 하신다면 천하의 영족(令族) 가운데서 간택하시기를 바랍니다. 왜 하필 무(武)씨를 택하려고 하십니까. 무씨가 선제를 섬겼다는 것은 세상이 다 아는 일입니다. 천하의 이목을 어떻게 가릴 수 있으며 만대지후(萬代之後)에 폐하를 무어라고 하겠습니까. 생각하고 또 생각하시기를 바랍니다. 신으로서는 폐하의 뜻을 거역했으니 그 죄는 죽어 마땅합니다."

측천무후, 승자와 패자

그는 쥐고 있던 홀(笏)을 섬돌에 놓고 두건(頭巾)을 풀었다.
"폐하의 홀을 돌려드렸으니 전리(田里)에 돌아가게 하여 주십시오."
엎드려 머리를 돌에 부딪고 피가 얼굴을 덮었다.

황제는 벌떡 일어서 주먹을 쥐고 부르르 떨었다. 상처를 건드린 짐승이 길길이 뛰듯이 이렇게 분을 참지 못하는 황제는 처음 보았다.

"저, 저 노 놈을 끌어내라!"

발을 굴렀다. 발 뒤의 무소의도 일어서 치를 떨고 삿대질을 했다. 그것은 가장 아픈 상처였다. 그러나 아무도 감히 입 밖에는 내지 못하리라고 계산에도 넣지 않았던 것이 튀어나왔다. 그만큼 충격이 크고 마치 큰 망치로 가슴을 얻어맞은 것 같았다.

그도 발을 구르고 악을 썼다.

"이 개새끼를 때려죽이지 못하느냐!"(何不撲殺此獠)

먼발치로 지켜 섰던 병정들이 몰려와 저수량의 겨드랑이에 손을 들이밀었다.

"안 돼!"

장손무기의 호통에 병정들은 엉거주춤 물러섰다.

"태위장은 뭐요!"

무소의는 또 발을 굴렀다. 그러나 장손무기는 응대도 않고 황제를 향했다.

"폐하, 저수량은 선조(先朝)의 고명지신(顧命之臣)입니다. 죄가 있다 하더라도 형을 가할 수 없습니다."

장손무기의 단호한 태도에 폐하는 틀어쥔 주먹을 떨 뿐 어찌할 바를 몰랐다.

"보기도 싫다, 썩 물러가라!"

무소의는 고함을 지르고 교의에 주저앉아 발버둥 쳤다.

장손무기는 엎드린 저수량의 겨드랑을 끼고 앞서 나가고, 시종 말이 없던 우지녕이 고개를 숙이고 뒤를 따랐다.

하도 분해서 밤에도 잠을 못 잤다. 사실이기에 아픈 것은 이루 말할 수 없고, 분한 것도 이루 말할 수 없었다.

이제 드러내 놓고 망신이라는 망신은 다 했다. 그들을 따라온 벼슬아치들이 들었고, 병정들도 들었다. 이 소문이 중국 천하 400여 주에 퍼질 생각을 하니 머리가 아찔하고 뼈가 오싹거렸다.

황제는 주먹으로 방바닥을 치고 통곡했다.

"난 망했다. 저수량이란 놈 때문에 난 망했다."

황제는 여러 날 정사도 보지 않고 무소의의 방에 틀어박혀 밖에도 나가지 않았다. 시중이 달려와서 눈물을 흘리고, 돌아가 글을 올리고, 중서령도 소를 올려 황후를 갈아서는 안 된다고 말렸으나 상종도 하지 않았다.

"어차피 나는 인륜을 거역한 자식이다. 좋다, 해볼 대로 해보자."

마침내 자리에서 일어난 황제는 이렇게 내뱉었다.

"이봐라, 저수량을 담주(潭州: 호남성 장사) 도독(都督)으로 좌천시키라고 전해라!"

전 같으면 어림도 없던 결말을 내렸다. 무소의는 차츰 마음이 가라앉고 일은 이제 풀려 간다고 판단했다. 조정에서 들려오는 소문도 나쁜 것만은 아니었다.

"촌부(村夫)도 보리 열 섬만 더 들어와도 마누라를 바꾸자고 나서는 판이다. 천자가 황후를 새로 세우자는데 왜 잔말들이 많아."

예부상서 허경종이 공공연히 떠들고 돌아간다고 했다.

아프다고 회의에 불참했던 이세적이 찾아왔다. 황제는 울적한 김에 술상을 마주하고 무소의도 한몫 끼었다.

이쯤 떠들썩한 일이니 한마디 있을 법도 하건만 이세적은 종시 그 말은 없고 오랑캐들과 싸우던 이야기만 늘어놓고 가끔 너털웃음을 쳤다. 견디다 못한 무소의가 황제에게 귓속말을 하고, 황제는 그것을 받아 이세적에게 물었다.

"사공은 이번 일을 어떻게 생각하오?"

"무슨 일이 있었습니까?"

깊은 산속에라도 있다가 금방 나온 사람 같은 말투였다.

"입후(入后) 문제 말이오."

"아 그 일 말씀입니까. 그건 신들이 이러쿵저러쿵 할 일이 아닙니다."

황제도 놀라고 무소의도 놀랐다.

"그야 폐하의 집안일이 아니십니까. 딴 사람에게 물을 것이 없습지요."(此陛下家事 何必更問外人)

황제는 얼른 이해가 가지 않는 눈치였으나 무소의는 속으로 무릎을 쳤다. 명분 때문에 대신들의 눈치를 보고 곤욕을 치렀는데 이렇게 좋은 명분이 있을 수 없었다. 몇 해를 두고 머리를 쥐어짰어도 이것만은 생각해 내지 못했다. 이세적은 역시 머리가 빨리 돌아가는 명장이다.

집안일이다, 참견할 것 없다. 이 한마디로 되는 것을.

무소의는 황제가 좀스럽게 또 말을 꺼내려는 것을 가로막고 화제를 돌렸다.

"사공은 금년이 몇이세요?"

"쉰두 살입니다."

"나보다 꼭 20년 연장이시네."

"20년이면 강산이 두 번 변하는 세월입니다."

"그래요, 변할 건 변해야지요."

무소의는 손수 그의 잔에 술을 따랐다.

10월. 신하들과 의논할 것도 물을 것도 없었다. 둘이 의논해서 조서(詔書)를 내려 버렸다.

"왕황후와 소숙비는 짐독(鴆毒)으로 사람을 죽이려 들었나니 이를 폐하여 서인(庶人)으로 삼고, 모친과 형제는 제명하여 영남(嶺南: 지금의 광동성)으로 귀양 보내노라."

언제 누구를 죽이려 했는지 물을 것도 묻는 사람도 없이 왕황후와 소숙비는 궁중의 별원(別院)에 갇혔다.

반대하던 재상들은 입을 다물고 허경종은 부산하게 돌아다녔다. 5, 6일 후 문무백관이 연명하여 속히 새 황후를 세울 것을 청원했다. 기다렸다는 듯이 조서가 내렸다.

"… 무(武)씨는 더할 나위 없이 훌륭한 가문의 출신이라 … 일찍이 그 재행(才行)으로 간택되어 후정(後庭)에 들어오니 뭇 사람의 칭송이 자자하고 그 덕이 자연히 빛나니라. 내 일찍이 태자로 있을 때 특히 선제의 총애를 받아 항상 옆에 모시고 조석으로 떠나지 않았으며 궁중에서도 몸가짐을 삼가여 그 많은 비빈들을 거들떠보지도 않으니 선제께서는 이것을 익히 아시고 마침내 그중에서 무씨를 나에게 내려 주셨도다. 이것은 정군(政君)의 고사와 같은 일이라, 세워서 황후로 삼을지니라."

11월 1일. 10여 일을 준비한 끝에 이세적의 주재로 책황후의(冊皇后儀)의 식전을 올리고 만조백관의 하례를 받는 자리에서 새 황후 무조(武照)는 쉬지 않고 눈알을 굴렸다. 장손무기, 우지녕, 한원, 내제, 다 설 자리에 서서 머리를 숙이고 있었다. 너희들의 그 야릇한 은혜는 결코 잊지 않으리라.

무(武) 황후는 생각할수록 잘한 일이었다. 칼자루는 잡을 만한 사람이 잡아야지 엉뚱한 인간에게 잡히면 무슨 일을 저지를지 알 수 없는 흉물이다. 미친 인간은 덮어두고, 어린아이가 잡는다든지 머저리가 잡는다고 생각해 보라. 어찌 안심이 될 수 있느냐.

그는 자신만만했다. 이것은 천심(天心)이요 자기는 하늘이 낸 사람이 분명했다. 대당(大唐) 천자라는 막중한 칼자루가 호수를 잘못 찾아 이치(李治: 고종의 이름)라고 하는 변변치 못한 사나이의 손에 들어간 것이 일의 시초다. 그런 데다 왕(王)씨니 소(蕭)씨니 하는 서푼짜리도 못되는 강아지들이 찍고 까불었으니 하늘이 잠잠할 까닭이 있나.

생각해 보라. 나 같은 절세미인을 시켜 뺏긴 남편을 찾아 자기에게 넘겨 달라는 맹충이, 남녀관계의 가장 초보도 모르는 멍텅구리 계집이, 그러지 않아도 안심이 안 되는 칼자루 옆에서 나대니 이게 어찌 무사히 넘길 수 있는 일이냐. 자기는 하늘이 보냈고, 자기의 뜻은 하늘의 뜻이요, 이를 거역하는 자는 하늘을 거역하는 것이니 이 하늘 아래 발붙일 땅이 있을 수 없다.

황제 이치(李治)는 일이 이렇게 되고 보니 잘된 것도 같고 그렇지 못한 것도 같았다. 아래위로 자리나 바꿔 무소의를 황후로 하고 황후를 소의로 내리고 — 말썽 없는 가운데 재미나 보자던 것이 떠들썩하게 바람이 일고 무어가 무언지 정신을 차릴 수 없었다.

왕씨와 소씨를 내쫓을 생각, 더구나 죄를 씌워 가둘 생각은 애당초부터 없었다. 그런데 무씨가 그래야 된다고 우겨댔다. 어떻게 된 영문인지 무씨 앞에서는 기를 펼 수 없고 그의 말을 안 된다고 자를 수 없었다. 그의 손아귀에 덜미를 잡혀 이리저리 끌려 다니는 형국이었다. 그러나 이 아름다운 무씨 없이는 세상에 살 재미가 없고 무슨 일을 해낼 것 같지도 않았다.

듣자하니 별원에 갇힌 두 여인은 돼지만도 못한 대접을 받고 있다는 것이다. 없는 죄를 쓰고 그 지경이 된 저들의 심정은 오죽하랴. 이거 내가 천벌을 받지 않을까. 한번 생각을 시작하니 그들과 보내던 달콤한 세월이 가슴을 치고 후회 같은 것이 고개를 쳐들었다. 이러지 않아도 되는 건데. 그는 견딜 수 없어 일어섰다.

"어디 가세요?"

무후(武后: 무황후의 약칭)가 눈을 치떴다.

"바람 좀 쏘이려고."

"이 밤중에?"

"머리가 아파서."

"얼음으로 찜질해 드릴게 드러누워요."

그는 말문이 막혀 침상에 드러누웠다.

"머리가 덥지도 않은데."

손으로 이마를 짚은 무후가 말뚱말뚱한 눈으로 내려다보았다.

"그래도 마구 쑤셔."

그는 밤늦도록 달갑지 않은 얼음찜질에 떨어야 했다.

이튿날은 일이 끝났어도 대신들과 쓸데없는 소리를 주고받다가 어두운 연후에 정전을 나섰다. 몇 번이고 마음속으로 다짐했으나 막상 나서고 보니 켕겼다. 무후가 뭐라지 않을까. 따라붙은 나인들이고 내명부들의 입에서 나오지 않을 까닭이 없고, 그렇게 될 경우 무후한테서 당할 일을 생각하니 저절로 기운이 빠졌다. 그는 고개를 늘어뜨리고 중궁으로 발걸음을 옮겼다.

밤새 궁리하고 다음날 조정에 나가서도 골똘히 생각한 끝에 비로소 묘안이 떠올랐다.

대낮에 갑갑하다고 밖에 나와 나인 한 사람만 거느리고 걷기 시작했다. 일부러 이 전각 저 전각 기웃거리다가 맨 뒤꼍 으슥진 곳에 있는 별원까지 왔다. 도시 한 칸밖에 안 되는 작은 집의 문짝을 뜯어내고 벽으로 발라버린 것이 개구멍 같은 구멍이 하나 있을 뿐이었다.

황제는 슬슬 걸어 구멍 옆으로 다가갔다. 지나면서 곁눈으로 살폈으나 캄캄해서 딱히 알 수 없었다.

"무슨 집이 문은 없고 구멍뿐이지?"

지나치고 나서 모르는 척하고 물었다.

"두 분이 갇혀 있는 곳입니다."

늙은 나인은 눈물을 찔끔했다.

"어디로 들어갔는데?"

"들어가신 후에 문을 없애고 벽으로 발라 버렸습니다."

그는 더 말하지 않고 다시 한 번 구멍 앞을 지나 돌아왔다.

조금 걱정이 되었으나 무후는 저녁에도 거기에 대한 말이 없고 잠자리에서도 없었다. 모르는 모양이다.

용기를 얻은 황제는 다음 날도 같은 시각에 같은 나인을 데리고 거닐었다. 가랑잎을 휘날리고 마구 불어대는 바람이 구멍으로 쏟아져 들어가고 있었다. 그는 빠른 걸음으로 다가가다가 밥을 들고 모퉁이를 돌아오는 젊은 나인과 마주쳤다. 질그릇에 담은 누런 조밥 한 덩이, 반찬도 수저도 없었다. 머리를 숙인 나인도 보는 척 만 척 지나치고 말았다.

무후(武后)는 잠귀가 빠르다. 잠이 들어도 깊이 들어야 한다. 황제는 자정이 넘도록 기다리다가 살그머니 자리를 빠져나왔다. 코를 고는 것이 세상모르고 자는 것이 틀림없었다.

어둠 속을 주먹을 쥐고 뛰었다.

"황후, 숙비, 어디 있지?"

두 손으로 벽을 짚고 구멍으로 들여다보았다. 안에서 짚이 요란하게 부스럭거리고 왕씨의 얼굴이 구멍 안쪽에 희미하게 나타났다.

"폐하, 저희들은 죄를 지어 종이 된 몸이온데 황후고, 숙비고 부르시니 황공합니다."

눈물을 머금고 떨리는 목소리였다. 그의 뒤에서 어른거리던 소씨도 왕씨 옆으로 알아볼 만큼 얼굴을 반쯤 내밀었다. 황제는 안에서 풍기는 구린내를 피해 얼굴을 옆으로 돌리고 물었다.
"불편한 것은 없느냐?"
뒤에 선 소씨가 '흥' 하고 콧방귀를 뀌는 소리가 들렸으나 왕씨는 그렇지 않았다.
"폐하, 옛정을 생각하신다면 저희들을 풀어 다시 햇볕을 보게 하여 주십시오. 멀리 가자는 것도 호강을 하자는 것도 아닙니다. 그대로 이 집에 눌러 있으면서 종으로 일하겠습니다. 또 이 집을 회심원(回心院)으로 이름을 지어 주신다면 종생토록 회개하고 지내겠습니다."
황제는 측은한 마음에 저절로 눈물이 치솟고 못난 것은 자기라고 생각되었다.
"미안해. 곧 좋게 해결해줄 테니 안심하고 있어."
그는 대궐 밖에 집을 마련해 주고 먹을 것도 풍족하게 보낼 결심이었다. 왕씨의 목소리가 울렸다.
"원컨대 황실이 잘되시기를 바랍니다. 무소의가 폐하의 은총을 입게 되니 … 말해 무엇하겠어요. 모두 제 잘못이고, 저는 죽어 마땅한 계집입니다."
그는 흐느꼈다. 그러나 뒤에 선 소씨는 이를 부득부득 가는 소리가 들렸다.
"그 불여우 같은 무(武) 가년이 뭣 때문에 사람을 이 지경으로 만들어요? 저는 원(願)이 있어요. 내생(來生)에 저는 고양이로 태어나고 무가년은 쥐로 태어나는 일이에요. 내생뿐 아니라 장차 영겁세에 그렇게 태어나서 그년의 모가지를 물어뜯는 거예요."
"다 내 탓이야. 내 옛정을 생각해서도 좋게 해줄게."
황제는 어둠 속을 되돌아오면서 손등으로 눈물을 훔쳤다.
이튿날 조정에서 일을 보다가 또 늙은 나인과 함께 별원으로 걸었다. 장손무기와 의논할까 하다가 창피한 생각도 들고, 그보다도 무후가 겁나서 입 밖에 내지 못했다. 이 일을 어떻게 하면 되지? 하여튼 가서 동정을 살피고, 보는 사람이 없으면 말이라도 걸자.

"폐하."

별원 못 미쳐 큰 느티나무 밑에서 내전나인(內殿內人) 5, 6명이 불쑥 나타났다. 그는 가슴이 내려앉고 저절로 발이 멎었다.

"중전마마께서 곧 드십사고, 소인들을 보내셨습니다."

그는 생각할 겨를도 없이 발길을 돌렸다. 가슴이 방아를 찧고 걸음이 제대로 되지 않았다.

"당신 요즘 재간을 부리고 다닌다지?"

방에 들어서자 무후(武后)는 일어서 삿대질을 했다. 폐하도 아니고 당신, 처음으로 이 무엄한 소리를 들었으나 침상에 걸터앉아 쳐다보는 도리밖에 없었다.

"말해봐요, 나는 못 속여!"

고함을 질렀다. 이 해파리를 다시는 흐느적거리지 못하도록 차제에 버릇을 완전히 고쳐야 한다. 어디다 대고 하는 수작이야.

"뭘 갖고 그래?"

"두 종년한테는 뭘 하러 갔어!"

"아, 아니야. 바람을 쏘이다가 그리로 지나친 걸 갖고 그러는 모양인데, 그건 오해야."

무후는 그의 코끝에서 손가락질을 했다.

"밤중에 가서 무어라고 했지? 도둑고양이처럼."

귀신이 곡할 노릇이다.

"옛정을 생각해서 잘해 준다고? 끼고 잘 거야 어쩔 거야?"

알아도 소상히 아는구나. 그는 고개를 떨어뜨리고 방바닥을 내려다보았다. 안 가는 건데. 공연히 마음이 보드러워져서.

"왜 대답이 없어?"

"내가 잘못했어. 다시는 안 갈게."
"두 종년은 구워 먹든 삶아 먹든 내가 처치할 테니 얼씬도 말아요."
"그래그래, 그게 좋겠어."
그는 이 정도로 그친 것이 다행이라고 크게 숨을 내쉬었다.
병정들이 몰려와서 퉁텅거리고 벽을 들부수는 것을 보고 왕씨와 소씨는 기운이 솟았다. 간밤에 찾아온 황제는 역시 착한 분이요, 이제 그 덕분에 광명천지로 나가는 것이다.
그러나 병정들은 인정사정없이 가슴팍을 잡아끌었다.
"무슨 짓이냐!"
둘은 거의 동시에 소리를 질렀다.
"이 까투리들이 아직도 철이 안 들었구나."
한 놈이 짖어댔다. 놈들은 둘을 개처럼 끌고 나가 땅바닥에 엎어놓고 몸에 걸친 누더기를 잡아 벗겼다.
"휘 — 냄새야."
"대단한 줄 알았더니 별것도 아니다, 얘들아."
별의별 소리가 다 나왔다. 왕씨는 말이 없었으나 소씨는 엎어져서도 이를 갈았다.
"그 똥자루 같은 새끼, 또 속였구나."
몽둥이를 든 병정들은 교대로 내리갈기고 두 여자의 숨이 넘어가는 비명과 함께 볼기짝이 찢어지고 피가 솟아 땅을 적셨다. 병정들은 늘어진 두 여자의 팔과 다리를 모탕에 걸쳐놓고 차례로 내리쳤다. 그들은 떨어진 사지를 발길로 툭툭 차며 중얼거렸다.
"왜 이렇게 꾸물거리지?"
뒤미처 실려 온 항아리 두 개는 한쪽 벽이 헐린 별원에 들려 들어갔다.
"이 술 이거, 우리는 맛도 못 보는 궁온(宮醞)이 아닌가."

"조금 있으면 죽신하게 마시게 될 테니 걱정 마라."

병정들은 사지가 잘린 몸뚱이의 머리채를 잡아 쳐들고 허공에서 한 바퀴 돌려 피를 털었다.

"그래도 죽지 않고 팔락거리네."

그들은 별원에 들어가 하나씩 술독에 처넣고 한 놈이 엄숙히 선언했다.

"중전마마의 분부시다. 뼛속까지 홍건히 취해라. 알았지?"

두 여자의 처형은 기막힌 효과가 있었다. 본때를 본 황제는 숨어서도 아예 딴 생각을 않고 서라면 서고 앉으라면 앉았다.

내로라던 자들은 어깨를 늘어뜨리고 온 조정, 온 나라에 찍소리 하는 인간이 없었다.

새해(656년)에 들어서자 태자를 내쫓고 네 살 난 홍을 태자로 앉혔다. 이미 죽었어도 황후의 아버지에게 대접이 없을 수 없다 하여 사도(司徒)에 주국공(周國公)이라는 벼슬을 추증하고 어머니는 영국부인(榮國夫人), 언니는 한국부인(韓國夫人)이 되었다. 언니만은 죽여 없애려다가 두 손을 싹싹 비비고 애걸하기에 우선 살려 두기로 하였다.

이 모든 것은 하겠다고 해달라고도 한 일이 없다. 정상에 앉고 보니 한 군데가 가려워도 긁겠다는 사람은 열이나 모여들고, 어떻게 마음속을 들여다보는 것인지 말하기도 전에 앞장서는 사람부터 나타났다.

앞으로 남은 것은 지난날 못되게 굴던 인간들을 몇 마리 쓸어내는 일이다. 그냥 두어서는 눈에 거슬리기도 하고, 언제 무슨 조화를 부릴지 알 수 없는지라 안심이 안 된단 말이다.

장막 속의 태평성대

서기 655년. 봄.

대청에 앉은 연개소문은 넓은 정원 한복판에 치솟은 느티나무를 바라보았다. 생명 있는 자들의 안식처가 되고 비를 가리고 그늘을 내리면서도 스스로는 외롭고 세찬 바람을 도맡은 이 나무가 언제나 마음에 들었다.

집권한 지 햇수로 14년. 풍파도 많았고 말도 많았다.

걸레 같은 것들을 패수에 쓸어 넣고 나라를 청소할 때는 세상 조무래기들이 쉬지 않고 입방아를 찧었다. 국초(國初)부터 중국에서 글이 들어와 널리 가르친 덕분에 그들은 아는 것도 많고 이치도 많고 문자도 잘 썼다. 우선 연개소문은 포악하다고 쑥덕공론으로 잔바람을 일으켰다. 큰 바람이 아니기에 개구리 소동쯤으로 치부하고 팽개쳐 두었다.

군대를 줄이고 일반 백성들의 기사(騎射)는 자의에 맡기라고 떠들어 댔다. 당태종 이세민은 글도 잘하는 개명한 제왕이요, 더구나 노자(老子)의 후손으로 현지우현(玄之又玄)의 도(道)를 받드는 탈속(脫俗)한 인물이라 전쟁을 일으킬 리 만무하다는 이치를 내세우는 사람도 있었다. 못 들은 것으로 하고 군대의 단련과 군량미의 비축을 강화했더니 쓸데없는 일에 민력(民力)을 소모해서 나라를 결딴낸다고 종알거리는 패도 적지 않았다. 약간 시끄럽기에 몇 놈 끌어다가 볼기를 때려 내쫓았더니 숨어 다니면서 속삭거렸다.

당태종 이세민이 일으킨 전쟁은 귀한 것들을 많이 앗아가고 깊은 상처를 남겼으나 열병(熱病)과도 같이 잡스러운 것들을 모조리 쓸어가는 효과도 있었다. 30년 묵은 평화의 독버섯들이 자취를 감추었고, 흩어졌던 민심이 한데 뭉쳐 고구려의 고구려다운 면모를 되찾았다. 어제까지 은근히 말이 많던 인간들이 도리어 앞장서서 자기를 선견지명(先見之明)이 있다느니 을지문덕 이래의 영웅이라느니 떠들썩했고, 더 올려줄 벼슬이 없으니 마리치〔莫離支〕를 한 등 높여 한마리치(大莫離支)라고 불렀다.

당태종 이세민이 죽은 후로 5, 6년 동안 잠잠하더니 또 요하 연변에서 소동을 부리기 시작했다. 황제 이치라는 아이는 등신을 겨우 면한 얼간이로, 못난 짓만 골라 하는 위인이라 나라꼴이 우습게 돌아간다는 소문인데 내막을 알 수 없었다. 장손무기, 저수량, 이세적 … 아무리 따져 보아도 싸움을 거는 데 앞장설 만한 위인은 없는데 ….

대문이 열리면서 맏아들 남생(男生)이 도바와 함께 들어왔다.

"아버지, 지금 막 도착했습니다."

새해 초부터 백제군과 함께 신라를 공격하여 접경지대의 30여 성을 점령했다. 전투에 참가하고 돌아온 두 사람은 햇볕에 그을린 얼굴에 두 눈이 유난히 빛났다.

연개소문은 이 아들이 귀여우면서도 안심이 되지 않았다. 머리도 빨리 돌고 재주도 비상했다. 글도 잘하고 무술도 상당해서 전쟁에 나가면 잘 싸운다는 소문이었다. 그러나 사람됨이 가벼워서 입이 빠르고 무게가 없는 것이 탈이다. 둘째 남건(男建)이와 바꿔 태어났더라면 ….

"그래 신라군은 어떻더냐?"

"그까짓 것들, 어린애 팔 비틀기지요, 뭐."

남생은 어깨를 폈으나 옆에 선 도바는 말이 없었다. 북쪽이 조용해지자 평양에 불러다가 죽은 아버지의 벼슬, 소형(小兄)을 그대로 주었다. 옆에 두고 좋은 처녀와 재혼도 시킬 작정이었으나 자기는 안온한 방안보다 싸움터가 걸맞다고 남쪽으로 내려갔다가 이번에 남생과 함께 불러 올렸다.

"도바."

"네."

죽은 아버지를 닮아 훤칠하게 큰 키에 말수도 적었다.

"전 안에 들어가 동생들을 봐야겠어요."

남생이 모퉁이를 돌아갔다. 연개소문은 찌푸린 눈으로 그의 뒤를 쫓다가 얼굴을 돌렸다.

"너 이리 앉아라."

도바는 시키는 대로 대청에 걸터앉았다. 연개소문은 그의 아버지도 좋았으나 도바는 더욱 마음에 들었다. 이제 40을 훨씬 넘은 이 사나이는 믿음직한 용장(勇將)이었다. 용의주도하면서도 용감하고 일찍이 자기의 공을 내세우는 일도 없었다. 딸만 있으면 사위를 삼아 대를 이었을 것이라고 생각한 일도 한두 번이 아니었다.

"너는 싸움터에 돌아다닌 지 만 10년이다."

"벌써 그렇게 됐습니까?"

"응. 그만하면 나라를 위해서 할 일을 다 했다. 이제 평양에서 좀 편히 지내는 것이 어떠냐?"

"나라를 위해서 한 일이 아니라 제가 좋아서 싸움터를 돌아다녔습니다."

연개소문은 물끄러미 그를 바라보다가 말을 이었다.

"어느 쪽이라도 좋다. 하여튼 이제 장가도 들고 여기 나하고 같이 있자. 지금도 백화 생각을 하느냐? 네가 바라는 자리는 무엇이든지 주마."

"저를 북쪽에 보내 주십시오. 그게 제가 바라는 자립니다."

도바는 말없이 느티나무를 바라보고 연개소문은 눈을 감았다. 이 사나이는 죽을 자리를 찾아 헤매고 있구나. 역시 타이른다고 들을 도바가 아니었다.

"가더라도 며칠 쉬어 가거라."

도바는 절하고 일어섰다.

백제의 의자왕(義慈王)은 세상을 헛살았다는 생각이 가슴을 쳤다. 흔히 아름다운 여인을 꽃에 비기지마는 스물을 갓 넘은 이 은고(恩古)의 생동(生動)하는 아름다움은 꽃에 비길 바가 아니었다.

이제 나이 60이 넘었고 상대한 여인도 적지 않아 아들만도 40명을 넘었다. 그들 여인 중에는 소문난 미인도 한둘이 아니었으나 이 은고와는 댈 것도 아니었다. 은고에게는 사람의 혼을 잡아끄는 힘과 싱싱하게 살아 움직이는 아름다움이 있었다. 인생의 즐거움이란 이 아름다움에 젖어들고 거기 동화되어 세상의 근심걱정을 털어 버리는 데 있다는 것도 은고를 만난 후에 처음 안 일이다.

아버지 무왕(武王)은 위풍이 당당한 대장부인 데다 장수해서 42년 동안이나 왕위에 있었다. 때로는 강이나 호수에 배를 띄우고 호탕하게 놀기도 하고, 전쟁에 나가 적을 물리치는가 하면 중국이나 일본 사신들을 다루는 솜씨도 근사했다.

태자로 10년, 등극한 지 15년, 검소하게 살고, 싸움에는 선두에 서고, 언제나 돌아가신 아버지를 본받는다는 일념으로 살아왔다. 세상 사람들도 생김새부터 아버지를 닮았다, 용감하고 담력이 있다고 칭송이 자자했다.

그러나 인생의 황혼 길에 들어선 지금 모든 것이 지나고 보니 허망하게만 생각되었다. 하늘이 왕자(王者)로 이 세상에 보낸 사람이건만 육십 평생을 세상의 즐거움을 외면하고 고달픈 일만 골라 하여온 셈이다.

은고로 해서 세상을 다시 보게 되었다. 꽃이 피고 새가 우는 산과 들, 쉬지 않고 흐르는 강과 파도치는 바다가 이렇게 아름다운 줄은 몰랐다. 그러나 이 모든 것이 유한(有限)한 것이라 생각하니 왕업(王業)도 결국 대단한 것이 못되었다.

"폐하."

은고의 무릎을 베고 누웠던 의자왕은 눈을 뜨고 쳐다보았다.

"나라 사람들이 모두 폐하를 신장(神將)이라고 그런대요."

이번에 친히 군사를 지휘해서 고구려군과 함께 신라의 북방 변경을 크게 치고 돌아온 후로 온 나라가 더욱 자기를 우러러본다는 것은 알고 있었다. 그러나 당항성(黨項城: 경기도 남양만)까지 뺏어 당나라와 내왕하는 길을 완전히 없애 버리려고 했는데 김유신이 하도 억세게 반격하는 바람에 주춤하고 말았다. 게다가 북방에 당군(唐軍)이 온다고 동맹군인 고구려군도 반이나 철수했으니 뺏은 땅도 지탱될지 의문이었다. 결국 또 사람만 잔뜩 죽이고 하나마나 한 일을 저지른 것이 아닐까.

"폐하."

은고는 맑은 눈을 비스듬히 내리깔고 계속했다.

"전 걱정이 하나 있어요. 폐하께서는 앞으로도 자주 전쟁에 나가시나요?"

"그야 뭐…."

그는 말끝을 흐렸다. 수없이 겪은 전쟁, 은고를 맞은 지금은 지긋지긋하게만 느껴지는 전쟁이었다.

"안 나가심 좋겠어요. 장수들도 많은데."

"중전의 소원이라면 안 나갈 수도 있지."

그는 한 손으로 은고의 뺨을 쓰다듬었다.

"저는 여자가 돼서 그런지는 몰라도 전쟁을 그만두고 오순도순 살았으면 좋겠어요."

"그 말도 맞는 말이야."

의자왕은 일어나 그를 무릎에 앉혔다.

"대낮에 누가 보문 어떡해요."

품에 안겨 쳐다보는 얼굴이 붉어졌다.

"누가 뭐라겠어?"

"동궁(東宮)을 치장하고 잘 꾸미는 건 잘하시는 일 같아요."

"그 애는 나처럼 멋없이 살 게 아니라 호강을 시켜야겠어."

"그럼요. 다른 왕자들도 모두 식읍을 주시고 벼슬도 높여 잘 살게 하세요. 인생이 며칠이라고요."

"도통한 소리를 하누만."

늙은 왕비가 죽고 달포 전에 새로 맞은 이 젊은 왕비는 가끔 그럴듯한 소리도 하고 투기도 없었다. 태자니 왕자들이니 모두 다른 여자들의 소생인데 남이 낳은 자식을 잘해 주라는 여자는 여태 하나도 없었다.

"그런데요, 남쪽 담장 안에 강이 내다보이도록 높은 정자를 하나 지으면 어떨까요?"

"무엇하러?"

"여름에 폐하께서 시원하게 지내시게 말이에요. 바람도 잘 통하고, 강이 보이면 가슴도 후련하잖아요?"

머리도 영리하게 돌아가는 여자였다.

"그거 좋은 생각이군. 가만있자, 이름은 뭐라고 하지?"

"이름은요 … 망해정(望海亭)이 어떨까요? 바다를 그리면서, 대신 강을 바라보는 정자로 말이에요."

"좋아, 그렇게 하지."

"그런데 폐하. 저의 아버지 말이에요. 사택천복(沙宅千福)은 딸이 왕비로 들어갔어도 군장(郡將)을 면치 못한다면 제 체면이 우습잖겠어요? 중국에서도 새 왕비가 들어서는 즉시로 그 아버지는 삼공(三公)에 끼는 수가 많다는데 방령(方領)으로라도 올려주심 어떨까요?"

〔백제는 도성 외의 전국을 5방으로 나누었는데, 각 방 밑에는 6, 7군에서 10군 정도 소속되었다. 방의 장관이 방령(2품관) 군의 장이 군장(4품관).〕

이것은 과분한 욕심도 아니고 오히려 겸손한 청이었다.

"방령으로 되나? 좌평(佐平: 1품관으로 대신급)은 돼야지."

"4품에서 단박 1품으로 뛰면 말이 없을까요?"

역시 겸허하면서도 총명한 여자였다.

"괜찮아 … 응, 그렇지, 위사좌평(衛士佐平: 친위대장)을 내보내고 그 자리에 오게 하지, 어떨까?"

"황공합니다, 폐하."

고개를 꾸벅하는 왕비가 대견했다.

"이 봄이 가기 전에요."

"당장 하지."

의자왕은 소리를 높여 나인을 불렀다.

"여봐라."

5월. 도바가 지휘하는 1천여 명의 기병들은 신성(新城) 서남 백리 요하(遼河)로 흘러드는 귀단수(貴端水)에 적을 몰아넣고 마지막 공격을 퍼부었다.

　이세민이 살아 있을 때 전쟁에 진 분풀이로 당군(唐軍)은 1년에 한두 번은 쳐들어와 소동을 벌이고 돌아갔다. 싸우는 것이 목적이 아니라 떠들썩해서 우리 민심을 뒤숭숭하게 하는 것이 목적이라, 이리 뛰고 저리 뛰다가 이쪽에서 나타나면 도망치게 마련이었다.

　언제 어디 나타날지 알 수 없는 일이라 처음에는 골치도 아팠고 그들이 출몰하는 지역에서는 제대로 농사도 짓지 못했다. 그러나 몇 번 겪는 사이에 이력이 생겨 남녀노소를 막론하고 밭에서 일하거나 길을 가거나 반드시 활을 가지고 다녔다. 적이 나타나면 숲에 숨었다가 활을 쏘아대고 달아나는 바람에 적은 싸우기도 전에 사상자만 늘어갔다. 어디서 화살이 날아올지 몰라 두리번거리고 주춤거리다가 물러가기 일쑤였고, 중요한 대목을 지키고 있는 우리 군대의 기습을 받아 대개는 크게 얻어터지고 요하 저쪽으로 도망쳤다.

　"적이 한 대를 치면 열 대를 치라."

　마리치의 명령이 내리고부터 우리 기병들은 요하를 건너 영주(營州) 일대까지 쳐들어가 쑥밭을 만들고 때로는 만리장성을 넘어 유주(幽州)를 들부수고 돌아오는 일도 가끔 있었다.

　기가 죽었는지 나중에는 요하 연변에서 소동을 부리는 척하다가 사라지곤 했다. 그러면서도 몇 천 명을 죽였느니 어디를 쳤느니 중국 쪽에서 퍼뜨리는 소문은 이겼다는 이야기뿐이었다.

　이세민이 죽고 5, 6년 잠잠하더니 또 왔다.

　예전의 적군은 그대로 맞부딪치면 싸우는 척이라도 했다. 그런데 이번에 온 것들은 겁부터 먹고 우리 군대를 보기만 하면 무조건 도망을 쳤다. 이것들도 도망치다가 빠질 구멍이 막히자 미련하게 강에 뛰어들었다. 서두를 것도 없었다. 물가에서 활을 당기기만 하면 사람 아니면 말에 맞게 마련이었다.

정명진(程名振)이라는 놈은 요하 저쪽에서 큰소리나 치고, 미욱한 소정방(蘇定方)이 3천 명을 거느리고 들어왔다가 겨우 100여 명을 건져가지고 도망쳤다. 또 천여 명을 살상했다고 소문을 터뜨리겠지. 도바는 강 건너 멀리 흙먼지를 일으키고 도망치는 그들의 뒷모습을 지켜보았다.

10월. 임금 김춘추는 셋째 딸 지소(智炤)와 마주 선 대장군(大將軍) 김유신(金庾信)을 바라보고 있었다.

"맞절을 하시오."

대반을 선 상대등(上大等) 금강(金剛)이 흰 수염을 쓰다듬고 나지막이 한마디 하자 두 사람은 엎드려 절하고 잔을 받았다.

이제 김유신은 사위가 되는 것이다.〔김유신이 지소와 결혼한 것은 서기 655년 무열왕 2년 10월. 김유신은 61세였다.〕

고루(鼓樓)에서 북이 요란하게 울리고 예식에 참석했던 사람들이 서로 마주 보는 가운데 중시(中侍) 문충(文忠)이 슬그머니 밖으로 나가는 것도 아랑곳없이 무열왕은 김유신으로부터 눈을 떼지 않았다. 집에 들보가 있듯이 나라에도 들보가 있다면 바로 그가 대들보였다. 크고 작은 싸움을 가리지 않고 위태로운 전쟁은 도맡았고, 어떤 때에는 싸움터에서 돌아와 임금에게 보고하다가 다른 고장에서 싸움이 일어났다는 소식이면 집에도 들르지 못하고 그대로 출전하는 일도 한두 번이 아니었다. 심지어 3번 돌아왔다가 3번 다 돌아오는 길로 가족의 얼굴조차 보지 못하고 출정군의 선두에서 말을 달려 나간 일조차 있었다.

그는 용감하면서도 신중한, 장수 중의 장수였다. 나가면 십중팔구 이겼고, 적어도 악화된 전세(戰勢)를 뒤집어 파국을 모면케 하는 힘이 있었다. 지난겨울부터 정초에 걸친 백제, 고구려의 연합공세로 북변 33개 성을 한꺼번에 잃었을 때는 금시라도 이 도성까지 밀고 내려와 나라가 망할 것 같았다.

사람을 당나라에 보내 원병을 요청했더니 아득한 북쪽에 1만여 명을 보내 고구려 변경을 교란하는 데 그쳤다. 그러나 고구려는 더 이상 군대를 남으로 보내지 못했고, 이에 힘을 얻은 김유신이 나가 봄부터 가을까지 줄기차게 싸워 잃었던 성을 모두 회복하고 며칠 전에 돌아왔다.

나라에서는 극진한 대접을 했으나 집안에는 반가이 맞아줄 사람이 없었다. 부인은 벌써 여러 해 전에 소생 하나 없이 돌아가고, 뒤를 이어 부인이랄 것도 없이 그를 모시던 여인마저 외아들[이름은 군승(軍勝)]을 두고 작년 봄에 세상을 떠났다.

싸움터에서 돌아오는 날 궁중에 들어온 그에게 막무가내로 지소와 결혼하라고 우겼다.

"환갑이 된 신이 스무 살 공주를 맞는다는 것은 분수에도 없고 외람된 일입니다. 황공하오나 안 되겠습니다."

그는 사양했다. 임금 김춘추는 젊어서부터 그와 친구였고 그의 여동생 문희(文嬉)와 결혼한 후로는 처남이기도 해서 더구나 허물없이 지냈으나 지난해 3월 진덕여왕(眞德女王)이 돌아가고 뒤를 이어 등극한 후로는 공사간에 군신(君臣)의 예를 어기는 일이 없었다.

"사석에서까지 그럴 건 없지 않소?"

단둘이 있을 때에 핀잔도 주어 보았으나 웃기만 하고 종시 듣지 않았다.

김유신은 자기가 등극하기 전에는 가끔 집에도 놀러 왔고 어린 지소를 귀엽다고 안고 뜰을 거닐기도 했었다. 등극한 후에도 궁중에 들어오면 자기에게는 깍듯이 했으나 동생 되는 왕후나 생질이 되는 아이들에게는 사정없이 대했다.

"무술을 닦아라", "여자들이 사치하면 못 쓴다", "자세를 하지 마라."

궁중에서는 오라버니가 나타났다, 혹은 아저씨가 나타났다면 찬바람이 돌 지경이었다.

"그만두겠습니다."

그는 끝내 마다했다.

"늙은 것이 주책없이 생질녀와 혼인했다고 세상이 웃습니다."

"생질녀와 왜 혼인을 못하오?"

"그게 아니고, 너무 늙고 너무 젊었다는 말씀입니다."

정색을 하는 수밖에 없었다.

"이것은 왕명(王命)으로 알아줘야 하겠소"

이 대들보를 더욱 가까이 하고 싶은 심정이 간절했고, 다행히 지소도 아저씨는 사나이 중의 사나이라고 반대하지 않았다. 늙은 것을 걱정하는 왕후에게는 그런 남편이라면 하루를 살아도 여한이 없으니 딴소리 말라고 했다. 김유신도 싫을 까닭은 없었다.

그는 묵묵부답으로 물러갔다. 며칠을 두고 상대등이 재매정댁(財買井宅: 김유신의 집)을 내왕한 끝에 성사된 혼인이었다.

혼례가 끝나고 젊은 신부와 함께 어전에 절하고 일어선 김유신은 주위를 살피다가 밖에서 들어오는 문충과 시선이 마주쳤다.

"무슨 일이오?"

"고구려의 대군이 또 아리수까지 쳐내려 와서 형세가 매우 위급하답니다."

대답하는 문충의 수염이 떨렸다.

"허어, 거 참."

임금은 입맛을 다시고 주위에 몰려선 신하들을 둘러보았다.

"품일(品日), 진주(眞珠) 두 장군은 서쪽 변경에 나갔고, 죽지(竹旨) 장군은…."

마땅한 인물을 찾지 못하는 눈치였다.

"하여튼, 오늘은 즐겁게들 지내시오."

임금은 안으로 들어가고 김유신은 신하들과 함께 별실에 들어서자 위에 걸친 관복을 벗어 던지고 군복 차림이 되었다.

"아무래도 내가 가봐야겠소. 김문영(金文穎) 장군 따라오시오."

그는 다른 사람들이 말릴 겨를도 없이 밖에 나와 말에 올랐다. 북소리는 여전히 울리고 모기내(蚊川) 남안 벌판에는 이미 보기(步騎) 수천 명이 모이고, 좀 떨어진 고장의 병사들은 혹은 말을 달리고 혹은 뛰어 몰려오는 중이었다.

그는 모기내를 건너 우선 기병 1천여 기를 끌고 북으로 달리기 시작했다.

"대오가 정제되는 대로 즉시 뒤를 따라 진발해라."

1년은 꿈같이 지나고 새해가 되었다.

의자왕은 지난 1년처럼 즐거운 때는 일찍이 없었다. 은고(恩古)는 아름답기 이를 데 없어 한시도 놓치고 싶지 않았다. 아름다울 뿐 아니라 총명해서 그의 말을 들어 잘못된 일이 없었고, 요즘은 숫제 만사를 그에게 맡겨놓고 옆에서 지켜보는 것이 낙이었다.

나란히 옥좌에 앉아 군신(君臣)들의 절을 받고 나면 으레 입을 다물어 버렸다. 신하들이 무어라고 하면 옆에 앉은 은고가 그 아름다운 음성으로 시비를 가리고 결정을 내리는 일거일동이 황홀하기 그지없었다.

그의 아버지 사택천복은 위사좌평으로 몇 달 두었다가 어찌나 일을 잘하는지 내신좌평(內臣佐平)으로 올리려는데 저녁식사 때 은고가 좋은 의견을 냈다.

"신라에는 상대등이 있고 고구려에는 마리치가 있어 모두 별격(別格)인데 우리 백제만 없잖아요? 내신좌평은 제일 높다고는 하지마는 역시 육좌평(六佐平) 중의 한 사람이란 말이에요."

"듣고 보니 그렇군. 어떻게 하면 되지?"

"육좌평 위에 별격으로 한 사람 둔단 말이에요. 가령 대좌평(大佐平)이라고 말이에요. 이 대좌평이 육좌평을 지휘하고 폐하께서는 대좌평 한 사람만 상대하시면 얼마나 간편하고 좋아요. 몸도 돌보셔야 해요."

이상한 일이었다. 전에도 한 번 이런 이야기가 나오기에 음흉한 계략이라고 크게 화를 낸 일이 있었다. 그러나 같은 이야기도 은고의 입에서 나오니 그럴듯하게만 들렸다.

"그거 근사한 생각이야. 그럼 누굴 그 대좌평으로 하지?"

"누군 누구예요?"

"아참, 내가 취했군. 중전의 아버지, 즉 내 장인밖에 없지."

의자왕은 무릎에 앉힌 은고의 넓적다리를 만지다가 손을 뻗어 상위의 잔을 입으로 가져왔다.

"나 요즘에야 술의 참맛을 알았단 말이야."

그는 잔을 비우고 은고는 젓가락으로 안주를 집어 입에 넣어 주었다.

"폐하. 아버지가 대좌평이 되면 위사좌평 자리에 메우셔야지요. 궁성을 지키는 막중한 책임인데 믿을 만한 사람을 시키셔야 해요."

"그야 그렇지. 성충(成忠)이 어떨까?"

"병관좌평(兵官佐平: 국방장관격)도 안심이 안 되는데 위사좌평을 시켜요?"

"왜 안심이 안 돼?"

장막 속의 태평성대 135

"혼자 충신인 체 입빠른 소리나 하고."

"충신은 충신이야. 신라에 김유신이 있는 것처럼 백제에는 성충이 있어 나라를 지켜온 거야. 다 나더러 훌륭한 임금이 되라는 충간(忠諫)이지."

"술을 너무 마신다. 사치하지 마라. 계집을 가까이 마라. 듣기도 싫잖아요? 자기가 뭔데. 폐하께서 받아 주시니까 너무 기어올라요. 심지어 뭐라고 하는지 아세요? 원숭이 같은 계집이 폐하를 망친다나요? 제가 그래 원숭이예요?"

"설마 그렇게 말했을라고."

"폐하만 모르세요. 그 영감태기 위사좌평이 되면 전 불안해서 못 살아요."

"그럼 그만두면 되지. 누굴 시키면 안심이 되겠어?"

"부자형제 이상으로 믿을 만한 사람이 어디 있어요?"

"응—, 손등(孫登)이 말이지?"

"탐탁지 않으신 모양이네요. 전 그 오라버니가 제일 좋아요."

"허지마는 30도 안 된 사람을 단박 방령으로 뽑은 것도 뭣한데 1년도 못 돼서 또 위사좌평이라면 세상에서 뭐라지 않을까?"

"폐하께서는 이 나라의 임금이세요. 누가 뭐라겠어요? 또 대궐은 가장 믿는 사람이 지켜줘야 할 게 아니에요?"

"그건 그래."

"소신대로 하셔야 해요."

"그렇게 하지."

여러 해 만에 눈발이 날리고 바람이 세차게 불었다. 거적을 깔고 엎드린 백발의 성충(成忠)은 아물거리는 정신을 가다듬어 붓을 놀리다가 방안을 둘러보았다. 불기 없는 냉방에 웅크리고 앉은 몰골은 틀림없는 거지들이었다.

　모두들 한때는 충신이다, 용사다, 칭송이 자자하더니 지금은 역적으로 몰려 서해의 이 고도(孤島)에 끌려온 지도 3년이 되었다. 행여나 하는 마음으로 지루한 세월을 겨우 지탱해 왔으나 천대는 가중되어 겨울에도 불조차 못 때게 하고 콩밥으로 연명하는 동안 50명의 인원은 반으로 줄어들고 말았다.

　벌써 1년 넘어 앓아누웠건만, 약 한 첩 써본 일이 없었다. 성충은 휑한 눈으로 뼈에 가죽만 씌운 앙상한 손을 내려다보고 길어야 며칠, 어쩌면 오늘을 넘길 수 없을 것만 같은 긴박감에 가슴이 막혔다.

　허망한 일이었다. 은고가 왕비로 들어온 후 그의 부형을 우대하는 것은 있을 수 있는 일이라 크게 관심도 두지 않았다. 그러나 1년 남짓에 온 나라가 움썰거리고 거덜이 나는 것이 눈으로 보였다.

　사택(沙宅)씨는 사돈의 팔촌까지 온 백제의 크고 작고 간에 중요한 자리는 거의 차지했다. 사택씨라고 자리에 앉지 말라는 법은 없지마는 쓸 만한 사람들을 내쫓고 들어앉은 건달, 주정뱅이, 쩔룩발이들은 한심한 짓만 골라 했다. 대낮부터 기녀(妓女)들을 안고 술을 마시는가 하면 심심풀이로 지나가는 사람을 잡아다가 볼기를 치고 나라에 바치는 공납을 잘라먹기 일쑤였다. 그래도 말하는 사람이 없고, 어쩌다 말하는 사람은 화를 당하게 마련이었다.

　나라를 집으로 친다면 인종지말들이 달려들어 기둥에 도끼질하고 연목을 잡아 빼는 형국이었다. 맥이 빠진 백성들은 호미를 베고 낮잠을 자고, 병정들은 녹슨 창을 메고 계집을 희롱하고 다녔다.

　사택천복(沙宅千福)이 법에도 없는 대좌평이 된 후로는 더욱 달라졌다. 임금은 한층 주색(酒色)에 빠져 밤낮 젊은 궁녀들과 시시닥거리고 조정에는 얼굴조차 내밀지 않았다. 모든 것이 은고(恩古)와 사택천복의 장단에 놀아나고 있었다.

"나한테 얘기하시오."

그가 권좌를 차지한 지 한 달, 통 임금을 뵐 수 없고 대소사를 막론하고 그가 좌지우지했다. 오늘은 무슨 일이 있어도 임금을 뵌다고 대궐에 들어서는데 위사(衛士)들은 다짜고짜 별당을 차지한 그의 앞으로 인도했다.

"폐하께 직접 여쭈어야 하겠소."

고개를 흔들었으나 사택천복은 크게 나왔다.

"나는 대좌평이오. 폐하께서는 군국대사를 내게 맡기셨소."

"그런 중대한 일은 폐하로부터 직접 듣기 전에는 못 믿겠소."

오늘 대궐에 들어온 것도 이 때문이었다. 사택천복이 대궐 안에 버티고 앉아 가로막는 바람에 좌평들조차 임금을 뵙지 못하고 그가 하라는 대로 하는 수밖에 없었다.

"믿지 않으면 후회할 날이 있을 것이오."

나이로 쳐도 아들밖에 안 되고 재작년까지만 해도 감히 옆에도 못 오던 것이 도도하기 이를 데 없었다. 이것이 나라를 갉아먹는 사택(沙宅)이라는 쥐들의 두목이라 생각하니 큰소리가 저절로 나왔다.

"당신은 도대체 뭐요?"

"나는 대좌평이오."

사택천복은 뱀같이 차게 웃었다.

"나라의 좌평이 임금을 뵙겠다는데 가로막을 자는 하늘 아래 없소."

"허허 —, 있는지 없는지 가봅시다."

사택천복은 황소 같은 몸집을 일으켜 앞장서 후원(後苑)으로 돌아갔다.

화창한 3월의 태양 아래 젊은 여자들에 둘러싸인 임금은 왕후 은고

(恩古)의 무릎을 베고 찔끔 찔끔 술을 마시고 있었다.

"무슨 그— ㅂ한 일이라도 있소?"

성충(成忠)의 절을 받은 임금은 누운 채로 눈을 치떴다. 혀가 꼬부라진 것이 이미 취한 모양이었다.

"긴히 아뢸 말씀이 있습니다."

좌우를 둘러보았으나 임금은 손바닥을 내저었다.

"괜찮소. 얘기하시오."

"다름이 아니라 여기 계신 사택좌평에게 군국대사를 맡기셨다는 것이 사실이십니까?"

"누가 그래? 내가 이렇게 시퍼렇게 살아 있는데."

땅에 엎드린 성충이 머리를 조아리고 대답을 하려는데 은고가 끼어들었다.

"아이 폐하께서도, 취하셨네요."

"응, 그래. 나 취했어."

"큰일이고 작은 일이고 대좌평에게 맡긴다고 하시고서는."

"그랬던가—."

"어려운 일은 저하고 의논해서 처결하라고 하시잖았어요?"

"응—, 그런 것 같기도 하군."

일이 틀렸다고 생각한 성충은 얼른 말머리를 돌렸다.

"폐하, 신 성충도 이제부터는 폐하를 뵈올 수 없습니까?"

"그게 무슨 소리요? 일이 있을 땐 언제든지 와요."

임금은 몽롱한 눈을 껌벅이다가 일어나 앉았다.

"이 백제는 누가 지킨 백젠데. 나하고 시석지간(矢石之間)에 목숨을 걸고 함께 싸운 병관좌평 성충이 나를 못 만난다? 이건 말이 안 되지."

팔을 저으면서 내뱉은 혀 꼬부랑 소리에 은고와 사택천평의 안색이 달라졌다.

"누구를 막론하고 대좌평을 거치지 않고는 어전에 못 나오도록 하세요."

은고가 잔을 올리고 생긋 웃었다.

"거 술맛 조 — 타. 성 좌평 이리 가까이 와요."

"황공합니다."

성충은 사양하지 않고 다가앉아 임금이 손수 따라주는 술을 받아 마셨다.

"네? 폐하."

은고는 임금의 턱밑에 기어들었다.

"뭔데?"

"아이 참."

또 생긋 웃고 멍청하니 서 있는 사택천복과 눈짓을 했다.

"그럼 대좌평은 두나마나 하게요?"

"왜?"

"아무나 마구 폐하를 뵈오면 말이에요."

"그것도 그렇군."

"사람에 따라 법도가 달라질 수도 있나요?"

"안 되지."

"그럼 병관좌평도 대좌평을 거쳐야지요."

"그렇지. 아 — 취한다."

임금은 또 은고의 무릎을 베고 누웠다. 사람이 완전히 달라졌다. 똑똑하던 임금은 형해(形骸)만 남고 뼈도 없는 식충이가 잠꼬대를 늘어놓고 있는 것이다.

"폐하."

성충은 침을 삼키고 머리를 조아렸다.

"뭐요?"

"그건 아무래도 좋습니다. 근래에 군역(軍役)과 부역이 문란해서 자칫하면 나라의 바탕이 흔들릴 염려가 있습니다. 이건 조속히 바로잡아야 하겠습니다."

여태까지 우두커니 서 있던 사택천복이 다가앉았다.

"병관좌평, 그건 이미 의논한 얘기가 아니오?"

"잠자코 계시오⋯. 폐하, 권세를 믿고 군역과 부역을 피하는 풍조는 차제에 일소하도록 하심이 어떻겠습니까?"

"일소해야지⋯."

은고가 말을 막고 끼어들었다.

"병관좌평은 우리 사택(沙宅)씨하고 무슨 원수를 졌소?"

사택천복도 붉으락푸르락 했다.

"성 좌평, 정 이러기오?"

임금은 눈알을 굴리다가 싱겁게 웃었다.

"모두들 좋도록 해요."

성충은 정색을 하고 은고를 쳐다보았다.

"중전마마, 무슨 말씀이십니까?"

"몰라서 묻소? 내 친정식구들이 고단한 일을 좀 피했다고 해서 이렇게까지 나오기오?"

"중전마마의 친정분들이야 누가 무어라겠습니까, 백제 천하에서 사택씨의 성을 가진 자는 모두 빠지고, 거기다 사택씨의 외척이다, 인척이다 해서 빠지다 보니 지금 큰 혼란이 일고 있습니다."

"혼란은 무슨 혼란이오? 폐하, 제 친정 아이들까지 천한 백성들과 어울려야 하나요?"

"그건 안 되지."

무릎을 벤 임금은 은고를 쳐다보고 한 손으로 그의 뺨을 쓰다듬었다.

"폐하, 몇몇 분만의 문제가 아니고 전체가 뒤흔들리고 있습니다."

장막 속의 태평성대 141

"병관좌평은 왜 그리 끈덕지오?"

은고가 팔뚝질을 하자 임금도 맞장구를 쳤다.

"응, 끈덕지군. 그만해 두지."

"지금대로 내버려 두자는 말씀이십니까?"

"중전, 어떻게 하는 것이 좋소?"

"공연히 평지풍파(平地風波)예요."

"그렇지, 평지풍파지. 내 듣자하니 대좌평이 들어서면서 모든 것이 잘된다는데 유독 병관좌평만 안 된다는 건 무슨 까닭이오?"

"폐하, 이러시면 안 됩니다. 일찍이 폐하께서는 어질고 용감하신 임금이셨습니다. 지금 와서 국사를 이렇게 다루시니 신으로서는 할 말을 알지 못하겠습니다."

"내가 뭘 잘못했다는 말이오?"

임금은 발끈해서 일어나 앉았다.

"폐하, 여색을 멀리하시고 옛날로 돌아가시기를 바랍니다."

"뭐 어째?"

은고가 일어서 팔을 내저었다.

"나를 멀리하라는 말이지, 응? 신하로서 어찌 감히 그런 말을 할 수 있소?"

임금도 덩달아 일어서 발을 굴렀다.

"신하로서 어찌 감히 그런 소리를 한단 말이오?"

"폐하, 고정하십시오."

"고정이라니 응?"

"이대로 가시면 안 됩니다. 정신을 차리시고…."

"정신을 차리라고, 응? 못할 말이 없구나. 내가 그래 정신 나간 미치괭이란 말이냐?"

"저런 무도한 것이…."

은고가 팔뚝질을 하고 사택천복도 거들었다.

"폐하, 나라에 법도가 있는데 어찌 그대로 둘 수 있겠습니까?"

"이놈을 당장 끌어다가 옥에 가둬라."

임금은 혀 꼬부랑 소리로 외쳤다.

그 길로 끌려나와 옥에 갇혔다.

말깨나 하는 사람들이 들고 일어났다가 불문곡직하고 오랏줄에 묶여 50여 명이 이 섬에 끌려오고 뒤따라 자기도 쪽배에 실려 이리로 오고 말았다.

이 3년 동안 별의별 일이 다 일어났다. 죄인으로 묶여 왔으니 천대를 받는 것은 대수롭게 생각하지 않았다. 어린 손자까지 모조리 종으로 끌려간 것도 있을 수 있는 일이다.

그런데 임금은 숫제 젊은 여자들 틈에 빠져 해를 보는 일도 드물다는 소문이었다. 닥치는 대로 건드려 이 3년 동안에 60여 명의 아이들을 낳았고 돌아간 왕비가 낳은 것까지 합치면 아들만 41명이나 되는데, 돌도 안 된 젖먹이까지 좌평 벼슬을 주고 식읍(食邑)을 준다고 했다. 코흘리개 계집애들까지 공주랍시고 거창한 집을 지어주고 땅을 갈라 주었다는 소식도 들렸다.

이제 임금은 불치의 병신이요, 하나 남은 충신 흥수(興首)마저 내쫓겨 나라는 왕후 은고(恩古)와 사택천복의 놀음판이 되고 말았다는 것이다.

당항진에서 당나라를 내왕하는 신라 배가 부쩍 늘고, 불길한 소문도 바람결에 들렸다. 나라꼴이 우습게 된 이 기회에 두 나라가 합심해서 백제를 쳐부순다는 것이었다. 당나라로서는 장차 고구려를 치는 발판으로 좋고, 신라로서는 원수를 무찔러 한쪽 우환을 없애서 좋은지라 충분히 있을 수 있는 일이건만 소부리 성[所夫里城: 사비성(泗批城)]의 임금과 좌평들은 코웃음을 친다는 소문이었다.

장막 속의 태평성대　143

성충은 가슴이 답답하고 어지러워 붓을 놓고 눈을 감았다.
"필묵(筆墨) 다 썼소?"
털보 초장(哨長)이 문을 열고 들어와 옷에 내린 눈을 털었다.
"잠깐만 …."
성충은 가까스로 대답했다.
"옆방에서 또 한 마리 죽었으니 장계(狀啓)를 올려야 한단 말이오."
"미안하오, 잠깐만 …."
성충(成忠)은 이를 악물고 붓을 다시 잡았다.

"… 충신은 죽을 때에도 임금을 잊지 않는다고 하옵는바 원컨대 한 말씀 드리고 죽을까 합니다. 시세의 변동을 살펴보옵건대 틀림없이 전쟁이 있을 것입니다. 대저 용병(用兵)에는 반드시 살펴서 싸울 땅을 택해야 합니다. 좋은 위치(上流)에서 적을 맞은 연후에야 가히 보전할 수 있는 법입니다. 만약 이국(異國)의 군사가 온다면 육로(陸路)에서는 탄현(炭峴: 대전 동방에 있는 마도령)을 넘지 못하게 하고, 수군(水軍)은 기벌포(伎伐浦: 금강 하류) 해안에 오르지 못하도록 해야 합니다. 그 험준한 지세를 의지하여 막는 것이 옳을 줄로 생각합니다. 그러므로 미리부터 수륙양군을 증강해서 … ."

성충은 여기까지 쓰고는 그대로 고꾸라져 피를 토하고 다시는 일어나지 못했다.

허수아비 황제

서기 659년. 4월.

첫새벽에 말을 달려 토함산(吐含山)에 오른 두 청년과 한 소년은 동해에 뜨는 아침 해에 합장배례하면서 소리 없이 속으로 외웠다.

"하늘에 맹세하나이다. 충성으로 임금을 섬기고, 효도로 아버이를 섬기고, 신의로 벗을 사귀고, 싸움에는 물러섬이 없고, 살생에는 택함이 있게 할지어다."〔사군이충(事君以忠), 사친이효(事親以孝), 교우이신(交友以信), 임전무퇴(臨戰無退), 살생유택(殺生有擇)〕.

밝고 맑고 아름다운 태양이 다스리는 하늘나라는 의로운 자, 용감한 자만을 받아들이는 영원한 동산이요, 이 서라벌을 지키다가 용감하게 전사한 젊은 화랑(花郎)들이 거기서 손짓으로 부르고 있는 것이다.

나라의 사당(祠堂), 으뜸가는 자리에 모신 귀산(貴山), 추항(箒項), 해론(奚論), 소나(素那), 눌최(訥催), 그리고 취도(驟徒)와 김흠운(金歆運)도 거기 있을 것이었다.

셋 중에서 제일 어린 관창(官昌)에게 바로 4년 전, 조천성〔助川城:

145

영동(永同) 송호리(松湖里)〕싸움에서 전사한 김흠운은 동경의 표적이었다. 서라벌의 거리를 말을 달리던 멋진 모습이며 여자처럼 아름다운 얼굴이 태양과 겹쳐 안막(眼膜)을 떠나지 않았다.

"또 김흠운 생각이냐?"

30 가까운 반굴(盤屈)이 태양을 바라보고 움직이지 않는 관창의 어깨에 손을 얹었다.

"형, 저도 그렇게 될 날이 있을까요?"

열다섯 살의 관창은 고개를 끄덕이고 이렇게 물었다.

"되고도 남지."

맨 끝에 섰던 열기(裂起)가 재촉했다.

"자, 이제 가보지."

그가 말에 올라 달리기 시작하자 두 사람도 뒤를 따랐다. 도중에서 한두 차례 마른 나무를 돌며 달리는 말에서 활을 쏘고 산을 내려왔다.

"어디 갔다 오는가?"

황룡사(黃龍寺) 앞길에서 산문을 나서는 원효(元曉)와 마주쳤다. 대궐에도 무상출입하는 이 스님은 언제 찾아가도 무관하게 맞아 주었고 무엇을 물어도 모르는 것이 없었다. 오늘도 마흔세 살이라고는 믿어지지 않는 활기 있는 걸음으로 나오다가 먼저 말을 건넸다.

"토함산에 갔다 오는 길입니다."

세 사람은 말을 내려 머리를 숙이고 열기가 대답했다.

"대궐에 가시는 길입니까?"

반굴이 물었다.

원효는 머리를 끄덕였다.

"무슨 중요한 일이 있는가 부지요? 스님께서 이렇게 직접 대궐에 가시니."

원효는 대답하지 않고 미소를 지었다. "나라에 걱정되는 일이 있는 게 아닙니까?"

이번에는 열기가 물었다.

원효는 여전히 웃는 얼굴로 대답이 없었다.

"나라가 위태로울 때는 반드시 이 목숨을 바치겠습니다."

20을 갓 넘은 열기는 주먹을 쥐고 다짐하듯 되뇌었다.

원효는 물끄러미 바라보다가 아무 대답 없이 발길을 돌려 대궐 쪽으로 힘차게 걸어갔다.

"오늘 따라 왜 저 모양이지?"

열기는 멋쩍은 얼굴로 투덜거렸다. 가장 오래 원효와 접촉한 반굴은 이 스님이 언젠가 가르쳐 주던 사사무애(事事無礙), 사리무애(事理無礙)의 이치를 생각하면서 멀어져 가는 그의 뒷모습을 바라보았다. 이 세상에 거칠 것이 없고, 죽음과 삶 사이도 대범하게 내왕할 수 있는 사람이 있다면 바로 저 스님일 것이다.

세 사람은 대신 장군 등 높은 어른들이 부산하게 모여드는 대궐을 바라보다가 다시 말에 올랐다.

며칠 후 큰 전쟁이 있으리라는 소문이 나도는 가운데 압독주 총관(押督州 摠管) 김인문(金仁問) 일행이 당나라로 떠나갔다. 〔김인문은 무열왕의 2남으로 당나라에 5년간 유학하고 돌아와 압독주(지금의 경산)의 총관으로 이때 나이 31세였다.〕

무후(武后)는 4월이 와서 동산의 꽃이 만발해도 즐거운 일이라고는 하나도 없었다.

우선 잠을 잘 수 없었다. 어렴풋이라도 잠이 들 만하면 왕(王)가, 소(簫)가 두 계집년이 죽을 때 모습 그대로 나타났다. 사지를 잘린 것들이 머리를 풀어 헤치고 입에서는 피를 껠껠 흘리면서 덤벼들었다. 기겁을 해서 소리를 지르고 벌떡 일어나는 일도 드물지 않았다. 식은

땀이 흐르고 온몸이 떨리면서 단박이라도 그 모습 그대로의 귀신이 문을 박차고 들이닥칠 것만 같아 밤을 꼬박 새우는 일도 있었다.

　남편이라는 황제가 변변하다면 그 품에 안겨 잠들 수도 있을 터인데 머저리 같은 것이 그 얘기를 꺼냈더니 와들와들 떨고 말조차 제대로 못했다. 참다못해 머저리를 끌고 멀리 낙양(洛陽)에 가서 1년 남짓 지내다가 지난 2월에 돌아왔다. 귀신은 낙양에도 쫓아왔으나 그래도 사흘에 한 번은 눈을 붙일 수 있어 한결 나았다. 형세를 보아 거기 눌러앉을 생각으로 이름도 수대(隋代)처럼 동도(東都)라고 고쳐놓고 떠나왔다.

　장안(長安)에 다시 오니 두 귀신은 잘 만났다는 듯이 또 밤마다 보채는 데는 재간이 없었다. 아무래도 동도에 영영 가버려야 할까 보다.

　더러운 것이 세상인심이었다. 진귀한 물건이고 금은보화고 마구 뿌릴 때는 하늘 아래 없는 선녀(仙女)라느니, 그런 분이 국모(國母)가 됐으면 좋겠다느니 입방아를 찧던 것들이 막상 황후가 된 후에는 싹 돌아서 버렸다. 뱀이다, 여우다, 독부(毒婦)다, 입 가진 것들은 저마다 쑥덕거리고 애비와 아들을 가리지 않는 천하의 화냥년이라는 것이다.

　충성된 포졸들이 구린내 나는 놈을 한 마리 끌어다 장안 네거리에서 목을 딴 것이 큰 실수였다.

　"이놈, 무슨 연고로 무엄하게도 황후 폐하를 잡년이라고 했느냐?"

　"잡년이 아니고 화냥년이라고 했습네다."

　새까만 것이 누런 이빨을 드러내고 씽긋 웃자 가가호호 들볶아서 휘몰아 온 어중이떠중이들도 씽긋 웃더라는 것이다.

　"왜 그랬느냐, 이실직고하란 말이다."

　"헤헤 … 뻔히 알면서 뭘."

　멍청하게 입을 헤벌리는 바람에 어중이떠중이들은 허리를 꺾었다고 한다.

목을 따기는 했으나 천하에 대고 화냥년을 불어댄 꼴이 되고 말았다. 몰래 없애면 본보기가 안 돼서 소용이 없고, 드러내 놓고 없애면 이 꼴이라 가슴이 터질 노릇이다.

화냥년이라는 말만 안 썼지 사실인즉 화냥년이라는 듯이 입을 나불거리던 저수량이란 놈, 담주에서 계주(桂州)로 옮겼다가 시비를 걸어 최남단 애주(愛州) 자사(刺史)로 내몰았다. 애주에 도착하자마자 자기는 이러저러한 공이 있으니 옛정을 생각해서 불쌍히 여겨 달라는 가련한 소리를 써 보내왔다.

아새끼, 큰소리를 칠 때는 언제고 이제 와서 죽는시늉이 다 뭐냐? 허약한 머저리도 그때의 망신만은 뼈에 사무쳐서 잊지 않았다.

"저수량이만은 안 되지!"

그냥 애주에 팽개쳐 두었더니 작년에 죽었다. 속이 후련하다. 그때 못나게 놀던 종자들은 보기만 해도 밥맛이 떨어지기에 모조리 아득한 고장에 내쫓아 버렸는데 장손무기라는 영감태기, 너는 아직 장안에서 숨을 쉬고 있지? 잊지 마라, 가만둘 내가 아니다.

독부(毒婦)도 좋고, 잡년, 화냥년 다 좋다. 그럴수록 나도 살아야 겠다 이 말이다. 난들 없애고 싶어 없애는 게 아니다. 남편이라는 황제가 돌아간 태종같이 믿음직스럽다면 턱 내맡기고 안심하겠는데 이 해파리 같은 머저리를 어떻게 믿는단 말이냐. 멍청하니 있다가는 어느 방망이에 맞아 죽을지 누가 아느냐. 내 안심이 되도록 걸레질을 좀 더 해야겠다.

장손무기 너, 머저리의 외숙이요, 30년 재상이라고 우습게 굴지 마라. 눈치만 보고도 내 마음을 알고 냅다 뛰는 허경종(이때 중서령)이 있다는 걸 알아야 한다.

당장 장손무기의 토벌을 시작하려는데 창자가 뒤집힐 일이 벌어졌

허수아비 황제 149

다. 낮에 언니가 열한 살 난 딸 민애(敏愛)를 데리고 들어왔기에 화원(花園)에서 같이 놀다가 방에 들어와 저녁까지 같이 먹었다.
"너 나하고 여기 같이 안 있을래?"
하도 예쁘게 생겼기에 전부터 귀여워했고 옆방에서 재운 일도 여러 번 있었다.
"난 이모가 좋아."
민애는 먹던 숟가락을 들고 와서 무릎에 앉았다.
"그래 이모도 네가 좋다."
그는 맛있는 음식을 골라 아이에게 먹이면서 자기도 이런 딸이 있었으면 좋겠다고 생각했다.
"그럼 난 가볼게."
저녁을 마치고 어두워지자 언니는 일어섰다. 언니를 배웅하고 도로 자리에 앉으니 몸이 나른해서 저도 모르게 잠이 들어 버렸다.
부스럭거리는 소리에 잠이 깨었으나 황제는 아직도 안 돌아왔다. 몇 경이나 되었을까. 새로 켜놓은 초가 반 이상 내려간 것을 보니 밤도 어지간히 깊은 모양이다.
"이모 다 잤어?"
사기로 만든 각시를 가지고 놀던 민애가 침상에 와서 걸터앉았다. 그는 누운 채 아이의 머리를 쓰다듬었다.
"네가 없음 오빠 심심하겠다."
"아침에 외할먼네 간 걸 뭐. 이모부가 오시나 봐."
"이모부라니?"
"이모부는 폐하밖에 더 있어요? 오빠 외할먼네 가는 날은 이모부가 오시거든."
무후는 후닥닥 일어나 앉았다.
"이모부 너의 집에 자주 오시든?"

"응. 낮에 많이 오시고 어쩌다 밤에도 오시는걸."

무후는 가슴이 떨렸다. 맹세짓거리를 하기에 살려 주었고, 한국부인(韓國夫人)으로 떠받들어 대궐 울타리 밖에 근사한 집까지 마련해 주었더니 요 불여우가 ….

"너 옆방에 가서 자."

무후는 육모 방망이를 들고 으스름달이 비친 마당에 내려섰다. 왕(王)씨와 소(簫)씨를 처치한 털보 병정을 데리고 단둘이 대궐 밖에 나가 언니의 집 대문을 밀었으나 안으로 잠겨 있었다. 영문을 모르는 병정이 소리를 지르려는 것을 옆구리를 쥐어박았다.

"몰래 넘어가서 조용히 벗겨."

병정은 익숙한 솜씨로 울타리를 넘어갔다. 대갈통을 깔 것이냐, 다리를 분지를 것이냐. 병정이 소리 없이 열어젖힌 문을 지나 중문에 이르자 낯익은 병정이 지켜 서 있었다.

"중전마마."

알아본 병정이 땅에 엎드려 중얼거렸다. 그냥 밀치고 들어가려는데 놈은 땅바닥을 기어 앞을 막았다.

"아니되옵니다, 마마."

무후는 방망이로 놈의 어깨를 후려치고 털보도 떼어놓고 중문으로 들어갔다.

"아이고 폐하."

우거진 나무 사이로 뛰다시피 한참 가다가 뒷마루로 바싹 다가드는데 언니의 목소리가 울렸다.

"저도 햇볕을 보게 해주세요?"

"고것이 강짜가 오죽 심해야지, 슬슬 구슬려 놓을 테니 염려 마라."

"그리고 현(賢)이도 잘 봐주세요."

"누가 낳은 자식인데? 난 이 세상에서 한국부인이 제일 좋아."
"아이, 전 폐하를 떨어져선 못 살아요."
무후는 장지문을 밀어붙이고 방에 들어섰다.
"못 살겠으면 돼지면 될 거 아냐?"
침상 위에 벌거숭이 남녀는 일어나려다가 그냥 고꾸라져 이불을 끌어당기고 얼굴을 파묻었다. 무후는 이불을 잡아채어 밖에 내던지고 침상에 걸터앉았다.
"헤헤—."
머저리 같은 황제는 파묻었던 얼굴을 빠끔히 돌려 힐끔힐끔 쳐다보다가 싱겁게 웃었다. 무후는 손바닥으로 볼기짝을 찰싹 쳤다.
"어서 빨랑 나가요!"
황제는 몸을 오그리고 침상에서 굴듯이 내려와 떨리는 손으로 옷에 다리를 꿰기 시작했다.
"꼼짝 마라."
언니도 몸을 비비 꼬며 일어나 침상을 내려서는 것을 가로막았다. 육모 방망이로 어깨를 내리쳤다.
황제는 돌아서 밖으로 나가 버렸다. 하늘 아래 첫째가는 등신이로구나. 무후는 도망치는 대로 내버려 두고 돌아섰다.
"이년아, 동생의 서방을 뺏는 이 잡년아!"
황제가 나가자 언니는 풀이 죽었다.
"난들 어떡하니? 폐하께서 자꾸 덤비시는걸."
"그럼 왜 진작 나한테 얘기 안 했어?"
"얘기하면 가만 안 둔다고 하시는 걸 어떡하니? 돌아가신 태종을 모시던 네가 아냐? 폐하께서 오죽 못살게 굴었으면 그렇게 됐겠니?"
엉뚱하게 나왔다.
"이년이!"

또 육모 방망이로 잔등을 후려갈겼다. 머리를 잡아끌어 방바닥에 내동댕이치고 짓밟았다. 언니는 밟는 대로 밟히다가 무후가 멈춰 서서 한숨 돌리는 틈에 일어나 앉았다.

"차라리 날 죽여주려무나."

피가 흐르는 코를 두 손으로 막고 흐느껴 울었다.

"아무렴 내가 널 살려줄 줄 알았어?"

말없이 계속 흐느꼈다. 무후는 툇마루에 나와 털보를 불러 세웠다.

"이년을 당장 끌어내다가 쥐도 새도 모르게 없애버려!"

언니는 와들와들 떨었다. 가만있자. 이 밤에 여기서 죽이면 우스운 쑥덕공론이 벌어질 염려가 있다.

"좋아, 그럼 너 당장 문수(文水)에 돌아갈래?"

"가고말고요, 마마."

무후는 마당에 내려서 털보를 구석으로 끌고 갔다.

"문수로 가는 길에 으슥한 지경에서 없애버려!"

털보는 고개를 끄덕였다.

언니를 털보에게 넘기고 돌아오니 황제는 상을 차려놓고 기다리는 중이었다.

"헤헤, 오래간만에 우리 단둘이 술이나 한잔하자고."

무후는 서슴지 않고 마주 앉았다.

"심지가 편찮을 때는 술이 제일이거든."

황제가 따라 주는 대로 받아 마시고 이쪽에서 따라 주지는 않았다.

"오해 마라, 중전."

황제는 자작으로 찔끔찔끔 마시면서 눈치를 살피다가 변명을 시작했다.

"고것이 자꾸 달라붙는데 인생이 가련해서 오늘 밤 처음 가본 거야. 맹랑한 계집이란 말이야…."

"죽일 년이죠, 뭐."

"고럼, 그런 건 죽여야 해."

"정말이세요? 그럼 어명이 내리신 걸로 알겠어요."

"죽어 싸지마는 그럴 것까지야…."

황제는 따라 올라와 귀에 대고 속삭였으나 무후는 딴전을 피웠다. "아이 졸려." 일부러 코를 골고 대꾸를 하지 않았다.

털보는 행동이 민첩해서 이튿날 땅거미 질 무렵에 돌아왔다.

"해치웠습네다. 말에 태워 갖고 가다 말입네다. 히히 …."

"웃기는?"

"오줌이 마렵다고 말입네다. 내려줬습지요. 마침 산길이라 보는 사람은 없고 해서 히히 …."

"말해봐!"

"이년아, 오줌은 저승에 가서 눠라, 이랬더니 돌아서 따귀를 올려붙이겠지요. 잡고 있던 말고삐를 모가지에 감았습네다. 회초리로 말을 들입다 쳤더니 네 발을 안구 뛰는데 안 죽고 배깁니까? 웅덩이에 차 넣고 돌이다 흙이다 닥치는 대로 파묻고 돌아왔습지요."

"어딘데?"

"여기서 50리를 가면 까마귀령(烏嶺)이 있지 않습네까? 길가에 부채같이 생긴 소나무가 있습지요. 거기서 4, 50보 숲속에 들어가면 됩네다."

"너 수고 많았다. 이 일을 입 밖에 냈다가는 목숨을 부지하지 못할 게다. 가서 나장을 데리고 저 뒤 연못가에 와. 내 별당에서 술을 내릴 것이다."

"황공하오이다."

털보는 뛰고 무후는 어슬렁어슬렁 걸어서 연못가에 가니 두 사람이 벌써 와서 기다리고 있었다. 무후는 나장을 아름드리 느티나무 밑에 불러 세우고 속삭였다.

"저놈이 언니를 문수에 모시라고 했더니 도중에서 겁탈하고 말이 날까 봐 죽여 버렸단 말이다. 세상에 이렇게 분할 수가 있어야지. 너 지금 당장 내 보는 앞에서 단칼에 없애버려!"

"저런 죽일 놈이!"

나장의 목소리가 떨렸다.

"아이고, 단 하나밖에 없는 언니를 글쎄, 아이고."

나장은 칼을 빼어 들고 달려가 우두커니 서 있는 털보를 내리쳤다. "헉!" 외마디 소리가 들릴 뿐, 칼은 연거푸 내리쳤다.

"어떻게 할갑쇼?"

나장이 달려와 물었다.

"거적에 싸서 어디 멀리 갖다 묻어라."

돌아서려는 나장에게 일렀다.

"가만, 숨길 것도 없다마는 언니가 가련해서. 체면도 봐드려야 하잖겠니?"

"그러문입쇼."

"문수에 가시다가 말에서 떨어져 돌아가신 걸로 하면 어떨까?"

"좋겠습네다."

"파묻힌 데를 가르쳐줄 테니 네가 혼자 가서 시신을 찾아다 그 댁에 모셔라. 아이고 언니가 불쌍해서 …. 너만 믿는다."

나장은 감격해서 물러갔다.

언니를 위해서 가장 슬픈 장례를 치르느라고 4월도 반이나 갔다. 이제 장손무기 차례다.

미리 짜놓은 대로 낙양 사는 건달(이름은 이봉절)이, 장손무기의 집에 자주 드나드는 위계방〔韋季方: 벼슬은 태자세마(太子洗馬)〕이라는 허름한 인간과 그 밖에 몇몇이 이상한 모의를 한다고 고해바쳤다. 허경종은 허름한 인간을 붙들어다가 뚜드려 팼다. 허름해서 부르는 대로 자백이라는 것을 할 줄 알았는데 숨겨 갖고 있던 칼로 자기 배를 찌르고 자살소동을 벌였다.

"… 일이 이렇게 되고 말았으니 어찌하오리까?"

무후 앞에 두 손을 모아 쥔 허경종은 난처한 표정이었다.

"더욱 좋지 않소?"

무후는 씩 웃었으나 머리가 빨리 돌아가는 허경종도 알아차리지 못했다.

"결백한 사람이 왜 자살을 하겠소?"

"지당한 말씀이십니다."

거무데데한 허경종은 희색이 만면해서 돌아갔다.

이튿날 아침 황제 앞에 나타난 허경종은 머리를 조아렸다.

"신이 위계방을 국문하온바 위계방은 장손무기와 짜고 충신과 근친을 모함하고 권력을 무기가 쥔 다음 틈을 보아 역모를 꾸미려고 하였습니다. 일이 탄로되자 자살을 기도한 것입니다."

황제는 깜짝 놀라는 얼굴이었으나 한참 생각하다가 고개를 흔들었다.

"그럴 리 없어. 외숙이 소인배들의 모함을 받은 거야. 역모라니 말이나 돼야지."

"자세히 추궁한 결과 추호도 의심할 여지가 없고, 그 증거도 뚜렷이 나타났습니다."

황제는 눈물을 주르륵 흘렸다.

"우리 집안은 왜 이리 복이 없는지 몰라. 예전에는 내 누이동생 고양공주(高陽公主)와 방유애(房遺愛: 방현령의 아들)가 역모를 꾸미더니 이제 또 외숙이 역모를 꾸미고 … 이게 사실이라면 이 일을 어찌하면 좋소?"

"방유애는 젖비린내 나는 애요, 고양공주는 일개 여자였습니다마는 장손무기는 다릅니다. 선제(先帝)를 도와 천하를 잡고 30년 재상으로 있는 거물입니다. 일단 일어서면 당할 사람이 없습니다. 신은 수양제가 신임하는 우문술과 인척을 맺었건만 그 아들 우문화급이 수나라를 뒤집는 것을 보았습니다. 이런 일은 속결(速決)해야 합니다."
"더 자세히 알아봐요."
허경종은 어둡기를 기다려 궁중 느티나무 밑에서 또 무후를 만났다.
"무슨 얘기가 그리 뜨뜻미지근하오?"
무후는 언짢은 말투였다.
"왜 위계방이 자백한 대로 아뢰지 못하고 중서령의 의견을 아뢰오?"
"그게 글쎄 자백을 안 합니다."
"답답하군. 위계방은 죽었소?"
"아직 살아 있습니다."
"내일은 자백한 대로 아뢰도록 해요."
"분부대로 거행하겠습니다."
허경종이 어둠 속으로 사라지는 것을 지켜보던 무후는 오늘 밤 이불 속에서 결판을 낼까 생각하다가 마음을 고쳐먹었다. 장손무기만은 억지가 통하지 않고 그럴듯하게 꾸며 곧이듣게 해야 할 것이었다.
이튿날 어전에 나온 허경종은 큰소리를 쳤다.
"간밤에 위계방은 장손무기와 역모를 꾸몄다고 자백했습니다. … 장손무기는 자기와 가까운 한원이 쫓겨나고, 자기의 일가친척이 시골로 좌천되는 것을 보고는 위험이 자신에게 닥쳐온다고 생각해서 위계방 등과 역모를 꾸몄다는 것입니다. 신이 엄정히 조사하온바 조금도 틀림이 없고 전후가 모두 부합되오니 국법에 따라 처치하시기 바랍니다."
황제는 또 눈물을 찔끔했다.

"외숙이 정말 그렇더라도 난 못해. 천하 사람들이 나를 뭐라 하고, 후세에 나를 뭐라 하겠소?"

" … 옛 사람도 마땅히 단을 내려야 할 때 단을 내리지 않으면 도리어 그 화를 받는다고 했습니다.〔當斷不斷 反受其亂〕 … 장손무기는 간웅(姦雄)으로 왕망(王莽)이나 사마의(司馬懿) 같은 인간입니다. 폐하께서 결단을 천연하시면 … 후회막급일까 두렵습니다."

여러 날을 두고 고물고물 생각하면서도 황제는 결단을 내리지 못했다. 얘기를 들으면 그럴싸하지마는 외숙이 그럴 사람이라고는 믿어지지 않았다.

"장손무기는 어떻게 하는 거예요?"

참다못한 무후는 잠자리에서 따지고 들었다.

"글쎄 말이야."

"글쎄로 일이 해결되나요? 듣자하니 어김없는 역적인데 그걸 그냥 둬요?"

"당나라 건국의 일등공신인데다가 아버지의 처남이고 내게는 외숙이 아냐? 어떻게 하면 좋지?"

"그 소리는 골백번도 더 들었어요. 뜻대로 하시구려."

"무슨 소리를 그렇게 해?"

"그치가 나라를 잡으면 생질은 살려줄지 모르지요. 허지마는 아마 이 무조(武照)는 제일 먼저 목을 조를걸요. 시원하시겠어요."

무후는 팽 돌아누웠다.

"이놈을 내일 당장 없앨 테니 그러지 마라."

황제는 뒤에서 껴안고 젖가슴을 만졌다.

"정말이세요?"

"고럼, 윤음은 여한이라 두 말이 있을 수 없지."〔綸音如汗〕

"안심해도 돼요?"

무후는 돌아누워 그의 목에 팔을 감았다.

"역시 폐하가 제일이에요."

그러나 이튿날 내린 어명은 없애기는 고사하고 붙들어다 족치는 것도 아니었다. 신하로서는 더 이상 없는 태위(太尉)의 벼슬과 봉읍(封邑)을 삭탈한 것까지는 알겠으나 양주도독(楊州都督)으로 좌천하되 검주(黔州: 사천성 팽수현)에 주거를 제한한다는 것도 전후가 맞지 않고 그 위에 일품(一品)에 준해서 공급(供給)한다는 것은 알다가도 모를 일이었다. 벌도 주고 우대도 하고, 이랬다저랬다 갈팡질팡하는 황제의 마음보가 그대로 나타났다.

〔당에서는 품계에 따라 공급, 즉 급여가 세밀히 규정되었는데 가령 일품이면 매일 순백미 2승(二升), 갱미 량미(粳米 粱米) 각 1승 반(一升 半), 기름 5승, 소금 1승 반, 초 3승, 꿀 3합(三合), 조 1두(一斗), 그 밖에 장작, 숯, 과일, 술, 육류, 어류, 채소 등 풍족한 공급이 있었다.〕

무후는 잘했다고 칭찬만 하고 군소리를 하지 않았다. 어차피 황제는 일을 칠 위인이 못되고 이만해도 크게 용기를 낸 것이다. 일은 이제부터요, 마무리는 내가 짓게 마련이다.

장손무기는 거물이요, 이쪽에 붙어주면 그 이상 든든할 수 없지마는 적으로 돌아서면 무서운 인물이다. 창과 칼로 무장한 대리시(大理寺)의 관원 수십 명이 호송하는 가운데 70을 훨씬 더 넘은 이 노인은 입을 다물고 서남으로 사천(四川)을 향해 말을 달렸다.

백성들이 또 입을 나불거렸다. 모든 것은 무후가 뒤에서 조종하고 허경종이 하수인이라는 소문이 파다하게 퍼졌다. 나라의 어른인 장손무기 영감은 억울한 모략에 걸렸다고 눈물을 짜는 백성까지 나타났다는 것이다.

— 화냥년이 나라를 거머쥐었구나 —

한잔 걸친 옹기장수가 장안거리를 비틀거리면서 고래고래 고함을 질렸다는 소문도 들려왔다.

"새끼들, 아직 화냥년의 맛을 덜 보았구나."

무후는 이를 깨물었다. 며칠을 두고 골똘히 생각한 끝에 허경종을 불러 세웠다.

"왜 하는 일이 그렇게 희미하오?"

칭찬이라도 받을 줄 알았던 허경종은 머리를 숙이고 눈알을 굴렸다.

"사자는 단칼에 쳐야지 섣불리 다쳤다가는 되물린단 말이오."

무후의 뜻은 알겠으나 뾰족한 수는 떠오르지 않았다. 하느라고 했는데 황제가 더 이상 움직이지 않는 것을 나더러 어떻게 하란 말이냐? 간단히 베개송사로 결말을 지을 것이지 왜 둘러치고 야단이야? 슬그머니 부아가 동해서 잠자코 있었다.

"내 말이 안 들리오?"

허경종은 허리를 굽실했다.

"그래서?"

"만사 성단(聖斷)에 달려 있습니다."

무후는 머리가 빨리 돌았다.

"나더러 베개송사를 하라는 거요?"

"아, 아닙니다."

허경종은 말을 더듬었다.

"저수량을 생각해본 일이 있소?"

무후는 딴 얘기를 꺼냈다.

"네? 저수량은 작년에 이미 죽은 줄로 압니다마는…."

"죽고 살고가 문제가 아니라 저수량은 이번 역모에 관계가 없느냐 말이오?"

"아—아, 네네… 분명히 관계가 있습니다."

허경종도 무후 다음쯤은 머리가 빨랐다.

"그럼 왜 저수량 얘기는 아뢰지 않소?"

"황공하오이다. 죽은 사람이라 그만 소홀히 생각했습니다."

이번에는 더듬지 않고 대답했다.

"모든 걸 사실대로 밝히시오."

무후는 씽긋 웃고 허경종은 가벼운 발걸음으로 대궐을 나섰다.

다음날 아침에 입궐한 허경종은 조회가 끝나기를 기다려 단독으로 어전에 엎드렸다.

"폐하, 긴히 말씀드릴 일이 있습니다. 이번 장손무기의 역모는 하도 사안이 중대하기에 그 후에도 불철주야로 살피고 또 살폈습니다."

"뭐 이제 다 끝난 걸 가지고."

황제는 귀찮다는 얼굴이었다.

"아닙니다. 우지녕 유석 한원이 다 관련되어 있습니다."

"쓸데없는 소리. 더구나 우지녕은 말 한마디 없이 열심히 태자를 가르치는 사람 아니오?"

황제는 천정을 바라보았다.

"조사결과 이번 역모는 죽은 저수량이 괴수가 돼서 꾸며낸 것이 드러났습니다."

"뭐, 뭐라고?"

황제 이치는 용상에서 일어섰다.

"이 역모는 어제오늘에 시작된 것이 아니고 그 뿌리가 깊고 넓습니다. 저수량이 주모가 되어 선동해 가지고 시작된 일입니다. 전에 갓 태어난 공주를 독살한 것도 조사결과 유석의 소행으로 밝혀졌고, 우지녕도 장손무기와 한 패거리임이 밝혀졌습니다."

황제의 얼굴이 붉으락푸르락했다.

"저수량이란 놈이 …."

저수량을 미워하는 줄은 미리부터 알고 있었으나 그의 이름 석 자

허수아비 황제 161

가 이처럼 신통한 효과를 내리라고는 생각지 못했다. 역시 무후는 생각이 치밀한 여자였다.

"죽었다고 그냥 둘 수 없지. 저수량의 관작을 삭탈하고 그 일가 부스러기들을 조치하고 유석과 한원도 관작을 삭탈해요. 우지녕도 내쫓고."

황제는 전에 없이 선수를 쓰고 나섰다.

"성지대로 거행하겠습니다."

"장손무기는 염려 없겠소?"

"수십 명의 관원이 따라붙었으니 용을 빼는 재주가 있어도 별 수 없을 줄 압니다."

"아니지. 그는 보통 사람이 아니오. 장안에서 검주에 이르는 도중의 모든 진영(鎭營)에 영을 내려 그 관내에 당도해서부터 다음 진영에 인계할 때까지 적어도 병사 백 명을 붙여 조화를 부리지 못하도록 하란 말이오. 그놈의 부스러기들도 내쫓고."

"네."

"이것으로 일이 끝난 게 아니오. 그 못된 저수량이 꾸민 역모라면 내막이 단순치 않을 터이니 누구든 사정을 보지 말고 다 밝혀내오."

"참으로 영명한 결단이십니다."

허경종은 체증이 풀리는 듯 상쾌한 심정으로 물러나왔다. 자기를 사람으로 보지 않는 장손무기, 일이 잘못돼서 그가 다시 돌아와 권좌에 앉기라도 하는 날은 죽는 날이다. 이것은 무후(武后)의 일이기도 하지마는 절실한 내 일이다. 장손무기, 너는 죽어줘야겠고, 네가 죽어 없어져야 내가 발을 펴고 자겠으니 그쯤 알아두는 게 좋겠다.

저녁에 들어갔더니 무후는 손수 술까지 따라 주었다.

"내 다 들었소. 중서령은 우리 역사에도 보기 드문 능수능란한 인재란 말이오."

"황공합니다."

"황공할 건 없고, 이제부터 실수 없이 일을 처리해야 하오."

그들은 입에 거품을 물고 속삭이다가 황제가 돌아온다는 전갈에 허경종은 슬그머니 빠져나왔다.

다음날 장손무기의 아들 충(沖)은 내쫓겨 영남(嶺南)으로 귀양 가고, 저수량의 두 아들도 아버지가 죽은 애주로 귀양길을 떠났다가 30리도 못 가 산길에서 말고삐에 목을 졸려 죽었다.

"입을 다물고 있으면 보신(保身)이 될 줄 알았어? 내편이 아니면 적이다."

태자태사(太子太師)로 있던 우지녕이 하직인사를 드리겠다는 것을 딱 잘라 거절한 무후는 혼자 중얼거렸다.

5월.

어떻게 하면 장손무기를 땅속으로 보내느냐. 아직도 밤마다 귀신 때문에 잠을 이루지 못하는 판이라 글자 그대로 밤낮 머리는 그 생각뿐인데, 신라에서 사신이 온 것까지는 좋았으나 난데없이 백제를 칠 테니 고구려를 움직이지 못하게 해달라고 나왔다. 이건 정말 남의 속도 모르는 친구들이로구나.

"중전의 생각은 어때?"

황제는 이불 밑에서 의견을 물었다.

"제 코가 석 잔데 남의 나라 걱정하게 됐어요? 어떤 시러뱅이가 와서 그런 소릴 해요?"

"중전도 알지? 김인문이라고 연전에 여기 와서 4, 5년 있었잖았어?"

"김춘추의 아들 말이에요?"

"맞아, 바로 그치가 왔어."

"그래요?"

감업사에서 머리를 깎고 중노릇을 할 때 김춘추의 아들이 왔다는 소문은 들었으나 얼굴을 본 일은 없었고, 그 아버지의 잘생겼던 얼굴을 잠깐 머리에 그렸을 뿐이었다.

다음해에 다시 궁중에 들어오니 아들도 아버지처럼 잘생겼다고 일러주는 늙은 나인이 있었다. 하늘 아래 제일가는 얼굴은 임금이 되어 신라에 앉아 있다니 다시 볼 길이 없고 비슷하다는 그 아들이라도 보고 싶은 충동에 황제를 구슬렸었다.

"멀리서 온 사신들을 잘 대접해야 하지 않을까요?"

"그건 그래."

"돌아가신 태종께서는 신라에서 온 김춘추를 내전에 부르셔서 친히 술을 나누셨는데요."

"나도 김인문을 불러볼까?"

"그때처럼 제가 옆에 모실게요."

"그래, 그게 좋겠군."

황제는 간단히 말려들었다.

그때 스물네 살의 김인문은 듣던 대로 그의 아버지와 비슷했다. 맑은 눈이며 웃는 모습이며 무게 있는 몸가짐이며, 하나하나 뜯어보았다. 중국말도 제법이었다. 황제와 그가 바꿔 태어났으면, 생각하다가 혼자 얼굴이 붉어지기까지 했다.

그 김인문이 또 왔다는 것이다.

"그래 뭐라고 했어요?"

"대신들더러 의논해 보라고 했지, 아직 대답은 안 했어."

"백제는 어떤 형편이래요?"

"엉망이래. 혹 불면 날아갈 지경이 됐다는 거야."

"그러니 쳐서 먹겠다, 고구려가 방해를 못하도록 눌러 달라, 이건가요? 말하자면 다리가 부러진 산돼지를 혼자 먹을 터이니 너는 먹지는 말고 파수를 서라, 이거 아니에요?"

"선제(先帝) 때 약속이 있대. 고구려와 백제가 망하는 날 압록강 이남은 그들의 차지로 말이야."

"그건 저도 그 자리에서 들었어요. 허지마는 그건 두 나라가 다 망한 때 얘기가 아니에요?"

"하긴 그렇지."

"약속이라는 것도 우스운 거지요. 고양이와 쥐가 의좋게 살기로 약속했다고 해요. 그 약속이 지켜질까요? 그게 천리(天理)예요."

무후는 스스로 생각해도 이 몇 해 동안 많이 변했다. 예전 같으면 김춘추의 신라에 이익이 되는 말 한마디쯤은 했을 것이다. 그러나 이제 호감(好感)은 호감이고 이해(利害)는 이해라는 선을 냉정하게 그을 마음의 자세가 되어 있었다.

"그럼 신라의 청은 거절하는 걸로 하지."

"그러세요. 하나 이로울 것도 없는 데다 집안형편이 이 꼴 아니에요?"

"중전의 판단이 옳아."

무후의 머리에서는 신라도 백제도 사라지고 또다시 장손무기로 가득했다.

5월도 사람을 내쫓고 귀양 보내고 목을 조르는 데 지새웠다. (무기의 족제 장손전은 몽둥이로 때려죽이고, 전의 사위 조지만은 목을 잘랐다.)

6월 한 달 동안 갈고 닦은 계책은 완전무결했다. 조정의 입 가진 자들은 다 장손무기를 흉악한 역적으로 몰아붙이고 그대로 살려둔다는 것은 말이 안 된다고 떠들어 댔다. 하루에 한 번은 장손무기의 욕을 듣고 밤에 침전에 돌아오면 무후가 또 속삭이는 바람에 황제도 머리가 돌았다. 여태까지는 역적 같기도 했지마는 설마, 하는 생각이 마음 한구석에 남아 있었다. 그러던 것이 지난 일을 가만히 돌이켜 보면 의심 가는 대목이 한두 가지가 아니었다.

허수아비 황제 165

왜 똑똑한 무후를 마다하고 멍청한 왕(王) 황후를 두둔했느냐? 내 옆에 똑똑한 사람을 붙이지 않고 틈을 보아 나를 내쫓으려던 것이 분명하다. 왕황후가 없어진 뒤에 말수가 적어진 것도 이상했다. 음흉한 역모를 꾸미느라고 그런 것이지 … 그자가 마음만 먹으면 지금이라도 능히 내 자리를 뺏을 수 있고, 틈만 엿보고 있는 것이 아닐까? 그는 조바심마저 들었다.

"그냥 둘 수 없지."

7월에 들어 황제도 입버릇처럼 뇌까리기 시작했다.

"장손무기가 그렇게 무서워요? 내가 장손무기 따위를 무서워할 사람이야?"

황제는 큰소리를 쳤다.

"그럼 왜 벼르기만 하지요? 생각할 게 있나요? 뿌리를 빼야지요. 대신들을 시켜 다시 조사해서 조처를 하면 되잖아요?"

"누가 좋을까?"

"이세적은 녹만 먹여요? 이런 때 나서야지요."

"그렇지, 역시 중전은 머리가 좋아."

즉시 이세적을 좌상(座上)으로 허경종 신무장(辛茂將: 대리경 겸 시중) 임아상(任雅相: 병부상서) 노승경(盧承慶: 도지상서)의 네 사람에게 장손무기의 역모를 다시 조사하라는 영이 내렸다.

조사할 것도 없었다. 이미 허경종이 시키는 대로 신무장이 여러 달 동안 세밀히 기록한 그들의 죄상은 두툼한 책자가 되어 있었다. 네 사람이 이마를 맞대고 단 하나 의논한 것은 언제 이 책자를 어전에 바치느냐 하는 시일문제뿐이었다. 직접 꾸며온 허경종과 신무장은 당장 바치자커니, 임아상과 노승경은 며칠 두고 뜸을 들이자커니, 별것도 아닌 것을 가지고 입씨름을 했다.

"가감할 게 없는 바에야 일부러 시일을 천연하는 건 기군(欺君)

이라는 평을 듣기 십상이오."

이세적의 한마디에 허경종은 어깨를 으쓱했다. 네 사람은 밤중에 궁중 내전에 들어가 어전에 엎드렸다.

"대리시에서 조사한 문건을 자세히 살피건대 저들의 역모는 천일(天日) 같이 숨길 수 없습니다."

황제는 주먹으로 가슴을 쳤다.

"이 역적들을 … 배은망덕도 유분수지. 쇠사슬에 묶어 장안까지 끌고 올 것도 없소. 삼족을 적몰(籍沒)하고 근친은 모조리 영남에 쫓아 노비를 만들고 … ."

황제는 숨을 허덕이고 무후(武后)는 들으라는 듯이 크게 한숨을 내질렀다.

"장손무기는 어떻게 하오리까?"

황제는 주춤했다. 장손무기는 여전히 걸리는 모양이었다.

"내 이 골치가 아파서 … 중전 생각은 어떻소?"

한참이나 멍하니 앉았던 황제는 무후에게 얼굴을 돌렸다.

"아녀자가 무얼 알겠사옵니까."

정숙하게 나왔다. 황제는 입을 벌리고 허경종이 무릎걸음으로 몇 치 앞으로 나왔다.

"국가대사이온데 중전마마께서옵서도 … ."

무후는 그를 가로막았다.

"중서령 말도 마시오. 국가대사에 아녀자가 끼어드는 법이 아니오."

황제는 두리번거리다가 다시 입을 열었다.

"그럼 이렇게 합시다. 중서령은 검주에 사람을 보내서 본인을 앞에 놓고 다시 조사하도록 하오."

허경종은 무후의 반박이 나올까 기다렸으나 아무 기척도 없었다.

"성지대로 거행하겠습니다."

그는 내키지 않는 대답을 했다.

다른 세 사람과 함께 물러나와 갈림길에서 헤어져 골목에 들어서는데 낯익은 대궐 나인이 앞을 막아섰다.

"기다리고 있었습니다. 중전마마께서 드시랍니다."

"지금 막 뵙고 왔는데."

"저도 지금 막 대감을 앞질러 왔습니다."

일을 서투르게 했다고 욕을 퍼붓는 것은 아닐까? 이래서 욕은 일하는 사람이 먹게 마련이라니까. 그는 속으로 투덜거리며 나인의 뒤를 따랐다. 대궐문을 들어서 달이 비친 마당을 가로지르는데 나무 밑 어둠 속에 지켜 섰던 무후가 달을 등지고 나섰다.

"수고가 많소."

부드럽게 속삭였다.

"황공합니다."

"검주에는 원공유(袁公瑜)를 보내오."

무후는 더욱 목소리를 낮추어 몇 마디 속삭이고 전각 그늘로 사라졌다.

그러면 그렇지. 허경종은 빠른 걸음으로 대궐 문을 나섰다.

육척 거구의 중서사인(中書舍人) 원공유는 힘깨나 쓰는 병정들을 거느리고 밤낮으로 말을 달려 열흘 만에 검주에 당도했다. 이렇게 신바람이 날 수 없었다. 이제 대공(大功)의 마무리를 지을 날이 온 것이다.

당초부터 무후를 지지해 왔다. 그가 소의(昭儀) 때에 황후가 되네 안 되네, 말썽이 한창일 때는 마침 어사중승(御史中丞)으로 소문도 염탐하고 못된 놈을 조지는 자리에 있었다. 드러내 놓고 무후 편에 섰고 그의 어머니 양씨를 무시로 찾아가 반대파의 동태를 제때에 귀띔해 주었다. 얘기는 곧바로 무소의의 귀에 들어가서 못된 놈들은 즉시

벌을 받아 오금을 펴지 못했고, 지금까지도 궂은일은 도맡아 해왔다. 무소의가 황후까지 된 이면에는 적어도 내 공이 십분의 일을 넘으면 넘었지 덜 되지는 않을 것이다. 이 큰일에 특히 나를 지명했지? 이건 사람을 알아주는구나.

글줄이나 흥얼거리는 것으로 출세해 보겠다는 인간치고 변변한 것을 보지 못했다. 요는 큼직한 싸움에 끼어들되 이기는 편에 서는 것이다.

콱 막힌 애들이 장손무기가 있는 한 무소의는 아무리 영악해도 황후가 못 된다고 입을 나불거렸다. 약삭빠른 듯하면서도 한치 앞을 못 내다보는 것이 선비라는 족속들이다.

황제가 등신이라 장손무기한테는 꼼짝 못한다는 것이었다. 황제가 등신이니까 도리어 일이 된다는 사리를 깨닫지 못하는 맹물이들이었다. 등신은 껍데기 황제요 알맹이 황제는 무조(武照: 무후의 이름)인데 그 영악한 알맹이 황제가 장손무기를 못 당한다는 것은 말도 안 되는 소리였다.

큰 싸움 중에서도 희한한 싸움에 끼어들어 이기는 편에 섰고, 이제 마지막으로 적장(敵將)의 목을 따러 가는 길이다. 생각해도 앞날은 탄탄대로였다.

시골치고는 꽤 큰 집이었다.

"무슨 일이냐?"

대문을 들어서자 나무 그늘에 삿자리를 깔고 앉아 부채를 놀리던 장손무기는 양미간을 찌푸렸다. 먼 길을 어떻게 왔느냐는 인사 한 마디 없이 이건 또 뭐냐? 방이고 부엌이고 모가지를 내밀고 바라보는 인간이 수두룩한 판국에 원공유는 바싹 다가서 삿대질을 했다.

"네 대가리를 가지러 왔다."

"이놈―, 이 무엄한 놈!"

장손무기의 입에서 침이 튀었다.

"무엄하다, 어쩔 테야?"

장손무기는 입술을 떨고 말을 못했다. 원공유는 부엌에 들어가 부지깽이를 들고 나와 방이고 마루고 마구 두드리고 돌아갔다.

"이 연놈들 다 꺼져라."

멍청하니 보고만 있던 군상은 기겁해서 대문으로 몰려나갔다.

"너희들두 밖에 나가 있어라!"

그는 따라온 병정들도 내쫓고 대문을 닫아걸었다.

"너 큰소리를 쳤지?"

원공유는 다가앉아 주먹으로 턱을 올려 질렀다.

장손무기는 묘한 외마디 소리를 지르고 눈을 감아 버렸다.

"너는 자살하기루 돼 있다. 못 들었니? 네 손으루 저 나무에 모가지를 매고 뒈지라 이 말이다."

역시 눈을 뜨지 않았다.

"유석이와 한원이는 개처럼 몽둥이루 때려죽이기루 돼 있다. 지금쯤 아마 우거지상을 하구 죽어 자빠졌을걸."

"그거 어명이냐?"

장손무기가 눈을 뜨고 물었다.

"그럼 어명이지."

장손무기는 흰 눈으로 그를 노려보다가 하늘을 쳐다보았다.

"그러니 자살은 얼마나 극진한 우대냐. 이걸 알아야지."

"그것두 어명이냐?"

"죽는 사람 속일 수는 없지. 어명은 아니다. 짐작이 가지 않니? 중전마마께옵서 너는 자살한 걸루 돼야 만사 편리하시겠단다."

원공유는 나무에 올라 허리에 찼던 오랏줄을 끌러 큰 가지에 늘어뜨리고 내려왔다.

"일어서!"

장손무기는 또 눈을 감고 움직이지 않았다.
 원공유가 차는 발길에 장손무기는 나동그라졌다가 일어서 중얼거렸다.
 "참, 더러워서…."
 그는 늘어진 밧줄로 다가갔다.
 "가만있자, 깜박 잊었구나. 유언이라는 걸 받아오라구 했는데, 너 할 말이 있으면 씨부려 봐."
 "나는 이렇게 죽어 마땅하다구 전해라."
 "역모를 꾸몄으니까. 그렇지?"
 "그따위 잡소리는 아는 바 없구, 내가 우겨서 그런 병신을 용상에 앉혔으니 천벌이 내린 거지."
 원공유는 그의 멱살을 잡고 주먹으로 눈통을 쥐어박았다.
 "빨리 올라가!"
 늙은 장손무기는 아름드리나무에 손을 댔으나 올라갈 엄두를 못 냈다. 원공유는 울타리 밑에 누워 있는 사다리를 들어다 나무에 기대 세웠다.
 "이제 올라가 보실까?"
 나무를 쳐다보고 길게 한숨을 내쉬는 장손무기의 엉덩이를 한 대 찼다. 장손무기는 비틀거리다가 사다리를 잡고 천천히 올라갔.
 손을 내밀어 줄 끝의 코를 잡자마자 머리를 들이밀고 허공으로 몸을 날렸다. 희미한 신음소리가 들린 것 같기도 하고 안 들린 것 같지도 했다. 사지를 허우적거리고 허공을 뱅글뱅글 도는 모습은 강아지를 매달 때와 다른 것이 하나도 없었다.
 원공유는 그가 앉았던 삿자리에 모로 누워 한 손으로 머리를 고이고 오래도록 지켜보았다.
 8월. 큰일을 치르고 나면 찌꺼기가 남게 마련이었다. 별것들은 못

되지마는 그냥 두어서는 심지가 개운치 않았기에 비질을 했다. 장손 씨와 유(柳) 씨 성을 가진 사람으로 죽은 자들과 촌수가 있는 인간들은 모조리 아득한 변방으로 내쫓았다. 지정된 장소를 벗어나는 날은 죽는 날이라고 단단히 협박해서 혼을 잡아 빼는 것도 잊지 않았다.

이제 하늘 아래 거칠 인간은 깡그리 없어졌고 천하는 내 천하라, 남은 것은 앉으라면 앉고, 서라면 서는, 황제라는 칭호를 가진 등신을 굴리는 일뿐이었다.

"글쎄 … 두고 봅시다."

김인문은 지난 5월 장안에 당도해서 황제를 만났을 때 이런 대답을 받고 석 달을 기다렸으나 더 이상 기별이 없었다.

차츰 내막을 알고 보니 치맛바람에 지저분한 살육전이 벌어지고 통틀려먹었다.

"개판입니다. 돌아가십시다."

데리고 온 사람들은 돌아가자고 졸랐다. 똑 찍어서 안 되겠다고 한다면 돌아갈밖에 없었으나 이것도 저것도 아닌지라 일이 난감했다.

당나라에서는 무후(武后)를 움직이지 않고는 되는 일이 없다고 일러주는 사람도 있었다. 전에 왔을 때 내전에서 황제와 함께 저녁을 한 일이 있는 그 여자가 바로 황후, 통칭 무후라는 것이다. 잘생기고 영리하다고 생각했으나 알고 보니 전력이 향기롭지 못한 계집이라는 바람에 정나미가 떨어졌다. 그를 움직일 재간도 없고 마음도 내키지 않았다.

돌아가는 형세를 보니 도무지 일이 될 것 같지 않았다. 본국에 사람을 보내 어수선한 당나라의 내막을 소상히 알리고 그 도움을 얻는 일은 단념하는 게 좋겠다고 해두었다.

부왕(父王)으로부터는 짤막한 문안편지가 왔을 뿐 가타부타 말이 없고 김유신으로부터 긴 편지가 왔다. 당나라가 아무리 형편없다 하더라도 지금 우리가 필요한 것은 그 힘이 아니라 당(唐)이라는 이름이라는 것이다. 또 일이라는 것은 그렇게 단순한 것이 아닌즉 생각지도 않은 국면이 벌어질 수도 있으니 저쪽에서 가부간에 대답을 할 때까지 기다려 보라고 했다. 중국 사람만 천천한 줄 알았더니 김유신 영감도 꽤 천천하다.

가을바람이 제법 서늘해졌어도 저들끼리 팔뚝질하고 이쪽은 통 아랑곳하지 않았다. 이런 판국에 누구를 붙잡고 독촉할 계제도 못되었다.

장안(長安) 사람들은 사내고 계집이고 말이 많았다. 화냥년이 나라를 거머쥐었다고 쑥덕거리더니 이제 나라를 망쳤다고 입방아를 찧는다는 것이다. 무후는 곰곰이 생각했다.

천하의 주둥아리들을 죄다 문지를 수는 없고 무슨 수를 써야 하는데 역시 전쟁밖에는 없었다.

"고구려는 잊었어요?"

"그래그래, 그놈을 들볶아 놔야지."

황제는 맞장구를 쳤다.

"당장 군사를 보내세요."

"곧 추워질 텐데."

"추우면 안 되나요?"

"그렇지, 병사(兵事)에 춥고 덥고가 없지, 누가 좋을까?"

"설인귀가 좋지 않아요? 고구려 놈과 싸운 경험도 많고. 몇 만 명 보내서 떠들썩하게 해요."

"당장 몇 만 명이 어디 있어?"

"모으면 되잖아요?"

고구려만 생각했으나 이번에는 좀더 크게 벌려 동에 번쩍 서에 번

쩍해 보자는 생각이 머리를 스쳤다.
"돌궐(突厥)은 가만둬요?"
"혼내야지. 누구를 보낼까?"
"소정방이 어때요?"
"좋지."

윤 10월.
요사스러운 백성들이 도망치는 바람에 겨우 2만 명을 모아 설인귀와 소정방에게 반씩 갈라 주어 떠나보냈다. 떠들썩하기는 다 틀렸다.
전보다 더욱 밤잠을 잘 수 없었다. 머리를 풀어 헤친 왕(王)가, 소(蕭)가 두 계집의 귀신에다 허공에서 뱅글뱅글 돌아가는 장손무기의 귀신까지 설치는 바람에 눈만 붙이면 식은땀이 흐르고 고함을 지르기 십상이었다.
동도(東都)로 가야 살겠다. 서둘러 동도로 떠나는 날 아침 허경종이 내전에 문안을 들어왔다.
"잘하시는 일입니다. 큰일을 치르셨으니 동도에 가셔서 푹 쉬시는 게 얼마나 좋으십니까?"
황제는 무작정 고개를 아래위로 흔들었다.
"푹 쉬기는 하겠는데 나라의 정사(政事)가 걱정이란 말이오."
무후가 핏발이 선 눈을 비볐다.
"좋은 수가 있습니다."
허경종은 코를 벌름거렸다.
"무슨 순데?"
무후는 손등을 눈에서 떼지 않았다.
"영특하신 태자가 계시온데 쉬시는 농안 감국(監國)으로 임명하시고 만사 잊으시는 게 좋겠습니다."

"일곱 살짜리 감국이라…."

황제는 시답잖은 얼굴을 하다가 말꼬리를 흐리고 무후의 눈치를 살폈다.

"일곱 살이라고 감국을 하지 말라는 법이 어디 있어요?"

무후의 한마디에 황제는 수그러들고 허경종이 엄숙히 머리를 조아렸다.

"태자께서는 중전마마의, 아, 그리고 폐하의 혈통을 이어받으신지라 일곱 살이라도 범인의 20세 이상이십니다."

"태자를 감국으로 하지."

황제는 단을 내렸다.

"그런데, 폐하. 신라의 사신은 어떻게 하는 것이 좋겠습니까?"

"신라 사신이라니?"

"반년 전에 온 김인문이 말입니다."

"그 사람이 아직 장안에 있소? 왜 돌려보내지 않고?"

"조명(詔命)이 없으시길래 그만…."

"내 못한다고 거절하지 않았던가?"

"가만."

무후가 끼어들었다.

"쉬면서 심심풀이로 신라 얘기를 듣는 것도 좋잖아요?"

"그것도 좋겠구만."

황제는 고개를 끄덕였다.

"그럼 중서령, 김인문도 동도에 함께 가도록 해요."

허경종은 깊숙이 머리를 숙이고 일어섰다.

조반을 마친 김인문은 할 일 없이 텅 빈 객사(客舍)의 마루에서 바람에 허우적거리는 나뭇가지를 바라보다가 먼 산에 눈을 던졌다. 봉

우리에는 흰 눈이 덮이고 허공에는 가랑잎이 흩날리고 있었다. 이 장안에서 겨울까지 지내게 되었구나.
　말굽소리가 대문 앞에서 멎고 중서성(中書省) 관원이 들어섰다.
　"장군, 폐하께서 태자를 감국으로 남기시고 동도로 가신다는 소식은 들으셨지요?"(김인문은 전번에 당을 방문했을 때 고종으로부터 좌령군위장군의 벼슬을 받았다.)
　"알고 있소."
　중국 애들, 갈수록 희한하게 논다고 바로 보지 않던 터이라 무뚝뚝한 대답이 나왔다.
　"장군께서도 동행하시랍니다. 말을 한 필 끌고 왔으니 지금 곧 함께 떠나셔야 합니다."
　관원은 정중하게 손을 비볐으나 비위가 상했다. 좋고 궂고 간에 움직임이 있다는 것만도 반가웠다. 거지보따리 싸는 것도 아니고, 바람 쏘이러 몰려나간 동행들의 일도 마음에 걸렸으나 구차해서 입 밖에 내지 않았다. 이러나저러나 요즘 당나라 사람들이 하는 일치고 한가락 빠지지 않은 것이 없었다.
　관원을 따라 말을 달렸으나 대궐에 당도하니 노부의 선두는 깃발을 날리며 승천문(承天門: 대극궁의 정문)을 나와 동으로 꾸부러지고 있었다. 황제에게 인사라도 드려야겠다고 말고삐를 잡고 문 옆에 서서 기다렸으나 두꺼운 가죽을 두른 마차는 그대로 지나치고 얼굴조차 볼 수 없었다.
　말을 타고 뒤를 따르던 행렬 중에서 허경종이 빠져나와 거무데데한 얼굴에 흰 수염을 쓰다듬었다.
　"전갈이 늦어 미안하오."
　전에 왔을 때는 예부상서였기 때문에 자주 접촉이 있었으나 이번에 와보니 중서령으로 올라 세도가 당당했다. 처음 왔을 때 교의에 반이나 누운 자세로 인사도 받는 둥 마는 둥 했을 뿐 그 후로는 만날 기회도 없었다.

그러던 허경종이 이렇게 나오는 데는 곡절이 있음직했다. 그것도 황실에서 무슨 움직임이 있지 않고는 손 하나 까딱할 허경종이 아니고 보니 황실에서 무슨 말이 있는 것이 어김없었다.

"천천히 가면서 얘기라도 합시다."

그들은 행렬 뒤에 붙었다.

내년이면 70이라는 허경종은 남다른 기억력을 가졌고 말도 잘했다. 삼황오제로부터 작금에 이르기까지 중국의 옛 얘기가 술술 나오고 장소에서 날짜까지 틀리는 일이 없었다. 김인문은 행실과 재주가 상반되는 이 인물에 정은 가지 않았으나 얘기에는 흥미 있게 귀를 기울였다.

"우리 중전마마를 잘 아시오?"

그는 난데없이 이렇게 물었다.

"예전에 한 번 뵌 일밖에 없는데요."

"예전이라면 언제 일이오?"

따지기를 좋아하는 인간이다.

"7, 8년 전 일이지요."

허경종은 입을 다물고 궁리하는 눈치였다.

"대감."

뒤에서 말을 달려오던 관원이 옆에 와서 말고삐를 틀었다. 두 사람은 멈춰 섰다.

"감국께서 마구 울어 대시는데 난감합니다."

"뭐라고 했지?"

"태자, 아니 감국께서 중전마마한테 가신다고 발을 동동 구르십니다. 이대로는 도저히 감당할 길이 없습니다."

"두 분께 여쭈어 봐야지."

허경종은 말을 달려 앞으로 나가고 김인문은 그대로 행렬의 뒤에 붙었다.

50리를 가서 저녁을 마치고 잠자리에 들려는데 바깥에서 횃불이 오락가락하고 왁자지껄 떠들어 댔다.

"난 엄마한테 갈 테야."

보채는 어린애의 목소리에 이어 굵직한 사나이의 음성이 들렸다.

"여기 계시다니까요."

김인문은 이불을 뒤집어썼다. 치맛바람에 초까지 치는구나.

폭풍 전야

　11월. 귀신보다 모진 것이 쑥덕공론이었다. 잠결에 나대던 귀신들도 여러 백리 떨어진 동도(東都)에 오니 뜸해지고 간혹 나타나도 장안(長安)에서처럼 극성스럽지 못하고 희미했다. 무엇보다 잠을 잘 수 있어 머리가 가벼웠다.
　그러나 쑥덕공론은 끈덕지게 쫓아와 한층 더 기승을 부렸다. 나라를 망친 화냥년이 남의 자식들을 잡는다고 종알댄다는 것이다.
　그뿐이 아니었다. 누가 퍼뜨렸는지는 몰라도 자기 속을 들여다보기나 한 듯이 맹랑한 소리가 돌아다닌다는 소식도 들어왔다. 전쟁이 아니라 미친년이 춤추듯 화냥년의 지랄이라는 것이다.
　화냥년의 행적을 더듬어 보면 나타나듯이 못된 수작을 꾸미는 전후에는 어김없이 전쟁이라는 지랄을 부린다고도 했다. 연전에 왕(王)씨를 깔고 앉아 황후의 자리를 뺏을 때도 정명진(程名振)과 소정방(蘇定方)을 고구려 연변에 보내서 미친 춤을 추게 하더니 이번에 또 설인귀를 보내고 덤으로 소정방까지 서남으로 떠났다. 전쟁이라면 하다못해 황소 한 마리라도 소득이 있어야 할 터인데 소득이 무엇이냐. 이건 순전히 백성들의 혼을 빼서 못된 수작을 얼버무리려는 년의 지랄이다. 이 지랄에 귀한 자식의 피를 왜 흘린단 말이냐, 이런다는 것이다.

설인귀는 고구려 땅에 깊숙이 들어가 횡산(橫山)에서 온사문(溫沙門)이라는 장수를 격파했노라 보고가 왔고, 정주〔庭州: 신강성(新疆省)의 우루무치 동방〕에 간 소정방은 돌궐 잔당을 조졌다고 알려왔다. 전국 방방곡곡에 방을 써 내붙이고 잔치도 베풀었으나 백성들은 또 미친년의 춤이라고 입을 비쭉거린다는 소문이다.

무후(武后)는 괘씸하면서도 생각이 없을 수 없었다. 미친 지랄이 아닌, 무엇인가 해서 깜짝 놀라게 하지 않고는 안 될 계제에 이른 느낌이었다.

허경종을 불러 의논했더니 백성들이 만곡(萬斛)의 눈물을 흘리고 감읍(感泣)하도록 근사한 조서(詔書)를 내리면 된다고 했다. 글을 잘 한다는 학자들은 한결같이 공맹지학(孔孟之學)을 널리 권장해서 군신지도(君臣之道)를 가르치면 된다고 했다. 시러배 자식들이다.

이세적을 불렀다.

"사공(司空), 흩어진 민심을 한데 묶을 묘안은 없겠소?"

"크게 전쟁을 해서 이기는 이상으로 좋은 묘안은 없습지요."

늙어서도 말이 통하는 사나이였다. (이세적은 이 해에 66세)

"큰 전쟁이라면 고구려와 싸우는 건데 되겠소?"

"당장은 어렵지 않겠습니까? 이주(夷州: 대만)는 손권(孫權)이 한때 출병(出兵)했을 뿐 여태 우리 중국의 황화(皇化)가 미치지 못하는 고장이 아니오? 이걸 쳐서 완전히 손아귀에 넣는다면 이야말로 경천 동지(驚天動地)할 일이 아니겠소?"

옆에 앉은 황제가 아는 체를 했다. 서른두 살이 되었어도 여전히 오리무중(五里霧中)을 면치 못한 사나이였다. 한줌도 못되는 토인들밖에 없다는 이 섬에 올라갔다고 무엇이 대수로울 게 있고, 거창하게 경천동지가 다 뭐냐.

"생각해볼 일입니다."

장손무기가 죽은 후 나라의 으뜸가는 이 노인은 이렇게도 저렇게도 들릴 대답을 하고 입을 다물었다.

"해볼 만한 일이오."

황제는 눈치 없이 또 한마디 했다. 그보다 한 살 아래라는 김인문이 천 배는 낫겠다. 동도에 와서 한 번 불러다가 저녁을 대접하고 신라 얘기도 듣고 곁들여 고구려 백제 얘기도 들었다. 근사한 남자는 옆에 앉아 바라보는 것만으로도 그만한 가치가 있었다. 그런데 남편 되는 황제라는 이 사나이는 왜 이다지도 칠칠치 못할까.

"백제는 어떻겠소?"

이세적의 앞이라 면박을 줄 수는 없고 슬그머니 말머리를 돌렸더니 황제는 중얼거렸다.

"고구려라면 더욱 빛이 날 터인데."

이세적은 신중한 태도로 말문을 열었다.

"누대(累代)로 우리 중국의 가장 큰 문제는 고구려였고 따라서 사상(史上) 공전(空前)의 큰 전쟁도 여러 번 치렀습니다마는 한 번도 성공하지 못했습니다. 신이 선제(先帝)를 모시고 고구려 정벌에 나섰다가 크게 패하고 돌아온 지 만 11년이 됩니다. 그때만 해도 실정을 모르고 고구려 정벌을 주창해서 그런 결과를 가져왔으니 지금 생각해도 선제께 황공하기 그지없습니다. 결국 고구려는 병서(兵書)에서 말하는 불패지지(不敗之地)에 서 있습니다."

"안 된다는 얘기로구만."

"불패지지에 서 있는 만큼 아까도 말씀드린 바와 같이 당장은 어렵습니다. 그러나 이 10여 년 동안 곰곰이 생각한 일입니다마는 우리는 근본부터 계책을 바꿀 필요가 있겠습니다. 불패지지에 서 있는 적을 무턱대고 정면으로 공격해야 소용없으니 병법(兵法)에 있는 대로 약한 대목을 쳐서 지보(地步)를 굳히고 한 걸음 한 걸음 먹어 들어가 불패지지를 가패지지(可敗之地)로 만들어 버리는 것입니다.”

황제는 갈피를 잡지 못하는 듯 눈알을 굴렸으나 무후는 머리가 빨리 돌아갔다.

“백제부터 치자는 말씀이군요.”

“중전마마의 명민(明敏) 하심에는 그저 놀랄 뿐입니다. 바로 백제입니다. 요동에서 평양은 아득합니다마는 백제의 북경(北境)에서 평양은 지척입니다.”

“듣고 보니 과연 그렇구만.”

황제는 입이 헤벌어졌다.

“그러니 고구려를 치기 위해서는 우선 백제를 치시는 게 좋을 듯합니다.”

“그 나라가 결딴났다고는 하지마는 먼 바다를 건너가서 승산이 있겠소? 특히 파도가 심한 바다를 건너 무기니 식량을 제때에 나르지 못하면 낭패가 아니겠소?”

무후는 역시 명석한 질문을 했다.

“지당하신 말씀이십니다. 그러나 백제는 저 모양이 돼 있으니 불과 수일 안에 결판이 날 것인즉 그 염려는 없습니다.”

“신라의 김인문은 백제까지 와달라고는 안 하고 북방에서 소란을 피워 고구려만 움직이지 못하게 해달라는데 어떻게 생각하오?”

“북방에서 소란도 피우고 백제에도 가서 눌러앉아야 합니다. 백제까지 올 건 없다는 것은 피는 같이 흘리고 재미는 혼자 보겠다는 것입니다. 더구나 백제는 곡창(穀倉)입니다. 이 곡창에 느긋이 눌러앉아 고구려의 턱밑에 창을 겨누고 늘어붙는 것입니다."

"그렇게도 생각되누만."

"경우에 따라서는 신라까지 밀어붙여야 합니다."

무후는 고개를 끄덕이고 황제를 돌아보았다.

"폐하, 우선 백제를 치기로 단을 내리시지요."

"사공의 말을 들으니 구구절절이 옳아. 암, 치고말고."

"천하에 영을 내리셔서 적어도 30만 대군을 모으도록 하심이 좋겠습니다."

"아—니, 그 허약한 백제를 치는데 30만 대군이오?"

"고구려의 발을 묶기 위해서는 고구려 백제를 한꺼번에 치는 형국으로 백제에도 대군을 보내고 북방에도 대군을 움직여야 합니다."

"사공의 말씀이 옳지 않아요?"

무후는 두 사람을 번갈아 보았다.

"그럼 그렇게 하지."

"전장에는 기편(欺騙) 양동(陽動)이 필요합니다. 백제를 치는 일은 끝까지 숨기고 겉으로는 고구려를 치는 것으로 하지요. 고구려는 북방에 주력할 것이고 백제는 방심할 것입니다. 그래놓고 불시에 백제를 치면 방심했던 터에 쉽사리 넘어갈 것이고 고구려는 남쪽에 군사를 돌릴 겨를이 없을 것입니다."

"옳아, 사공은 제갈량(諸葛亮)을 찜쩔 군사(軍師)요."

황제는 입이 벌어졌다.

"폐하, 김인문에게도 알려야 하잖아요?"

무후의 제의에 황제는 이마를 찌푸렸다.

"그 사람 우리더러 백제까지 올 것이 없다고 한다면서?"

"사공이 만나서 적당히 얘기하면 되지 않을까요?"

"그럼 모든 것을 맡길 테니 사공이 알아서 처리해 주시오."

이세적은 머리를 조아리고 일어섰다.

김인문은 전에 왔을 때도 이세적을 만난 일이 있고, 이번 길에도 장안에서 동행 전원이 그의 초대를 받아 저녁을 대접받은 일이 있었다. 그러나 구렁이 같은 것이 정사(政事)나 군사에 대해서는 통 말이 없는 사나이였다.

그 이세적이 또 저녁 초대를 했다. 식사하는 자리에는 아들딸에 손자들까지 나와 환대를 했으나 역시 허물없는 얘기들뿐이었다. 그러나 식사를 마치고 단둘이 마주 앉자 이세적은 단도직입으로 나왔다.

"백제를 칩시다."

"조정에서 그렇게 정하셨나요?"

"정했소. 내일 천하에 영을 내려 군사를 모집할 것이오."

김인문은 가망이 없는 것으로 치부하고 있던 자기의 사명이 성공했다고 생각하니 저절로 한숨이 나왔으나 다음 순간 이세적은 염려하던 얘기를 꺼냈다.

"백제에는 우리 군사를 얼마나 돌리면 되겠소?"

김인문은 단호하게 대답했다.

"백제에는 필요 없습니다."

못 들었을 까닭이 없는 이세적은 의외라는 얼굴을 했다.

"고구려 군대만 북방에 묶어 주시면 신라의 힘만으로 백제를 요리할 수 있습니다."

김인문은 빤히 들여다보는 속을 감출 필요가 없었다.

"당나라 군대가 백제 땅에서 피를 흘리면 그냥 물러서지 않을 것이오. 욕심이 생겨 눌러앉으면 좋던 두 나라 사이가 벌어지지 않겠습니까?"

"허허…."

이세적은 웃었으나 김인문은 웃지 않았다.

"작은 신라로서는 백제 땅이 필요할 것이오. 그러나 대당(大唐)이 그런 손바닥만 한 땅을 무엇에 쓰겠소."

김인문은 기회를 놓치지 않고 반문했다.

"그것은 황제 폐하의 뜻인가요?"

"우리 폐하께서는 하해같이 넓고 넓으신 분이오. 허허 …."

"잘 알고 있습니다."

"그렇다면 무슨 걱정이오?"

"우리 힘으로 능히 할 수 있다는데 굳이 백제까지 동병(動兵)하시겠다는 뜻을 몰라 그럽니다."

"한 사람의 힘보다 두 사람의 힘이 크지 않소?"

"크니까 북방을 부탁하는 게 아니겠습니까?"

"우리 당나라의 힘은 막강해서 북방도 감당하고 백제 정벌에도 참여할 수 있다 이 말이외다."

"그러시다면 차제에 당나라는 고구려를 치고 신라는 백제를 치고 이렇게 분담하면 어떻소이까?"

"병(兵)에는 기(機)라는 것이 있는데 고구려를 치기에는 기가 성숙하지 않았소."

김인문은 이세적의 뱃속이 들여다보였다.

"아까 당나라는 손바닥만 한 백제 땅이 필요 없다고 하셨지요?"

"저고리 감도, 바지 감도 안 되는 게 백제 땅이거든요."

"그러시다면 백제가 평정된 연후에는 깨끗이 철병하시는 거지요? 그 점을 분명히 해주시오."

"출병이고 철병이고 병을 움직이는 건 조명(詔命)으로 하는 것인데 내가 뭐라겠소?"

"어전에 여쭈어서 분명히 해주시지요."

폭풍 전야 185

"그건 황공한 일이오."

본국에서도 생각한 일이지마는 이 구렁이 같은 당나라가 옆에 있는 것보다는 차라리 허약한 백제가 그대로 있는 것이 낫지 않을까. 김인문은 싸움터에서 늙은 이 하얀 노인을 바라보면서 곰곰이 생각했다. 그는 지금 아닌 체하면서도 백제에 대해서 침을 흘리고 있는 것이다. 그렇다고 신라와는 상관없이 백제를 치지 말라는 법도 없었다. 백제의 속사정을 알려준 것부터 잘못이 아닐까.

"그러면 일이 안 되겠군요."

"정 그러시다면 신라는 손을 떼시오. 우리 단독으로 하리다."

이세적은 천연스럽게 대답하고 찻잔을 들었다.

"역시 명필이군요."

김인문은 벽에 걸린 왕희지(王羲之) 글씨를 보고 딴전을 부렸다.

"본국에는 언제쯤 떠나실 작정이오?"

이세적은 지지 않았다.

"날씨만 좀 풀리면 떠나야지요."

김인문은 일어섰다.

온 당나라에 영이 내렸다. 새해에 30만 대군으로 해동(海東)을 친다고 고을마다 젊은 장정들은 관가에 가서 신고하고, 돈푼 있는 사람들은 힘깨나 쓰는 사람을 찾아다니며 아들을 빼돌릴 궁리에 바빴다. 모두들 고구려와 전쟁하는 줄 알고 공포의 분위기는 온 당나라를 휩쓸었다.

한때 융숭하던 당나라 관원들의 태도는 다시 냉랭해져서 식사를 대접하는 사람은 고사하고 누구 하나 만나자는 사람도 없었다.

김인문은 뒤따라 장안에서 당도한 동행들과 의논 끝에 반수만 남기고 반수는 본국으로 떠나보냈다. 무엇보다 당나라의 본심을 본국에 알릴 필요가 있었다. 섣달에 들어서자 김인문은 몇몇 관가를 찾아 하직 인사를 했다. 그러냐고 모두들 쌀쌀했고 문밖에 나오는 사람조차 없었다. 황제를 뵙겠다고 했으나 바쁘다는 핑계로 거절을 당하고 마지막으로 이세적을 찾았다.

"얼음이 풀리면 뱃길로 가시지그래."

이세적은 그렇게 말하면서도 말리는 눈치는 없었다.

누구 하나 얼굴을 내미는 사람이 없었다. 남은 일행과 함께 동도의 거리를 돌아다니면서 도중에서 먹을 양식도 사들이고 말도 구했다. 말을 달리다가도 발이 얼어붙은 듯하면 내려서 말과 함께 뛰었다. 부자가 인심이 좋다지마는 중국은 인심이 사나운 부자였다. 그들과 국경을 접한 고구려가 악착같이 덤비고 싸우는 것도 알 만한 일이었다.

빙판길은 더디어서 보름 만에야 내주(萊州)에 당도했다. 여기도 전쟁 얘기로 인심이 들떠서 도무지 배를 구할 수 없었다. 늙은 사공은 기력이 없다고 고개를 흔들고 젊은 사공은 내년이면 죽을 목숨이 돈을 벌어서 무얼 하느냐고 술로 세월을 보냈다. 관가에 부탁했더니 그런 심부름을 듣는 관가가 아니라고 등을 돌렸다.

생각 끝에 자그마한 돛배를 사들였다. 근오지(斤烏支: 경북 영일)에서 아슬라(阿瑟羅: 강원도 삼척)까지 여러 번 뱃길로 내왕한 일이 있었고 제 손으로 노를 젓기도 했다. 그는 서둘렀다.

동행과 함께 양식 부대를 메어다 배에 싣고 돛을 올리는데 중국 관원이 달려왔다.

"황제 폐하의 어명이십니다. 신라의 공자(公子)는 동도에 돌아오시랍니다."

알 수 없는 것은 중국 사람들의 마음이라 생각하면서 김인문은 잠자코 뭍으로 올라왔다. 이번에는 당나라 관원들의 호위 아래 역참(驛站)마다 말을 갈아타고 열흘 만에 동도에 되돌아왔다.

폭풍 전야 187

섣달그믐이라, 동도의 거리는 집집마다 초롱을 내걸고 추위에도 떠들썩하고 내왕하는 사람들로 붐볐다. 김인문은 관원이 인도하는 대로 내전에 들어갔다.

"내 대신들을 나무랐소."

절을 받은 황제는 동석한 무후(武后)에게 눈길을 보내고 말문을 열었다.

"내가 알았으면 이런 일이 없었을 것이오."

"나무라셔도 크게 나무라셨지요."

무후도 거들었다.

"황공하오이다."

김인문은 머리를 숙였다.

"모든 것이 신의 불찰입니다."

이세적도 한마디 했으나 김인문은 잠자코 있었다.

"지난 일은 어찌할 수 없고 … 설이나 지나면 폐하를 모시고 고향에 한번 다녀올까 하는데 신라 공자도 같이 가지 않겠소?"

저녁상이 들어오고 따끈한 술부터 한 잔씩 들고 나서 무후가 그의 접시에 육편을 집어놓고 말을 걸었다.

"영광입니다."

"어려서 고향을 떠난 후로 통 가볼 기회가 없어서."

무후의 말을 받아 이세적이 물었다.

"중전마마의 고향이 어디신지 아시오?"

"병주(幷州: 태원)라고 들었습니다."

"그렇지요. 병주 문수현이오…. 양위께서 납시면 이건 병주의 영광이요, 그 고장 백성들은 모두 감읍하여 마지않을 것입니다."

"산야에 꽃이 피는 고향을 다시 보는 것이 내 연래의 소원이오."

무후의 아름다운 얼굴이 소녀같이 빛났다.

병주는 산수가 좋아 인물이 태어나게 마련이라는 둥, 병주 사람은 넓은 중국에서도 가장 의리가 깊고 여자들은 한결같이 미인이라는 둥, 병주 칭송은 꼬리를 물었고 거기서 일어난 무(武) 씨는 천하 제일 가는 명문이라고도 했다.

가는 사람을 도로 부른 데는 연유가 있을 터인데 그런 내색은 없고 무후와 그 주변이 아름답고 잘났다는 강론만 끝없이 계속되었다. 김인문은 하품을 삼키고 듣는 수밖에 없었다.

"내일은 조하(朝賀)도 있고 신 등은 이제 물러가는 것이 좋을까 합니다."

이세적이 머리를 굽실하자 김인문도 따라 움직였다.

"가만, 아까 그 얘기 이 자리에서 하면 어떻소?"

무후가 일어서려는 이세적을 쳐다보았다.

"천천히 해도 괜찮을 듯싶어서 …"

이세적이 우물거리는 것을 보고 무후가 손짓을 했다.

"두 분 다 앉아요. 그만큼 뜸을 들였으면 됐지. 폐하, 안 그러세요?"

"고럼."

황제는 이세적을 건너다보고 맞장구를 쳤다. 김인문은 전부터 이 황제라는 사나이는 좀 모자란다고 생각해 왔으나 이 순간 입을 헤벌리고 맞장구를 치는 품은 서푼짜리도 되어 보이지 않았다.

"송구스럽습니다."

이세적은 머리를 긁적거리고 무후는 황제에게 눈짓을 했다.

"응 그렇지. 내가 얘기해야지. 신라 공자, 내 분명히 해두겠는데 우리 당나라는 백제에 야심이 없소. 그저 신라를 돕자는 일념뿐이오. 백제를 정벌한 연후에는 그 땅을 고스란히 신라에 넘기고 곧 철병할 것이오. 그러면 되겠소?"

폭풍 전야

"여부없습니다."

너무 깨끗한 조건이 마음에 걸렸으나 어떻든 고마운 일이었다. 이세적은 여태와는 달리 명쾌하게 나왔다.

"성단(聖斷)이 내리셨으니 본국에 알려 그쪽에서도 차비를 하도록 하는 게 좋겠고, 남은 것은 시기인데 아시다시피 먼 고장의 동병에는 언제나 군량이 큰 문제요. 그러니 새해 8월, 백제의 곡식이 익었으되 아직 추수를 하지 않은 단계에 들이치면 행여 싸움이 오래 끌더라도 들판에 널린 곡식이 있으니 크게 염려할 것이 없을 듯한데 공자의 생각은 어떻소?"

"좋지요."

"그러면 7월 하순부터는 언제든지 용병(用兵)할 수 있도록 피차 서두릅시다."

"그렇게 합시다."

두 사람은 무후가 손수 따라주는 술잔을 비우고 물러나왔다.

새해 3월.

높은 산과 맑은 물, 진달래와 살구꽃으로 뒤덮인 병주의 봄은 아름답기 그지없었다. 자사(刺史)의 처소에 든 황제와 무후는 얼굴에서 웃음이 떠날 틈이 없었다. 무후의 사돈의 팔촌까지 희미하게라도 핏줄을 더듬을 수 있는 사람은 모두 상좌에 앉고 적어도 이 병주에 사는 사람치고 절뚝발이 벙어리까지 철이 든 인간은 남김없이 몰려들었다.

남자들은 황제가 앉은 대청 아래 마당에서 즐비하게 차린 음식과 술에 취하고는 난생처음 받아보는 진귀한 선물을 안고 돌아가면서 저마다 무후의 칭찬을 한마디쯤은 잊지 않았다.

안채에 자리를 잡은 무후는 여자들 틈을 한층 휘황하게 움직였다. 조금이라도 옛 기억이 있는 여자만 보면 얼싸안고 돌아가는가 하면 소매를 붙잡고 장황하게 족보를 캐는 노파의 넋두리에도 참을성 있게 귀를 기울였다. 개중에는 어릴 때 길바닥에 엎어진 것을 일으켜 주었다는 사람, 높은 나무의 열매를 따주었다는 사람, 목마를 태워 주었다는 사람, 말고삐를 잡아 주었다는 사람, 가지각색의 인연이 나타났다. 주워섬길 것이 없는 아낙네들 중에는 다른 사람은 몰라도 자기만은 어린 무후가 어찌나 영특한지 장차 크게 될 것을 알았다고 선견지명을 내세우는 축도 드물지 않았다. 무후는 모두 웃는 낯으로 귀를 기울였고, 옛정을 생각해서 외팔이 아들에게 고을의 사령이라도 시켜 달라는 청도 마다하지 않았다.

그뿐이 아니었다. 80이 넘은 여자들에게는 한결같이 군군(郡君)의 작호를 내리고 나이에 따라 정 4품 이하의 품계도 주고 녹도 주었다. 10여 일이 지나니 병주 백성은 남녀를 막론하고 누구에게나 주식과 선물과 벼슬이 골고루 돌아갔다. 봄의 병주 천지는 무후의 은덕으로 충만하고 무후의 칭송은 하늘까지 치솟았다.

은총에 도취한 병주 백성들 앞에 이번에는 여러 천 명의 기마병들이 질서정연하게 나타나 벌판에 진을 쳤다. 갖가지 채색 깃발이 나부끼고 주악이 울리는 가운데 황제는 말을 타고 황후는 마차에 앉아 열병(閱兵)하는 모습은 그들에게 또 다른 감격을 주었다. 이 엄청난 힘 앞에 무후의 다른 일면을 본 그들은 경건한 마음으로 복종을 맹세하는 것도 잊지 않았다.

열병이 끝나자 황제를 시립한 병부상서 임아상은 한 걸음 앞에 나와 도열한 장수들에게 목청을 높였다.

"조명이오. 장차 해동에 병사가 있을 터인즉, 좌효위대장군(左驍衛大將軍) 소정방(蘇定方)에게 신구도 대총관(神丘道 大摠管)을 제수하여 좌효위장군 유백영(劉伯英) 등으로 더불어 13만 병으로 해동을 치게 하노라."

늙은 소정방은 어전에 나와 황제가 친히 내리는 부월(斧鉞)을 받았다. 당나라에서도 용장(勇將)으로 이름난 소정방의 검게 탄 얼굴에 광채를 뿜는 두 눈을 지켜보면서 김인문은 긴장했다. 마침내 일이 시작되는 것이다.

열병이 끝나고 채막에서 차를 드는 자리에는 그도 불려 들어갔다. 내전과는 달리 무후는 황제 옆에 발을 내리고 그 뒤에서 속삭이는 소리가 들렸다.

"하는 김에 신라 얘기도 하시지요."

"해야지. 신라 공자, 부왕 김춘추를 우이도 행군총관(嵎夷道行軍摠管)으로 제수하는 터인즉 신라병을 이끌고 소장군과 합세토록 전하오."

"그렇게 전하겠습니다."

김인문은 아버지가 이 자리에 있지 않고, 따라서 이 사나이 앞에 무릎을 꿇고 부월을 받지 않는 것이 다행이었다.

"공자는 백제의 지리를 잘 알겠지요? 우리 소장군과 잘 협조해 주시오."

"성지대로 거행하겠습니다."

발 뒤에서 무후가 또 속삭였다.

"차라리 부대총관으로 제수하시는 게 어떨까요?"

동석한 이세적 소정방 임아상, 세 사람이 다 고개를 끄덕였다. 눈치를 살피던 황제는 무릎을 쳤다.

"그게 좋겠군. 경을 신구도 부대총관으로 제수하는 터인즉 대총관을 잘 도와주시오."

김인문은 생각지도 않은 일이었으나 청병(請兵)을 온 처지에 거절할 수도 없었다.

황제의 일행을 보내고 숙소로 돌아온 길에 김인문은 생각이 많았다. 이 고장에서 태어난 무후(武后)가 넓은 당나라 천지를 휘어잡았고, 그로 말미암아 말도 많은 모양인데 … 여러 갈래로 찢어진 천하의 인심을 묶어세우려면 전쟁이 필요하리라. 전쟁이 필요한 것은 당나라가 아니고 무후다. 돌아간 태종의 유명(遺命) 따위는 아랑곳없이 전쟁의 단(斷)을 내리고 이것을 일부러 자기의 고향땅에서 선포하는 무후의 솜씨는 범연한 것이 아니다. 이 여자는 장차 어디까지 갈 것인가.

뼈아픈 후회

서기 660년 여름.

홀로 아미타여래(阿彌陀如來) 상 앞에 엎드린 도바(突拔)는 무량광명(無量光明)의 부처님이 정좌하시는 서방정토(西方淨土)를 가슴속에 그렸다. 찬란한 태양 아래 연꽃이 만발한 이 구원(久遠)의 동산에서 백화는 옛 모습 그대로 이쪽으로 향해 손짓을 하고, 그 뒤에는 어머니와 아버지, 그리고 전쟁에서 쓰러진 수많은 정든 얼굴들이 미소를 머금고 자기를 바라보고 있었다.

15년의 세월이 흐르는 동안 많은 일들이 있었다. 싸움이 벌어지면 그때마다 기를 쓰고 달려가서 아주 목숨을 내던지고 앞장섰다. 그러나 이상하게도 털끝 하나 다치지 않았다.

실로 주체할 수 없는 목숨이었다. 살벌한 마음을 달랠 길이 없어 몇 해 전부터 연개소문이 권하는 대로 보덕대사(普德大師)를 찾아 설법을 듣고 부처님 앞에 무릎을 꿇었다. 다른 것은 귀에 들어오지 않았으나 이승이 오히려 수유(須臾)의 삶이요, 이승이 끝나는 날 영원한 삶이 시작된다는 말씀에 감격했다. 그것을 바로 서방정토라고 불렀다.

그래야 마땅한 일이었다. 억울한 일, 애통한 일로 충만한 이승에서 그 한을 풀지 못하고 그대로 죽어간 사람들에게 설 땅이 없다는 것은 말이 안 되었다. 이승도 없었다고 할밖에 없는 백화에게 그러한 세계가 있다는 것은 여태 생각하지 못한 위안이었다. 더구나 자기도 의롭게 이승을 마치는 날 서방정토에 가서 다시 백화를 만난다는 말씀에는 가슴이 뛰었다.

그로부터는 해마다 6월 초가 되면 전장(戰場)에 있지 않는 한 오늘만은 반드시 부처님을 찾았다. 15년 전 백암성(白岩城) 강가에서 백화와 처참하게 헤어진 오늘은 서방정토에서 자기를 기다리는 그와 만나는 날이었다. 살벌해진 마음도 가라앉고 느긋하게 세상을 볼 수 있었다. 영원한 정토(淨土)에서 백화가 기다린다 생각하면 미움도 성가심도 또 두려움도 있을 수 없었고 인간세상을 있는 그대로 굽어볼 수 있었다.

그는 충족한 마음으로 영명사(永明寺)의 산문을 나섰다. 장수왕(長壽王)이 이리로 도읍을 옮긴 지 230여 년, 갈고 닦은 평양성은 집이며 길이며 또 성이나 산천이나 웅장하고 아름다웠다.

평양뿐 아니라 고구려의 온 강토가 그런 것이다. 의롭게 이승을 마치고 서방정토로 가는 길은 역시 이 아름다운 고구려를 지키다가 용감하게 전사(戰死)하는 길밖에 없으리라.

도바는 굽이쳐 바다로 흘러가는 패수(浿水)를 눈으로 더듬었다. 15년 전처럼 바다 저쪽 당나라에서 또 수십만 대군이 쳐온다고 했겠다. 이번에는 아마 죽을 자리가 생길 것이고 백화의 곁으로 가게 되리라. 그는 힘차게 걸었다.

마리치〔莫離支〕처소에서는 늙은 스님 두 사람이 연개소문과 마주앉아 있었다.

"자네도 알 만한 사람들이야. 인사를 하지."

문을 들어서자 연개소문이 손짓으로 불렀다. 지난 동짓달 횡산성 밖에서 설인귀 군을 쳐부수고 돌아오자 대형(大兄)으로 벼슬을 올려 주고 큰일이 있으면 의논하는 일도 잦았다.

"신성(信誠)이오."

뚱뚱한 중의 인사에 이어 수척한 중도 합장했다.

"부도(弗德)요."

어머니와 아버지를 생각할 때면 가끔 떠오르는 이름, 결코 유쾌할 수 없는 이름들이었다.

"도바요."

그는 무뚝뚝하게 대답하고 걸상을 끌어다 옆에 앉았다.

"부자간이 꼭 같이 백발이라 이거 원…."

연개소문은 반가운 얼굴이었다.

"이 뚱뚱한 쪽이 자네 아버지 친구로 속세에 있을 때 이름은 지루(支婁)라고 했지. 이쪽은 그 아들이고 … 이 사람이 능소(能素)의 아들일세."

신성은 온 낯이 웃음이 되어 무어라고 하려는데 연개소문은 부도의 어깨에 한 손을 얹고 계속했다.

"이 사람은 자네보다 몇 해 아랠 텐데 15년 동안이나 당나라에 붙들려 감옥생활을 하다 보니 아주 백발이 돼버렸어. 죽은 줄만 알았는데 … 충신이지."

도바는 예전에 잠깐 본 일이 있는 부도를 유심히 뜯어보았다. 뼈에 가죽만 남은 것이 눈매와 코언저리에 옛 모습이 남았을 뿐 머리까지 희어서 아니라면 넉넉히 아닐 수도 있었다.

소개를 마친 연개소문은 책상 위의 편지를 훑어보다가 신성을 향했다.

"결국 전쟁을 하자는 소리로군."

"그렇습니다. 마리치께서 성상 폐하를 모시고 입당(入唐)하지 않는 한 전쟁은 피할 수 없다고 분명히 얘기했습니다."

"누가 그랬소?"

"이세적입니다."

연개소문은 열어젖힌 창문으로 마당의 오동나무를 한정 없이 바라볼 뿐 말이 없었다.

"전쟁도 먼 장래의 일이 아니라 당장 한다는 것입니다."

신성이 침묵을 깼다.

"국서(國書)라면서 왜 사신을 보내지 않고 스님 부자를 보냈을까?"

연개소문이 물었다.

"이 애를 구할 일념으로 제가 이세적에게 자청하고 나섰습니다. 전에 온 장엄도 아직 갇혀 있는 판이라 당나라 사람들은 모두 고구려에 오기를 꺼리거든요."

연개소문은 고개를 끄덕이고 옆방에 대령하고 있던 군관을 불러 두 사람을 객관으로 보내고 도바에게 물었다.

"대강 들었지? 가만히 보니 적의 동향이 이상하단 말이야. 만리장성 이북에 17만 군을 집결한 건 알겠어. 그런데 내주(萊州)에 비슷한 30만을 집결한 건 이상하잖아? 무엇인가 전과는 달리 움직이는 게 분명한데…."

"평양을 직격(直擊)하자는 게 아닙니까?"

"그럴 수도 있지…."

연개소문은 벽에 그려 붙인 지도를 물끄러미 바라보면서 말을 이었다.

"지금 천하에서 당나라가 노릴 만한 약점이 어디 같은가?"

봄부터 적군의 동향을 추적하여 온 도바는 생각하는 대로 대답했다.

"백제가 아니겠습니까? 고구려를 치는 척하면서 불시에 백제를 공격해서 우리 남경(南境)에 발판을 만드는 것은 충분히 생각할 수 있는 일입니다. 또 신성(信誠) 부자를 보내서 고구려 침공을 일부러 알린다는 것도 이상합니다."

연개소문은 한동안 생각하다가 입을 열었다.

"자네 요하(遼河) 연변으로 가지 말고 배를 타게."

"배를요?"

"서해에 나가서 당항진(黨項津)과 내주(萊州) 사이를 왕래하는 배는 당나라 배건 신라 배건 무조건 붙잡아 수색하는 거야."

"알겠습니다."

지소(智炤)는 큰마음 먹고 대궐에 들어가 아버지와 마주 앉았으나 입이 떨어지지 않았다. 이제 어느 때라고 계집년들이 말도 안 되는 소리를 듣고 다니느냐고 불호령이 떨어질 것만 같았다.

결혼한 지 6년. 남편 김유신은 집에 있는 날보다 싸움터에 나가 있는 날이 더 많았다. 지난 정월에는 금강(金剛)이 죽은 뒤를 이어 상대등(上大等)이 되었기에 도성을 떠나지 않으려니 생각했으나 여전히 대장군의 직책도 그대로 가지고 더욱 분주히 돌아갔다. 큰 전쟁이 일어난다는 소문이 도는 가운데 각처를 돌아다니며 군사를 독려하느라 한 달에 사흘 집에 들르면 많은 편이었다.

실지로 수없는 군사들이 이 서라벌에 모였다가는 꼬리를 물고 북으로 떠나가는 품이 큰 전쟁이 있을시 분명했다.

"오, 이 녀석 제 애비를 닮아서 의젓하구나."

60을 바라보는 반백의 아버지는 데리고 간 둘째 원술(元述)을 무릎에 앉히고 머리를 쓰다듬었다.

"너 무슨 걱정이라도 있느냐?"

딸의 얼굴을 바라보던 아버지는 얼굴에 미소를 잃지 않고 물었다.

"아니에요."

"김 장군이 저렇게 바삐 돌아다니니 마음이 편할 리는 없지."
"정말 아니에요."
결혼 6년에 남편이 자랑스러울망정 불만은 없었다. 늙기는 했어도 젊은 사람같이 씽씽했고 밖에서 근사하고 집에서는 인자한 남편이었다.
"할아부지, 이모 운 거 알아?"
외조부의 무릎에 안긴 원술이 불쑥 끼어들었다.
며칠 전, 모기내(蚊川) 강가에 홀로 사는 언니 요석공주(瑤石公主)가 급히 오라기에 원술을 데리고 갔더니 전에 없이 새 옷에 몸단장을 하고 뒤곁 수양버들 그늘에 앉아 있었다.
"원효스님도 전쟁에 나가신대."
언니는 유별난 소식이라도 전하는 말투였다. 이것은 새로운 소식일 수 없었다. 의술에도 뛰어난 원효스님은 전에도 전쟁터에 나가 군사들과 행동을 같이하고 부상자들을 치료해준 일이 한두 번이 아니었다. 화살이 빗발치듯하는 가운데서도 부상한 병정을 업고 뛰는 일도 있고, 때로는 적도 치료해 준다는 소문이었다. 싸움이 멎고 한가한 틈에는 그의 구수한 이야기가 좋아 병정들은 그만 보면 서로들 자기 진영으로 끈다는 것이었다.
이번에도 의술이 좋은 스님들을 모아 먼저 보냈고 그 자신도 머지않아 떠난다는 소문은 벌써부터 알 만한 사람은 알고 있는 일이었다.
"그러세요?"
아이도 없이 고적하게 사는 언니에게는 원효스님이 다시없는 위안이었다. 아는 것이 많은데다 언변이 좋아서 그의 이야기를 들으면 세상의 근심걱정이 저절로 녹아 버리는 듯했다. 스님을 공경하는 언니의 심정을 건드리지 않으려고 처음 듣는 양 맞장구를 쳤다.
"떠나시기 전에 점심이라도 한 끼 대접할까 해서 사람을 보냈다."
"잘했어요."

언니는 머리 모양이 어떠냐, 옷이 어울리느냐는 둥 방석에 그냥 앉아 있지 못하고 일어서 똑바로 서기도 하고 돌아서기도 하다가 대문으로 들어서는 스님을 맞아들였다.

원효스님은 언제 보아도 소탈하고 우스운 소리도 잘했다. 임금의 딸들이라고 해서 백성들의 아낙네나 딸들과 달리 대하는 일도 없었다.

"즐비하게 차렸군."

점심상이 들어오자 권하지 않아도 무엇이나 잘 먹었다.

"어디서 전쟁하느냐고? 중이 전쟁을 아나?"

아버지도 남편도 말하지 않기에 혹시나 해서 물었더니 이런 대답이 돌아왔다.

"그럼 왜 스님은 싸움터에 나가세요?"

"갑갑해서 바람 쐬러 가는 거지."

"하필이면 그런 데 가서 바람 쐬지요?"

"어쩐지 싸움터의 바람이 제일 시원하단 말이야."

스님은 웃었다.

그러나 언니는 홀린 사람처럼 시종 말없이 원효스님을 바라보다가 옆에 앉은 자기를 의식했는지 얼굴을 돌렸다.

"스님, 이번에는 벌어져도 크게 벌어지나 부죠?"

"그런가 봐."

"꼭 가셔야 하나요?"

언니가 처음으로 끼어들었다.

"가야지."

"젊었을 때와도 다른데 이번에는 그만두시지요."

"내가 몇 살인데?"

"마흔넷이 아니세요?"

"마흔넷이 늙었어?"

언니는 고개를 떨어뜨리고 희미한 한숨 소리가 들렸다. 도를 닦는 덕분인지는 몰라도 원효스님은 주름살 하나 없이 30대처럼 팽팽했다.

식사를 마치고 스님이 돌아간 후 원술이 뛰노는 것을 물끄러미 바라보는 언니의 눈에 눈물이 고였다. 어린아이들만 보면 정을 주고 딸이라도 하나 있었으면 얼마나 좋겠느냐고 언젠가 푸념하는 것을 들은 일이 있었다.

위로할 말도 없어 잠자코 있는데 언니는 두 손으로 얼굴을 감싸고 울었다.

"내가 죽일 년이지…."

"왜 그래. 언니?"

다가앉아 어깨에 손을 얹었다. 30을 갓 넘은 언니는 아직도 처녀시절같이 아름다웠다. 세상에서는 형제가 생김새는 비슷하지마는 자기는 고요한 미인이요, 언니는 물고기처럼 약동하는 미인이라고 했다. 흰 살결에 맑은 눈, 어두운 그림자 없이 밝은 언니가 이렇게 눈물을 보이기는 처음이었다.

"난 아귀도(餓鬼道)에 빠진 년이야."

언니는 고개를 저었다.

"형제간에 못할 말이 어디 있어요?"

지소는 설마 하고 망설이다가 물었다.

"내 짐작이 틀렸더라도 탓하지는 마라, 응? 언니 혹시 원효스님을 생각하는 게 아냐?"

언니는 말없이 치맛자락으로 눈물을 훔쳤다.

"역시 그렇구만. 그건 안 될 일이니까 마음을 돌려요. 근사한 청년들이 얼마나 많은데."

자기의 눈에도 원효스님은 보통 사람이 아니었다. 신라 천지에서 잘난 사람을 꼽는다면 아버지와 남편 다음으로 원효를 꼽을 것이다.

그러나 그는 중이요, 중이 장가든다는 것은 아주 없는 것은 아니지마는 드문 일이었다. 더구나 원효스님이 장삼을 벗고 결혼한다는 것은 생각조차 할 수 없는 일이었다.

"원효스님 아니고는 안 되겠어? 응?"

"… 내가 몹쓸 년이야."

시일이 지나면 가라앉으려니 생각하고 돌아왔으나 그날부터 언니는 몸져 드러누워 미음도 들지 않았다. 의원이 와서 진맥을 하고 약도 썼으나 갈수록 숨이 차고 기동도 못했다. 이대로 가면 죽을 것만 같아 아버지에게 달려왔다.

지소는 원술을 옆방으로 내보내고 용기를 냈다.

"아버지, 언니 무슨 병인지 아세요?"

"글쎄 말이다. 전의(典醫)도 갔다 와서 통 알 수 없는 병이라는구나."

"제가 보기에는 아주 위독해요."

"의원도 그러더라. 병명도 모르니 이렇게 답답할 노릇이 어디 있느냐."

"언니 병을 고치는 길은 하나밖에 없어요. 꼭 들어주셔요?"

"그렇게 어려운 일이냐?"

"아버지 말씀 한마디면 될 거예요. 원효스님과 결혼시키면 돼요."

좀체로 놀라는 일이 없는 아버지가 눈을 크게 뜨고 양미간을 찌푸렸다.

"원효스님 말이에요."

"응―, 괜찮은 스님인 줄 알았더니…"

"아니에요, 스님은 지금도 몰라요. 언니도 그런 생각을 품는 자기가 몹쓸 년이라면서 울었어요."

아버지는 오래도록 말이 없었다. 기다리다 못해 침을 삼키고 다가앉았다.

"무슨 수가 없을까요? 언니도 그랬지마는 저도 아귀도에 빠질 몹쓸 일이라고는 생각해요."

아버지는 무거운 입을 열었다.

"원효는 인물이지. 허지마는 스님이 아니냐?"

"그러니까 아버지께 부탁드리는 게 아니에요? 아버지는 신라의 임금이세요."

"임금이라도 할 수 있는 일이 있고 못할 일이 있지."

"어명으로 못할 일이 어디 있어요. 우선 어명으로 환속(還俗)을 시키고 다음에 결혼시키면 되잖아요?"

"그건 억지야."

"언니가 불쌍하지도 않으세요?"

아버지는 또 끝없이 생각하다가 물었다.

"원효가 싫다면 어떻게 하지?"

"어명 앞에 싫고 좋고가 있나요?"

"이런 일은 그렇게 안 되는 거다."

"허지마는 어떻게든 해주세요."

"…입 밖에 내지 말고 기다려 보자."

"언제까지요?"

"우선 이번 난리나 끝나야 할 게 아니냐?"

아버지가 이쯤 나오면 일은 된 것이나 다름없었다. 희망이 보이자 지소는 한술 더 떴다.

"원효스님 전쟁에 못 나가도록 할 수는 없나요?"

"그건 안 되지."

"또 고구려하고 전쟁하나요?"

"너 있다가 저녁을 먹고 가거라."

아버지는 딴소리를 하고 방을 나가 버렸다.

귀실복신(鬼室福信)은 북쪽으로 달리다가 고갯마루에서 말을 내렸다. 그늘에 앉아 땀을 씻으면서 내려다보니 나루까지 배웅 나왔던 계백(階伯)이 말머리를 돌려 성내로 돌아가는 모습이 조그맣게 눈에 들어왔다.

봄부터 당나라와 신라의 심상치 않은 움직임을 지켜보던 몇몇 장수들은 대책을 서둘러야 한다고 아무리 주장해도 대좌평 사택천복은 코웃음을 쳤고 임금을 뵙게 해달라는 청도 들어주지 않았다.

지난 5월 26일 대장군 김유신 이하 5만 대군을 이끌고 서라벌을 떠난 신라왕 김춘추가 계속 북상한다는 소식을 듣고는 더 참을 수 없었다.

일부러 소부리(所夫里) 성에 올라온 서부 방령(西部方領) 귀실복신은 오랜 친구 계백과 함께 창대로 앞을 가로막는 금군(禁軍)을 밀어붙이고 다짜고짜 대궐에 들어가 내전에서 임금을 만났다.

"무슨 일루 왔소?"

왕후 은고(恩古)와 마주 앉아 윷놀이를 하던 의자왕은 좋은 얼굴이 아니었다.

"긴히 말씀드릴 일이 있어 뵈었습니다."

"대좌평에게 얘기해요."

"어전에 직접 말씀드릴 일입니다."

"허어, 국사는 모두 대좌평을 거치기로 돼 있는 걸 모른단 말이오?"

윷짝을 만지작거리던 은고가 새침해서 끼어들었다.

"우리 아버지는 시시해서 상종을 못하겠다는 말인가요?"

복신은 참고 머리를 조아렸다.

"무슨 말씀이십니까? 사촌동생이 사촌형님을 뵈러 왔다고 너그럽게 보아 주십시오."(복신은 무왕의 조카, 즉 의자왕의 종제)

"사촌끼리 얘기할 테니 나더러 자리를 피해 달라는 얘기군요."

또 배틀었다.

"아닙니다. 두 분이 같이 들어 주셔야 할 일입니다."

"그렇다면 들어 봅시다."

은고는 윷짝들을 침상 밑에 밀어놓고 임금은 눈을 뚜부럭거렸다.

"내주(萊州)에 당나라 수군이 13만이나 집결했다는 것은 만리장성을 넘어선 17만 군대와는 관계없이 독립된 행동을 취할 수 있다는 증거가 아닐 수 없습니다."

"그래서?"

임금은 하도 들어서 귀찮다는 얼굴이었다.

"아무리 생각해도 우리 백제를 겨냥한 것 같습니다."

"수륙 양군이 합세해서 고구려를 칠 것이 뻔한데 왜 그렇게 말이 많소?"

"당나라에는 이세적이 아직 살아 있습니다. 신중한 이세적은 같은 실수를 두 번 되풀이하는 사람이 아닙니다."

"장군은 이세적이 그렇게 무서운가요?"

은고가 대답을 가로채는 꼴이 눈에 시어 약간 비뚤게 나갔다.

"대비가 없으면 이세적이 아니라 거리의 좀도둑도 무서운 법입니다."

"우리 영명하신 폐하께서 다스리시는 백제에 왜 대비가 없어요? 또 고금에 드문 영주(英主)이신 폐하를 의심하는 거요? 폐하께서 적이 겨냥하는 것은 고구려라면 고구려로 알 것이지, 원."

임금도 맞장구를 쳤다.

"내 60평생에 판단을 그르친 일이 없소."

"폐하, 애들 말도 들을 것은 들어야 한다고 했습니다. 신의 의견을 들어 주십시오."

"또 그 얘기요?"

뼈아픈 후회 205

"당나라가 지금 군사를 일으키는 데는 옛날과는 다른 전법(戰法)이 있기 때문이요, 같은 전법밖에 없다면 군사를 일으키지도 않을 것입니다."

"허어, 멀리서도 남의 뱃속을 들여다보는 천리안(千里眼)을 가졌군. 어디 들어볼까?"

"우선 백제를 쳐서 발판을 만들어 놓고 남북으로 고구려를 협공하는 일입니다."

"그것도 말이라고 하오? 우리 백제가 그렇게 만만히 넘어갈 것 같소?"

백제의 현실이 어떻게 돌아가는지 통 모르는 바람벽 앞에 대답할 말이 없었다.

"내가 다스리는 이 백제가 그렇게 형편없다는 말이오? 또 백제가 부서지는 것을 고구려나 일본이 보고만 있을 것 같소?"

"그렇지 않습니다."

"뭐가 안 그렇소?"

"만리장성을 넘어선 17만 대군 때문에 고구려는 우리를 돌볼 겨를이 없고, 일본군이 설사 온다 해도 때는 이미 늦을 것입니다."

"또 없소?"

"김춘추가 대군을 이끌고 북상하는 것을 보니 일이 매우 급박한 듯합니다. 신라가 움직이는 것을 보니 당나라의 수군도 이미 움직이고 있는 것이 아닌지 염려됩니다."

"이봐요, 우리 첩자가 알아온 바에 의하면 멀리 북쪽 남천정(南川停: 경기도 이천)에서는 지금 저들의 임금을 맞을 차비가 한창이라오. 백제에 쳐들어올 군대가 남천정에는 왜 가겠소?"

이것은 처음 듣는 이야기였다.

"귀머거리나 장님이 이 자리에 앉아 있는 줄 알았소? 모르면서도 아는 체하는 사람은 질색이오. 전처럼 고구려를 치는 것이 분명한즉 우리는 슬슬 신라의 변경을 건드려서 땅을 뺏으면 되는 거요."

"그러문요. 공연히들 민심만 들쑤시지 말아요."

은고도 한마디 하는 것을 잊지 않았다. 어정쩡해서 일어서려는데 여태까지 잠자코 옆에 앉았던 계백이 처음으로 입을 열었다.

"김춘추가 남천정까지 가는 것은 저들의 기도를 감추기 위한 양동(陽動)일 수 있고, 또 당항진과 가까워서 당나라의 수군과 연락이 쉽기 때문이 아니겠습니까?"

임금이 대답하기 전에 은고가 또 끼어들었다.

"당나라의 원수는 고구려요, 우리 백제와 무슨 원수를 졌다고 그렇게까지 나오겠어요?"

말이 서툰 계백의 입술이 떨리는 것을 보고 저도 모르게 볼멘소리가 나왔다.

"그건 아녀자들의 생각입니다. 전쟁에는 동지 아니면 적밖에 없습니다. 필요하면 백제를 얼마든지 칠 것입니다."

"뭐요? 아녀자의 생각이라고?"

은고는 한 주먹으로 가슴을 쳤다.

"아이고, 내가 이런 소리를 다 듣고, 아이고…."

임금이 일어서 발을 굴렀다.

"이 무엄한 놈, 보자보자 하니까 못할 소리가 없구나. 썩 물러가지 못할까?"

두 사람은 받지도 않는 절을 하고 물러나오는 수밖에 없었다.

심난한 마음을 달래려고 계백을 끌고 와서 술이라도 한잔하려는데 궁중에서 달려온 관원이 대문을 들어섰다.

"한솔(扞率) 귀실복신은 모든 관작을 삭탈하고 전리(田里)에 축방하는 터인즉 즉시 도성을 떠날지로다."

어차피 무언가 있으리라고 짐작하던 터이라 놀라지도 않았다. 그러나 화는 자기에게만 그치지 않고 계백도 같은 무리라 하여 관작을 뺏겼다고 전했다. 다만 자기처럼 흉악한 놈이 아니라 전리축방은 면하고 집에서 근신하라는 것이었다.

술 한잔 나누고서는 곧바로 떠나 웅진강(熊津江: 백마강)을 건너왔다.

하늘에는 하얀 뭉게구름이 떠 있고 복중의 더위에 산과 들은 잠자듯 고요했다. 이 대자연 속에서 대자연처럼 고요히 살 수만 있다면 얼마나 좋으랴. 임존산(任存山: 예산도 대흥면)에 암자를 짓고 있다는 도침(道琛)을 찾으면 심난한 마음을 가라앉힐 수도 있을 것 같았다.

그는 조약돌을 집어 멀리 산 아래로 던지고 기지개를 켰다.

6월.

3월에 당나라 사신이 다녀간 후부터 군량과 무기가 북쪽으로 쏟아져 가고 신라에서 동원할 수 있는 젊은이들은 모두 군복을 입고 북상 대열에 끼어 산 너머로 사라져 갔다.

5월 26일. 마지막 부대를 직접 지휘하여 서라벌을 떠난 임금 김춘추는 도중에 포진한 부대들을 돌아보고 계속 북상하여 6월 18일 남천정에 당도했다. 고구려 국경이 불과 100여 리인데다 여기까지 오는 20여 일 동안 당나라의 군사(軍使)들이 여러 차례 달려오고 달려가는 것을 본 병사들의 얼굴에는 긴장이 감돌았다. 크고 작은 전쟁을 많이 치렀어도 이번처럼 임금 이하 온 나라의 힘을 송두리째 기울인 일은 없었고, 그만큼 엄청난 이 전쟁에 살아남는다는 것은 기적을 바라는 것이나 진배없었다.

더구나 상대는 영악한 고구려였다. 15년 전 당태종이 쳐들어왔을 때 남에서 밀고 올라가 전투에 참가했던 동네 사람들의 이야기를 들으면 고구려의 힘을 당할 자는 천하에 없고, 내로라는 당태종도 녹초가 되어 도망갔다고 했다. 병사들은 다가오는 죽음의 발소리가 귀에 들리는 듯했다.

대장군 김유신을 따라 여기까지 임금을 모시고 온 열기(裂起)는 밤에 횃불을 들고 1년 전 당나라에 건너갔던 김인문 일행을 도중까지 마중해서 임금의 처소로 인도하고 하늘을 쳐다보았다. 사람들은 북두칠성 근처에 저승이 있다고 하고, 서방정토는 해가 지는 서쪽 하늘 그 저쪽에 있다고 했다. 저승과 서방정토는 어떻게 다를까. 하여튼 이번에는 십중팔구 그 어느 쪽이든 가게 될 것이다. 피해서는 안 될 죽음을 피하려 드는 것은 비겁 중에서도 아주 용렬한 비겁이다. 신라에서는 이런 자는 사람의 축에 낄 수 없고 설 자리도 없는 것이다. 그는 떳떳이 죽는 방법을 골똘히 생각했다.

남천정에서 하룻밤을 지낸 대장군 김유신은 김인문의 인도로 태자를 모시고 당항진에서 배를 탔다.

열기의 눈에는 뜻하지 않은 광경이었다. 언제 이렇게 마련되었는지 나루에는 100여 척의 큰 배들이 깃발을 바람에 나부끼고 배마다 군량과 병사들이 가득 차 있었다. 줄잡아도 5천 명은 될 것이었다. 바다로 공격하는구나. 드디어 싸움터로 간다는 실감에 열기는 다시 한 번 더듬어 온 산과 들을 돌아보았다.

6월 21일. 덕물도(德勿島: 덕적도) 주변은 당나라 배들로 뒤덮이고 섬은 당나라 군사들로 바글거렸다. 배는 몇 천 척인지 헤아릴 수도 없고 사람도 흡사 개미떼 같았다. 인산인해(人山人海)라는 말을 실감하고 소문으로만 듣던 당나라의 크기를 눈으로 보는 것만 같았다.

소정방의 장막은 산기슭에 있었다.

김인문의 소개로 수인사가 끝나자 소정방은 노기를 띤 얼굴로 마주앉은 태자를 노려보았다.

"어째서 임금이 오지 않고 태자가 왔소?"

김인문이 난처한 얼굴로 통역하는 것을 듣고 있던 김유신이 태자를 가로막고 탁자를 주먹으로 쳤다.

"그건 무슨 뜻이오?"

우렁찬 목소리가 온 장막을 울렸다.

"인사가 있어야 할 게 아니오?"

소정방도 탁자를 쳤다. 젊은 군관들과 함께 어른들의 뒤에 지켜선 열기는 속이 뒤집혔다. 금년에 69세라는 이 거무데데한 사나이는 곰 같이 우직한 것이 아까 장막 밖에 마중 나왔을 때부터 거드름이었다. 수말(隋末)의 난리에는 두건덕을 따라다니다가 이세민에게 붙은 후로 돌궐과 여러 차례 싸워 공을 세웠다는 내력도 들었고 황소처럼 싸움은 잘해도 일자무식이라는 이야기도 들었다. 그러나 이처럼 막돼먹고 건방진 줄은 몰랐다.

"우리 임금은 그렇게 한가한 분이 아니오."

"전쟁이 끝나면 봅시다."

소정방은 입술을 떨었다. 어색한 침묵이 흐른 끝에 김인문이 중재에 나섰다.

"우선 군기(軍期)부터 정하고 보시지요."

"우리는 언제라도 좋소."

김유신의 무뚝뚝한 대답에 소정방은 한참 생각하다가 응대했다.

"우리 당나라 군대는 먼 뱃길을 와서 멀미를 하는 병사들이 많소. 그러니 여기서 좀 쉬어 가야 하겠소. 군량을 실은 배도 기다려야 하고. 오늘이 6월 21일이라…."

소정방은 손가락을 꼽아보고 말을 계속했다.

"7월 1일 양군이 소부리 성 남방에서 만나면 어떻겠소? 약속대로 신라 수군은 우리와 합세하는 거지요?"

김유신은 옆에 앉은 김인문을 가리켰다.

"여기 계신 부총관의 휘하에 넣지요."

"좋소."

"어떻습니까. 당나라 술맛도 좋고 신라에도 좋은 술이 있으니 한 잔씩 나누도록 하시지요."

김인문이 웃는 얼굴로 제의했다.

"그거 좋겠구만."

그의 맞은편에 앉은 낭장(郎將) 유인원(劉仁願)이 맞장구를 치자 김유신은 고개를 끄덕이고 소정방도 싫은 얼굴이 아니었다.

어른들을 장막에 남기고 젊은 동료들과 함께 밖에 나온 열기는 해가 서쪽 바다에 너울거리는 물가를 거닐었다.

가까이서 보는 당나라 병정들은 멀리서 볼 때와는 달리 별게 아니었다. 창을 모래바닥에 꼬나박고 자뿌라져 무엇인가 구질구질 씹는 자가 있는가 하면 둘러앉아 투전판을 벌인 자들도 있다. 빨간 웃통을 뒤집고 이를 잡아 입속에 집어넣는 자들도 있고 까만 발을 물속에 담그고는 씻을 생각은 않고 서로 시시닥거리는 자들도 있었다. 모두가 세상에 태어난 후로 세수를 해본 일이 없는 듯 누런 이빨에 목덜미에는 땟국이 쩔어 붙고 몇 끼 굶기라도 한 듯 궁상맞은 얼굴들이었다.

이러나저러나 고구려 아닌 백제를 두 나라가 합심해 친다는 것은 생각조차 못했고 역사에도 없는 일이었다. 자기도 놀랐거니와 온 신라가 놀랄 일이었다.

7월. 초가을의 맑은 하늘 아래 신라군 5만은 물밀듯이 남으로 쏟아져 내려갔다. 탄현을 지나자 대장군 김유신은 흠순(欽純), 품일(品日) 두 장군과 나란히 말을 달리면서 아주 유쾌한 얼굴이었다.

"의자왕도 옛날 의자왕이 아니야."

누구나 걱정하고 긴장하던 탄현을 어처구니없이 통과했다. 불과 기십 명이 지키다가 활을 몇 번 당기고 뿔뿔이 흩어져 도망치고 말았다.

고구려는 부지런히 움직이는 모양이었다. 요하(遼河)를 건너 무여라 벌에서 만리장성에 이르기까지 위험을 무릅쓰고 적지로 뚫고 들어가 그들의 동향을 탐지해 오고 바다에 뜬 수군은 때로 내주(萊州) 근처까지 밀고 들어가 적과 맞부딪치는 일도 드물지 않다고 했다.

백제에도 심심치 않게 적정을 알려 왔다. 예전같이 수륙 양면으로 고구려를 칠 듯하지마는 수군이 3배로 늘어난 것으로 보아 단독으로 행동할 위험성도 있다. 이 경우에는 백제를 겨냥할 수도 있으니 만단으로 대비책을 강구하는 것이 좋겠다는 내용이었다.

마지막 남은 장수로 안목이 있다는 의직(義直)이 집에서 근신하는 계백(階伯)을 찾아왔다.

"바둑이나 두려고 왔구만."

"또 무슨 일이 있었소?"

"파직(罷職)이라는구만."

반백의 의직은 쓸쓸히 웃었다. 듣지 않아도 뻔한 일이었다. 복신(福信)이 떠난 후에도 전쟁에 대비하자고 나서는 장수는 사택천복 이하 대신들의 놀림감이 되었고, 왕후 은고의 노여움을 사서 쫓겨나게 마련이었다.

"성상께서는 그럴듯하게 들으시다가도 밤을 자고 아침이 되면 달라지신단 말이오."

의직이 입맛을 다셨다.

"말해서 무얼하겠소. 우리 바둑이나 둡시다."

계백은 벽장에서 바둑판을 꺼냈다.

적의 동향을 쉬지 않고 추적하던 고구려에서 나당(羅唐) 연합수군이 덕물도(德物島)에 집결했고 신라 육군도 남하할 태세를 갖추고 있다는 통보를 받았을 때는 맑은 하늘에서 벼락이라도 떨어진 기분이었다. 그들은 숫자에도 밝았다. 신라 육군은 5만, 당나라 수군은 1천여 척에 13만, 신라 수군은 100여 척에 5천, 도합 18만 5천 명의 대군이 몰려온다는 것이었다. 길어서 한 달만 버티라, 그동안 요동에 집결 중인 병력의 일부를 돌릴 터이니 그때까지 분투를 바란다는 격려까지 잊지 않았다.

의자왕은 사색이 되고 매일같이 조정에 나와 팔뚝질을 하던 왕후 은고는 방안에 틀어박혀 얼굴도 볼 수 없었다.

실로 오래간만에 임금 앞에 모여 앉은 대신들은 고개를 떨어뜨리고 할 말을 몰랐다. 어제까지의 평화의 넋두리가 후회되었으나 늦어도 너무 늦었다. 무자비하게 닥쳐오는 이 엄청난 현실을 감당할 준비는 어느 구석에도 없었고 한숨을 쉬는 것이 고작이었다.

"내가 어리석었지… 계백, 복신, 의직 같은 장수들을 모두 불러들이고, 고마미지현(古馬彌知縣: 전남 장흥)에 귀양 가 있는 홍수(興首)도 오라고 하오."

임금의 목소리가 떨렸다.

"홍수는 연로하고 병이 들어오기 어려울 것입니다."

사택천복이었다. 자기를 사람으로 보지 않던 홍수가 나타나는 것은 이 마당에서도 달갑지 않은 모양이었다.

"그러면 사람을 보내서 그의 의견이라도 물어 오도록 하오."

숨이 막힐 듯 침울한 분위기 속에서 임금과 신하들은 말없이 자리를 떴다.

적의 수군이 덕물도에 구름같이 몰려왔다는 소문은 임존산(任存山) 도침(道琛)의 암자에도 들려왔다. 복신(福信)은 즉시 말에 안장을 얹었다.

"어디 가는 거요?"

마당을 쓸던 도침이 손을 멈추고 허리를 폈다.
"소부리로 가지."
"소부리에 가면 누가 곱다고 할 줄 아시오?"
빗자루보다 클 것도 없는 도침은 깡마른 얼굴을 이죽거렸다.
"싸움 구경이라도 해야지."
"싸움이 그렇게 좋소?"
"좋은 건 아니지마는 발이 그렇게 돌아가는구만."
"나는 군사는 모르오마는 싸움은 진 싸움 같소."
"내 생각과 꼭 같소."
복신은 말에 올라 채찍을 퍼부었다.
도중에서 자기를 마중하러 오는 사자를 만나 함께 소부리로 달려가니 회의 도중이었다.
"내 몹시 기다렸소."
임금은 반색을 하고 계속했다.
"흥수(興首)에게 사람을 보냈더니 전에 성충(成忠)이 하던 말과 같은 얘기를 하는구만. 육군은 탄현에서 막아야 하고, 수군은 기벌포(伎伐浦)에서 막으라고 말이오. 경의 생각은 어떻소?"
"옳은 말씀이십니다."
그런데 사택천복이 끼어들었다.
"전에도 말씀드린 바와 같이 벌을 받은 사람이니 조정에 원한이 있는 터이라 옳은 말을 했을 까닭이 없습니다."
"벌써 여러 날째 이 일을 가지고 조정에서 의논이 분분한데 통 판단이 서야지."
"그대로 해야 합니다. 성상께서도 아시다시피 대군이 백제로 들어오려면 육로에서는 탄현을 거치는 큰 길밖에 없습니다. 이 험준한 대목을 든든히 지키는 것이 상책이고, 바다에서 대군이 상륙하려면 기벌포의 포구밖에 없습니다. 성충이나 흥수가 아니라도 군사에 밝은 장수들은 다 그렇게 생각하는 일입니다."

"그럴까…."

임금은 결단을 내리지 못하는데 사택천복이 또 한마디 했다.

"신은 군사에 밝다고는 할 수 없습니다마는 그렇게 어두운 것도 아닙니다. 옛날 고구려 을지문덕 장군의 고지(故智)를 배워야 합니다. 적을 될수록 깊숙이 끌어들여 지치게 하고 군량도 떨어지게 만든 연후에 치는 것입니다."

"그것도 그렇군."

"말도 안 되는 소리요."

계백이 떠듬거리는 목소리가 울렸다.

"넓은 고구려와 좁은 백제는 다릅니다. 그러다가는 싸우지도 못하고 그들의 손아귀에 들어가고 맙니다."

"그것도 일리 있는 소리요. 나라의 운명에 관계되는 중대사라 신중(愼重)을 기해야 하오. 모두들 오늘밤 깊이 생각해서 내일 또 의논합시다."

결론 없이 헤어졌다.

6월이 가고 달이 바뀌어 7월이 되었다. 서해에는 적의 염탐선이 출몰하고 북쪽에서는 신라군이 탄현에 당도했다는 소식이 와서도 소부리의 백제 조정에서는 신중이라는 이름 아래 날마다 회의를 열고 그때마다 다음날 모이기로 하는 것이 유일한 결정이었다.

참다못한 복신(福信)은 허공에서 주먹을 휘둘렀다.

"이제 생각할 때도 의논할 때도 아닙니다. 이러다가는 바로 이 도성에서 적을 맞게 되겠습니다."

"그건 그렇지."

임금이 맞장구를 쳤다. 날이면 날마다 같은 말을 되풀이하는 사이에 모두들 지쳤고 어느 쪽이든 얼른 결말이 나라는 얼굴이었다.

"지금 말씀대로 사태는 매우 절박합니다. 얼른 결단을 내려 주시지요."

의직(義直) 장군이었다.

"그러면 이렇게 합시다. 여러 대신들의 의견을 공평히 참작해서 계백 장군은 정예 5천을 이끌고 북상해서 신라군을 맞아 싸우되 탄현도 좋고 그 이남도 좋고 적당하다고 생각하는 데서 싸우고, 의직 장군은 새로 모집한 중에서 5천을 이끌고 기벌포에 나가 적의 수군을 맞아 싸우되 대좌평의 의견대로 슬슬 후퇴하다가 적이 지친 틈을 타서 반격한단 말이오."

의직이 단호하게 반대하고 나섰다.

"당병은 먼 길을 배로 와서 멀미도 하고 시달렸을 것이 틀림없으니 그들이 가장 지친 것은 기벌포에 상륙하는 순간입니다. 정예를 이쪽에 돌려 상륙하는 순간에 박살을 내면 신라도 기가 꺾일 것입니다. 그런 연후에 총력을 다해서 반격하는 것이 상책입니다."

그러나 사택천복은 반대했다.

"당병은 멀리서 왔기 때문에 속히 싸우기를 바랄 터인데 그들이 바라는 대로 속전(速戰)으로 나가는 것은 어리석은 일입니다."

"더 의논해야 개미 쳇바퀴 도는 격이니 그대로 합시다. 의직 장군, 서둘러 결전을 해서 대사를 그르치는 일이 있어서는 안 되오. 그리고 사택손등(沙宅孫登) 장군은 나머지 5천으로 이 도성을 지키도록 하오."

아무도 가타부타 말이 없었다.

"귀실복신 장군은 내 옆에서 나를 도와주오."

"신은 기벌포에 나가 당군과 싸우게 해주십시오."

"시키는 대로 해요."

임금은 버럭 소리를 지르고 계속했다.

"장군들의 노고를 생각해서 이 자리에서 술이라도 한 잔씩 나눕시다."

그는 떠나갈 장수들에게 일일이 술을 따라주고 자기도 한 잔 비우고는 말없이 나가 버렸다.

"가족들은 내가 맡지."

복신은 계백에게 다가갔다.

"그만두시오. 지금 백제에 남의 가족을 맡을 수 있는 사람이 어디 있소? 자네나 나나 며칠 후면 저승에서 만날 터인데."

계백은 술도 들지 않고 인사도 없이 가버렸다.

한심한 일이었다. 그 많은 세월을 노닥거리고 보내다가 열흘 동안 허둥지둥 전쟁준비를 한다는 것이 1만 명의 머릿수를 긁어모은 것이 고작이었다. 멋도 모르고 끌려와서 활도 옳게 당기지 못하는 이들로 전쟁이 될 까닭이 없었다. 제대로 단련을 받은 병력이 겨우 5천이라는 이 암담한 현실은 누구의 소치냐? 계백은 왕후인 은고의 배때기를 갈기갈기 찢고 싶었다.

7월 9일. 5천 병력을 이끌고 북상하던 계백은 황산(黃山: 논산도 연산면) 벌에서 남하하는 김유신군 5만과 마주쳤다.

계백(階伯)은 그런 대로 흡족했다. 이 판국에 그나마 군인들을 지휘하여 일대 결전을 할 수 있는 것이 좋았고, 못 볼 꼴을 보기 전에 싸움터에서 무사답게 죽게 된 것이 좋았다.

그의 머리에는 이미 생(生)도 사(死)도 없었다. 벌판을 뒤덮고 포진한 신라군을 향해서 전병력으로 돌격했다. 적은 함성과 더불어 홍수같이 밀려왔다가는 홍수같이 밀려갔다. 그냥 추격하여 닥치는 대로 창을 휘둘러 찌르고 짓밟고 내리치며 돌아갔다.

마상에서 수만 군대가 난전(亂戰)하는 광경을 내려다보던 대장군 김유신은 혼잣말처럼 중얼거렸다.

"계백은 늙어서도 역시 용장(勇將)이다."

대장군기를 앞세운 5천 병력이 성난 사자들처럼 종횡무진으로 쳐부수는 바람에 10배에 달하는 신라군은 밀리고 격파를 당하고 아우성이었다. 적은 사생을 뛰어넘은 용사들이었다.

간단히 짓밟고 전진을 계속하려던 것이 형세가 위급하게 되었다. 적을 삼면으로 포위하고 아침부터 세 차례나 총공격을 퍼부어 적진을 돌파하려고 들었으나 그때마다 맹렬한 반격에 수많은 사상자만 내고 물러섰다. 무인지경을 가듯이 밀고 내려오던 신라군은 상상을 절하는 계백군의 용전(勇戰)에 의기가 꺾이고 피로곤비(疲勞困憊)하여 맥을 쓰지 못했다.

산과 들에는 어둠이 깔리기 시작하건만 적진을 돌파할 가망은 보이지 않았다. 소정방과 약속한 군기(軍期)도 내일로 다가왔는데 군기는 고사하고 패주할 징조마저 보였다.

열기(裂起)는 김유신을 따라 수없는 모닥불 앞에서 밤을 지새우는 진영을 돌아보았다. 처처에서 부상한 병사들의 신음소리가 울리고, 두 무릎 사이에 얼굴을 파묻고 골똘히 생각하는 자, 숫제 땅바닥에 자뿌라져 코를 고는 자가 있는가 하면 모여 앉아 말없이 고개를 떨어뜨린 자들도 있었다. 또 산기슭마다 나무를 쌓아놓고 전사한 자들을 무더기로 태우고 뼈를 추리는 광경도 벌어졌다.

절간마다 종이 울리는 가운데 내을신궁(奈乙神宮)에 절하고 남녀노소의 전송을 받으며 서라벌을 떠날 때의 의기는 어느 구석에도 보이지 않았다. 이야기로 듣거나 책에서 볼 때에는 근사하지마는 실지로는 처참한 것이 전쟁이었다.

열기는 처음 나오는 전쟁이라 두려움에 가슴이 뛰었으나 김유신 장군의 얼굴을 돌아보고는 자신이 부끄러워 정신없이 칼을 휘둘렀다. 위급한 일이 벌어져도 눈 하나 까딱하는 일이 없고, 화살이 빗발처럼 날아와도 덤덤하게 이리저리 말을 달려 장병들을 지휘하는 모습은 사람이 아니라 전설에 나오는 신선(仙人)이었다. 전쟁을 위해서 하늘이 보낸 사람인 양 거치는 것이 없고 싸움이 클수록 즐거운 듯 신나는 표정이었다. 유별난 사람이었다.

일은 뜻 같지 않고 사상자만 많이 내서 죄송하다고 사과하는 장수들이 태반이었으나 김유신은 긴 말을 하지 않았다.

"아니오. 잘 싸웠소."

7월 10일.

동이 트면서 또다시 어제와 같은 밀고 밀리는 공방전이 벌어졌으나 해가 중천에 이르러도 백제군은 꺾이는 기색이 없었다.

열기는 김유신이 보내는 술병을 들고 좌군(左軍)의 품일(品日) 장군을 찾았다. 한바탕 싸우고 돌아온 병사들은 앞을 다투어 샘에서 물을 마시고 한쪽에는 죽은 전우의 시체를 안고 소리 없이 눈물을 흘리는 병사들도 있었다.

품일 장군은 열여섯 살 난 아들 관창(官昌)을 마전에 불러 세우고 단둘이 조용조용 이야기하는 중이었다. 가까이 가도 인기척을 알아차리지 못하고 속삭이듯 대화는 계속되었다.

"너는 화랑(花郞)이지?"

"그렇습니다."

소녀같이 예쁘장한 관창은 또렷한 말투였다.

"지금 저기 모인 결사대가 계백의 목을 따러 떠난다. 너도 가겠느냐?"

품일은 언덕 아래 몰려 선 4, 50기의 기병들을 가리켰다.

"가겠습니다."

"좋다. 가라."

소년은 아버지에게 군례를 올리고 말에 올라 내달았다.

뼈아픈 후회 219

품일 장군은 결사대의 선두에서 흙먼지를 일으키고 달리는 어린 아들의 모습에서 눈을 떼지 않았다.

뭇 병사들이 지켜보는 가운데 결사대는 아득히 보이는 산기슭의 적진에 뛰어들어 창이며 칼을 휘두르다가 적에게 포위되고 큰 바다에 모래알들이 빨려들듯 적병 속에 사라지고 말았다.

"대장군께서 보내시는 겁니다."

기회를 엿보던 열기는 비로소 다가갔다.

"아 그래? 고맙다고 여쭈어 줘."

품일은 잠깐 돌아보고는 다시 적진으로 눈길을 돌렸다.

"들으셨습니까?"

독군(督軍) 김문영(金文潁)이 말을 달려와 그의 옆에서 내렸다.

"무얼 말이오?"

반백의 품일의 얼굴에는 웃음이 없었다.

"우군에서 결사대 50명을 보냈다가 전멸당했답니다."

젊은 김문영은 흥분했다.

"반굴(盤屈)을 아시지요? 흠순(欽純) 장군의 아들 말입니다. 그 반굴이 선두에 섰는데 많이 살상은 했지마는 전멸입니다."

"그래요?"

품일은 담담히 대답했다.

"대장군의 분부십니다. 차후로는 이런 무모한 일을 해서는 안 된답니다."

"허어, 여기서도 벌써 떠나갔구만. 대장군께 미안하다고 전해 주시오."

김문영은 열기에게 한마디 남기고 말을 달려갔다.

"기왕 이렇게 됐으니 너는 남아 있다가 하회를 알아서 오너라."

관창이 홀로 돌아와 샘에서 손으로 물을 훔쳐 마시고 다시 말에 올랐다.

"어찌된 일이냐?"

품일은 성난 목소리였다.

"대개 죽고 나머지 몇은 붙들려서 계백 앞에 끌려갔습니다. 다 목을 땄지마는 저만은 어린애라고 돌려보내더군요."

"그래 …."

"그만 가보겠습니다."

아버지가 무어라고 할 겨를도 없이 관창은 말에 채찍을 퍼부어 적진으로 돌아갔다.

품일은 나무토막에 걸터앉아 김유신이 보낸 술을 한 잔 마시고 열기에게도 권했다.

"젊은 군관도 한잔하지."

열기는 잔을 받아들고 말을 걸었으나 품일은 대답하지 않았다.

"안 보내실걸 그랬습니다."

"……."

주인 없는 말이 벌판을 달려 언덕으로 올라왔다.

"관창이다!"

말을 붙잡으려고 쫓아다니던 병정들이 외치고 군관들이 모여들었다. 품일은 죽은 아들의 머리를 안장에서 풀어 가슴에 안고 눈을 감았다. 피는 앞자락을 적시고 눈물을 삼키는 소리가 들리는 듯했다. 주위에 몰려서서 생시와 다름없는 앳된 얼굴을 지켜보던 사람들도 소리 없이 눈물지었다.

전군에 비감(悲感)과 찬탄, 그리고 수치감이 휩쓸고 돌아갔다. 대장군의 아우인 흠순 장군의 아들 반굴이 결사대의 선두에서 용감하게 전사했다. 품일 장군의 어린 아들은 살려 보냈는데도 전우들이 죽은 적지에 다시 뛰어들어 무사답게 죽어 갔다. 나는 무엇이냐. 살아 있는 것이 수치였다.

　산과 들에서 무수한 북들이 울리고 신라군은 총공격을 개시했다. 엄청나게 큰 산이 무너져 사태를 이루고 노도(怒濤) 같이 쏟아져 내려오듯이 무서운 기세로 백제군의 진지로 밀려들어갔다.

　백제 군사들은 한 사람 한 사람이 노한 사자같이 일어서 창을 휘두르고 활을 당겼다.

　열기는 장창(長槍)을 휘두르고 돌아서면서 인간의 역사에 이 같은 전쟁은 일찍이 없었고 앞으로도 없을 것이라고 생각했다. 적이나 우군이나 하나같이 죽을 자리를 찾아 혈안이 되었다.

　후퇴라는 것이 없었다. 피를 흘리고 쓰러져서도 쓰러진 적을 찾아 물어뜯고 하다못해 돌멩이라도 집어던지고야 목숨을 거두었다.

　그러나 큰 바위가 작은 돌을 짓부수듯이 압도된 백제군은 목숨이 다해서 전멸하고 여기저기서 구령이 울리는 가운데 신라군은 집결하기 시작했다.

　열기(裂起)는 김유신을 따라 벌판에 말을 달렸다. 개미떼같이 흩어진 시체들은 무릎이 빠지고 팔이 잘리고 풀어헤친 머리에 피투성이 아닌 것이 없었다. 철천의 한이 맺힌 원수들의 철저한 싸움이요 철저한 죽음들이었다.

　중들이 이리저리 뛰어 아우성치는 부상자들을 싸매고 업어 나르는 한편에서는 말들이 자빠라졌다가는 다시 일어서려고 안간힘을 썼다.

　산기슭 샘가에 2, 3명의 병사들과 함께 표주박을 들고 선 원효스님의 모습이 보였다.

　"누구요?"

　달려온 김유신이 물었다. 갈기갈기 찢어진 군복에 어깨가 드러난 백제의 군인은 반백의 머리를 희미하게 바람에 날린 채 눈을 감고 고통을 참느라 얼굴을 찌푸리고 있었다. 이마와 가슴, 어깨, 그리고 다리에서 피가 배어 나왔다.

"글쎄요."

원효는 쳐다보지 않고 사나이의 입가에 표주박을 가져갔으나 그는 한 손을 가까스로 쳐들어 박을 물리치고 맥없이 손을 떨어뜨렸다. 김유신은 말에서 내려 원효와 함께 그의 옆에 앉았다.

"계백(階伯) 장군."

김유신의 목소리에 실같이 뜨기 시작한 계백의 두 눈이 차츰 커지고 마침내 불이라도 뛸 듯 하오의 태양에 이글거렸다. 그는 아직도 허리에 달려 있는 단검으로 한 손을 움직거리다가 그대로 늘어져 마지막 숨을 몰아쉬었다.

"운명했습니다."

원효는 그의 부릅뜬 두 눈을 감겨주고 일어서 합장했다. 김유신도 따라 일어서 옆에 있는 병사들을 돌아보았다.

"잘 묻어 드려라."

김유신은 다시 말에 올랐다.

5천 병력을 이끌고 기벌포로 향한 의직(義直) 장군은 해안에서 결전을 주장했으나 감군(監軍)으로 따라간 사택천복의 심복이 왕명을 방패로 후퇴를 주장하는 바람에 적은 싸움다운 싸움도 없이 상륙했다는 소식이었다. 이어서 의직이 전사했다는 소식도 왔다. 감군이 군을 움직이지 못하게 하는 바람에 어쩔 수 없이 수병(手兵)들만 거느리고 적진에 뛰어들었다는 것이다. 소인(小人)들에게는 이제 신물이 난다는 한마디를 남기고 갔다고 했다.

같은 날, 계백이 사투(死鬪)를 거듭한다는 소식이 연거푸 들어오고 대신들 가운데는 사택천복에게 다가서 속삭이는 것을 잊지 않는 자도 있었다.

"역시 대좌평께서 말씀하신 군략은 절묘해서 어김없이 맞아 들어갑니다."

사택천복은 싫지 않은 얼굴에 입을 헤벌렸다.

"그야 계백 장군이 용한 거지요."

이튿날 사택천복은 신장(神將)이라는 칭송까지 들었다.

"상륙한 당병들이 지쳐서 굼벵이같이밖에 못 움직인다니 대좌평께서는 참으로 앞을 훤히 내다보시는 신장이십니다."

"더욱 지치게 한 연후에 일격으로 쳐부수고 여세를 몰아 신라를 치는 거요."

"그러문입쇼."

"그러나 저러나 의직 장군은 우둔해서 개죽음을 했단 말이야."

사택천복은 수염을 내리 쓰다듬었다.

한동안 숨을 죽이고 있던 은고도 임금과 함께 나타나 입과 손바닥을 함께 나불거렸다.

"대좌평은 나라의 주석(柱石)이라 대좌평이 있는 한, 우리 백제는 반석 위에 있는 것이오."

옆에 앉은 임금은 고개를 끄덕이고 사택천복은 머리를 조아렸다.

"황공하오이다."

이 며칠 동안 입을 열지 않은 복신(福信)은 흰 눈으로 그들을 지켜보았다. 우거지들이 또 웃기는구나.

"귀실 장군은 내 말이 못마땅한 모양이구만."

왕후인 은고가 새침했다.

"아니올시다. 아주 마땅하십니다."

"말투가 묘한걸."

은고가 감아 붙였다. 허망한 안도감에 한동안 눌러 두었던 양심이 되살아난 모양이라 아무래도 무사할 것 같지 않았다.

"그렇습니까."

대답을 안 할 수도 없고, 그렇다고 마땅한 말도 떠오르지 않아 나오는 대로 대꾸를 했다.

"그런 말버릇이 어디 있소?"

은고가 한마디 하자 임금이 맞장구를 쳤다.

"고얀 것 같으니라고."

사택천복도 한마디 없을 수 없었다.

"아무리 종실이라도 군신지분(君臣之分)이 하늘과 땅 같거늘 어찌 그리 무엄할 수 있소?"

"원래 불출이라 본의 아니게 실수한 모양입니다."

시비하기 싫어 수그러들었으나 사택천복은 더욱 기승했다.

"이것은 강상대변(綱常大變)이오."

"그렇지. 강상대변이지."

임금이 목청을 높이자 은고는 또 두 손바닥을 나불거렸다.

"보자보자 하니까 귀실 장군은 나를 우습게 안단 말이오."

사택천복이 심각한 얼굴로 허리를 굽실했다.

"어려울 때일수록 안을 정제한 연후에 밖을 치셔야 합니다."

시시콜콜한 것을 가지고 찍고 까부는 꼴은 그대로 달밤에 춤추는 병신들이었다. 이따위 치인(痴人)들의 광대놀음이나 보자고 임존산을 떠나온 것이 아니다. 복신은 될 대로 되라고 사택천복을 향했다.

"듣자하니 내가 없어져야 안이 정제돼서 잘 싸울 모양인데 좋도록 하시오. 물러가 대죄(待罪) 하지요."

돌아서 나왔으나 아무도 말리는 사람이 없었다.

저녁 해가 비낀 거리에는 활을 멘 병사들이 떼를 지어 지나갔다. 좌우로 움직이는 북(梭)에 따라 절도 있게 상하로 움직이는 베틀의 날같이 씩씩하던 백제 병사들이 아니라 전통(箭筒)이 겨워 휘청거리는 중

늙은이에 아이들이 태반이었다. 그렇지, 5천 남은 병사들은 계백과 함께 북쪽으로 갔지. 말굽소리와 더불어 반대 방향에서 찢어진 군복에 흙먼지를 뒤집어쓴 군관이 달려왔다. 전선에서 오는 모양이다. 요 며칠은 하루에도 몇 번씩 있는 일이었으나 궁금하기는 매일반이었다. 그는 말머리를 틀어 길을 막고 물었다.

"어디서 오느냐?"

"황산벌에서 옵니다. 큰일 났습니다."

그는 숨이 턱에 닿았다. 불길한 예감에 가슴이 내려앉은 복신은 그의 입만 바라보았다.

"계백 장군도 돌아가시고 전멸입니다."

복신은 맥이 풀려 움직일 줄을 몰랐다.

"어전에 고해야 합니다."

군관은 말고삐를 당겼다.

"응. 그렇지."

그는 길을 비켜주고, 멀어져 가는 군관의 뒷모습을 바라보다가 천천히 말을 몰았다.

7월 11일. 서남으로 진격하던 신라군은 웅진강구(熊津江口: 강경 부근)에서 진을 치고 기다리는 당병들과 마주쳤다. 강은 온통 배로 뒤덮이고 좌우 강안에는 병정들이 들끓고 도처에서 밥 짓는 연기가 올랐다.

"계백 때문에 크게 고전하셨다지요?"

선발대로 떠난 신라병들과 함께 마중 나온 김인문의 치하에 김유신은 고개를 끄덕이고 물었다.

"그쪽은 괜찮았는가요?"

"어떻게 된 병정들인지 슬슬 꽁무니만 빼기에 휘파람을 불고 온 셈이지오. 저기 보시는 바와 같이 강에는 그냥 배를 띄우고, 일부는 강둑을 따라 여기까지 진격해도 가로막는 병정 하나 없었으니까요"

"잘됐구만 … 그런데 우리 독군은 왜 안보이지요?"

"그게 글쎄 … 일이 맹랑하게 됐습니다."

"맹랑하게 되다니?"

"군기가 어제 아닙니까. 소총관이 대노했습니다. 신라군이 군기를 어겼다고 김문영을 군문(軍門)에서 목을 벤다는 겁니다."

"황산벌의 격전 소식을 못 들은 모양이구만."

"김 독군한테서 듣기야 들었지요."

김유신의 수염이 부르르 떨었다.

"덕물도에서부터 희게 놀더니만 이놈의 자식이!"

말에 올라 손을 쳐들자 각적(角笛)이 울리고 뒤따르던 기병 1천여 명이 일제히 말에 뛰어올랐다.

노한 김유신은 선두에서 말을 달리기 시작하고 김인문은 바싹 옆에 따라붙었다.

"이러지 마시고 좋게 해결하시지요. 이러시면 제가 난처합니다."

"난처하면 빠지시오!"

그는 채찍을 퍼부어 더욱 세차게 달렸다.

신라 기병들은 소정방의 장막을 둘러싸고 주위의 당병들은 밥 짓던 손을 멈추고 일어서 멍청하니 바라보았다. 김유신은 안장에서 도끼를 빼어 들고 장막으로 들어갔다.

막료들과 이야기하고 앉았던 소정방이 엉거주춤 일어서 두리번거리다가 구석에 쭈그리고 선 자기네 군관을 불러 통역을 시켰다.

"무슨 일이 있어 했소?"

"우리 독군 김문영을 내놔요."

"신라는 군기를 어겨 해서 독군을 군율로 다스려 하오."

"네가 뭔데 신라의 장군을 다스려! 내놔!"

"못 내놔 해."

"좋아, 네놈의 대갈통부터 까부수고 너의 군대를 없애버린 연후에 백제를 쳐도 늦지 않다. 분명히 대답해."

통역을 듣는 소정방의 얼굴이 사색이 되고 대답을 못했다. 옆에 선 군관〔이름은 동보량(董寶亮)으로 소정방의 우장(右將)〕이 그의 발을 지그시 밟고 귀에 대고 무어라 중얼거리다가 나섰다.

"신라와 당은 형제의 나라, 싸우는 것은 좋지 않아 하오."

"너는 비켜. 소정방 네가 말해."

김유신은 도끼로 소정방을 가리켰다.

"우리 두 나라 좋게 지내야 하오."

소정방은 목이 타서 끽끽거리는 소리였다.

"넋두리는 그만두고 우리 독군을 내놔. 당장 내놔!"

김유신은 한 걸음 다가섰다.

"아아, 내놔 해, 내놔 해."

소정방은 김유신의 손에 들린 도끼에서 눈을 떼지 않고 뒷걸음을 쳤다. 자기들끼리 쑥덕거리다가 군관 한 명이 밖으로 나가고 소정방이 웃음을 띠고 다가섰다.

"지금 데리러 가서 했소."

김유신은 대답하지 않고 그를 아래위로 훑어보다가 걸상을 끌어당겨 앉았다.

살기를 띤 침묵이 흐르는 가운데 김문영이 당나라 군관을 따라 들어서자 김유신은 일어섰다.

"갑시다."

돌아서 나오려는데 소정방이 계면쩍은 웃음을 띠고 다가왔다.

"얘기할 일이 있어 했소. 아까 백제왕이 우리 당군더러 제발 철군해

달라고 애걸하는 편지를 보내와 했소."

"그래서?"

"거절했소."

"잘했소."

김유신은 뒤도 안 돌아보고 장막을 나섰다.

김유신과 소정방은 또 한바탕 붙었다.

"여기서 며칠 푹 쉬고 나서 병정들이 기운을 차린 연후에 진격합시다."

양군의 장수들이 모인 자리에서 소정방이 제의했다.

"내일 당장 진격해야 하오."

김유신은 반대였다.

"당군은 기벌포에서 배를 타고 여기까지 와서 오늘도 종일 쉬었소. 더 쉬어야 하겠소?"

"쉴 겨를 없이 진격해 온 신라군이 걱정돼서 그러오."

"신라군의 걱정은 할 것 없소."

말문이 막힌 소정방은 두 눈을 껌벅거리다가 딴소리를 꺼냈다.

"나는 싸움터에서 늙은 사람이오."

김유신은 대답하지 않고 그를 주시했다.

"모든 징조로 보아 자칫하면 적의 술수에 빠질 염려가 있소. 척후의 보고에 의하면 소부리 벌에는 1만 명의 백제군이 포진하고 있다 하오. 그러니 며칠 쉬면서 신중을 기해야 하오."

"우리는 양군을 합치면 18만이오. 고작 1만이 무서워 주춤거린단 말이오?"

듣고만 있던 김유신이 반박했다.

"누가 무섭댔소? 신중을 기하자는 것이지."

소정방이 발끈했다.

"무섭지 않은데 왜 여기서 엉거주춤하자는 거요?"
"황산벌의 백제군은 최후의 한 사람까지 싸우고, 심지어 쓰러져서도 물어뜯기까지 했다면서요?"
"사실이오."
"거기서는 그렇게 싸우고, 이쪽에서는 슬슬 피하고, 이건 심상한 일이 아니오."
"백제의 정예는 황산벌에서 다 없어졌소. 염려 말고 진격합시다."
"아니오. 신중을 기해야 하오."
"시간을 끌면 적에게 대오를 정비할 여유를 줄 뿐이오."
"그럼 소부리 성은 피를 흘리지 않고 먹을 수 있단 말이오?"
"자기네 도성이 떨어지는데 누가 가만있겠소? 어차피 피는 흘리게 마련인데 빠를수록 적게 흘린단 말이오."
"신중을 기해야 하오."
김유신은 일어섰다.
"당군이 어떻게 나오든 신라군은 내일 진격하겠소."
7월 12일.
이른 새벽부터 부지런히 움직이는 신라군을 바라보기만 하던 당군의 진영에서 북이 울리고 병사들은 투덜거렸다.
"아이고, 내 팔자야."
아침 해가 봉우리를 넘어설 무렵 나당 연합군 18만은 북쪽으로 소부리 성을 향해 진격을 개시했다.

귀실복신은 입을 다물고 돌아가는 물세를 구경하는 수밖에 없었다. 신수가 사나워 지난해 여름 온 가족을 염병에 잃고부터 동문 안 절간에 기거해 왔다. 새살림을 꾸미라는 친구도 있었으나 세상도 뒤숭숭하고 마땅한 사람도 눈에 띄지 않아 지금까지 미루어 왔다.

매운 칼바람에 꽃은 지고

한심한 물세는 황산벌의 패보(敗報)가 당도하면서 광태(狂態)로 변했다. 군관과 헤어져 절간에 돌아간 복신(福信)은 생각도 많이 했으나 일은 통 틀어진 일이라 늘어지게 자다가 첫새벽에 궁중으로 불려왔다.

"어제 일은 없던 것으로 할 터이니 계속 나를 도와주오."

임금은 핏발이 선 눈으로 내려다보았다.

"성은이 망극하오이다."

성은(聖恩) 아닌 원한(怨恨)이 망극했으나 입으로는 이렇게 나올 수밖에 없었다.

"귀실 장군은 어떻게 생각하오?"

왕후 은고가 옆에 엎드려 붓을 놀리는 사나이를 힐끗 내려다보고 복신에게 물었다. 글깨나 한다는 각가(覺伽)라는 대신이었다.

"무얼 말씀이니까?"

"대좌평, 설명해 드리시오."

사택천복은 콧구멍을 벌름거렸다.

"당대의 문장가인 각가 좌평으로 하여금 명문을 짓게 해서 소정방에게 보내는 것이오. 성루공하(聲淚共下) 할 명문장으로 당군의 철수를 간청한단 말이오. 저들도 사람인데 눈물이 없겠소?"

어처구니없어 잠자코 있는데 은고가 또 물었다.

"어떻소?"

"글쎄올시다."

흰 종이에 달필로 써내려간 글을 돌려 보았고, 보는 사람마다 귀신도 울지 않고는 못 배길 절세의 명문장이라고 했었다.

어제 하루는 이 귀신을 울릴 문장의 하회를 기다리는 데 보냈다. 남쪽에서 신라군이 당군과 합류했다는 소식이 와도 대책은 이 명문장이 소정방을 울린 결과를 기다리는 일이었다.

저녁때에 돌아온 사신은 발을 쩔뚝거리고 어전에 엎드렸다.

"그래, 소정방이 그 편지를 보았소?"

사신이 아뢰기 전에 임금이 다급하게 물었다.

"보기는 보았습니다마는…."

사신의 설명에 의하면 무식한 소정방은 옆에서 읽어주는 것을 듣고 나서 불쑥 일어서더니 고함을 지르더라는 것이다.

"개나발이다."

한 대 걷어차는 바람에 무릎에 멍이 들고 쩔뚝거리게 되었다고 했다. 사람들의 얼굴이 노랗게 변하고 여기저기서 긴 한숨소리가 들렸다.

"왜 진작 그 생각을 못했을까."

왕후 은고의 찢어지는 목소리에 모두들 그에게 고개를 돌렸다.

"편지 한 장 달랑 들고 갔으니 일이 되겠소? 산해진미(山海珍味)로 융숭하게 대접하면서 청을 드리잔 말이오."

"그럼, 바로 그거야."

임금이 고개를 끄덕이자 사택천복이 머리를 조아렸다.

"중전마마의 영특하신 머리에는 오직 감탄이 있을 뿐입니다."

은고는 상기한 얼굴로 팔뚝질을 했다.

"또 한 가지 있소. 저쪽은 당나라의 대장군인데 이름 없는 관원을 보낸 것도 실수였소. 이번에는 대좌평이 친히 나가서 깍듯이 대접하란 말이오."

"분부대로 거행하겠습니다. 중전마마의 깊으신 뜻은 도저히 범인들이 상도(想到) 할 바가 아닙니다."

사택천복이 머리를 숙이고 나머지들은 납죽하게 엎드렸다. 복신의 눈에는 시라손이도 못되고 걸레라도 형편없는 걸레들이었다.

"귀실 장군은 무슨 생각을 하오?"

왕후 은고의 앙칼진 목소리에 멍하니 앉았던 복신은 제정신으로 돌아왔다. 남같이 엎드리지 않은 것이 눈에 거슬린 모양이라 잠자코 엎드려 주었다.

"그럼 지금부터 서두르지."

임금은 한마디 남기고 은고와 함께 내전으로 들어갔다.

아침 일찍부터 사택천복은 종종걸음을 하고 손가락질하고 잔소리하고 부산하게 돌아갔다.

밤새 만든 음식궤짝과 술독들이 수십 마리의 당나귀에 실렸다. 관원들을 거느리고 길을 나선 사택천복은 복신을 돌아보았다.

"귀실 장군도 같이 가는 것이 좋겠소."

복신은 오래 억눌렸던 것이 울컥했다.

"당신 여러 해를 두고 웃겼소."

"무슨 말을 그렇게 하오?"

"어제 오늘은 더욱 웃겼소."

사택천복은 멍청하니 입을 벌리고 말을 못했다.

"어서 가보시오."

복신은 그의 등을 밀었다.

대궐의 넓은 마당을 가로질러 가는 행렬을 바라보다가 그는 돌아섰다.

"그렇게 융성하던 백제가 망해도 희한하게 망하는구나."

할 일이 많아야 할 순간에 실로 할 일이 없었다. 절간에 돌아가 한잠 자버릴까 생각하는데 임금이 부른다기에 내전으로 들어갔다.

"기탄없이 얘기해 주오."

임금은 홀로 앉아 있었다.

"무얼 말씀이십니까?"

"아무래도 마음이 안 놓인단 말이오."

"싸우는 길밖에 없습니다. 성 밖에는 1만여 명이 포진했고, 이 며칠 동안 근처에서 모아온 병정도 수천 명입니다. 한 달만 버티면 고구려에서도 원병이 온다고 했으니 말입니다."

"싸움이 되겠소?"

"결전을 피하시고 병력을 집결하여 이 성을 고수하고 일부 병력으로 적의 양도(糧道)를 끊으면 몇 달은 넉넉히 지탱할 수 있습니다. 당군이나 신라군이나 한 달 이상의 군량은 가지고 오지 못했을 겁니다."

"허지마는 들에는 머지않아 추수할 수 있는 곡식이 얼마든지 있지 않소?"

"적의 수중에 들어간 지역엔 결사대를 잠입시켜 물방아를 모조리 없애 버리면 됩니다."

"그럴듯한 계책이오."

임금은 무릎을 치고 얼굴에는 화색이 돌았다.

"폐하께서는 일찍이 백전백승(百戰百勝)의 명장이셨습니다. 마음만 계시면 안 될 일이 없습니다."

"어느 장수에게 맡기면 좋겠소?"

"지금 와서는 폐하께서 진두에 서셔야 합니다."

중간문이 열리면서 왕후 은고가 들어섰다.

"듣자하니 늙으신 폐하더러 진두에 나서라고?"

복신은 대답하지 않았다.

"그게 신하의 도리요?"

말해봐야 소용없는 상대였다.

"장수들은 뭘 하고 폐하께서 나서야 하오? 말해 보시오."

한마디쯤 두둔해 주리라고 생각했으나 임금은 시종 잠자코 있다가 뚱딴지같은 소리를 했다.

"하기야 신하의 도리는 아니지."

은고는 복신을 흘겨보다가 임금을 향했다.

"폐하, 가만히 생각해 보니 대좌평만 보낼 것이 아니라 육좌평(六佐平)을 모두 보낼 걸 그랬어요. 우리 조정이 온통 성의를 보이는 것이 되니까요."

"듣고 보니 그렇구만."

"대좌평이 이미 나갔으니 어느 왕자가 육좌평을 거느리고 뒤따라가서 거듭 성의를 보인단 말이에요. 술단지를 몇 개 더 갖고 말이에요."

"그럴듯한 생각이오. 귀실 장군, 이만하면 될 것 같지 않소?"

"글쎄올시다."

"국가대사에 글쎄올시다가 뭐요?"

"지금은 경각을 다퉈 싸울 차비를 할 때입니다."

"집어치우란 말이로군."

"폐하, 백제 6백여 년의 역사에 지금 같은 난국도 없었습니다. 이때야말로 대장부의 결단이 필요합니다. 이미 차려놓은 제상에 안심이 안 돼서 이 음식 저 음식 덧붙이는 여자의 고사 놀음으로 될 일이 아닙니다."

은고는 또 팔뚝질을 했다.

"내 딴에는 나라 일을 염려해서 밤잠을 못 자고 이 고생인데 여자의 고사 놀음이 뭐요, 응?"

"보자보자 하니까 … 네가 뭘 안단 말이냐?"

임금도 화를 냈다.

"신은 물러가겠습니다."

일어서려는데 임금이 호령을 했다.

"이놈―, 물러가다니, 응. 게 누구 없느냐!"

복신은 달려온 군졸들에게 끌려나왔다.

"저것을 옥에 집어넣어라!"

여자의 찢어지는 목소리가 뒤를 따라왔다.

하루 종일 진군하던 나당 연합군 18만은 소부리 성 남방 30리에 포진하고 대휴식으로 들어갔다. 적은 눈앞에 있고 내일은 큰 싸움이 시작된다는 것이다.

열기(裂起)는 음식을 잔뜩 싣고 와서 소정방의 소매를 붙잡고 애걸하는 사택천복을 물끄러미 바라보았다.

"장수들을 모으시지요. 우선 음복부터 하시고."

"쓸데없어 해. 돌아가, 너의 왕 의자(義慈)를 오라고 해."

통역까지 거드름을 피웠다. 늙었어도 소정방은 가슴을 펴고 꼿꼿한데 사택천복은 휘청거리고 연거푸 굽실거렸다.

"술맛이 좋습니다. 이봐, 이리 차려놔."

사택천복이 돌아서 한마디 하자 따라온 사람들이 돗자리를 깔기 시작했다.

버티고 서서 보고만 있던 소정방이 무어라고 고함을 지르자 당나라 병정들이 달려들어 창대로 당나귀들을 후려갈겨 댔다.

수십 마리의 당나귀들은 곱뛰고 쓰러지고 내달았다. 흰 밥이 흩어지고 통으로 삶은 닭과 돼지들이 수없이 땅에 뒹구는가 하면 부서진 술단지도 기차게 많았다. 땅에 쏟아져 풍기는 술 냄새가 코를 찌르는 가운데 당나라 병정 한 놈은 떨어져서도 깨지지 않은 단지 하나를 힐끗 돌아보며 침을 삼키다가 소정방의 무서운 눈초리와 마주치자 보라는 듯이 돌멩이를 들어 박살을 냈다.

"대장군, 제발."

그래도 사택천복은 또 소정방의 소매를 잡고 무릎을 꿇었다.

"꺼져버려 해."

소정방은 주먹으로 눈통을 쥐어박았다.

한참 눈을 감싸 쥐고 엎드렸던 사택천복은 일어서 큰절을 하고 휘청걸음으로 돌아갔다.

그가 돌아가고 얼마 안 되어 왕자라는 청년이 술단지를 하나씩 안은 사나이 여섯 명을 거느리고 나타났다.

"의자야?"

소정방은 걸상에서 일어서지도 않았다.

"의자왕의 아들이올시다. 이 사람들은 모두 좌평, 중국으로 말하면 대신들입니다."

청년은 허리를 굽실했다.

불쑥 일어선 소정방은 손에 잡고 있던 채찍으로 마구 후려쳤다.

그들이 개처럼 얻어맞고 돌아서자 소정방은 혼자 중얼거렸다.

"왕바당 차우니."

7월 13일.

묘한 전쟁이었다. 열기(裂起)는 하루살이의 싸움이라고 생각했다. 총공격을 개시한 나당 연합군의 정면에 나타난 백제군은 황산벌의 백제군과는 딴판이었다. 태반이 군복 아닌 핫바지 차림으로 무기도 제대로 가누지 못하는, 소년에서 중년까지 나이도 일정치 않았다.

그러나 단련되지는 못했어도 비겁하지는 않았다. 하루살이가 두려움 없이 불에 달려들듯이 엄청난 적 앞에 서슴없이 돌진해 왔다. 와서는 능란하게 창을 휘두르는 적의 손에 쓰러지고 쓰러진 시체를 넘어 또 달려들었다. 그것은 수없는 하루살이들이 불에 뛰어들어 죽어가는 것이나, 다를 것이 없었다.

싸움은 반나절로 끝났다. 백제군은 1만 명 가까운 시체를 벌판에 남기고 성안으로 물러갔다. 드디어 내일은 백제의 수도 소부리 성을 포위한다고 했다.

밤. 옥중에도 소식은 들려왔다. 낮에 소부리 벌에서 결전이 벌어졌다는 소식에 이어 사택손등이 싸우는 병사들을 팽개치고 슬그머니 성안으로 들어왔다고 했다. 저녁때에는 거의 전멸하고 기천 명이 도망쳐 성내로 몰려드는 중이라는 소문이었다.

복신(福信)은 무슨 수가 있어야겠다고 벌떡 일어섰으나 별 도리가 없었다. 육중한 옥문은 굳게 닫히고 빠질 구멍이라고는 하나도 없었다. 그는 땅바닥에 주저앉아 죽음을 골똘히 생각하다가 잠이 들었다. 자정이 넘어 왁자지껄하는 바람에 눈을 떴다. 옥문이 열리고 함께 갇혔던 죄수들이 몰려나가고 있었다. 임금 내외와 태자가 몇몇 대신들과 함께 곰나루(熊津: 충남 공주)로 도망갔다는 이야기였다.

복신은 거리에 나섰다. 보름을 앞둔 달은 서산에 기울었는데 지진을 만난 동네같이 아낙네들이 치맛자락을 휘어잡고 이리저리 뛰는가 하면 길가에 몰려서서 떠들썩하는 패들도 있었다.

난장판이었다. 공포에 떠는 이 백성들을 지금 당장 한데 묶어 어떻게 할 수 있는 사람이 있다면 임금밖에 없었다. 임금이라기보다 임금이라는 이름이었다. 태자라도 버티고 있으면 무슨 도리가 있음직도 한데 그것도 아니고, 더구나 판세가 어떻게 돌아가는지 통 알 수 없었다. 적의 동정부터 알아야 했다.

"귀실 장군 아니십니까."

멍하니 길가에 서 있는데 지나가던 젊은 군관이 말에서 내렸다.

"너 웬일이냐?"

자기가 바른 말을 하다가 서부(西部)의 방령(方領)으로 쫓겨났을 때 관내의 군장(郡將)으로 있던 지수신(遲受信)이었다. 달빛 아래 여자같이 예쁘장한 얼굴에는 웃음기가 없었다.

"일이 급합니다. 우선 타시지요."

복신은 말을 달리고 지수신은 옆을 뛰었다.

"장군이 떠나신 후 북쪽 변경으로 쫓겨 가 있었습니다."

"그래…."

"소부리 성을 도우러 오다가 도중에서 곰나루로 가시는 폐하 일행과 마주쳤습니다."

지수신은 달리면서 계속했다.

"다들 폐하를 따라 곰나루로 가고, 저는 장군을 모시러 왔습니다."

"어명이냐?"

"제 생각이지요."

복신은 화제를 돌렸다.

"적은 어디까지 왔느냐?"

"저도 딱히는 모릅니다."

달이 지고 어두운 북문에서는 아우성이었다. 성문을 빠져나가려는 백성들과 파수병들의 승강이가 벌어지고 아이들의 울음소리가 그치지 않았다.

"보내주지 그러느냐?"

지수신이 가까운 파수병의 어깨를 쳤다.

"조금 전에 적의 척후가 지나갔습니다. 위험해서 그러지요."

파수병은 양순한 사람이었다.

"말 한 필 구할 수 없을까?"

파수병은 횃불에 아래위를 훑어보고 대답했다.

"성 밖에 나가시게요? 위험합니다."

"하여튼 한 필 구해줘."

"이 판국에…."

파수병은 조금 떨어져 뽕나무에 매인 말을 횃불로 가리켰다.

"저걸 타시지요."

두 사람은 말을 끌고 성 밖으로 나왔다.

사방은 어둠에 싸이고 멀리 남쪽에서 적의 군마(軍馬)들이 우는 소리가 간간이 들릴 뿐이었다. 그들은 성벽에 기대서서 귀를 기울이다가 말에 올라 북으로 달리기 시작했다.

어둠 속에서 희미하게 번뜩이는 강물이 앞을 가로지르고 말이 주춤거렸다. 채찍을 퍼부어 그대로 물속으로 말을 내몰려는데 발밑에서 검은 그림자들이 불쑥 내달리면서 외쳤다.

"스웨이아!"

복실은 옆구리로 손을 가져가다가 그만두었다. 칼이 있을 리 없었다. 순간, 뒤통수에 충격이 오고 눈에서 불꽃이 튀면서 나동그라져 물가에 뒹굴었다.

7월 18일.

아무리 눈을 굴려도 전에 갇혔던 감옥이었다. 어떻게 여기 다시 왔을까. 쭈그리고 앉은 사람들을 이리저리 눈여겨보아도 지수신의 모습은 보이지 않았다. 봉변을 당한 것이 순간 전의 일 같기도 하고 아득하게 먼 일 같기도 했다.

입속이 말라붙어 말이 나오지 않았다. 모두들 끼리끼리 둘러앉아 수군거리고 자기에게 곁눈이라도 파는 사람은 하나도 없었다. 가까스로 손을 놀려 등을 돌리고 앉은 사나이의 허리를 만지작거렸다.

말없이 돌아보던 사나이는 구석의 항아리에서 물을 떠다가 상반신을 일으키고 바가지째 입에 대주었다.

"너 무얼 하던 인생이냐?"

복신은 대답하지 않고 그냥 물을 들이켰다.

"그대로 뒈질 것이지 뭘 하러 깼어?"

입성이나 얼굴의 생김새가 농사꾼에 틀림없는 것이 사람을 몰라본다는 생각이 들었으나 어째볼 기운이 없었다. 하기는 땀과 흙먼지에 거지꼴이 다 된 자기를 달리 볼 사람도 없을 것이다.

"나라가 망한 걸 너 아니?"

"망하다니?"

그는 처음으로 입이 떨어졌다.

"조금 전에 말이다. 곰나루에 도망갔던 임금이 되돌아와서 되눔의 장군 앞에 큰절을 하고 항복했단 말이다."

복신은 사지에서 맥이 빠져 도로 바닥에 늘어졌다.

"정말이냐?"

그는 쑤시는 머리를 감싸 쥐고 있다가 물었다.

"정말이다. 그 가시나 때문에 우리 백제는 망했단 말이다."

사나이가 주먹을 내리치자 바닥에 깔린 짚에서는 먼지가 풀썩 일었다.

"네가 죽어 자빠져 있는 동안에 말이다…."

사나이는 노기등등해서 엮어 내려갔다. 임금이 곰나루로 도망간 이튿날 둘째 왕자 태(泰)가 왕위에 올라 성을 고수한다는 방이 나붙기에 크게 벌어지는 줄 알았더니 얼마 안 가 일은 싱겁게 끝장이 났다는 것이다.

"그 애가 몇 째지? 그 융(隆)이라는 애 말이다."

며칠 전만 해도 하늘같이 떠받들던 왕실을 아주 깔아뭉개는 말투였다.

"너는 도대체 뭐냐?"

복신은 못마땅한 얼굴로 쳐다보았다.

"나? 병정으로 끌려왔다가 되놈한테 잡힌 핫바지다, 어쩔 테야?"

그는 주먹을 쥐고 눈을 부릅떴다.

"그런 뜻이 아니다. 고마워서 그런다."

"너 듣기 싫다 이거지?"

"아냐. 그래 융이란 애 어떻게 됐니?"

"응―, 사택천복이라는 영감태기하고 융이란 새끼하고 쑤군거리더니만 어중이떠중이들을 데리고 성 밖에 나가 신라군에게 항복했단 말이다. 땅바닥에 납죽하게 엎드린 융의 얼굴에 대고 신라의 태자라는 놈이 침을 뱉더라는 거야."

"침을 뱉어?"

"너의 애비 의자가 대야성에서 내 누이동생을 죽인 걸 잊지는 않았겠지? 그로부터 20년 동안 이를 갈았다, 이러더라는 거야. 왕이 됐다는 둘째도 얼간이지, 배신하고 나가는 것들을 어물어물 보고만 있었단다. 그러다가 적이 들이치자 맥을 추지 못하고 성문까지 제 발로 걸어 나와 항복했다 이거다. 이 두 눈으로 봤단 말이다."

"폐하는 왜 돌아오셨어?"

"이 소부리 성이 떨어졌다는 소식을 듣고 겁을 먹었겠지. 왕실이라면 근사한 줄 알았더니 아새끼들 깡그리 못났단 말이다."

쉬, 쉬 소리에 이어 문이 열리고 붉은 저고리에 검은 바지를 입은 당나라 병정 한 명이 몽둥이를 들고 들어왔다.

"떠들어 해? 죽여 해!"

그는 돌아가면서 한 대씩 패주고 나갔다.

7월 29일.

남천정에서 금돌성(今突城: 경북 상주)에 옮겨 본영을 설치하고 있던 임금이 소부리 성에 도착하자 신라군과 당군의 진영에서는 큰 잔치가 베풀어졌다. 의자왕이 제 발로 걸어 나온 곰나루도 우군이 가서 점령했고, 거기서도 오늘은 진탕 먹고 마시게 되어 있다는 것이다.

열기(裂起)는 백제의 궁중에서 열린 축하연에 참석했다.

정전(正殿) 당상에는 임금과 소정방을 중심으로 김유신 이하 양군의 장수들이 좌우에 앉아 즐비하게 차린 상을 받고 수행한 군관들은 궐내의 크고 작은 전각에서 술을 마셨다.

백제의 임금과 왕후, 대신들과 심지어 고을의 우두머리들까지 몰려들어 마당에 쭈그리고 앉았다. 우둔한지 순진한지 알 수 없는 것이 백제사람들이었다. 소부리, 곰나루 두 성을 점령하고 나서 곱게 항복하는 자는 모두 용서하고 벼슬을 그대로 준다고 했더니 불과 몇 명이 도망가고는 다 제 발로 걸어와서 굽실거렸다.

술도 좋고 안주도 좋아 열기는 양껏 먹고 마시는데 별안간 온 장내에 웃음이 터졌다. 얼굴을 쳐든 열기도 웃음이 저절로 나왔다. 등을 밀려 당상에 올라간 의자왕이 휘청거리며 큰절을 하는 것을 소정방이 수염을 잡아 흔들고 있었다.

정체가 밝혀져 오늘 이 자리에 끌려나와 패자(敗者)의 무리에 끼인 복신(福信)은 침을 삼키고 쳐다보았다.

수염을 잡혀 놀림감이 되었던 임금이 일일이 돌아가면서 무릎을 꿇고 술을 부었다. 그때마다 웃음이 터지고 기성을 발하는 자도 있었다. 왕후 은고가 당나라 군관에게 손목을 잡혀 당상에 올라 큰절을 하고 풍악에 맞춰 춤을 추기 시작했다.

시종 단정히 앉아 있던 신라왕 김춘추가 반백의 수염을 번뜩이고 일어서자 김유신 이하 신라 장수들도 따라 일어섰다. 신라왕은 그들과 몇 마디 주고받고는 김유신과 함께 안채로 들어가 버렸다.

소정방은 궤에 몸을 기대고 비스듬히 모로 누워 술잔을 기울이고 은고의 춤을 바라보다가 한구석에 꿇어 엎드린 임금을 손짓으로 불렀다. 그는 무어라고 알 수 없는 소리를 중얼거리다가 한쪽 발을 들어 임금의 수염을 쓰다듬기 시작했다.

당하에 엎드린 군중 속에서 목 놓아 우는 소리가 터지고 이어서 온 전정은 통곡으로 들끓었다. 복신은 어금니를 깨물고 눈을 감아 버렸다.

소정방이 일어서 무어라 외치자 주위를 경비하던 당나라 병정들이 달려들어 창을 거꾸로 쥐고 개 패듯이 패고 돌아갔다.

"이런 법이 없소."

호곡에 섞여 이런 소리가 들리고 주먹으로 자기 가슴을 두드리는 자들도 있었으나 당병의 창대에 얻어터지고 발길에 채여 나동그라졌다.

당상에 버티고 선 소정방은 눈을 부라리고 바라보다가 조용하기를 기다려 고함을 지르고 재빨리 달려온 사나이가 통역을 했다.

"너 백제 놈들 들어 해라. 꺼우리들과 손을 잡고 못되게 놀아 했지? 모조리 죽여하고 자자손손 씨알머리를 말려 한다. 우리가 공연히 바다를 건너온 줄 알아 했어? 두구 봐. 왕바당 차우니!"

그는 발밑에 꿇어앉은 임금을 한 대 걷어찼다. 임금은 강아지처럼 사지를 꼬부리고 뒹굴었다.

소정방은 엉거주춤 서 있는 은고의 머리채를 끌고 뒤껼으로 사라졌다.

"일어서 해!"

장수들도 물러가자 통역은 당상에 홀로 쭈그리고 앉은 임금의 상투를 잡아 쳐들었다. 휘청거리고 일어선 임금은 두세 명의 군관에게 등을 떠밀려 층계를 내려 합문 밖으로 사라졌다.

전쟁의 패자들은 당병들의 창끝에 휘몰려 대궐 한구석, 전에 사택천복이 대좌평의 처소로 쓰던 널찍한 전각으로 들어왔다. 벽에 기대앉아 머리를 떨어뜨리거나 축 늘어져 눈을 감아 버리고 입을 여는 자는 아무도 없었다. 따라온 통역이 중앙에서 팔을 내저었다.

"도망칠 생각 말아 해. 그 자리에서 창으로 쐐악 찔러 한다. 알아 했어?"

그가 나가 버리자 창 밖에서 창을 들고 오락가락하던 병정들은 가끔 문간에 나타나 창으로 찌르는 시늉을 하고 씩 웃었다.

"쐐악."

날이 어두워지기 시작하자 여기저기서 한숨이 터지고 속삭이는 소리도 들렸다. 적이 점령한 것은 이 소부리 성과 곰나루뿐이라는 것도 알았다.

"정무(正武)가 똑똑하지."

이런 소리도 나왔다. 좌평의 한 사람 정무가 곰나루에서 항복하겠다는 임금과 다투고 심복들과 함께 두시원악(豆尸原嶽: 청양군 정산면) 산속으로 들어갔다는 것이다. 더구나 귀가 트이는 것은 지수신(遲受信)이 자기 부하들을 빼어 가지고 임존산(任存山)으로 가버렸다는 소식이었다.

별안간 담 밖에서 뭇 사람들이 뛰는 소리, 부녀자들의 비명에 섞여 남자들의 고함소리가 울려왔다.

"되놈들이 사람 잡는다."

그러나 알 수 없는 당나라 병정들의 떠들썩하는 소리와 함께 비명은 꼬리를 물고 사라질 줄 몰랐다.

"불인가 봐."

사람들이 일어서 창밖의 허공을 바라보았다. 하늘이 환한 것을 보니 불이라도 큰불이었다. 불은 여기저기 눈 닿는 하늘은 모두 붉게 타올랐다.

문밖에서는 파수를 보던 당병들이 젊은 여자를 끌어다 놓고 술을 마시고 있었다. 노닥거리는 소리는 알아들을 수 없었으나 그렇게 즐거울 수 없고 그렇게 의기양양할 수 없었다.

복신은 몇 번이고 일어서 창문으로 밖을 내다보았다. 계속 노닥거리는 가운데 하나둘 취해 쓰러져 갔다. 자정이 넘어 그는 또 내다보았다. 좌상으로 보이는 병정이 여자와 함께 어둠 속으로 사라지고 한 놈만 창을 메고 서성거렸다. 너절한 것들에게 너절하게 망했구나. 그는 파수병의 움직임을 주시하면서 조심조심 창살을 뜯어내었다.

소리 없이 창을 넘어온 복신은 뒤에서 파수병의 목을 졸랐다. 술 냄새와 구린내가 뒤섞인 병정은 소리도 없이 빈 자루처럼 주저앉았다. 그는 나무에 걸린 초롱을 잡아채어 끄고 놈을 모퉁이로 끌고 갔다.

당나라 군복으로 갈아입은 복신은 창도 뺏어들고 담장으로 기어올랐다. 온 성내가 타는 듯 불길은 수없이 오르고 무수한 생령들의 울부짖는 소리가 메아리쳤다. 그는 길바닥으로 내려뛰었다.

골목길을 뛰다가 웅성거리는 소리에 발을 멈추고 그늘에 비켜섰다. 불타는 집 앞에는 노파의 시체 위에 4,5세 된 소녀의 시체가 겹치고 그 옆에서 당병들이 사나이를 엎어놓고 창으로 찌르는 길이었다. 세 놈이었다. 사나이는 찔려서도 일어서다가 다시 찔리고 쓰러져 짐승 같은 비명을 질렀다.

당병들은 맞은편 열어젖힌 대문으로 들어가 떠들다가 옷 보따리며 이불 보따리를 메고 나와 길바닥에 놓고 다시 들어갔다.

복신은 멀찌감치에서 동정을 살폈다. 마당에서 두 놈이 젊은 여자의 손발을 붙들고 한 놈이 덤벼드는 길이었다. 그는 생각할 겨를도 없이 뛰어들어 연거푸 찔렀다.

순식간의 일이었고 예전 솜씨는 그대로 남아 세 놈은 깨끗이 갔다. 잡아 흔들었으나 여자는 제정신이 아니었다. 헛소리를 지르고 일어서 손뼉을 치다가 춤을 추고 돌아갔다.

복신은 또 뛰었다. 길에는 무수한 시체들이 뒹굴고 여자를 끌고 가는 자, 보따리가 무거워 엉기적거리는 자, 길바닥에 젊은 여자를 벗겨놓고 둘러선 자들 … 당병들의 작태는 가지가지였다.

그는 피해서 달리는 수밖에 없었다.

마침내 성벽을 뛰어넘어 밖에 떨어진 복신은 풀을 깔고 앉아 바람을 들였다. 캄캄한 밤하늘에는 별이 총총하고 귀뚜라미 소리가 유난히 구슬펐다.

뒤통수를 얻어맞은 뱀이 정신을 못 차리고 늘어지듯이 수도 소부리 성과 구도(舊都) 곰나루를 뺏긴 백제는 온 나라가 맥을 쓰지 못하고 적 앞에 몸을 내맡겼다.

당군은 신라군을 젖혀놓고 기십 명 혹은 기백 명씩 전국 200개의 성(城)에 파송되어 갔다. 몇 배를 넘는 백제군을 호령하고 무장을 빼앗고 모든 권한을 접수하여도 얼빠진 양 굽실거리기만 했다.

관원들이고 백성이고 시키는 대로 술이며 양곡을 바치고 소와 닭과 돼지를 잡아왔다. 그들은 꿈만 같고 스스로 왕자가 된 기분이었다. 술이 얼근하면 호기를 달랠 길이 없어 심심풀이로 백제놈들을 잡다가 후려갈겨도 그만이요, 재미로 가슴을 째고 염통을 집어내도 그만이었다. 염통이 뛰는 광경은 구경치고도 별미였다.

7월 그믐에는 소부리 성의 소정방 장군으로부터 아주 신나는 명령이 전국 모든 성의 점령군에게 하달되었다. 백제 종자는 아예 씨를 말려 버리되 건장한 인간은 당나라에 끌어다가 종을 만들 터이니 오랏줄에 묶어 소부리 성으로 보내라는 엄명이었다.

우직한 병정들은 남녀노소를 모아놓고 장날 소장에서 쓸 만한 소와 그렇지 못한 소들을 골라내듯이, 일일이 더듬어 보고 묶을 자와 죽일 자를 구분했으나 머리 좋은 자들은 간단한 방법을 고안해 냈다. 우선 죽이고 보는 일이었다. 누가 개돼지 같은 것들을 끌고 소부리까지 터벅터벅 간단 말이냐. 깨끗이 없애 버리고 나중에 인사치레로 몇 마리 보내면 될 것이었다.

백제의 산과 들에서는 죽는 자와 죽이는 자의 아우성이 그칠 날이 없었다. 애초에는 창과 칼이 쓸 만했다. 아무것도 모르고 길을 가거나 집에서 꾸물거리는 인간들은 불쑥 치거나 찌르면 되었다. 아이들과 늙은 것들을 엎어놓고 짓밟아 없앨 때는 적어도 염라대왕은 된 기분이었다.

백제 인간들은 기를 쓰고 산으로 도망치기 시작했다. 칼과 창보다 활이 자주 쓰이게 되고 토끼사냥 모양 인간사냥이 방방곡곡에서 벌어졌다.

아침저녁으로 제법 싸늘한 8월 중순. 임존산(任存山)에서는 낮이나 밤이나 청년들이 땀을 흘리고 바삐 돌아갔다. 통나무를 찍어다 여러 겹으로 목책(木柵)을 두르고 창과 칼, 활촉을 불리는 망치 소리는 밤이나 낮이나 그칠 줄을 몰랐다.

8월 하순. 나당 연합군의 대부대가 소부리 성과 곰나루에서 각각 떠났다는 소식이 들어왔다. 임존산은 긴장하고 준비를 서둘렀다. 목책을 돌아보던 복신은 발을 멈추고 봉우리에 솟아오르는 조각달을 바라보았다. 소부리 성을 탈출할 때는 캄캄한 그믐밤이었다. 생각할 것도 없이 자기의 기반이던 서부로 향했다. 당군의 살육을 피해 짐승처럼 숲속을 헤매던 군상은 지옥에서 부처님을 만난 듯 눈물을 흘렸고 두말없이 따라나섰다.

그도 숲속으로 숨어 다니면서 장정들을 전국으로 뛰어 보냈다. 누구든지 임존산으로 오라고. 그리고는 우선 100여 명을 이끌고 발길만 더듬어 이 산에 당도했다.

텃세도 있고 왕사(王師)를 지낸 권위도 곁들여 도침(道琛)의 힘은 대단했다. 장정들도 많이 모여들고 남녀노소 그를 의지하여 피난 오는 사람들이 줄을 이었다. 지수신(遲受信)도 그의 절제를 받고 휘하 병사들을 독려해서 외지에 나가 식량을 구해오고 비축하는 일을 독려하고 있었다.

그러나 복신은 첫날부터 도침과 의견이 달랐다. 도침은 이미 바닷가에 사람을 보냈다면서 배가 모이는 대로 고구려나 일본으로 집단 탈출할 계획이었다. 복신은 이 산을 근거지로 적을 내몰고 백제를 회복하자고 맞섰다.

"꿈같은 소리 마시오. 기껏해야 지수신의 천여 명의 병력, 거기다 피난 온 허약한 아녀자들을 데리고 백제가 회복될 것 같소?"

난쟁이를 조금 면한 50대의 도침은 깡마른 얼굴이 일그러졌다.

"백제의 모든 백성이 호응하는데 왜 안 된단 말이오?"

"호응하면 뭘 하오? 당군 13만에 신라군 5만이오. 당해낼 재간이 있소?"

"저들은 먹을 것 때문에 오래 있지 못하오. 머지않아 대부분이 철수하고 얼마 남지 않을 것이오. 얼마든지 당할 수 있소."

"이미 겁을 먹고 뿔뿔이 흩어진 장정들은 누가 모으고 휘어잡는단 말이오."

"구차하게 살면 뭘 한다는 거요?"

그는 내뱉고 입을 다물어 버렸다.

말로 될 일이 아니었다. 복신은 다음날부터 지수신의 부하들과 함께 나무를 찍고 목책을 두르고 대장간을 마련하고 분주히 서둘렀다. 도침은 탈출을 희망하는 사람들을 은근히 결속하고 하루에 한 번은 바닷가에 연락을 취했다.

보름이 지나고부터 사정은 급속도로 달라졌다. 날마다 무더기로 피란민이 모여들었고 그중에는 싸운 경험이 있는 장정들도 적지 않았다. 더구나 예전에 서부에서 자기가 지휘하던 장병들은 거의 다 모여

들어 이 임존산의 움직일 수 없는 핵심세력이 되어 자기의 한마디라면 물불을 가리지 않을 기세를 보였다.

특히 서부에서 자기의 부장(部將)으로 있었고, 자기가 밀려난 후로는 그 자리를 대신하던 흑치상지(黑齒常之)가 온 것은 이를 데 없는 힘이 되었다. 소부리 성의 궁중에서 먼발치로 보기는 했으나, 제 발로 걸어와서 되놈들에게 항복한 배신자라고 상종을 하지 않았다. 저쪽에서도 눈길이 마주치면 외면하곤 했다.

"뵐 낯이 없습니다."

이 산에 당도하는 길로 그는 땅바닥에 엎드려 사과했다. 괘씸도 하고 반갑기도 한 착잡한 심정이라 얼른 대답이 나가지 않았다.

"제가 어리석었지요."

그는 거듭 머리를 숙였다. 덩치는 크면서도 아이들같이 순진한 데가 있었다.

"이제부터는 일을 잘해 봅시다."

햇볕에 그을린 황소 같은 얼굴을 내려다보고 간단히 대답해 두었다. 예전의 흑치상지, 성난 사자같이 창을 휘둘러 적진을 짓밟던 흑치상지로 돌아간다면 더 바랄 나위 없었다.

그는 묵묵히 일했다. 진지를 마련하는 일이며 장정들을 단련하는 일이며 지치는 법이 없었고, 잠은 언제 자는지 도시 그가 눈을 붙이는 것을 볼 수 없었다. 그것은 부처님 앞에 자신을 내맡긴 기도의 자세였다.

이제 당장이라도 싸울 수 있는 병력이 3만에 이르렀다. 그들에게는 말이 필요 없었다. 죽기 아니면 살기의 막다른 골목에 밀린 그들의 눈길에는 살기가 번뜩였다.

이긴다는 것이 이번처럼 절실한 일은 백제 6백년 역사에 일찍이 없었으리라. 복신은 눈을 감고 조각달 앞에 머리를 숙였다. 애원이라도 하고 싶은 심정이었다.

 백제군의 머릿수가 많다는 소식을 듣고 임존산으로 진격한 나당연합군도 대단한 숫자였다. 열기(裂起)는 적어도 4, 5만은 되리라고 짐작했다. 그러나 백제의 이 패잔병들을 대수롭게 보는 사람은 아무도 없었다. 대군이 몰려가면 뿔뿔이 도망가리라는 것이 다수의 의견이었고, 버티더라도 반나절이면 짓밟고도 남는다는 것이 중론이었다.

 그중에서도 당군의 기세는 대단했다. 이쪽이 한 명이면 두 명 꼴은 실히 되는 당병들은 휘파람을 불고 노닥거리고 엿가락을 씹고 소풍이라도 가는 기분이요 백제군 따위는 아예 없는 것이나 다름없었다.

 소정방은 포위하더라도 병법대로 퇴로(退路)는 열어 두자는 김유신의 주장도 듣지 않았다. 인원수가 많은 그들은 동서남 삼면을 담당하고 신라군은 멀리 돌아 북으로 포위하라고 주장했다. 완전히 독안에 든 쥐를 만들어 한 놈 남기지 않고 몰살해 버린다는 것이었다. 김유신은 반대하다가 입을 다물어 버렸다.

 8월 26일.

 포위군은 조반을 마치고 느지막해서 공격을 시작했다.

 신라군과 당군의 행동은 달랐다. 북쪽에서 진격하던 신라군은 멀찌감치 정지하고 척후가 염탐하는 반면 당군은 계속해서 개미떼처럼 천천히 산으로 올라갔다. 올라가다가는 샘에 엎드려 물을 마시고 단풍 가지를 꺾어 머리를 가리고 고향 이야기를 주고받았다.

 산속의 백제군은 도망도 가지 않았고 얼씬거리는 그림자도 보이지 않았다. 소정방은 이 버러지 같은 것들을 쓸어버린 연후에 점심을 먹는다고 엄명을 내려 진격을 재촉했다.

 목책(木柵)에 당도할 무렵에는 해가 중천을 지나 시장기가 동하고 숨도 어지간히 찼다. 그러나 백제군은 여전히 자취를 보이지 않았다.

실로 변변치 않았다. 몇 만이라는 소문은 공연한 낭설이요 목책만 넘으면 돌 밑에 숨어 떨고 있을 백제놈들이 두 손을 비비고 굽실거릴 것이 분명했다.

돌격명령이 내리고 당군은 목책을 향해 앞을 다투어 돌진해 갔다. 우선 점심을 먹어야겠고, 공은 이런 식은 죽 먹기 전쟁에서 세우는 법이라고 기를 썼다.

순식간의 일이었다. 화살이 소나기처럼 날아오고 목책에서 아귀다툼하던 병사들은 울타리의 호박처럼 떨어져 굴렀다. 비명, 아우성이 뒤범벅이 되어 골짜기에 메아리치는 가운데 발길을 돌린 당병들은 엎어지고 뒹굴며 산에서 쏟아져 내려왔다.

바람같이 목책을 넘어뛴 백제군은 산사태처럼 밀고 내려와 그들을 덮치고 삼켜 버렸다. 삶과 죽음을 가늠하는 인간의 아우성은 산 옆대기에서 골짜기로, 골짜기에서 다시 벌판으로 밀리고 퍼져 나갔다.

쫓기는 적은 다급했다. 무기마저 팽개치고 개미떼처럼 남으로 달렸다. 복신은 적이 버리고 도망간 군마(軍馬)에 뛰어올라 채찍을 퍼부었다.

앞질러 적을 추격하는 병사들의 선두에 흑치상지(黑齒常之)의 덩실하게 큰 모습이 눈에 들어왔다. 두 손에 칼을 잡고 휘두르는 품이 잡초를 치듯이 전후좌우를 휩쓸고 있었다.

말을 달리던 복신은 흑치상지의 주위를 맴돌면서 외쳤다.

"그만하지."

흑치상지는 팔소매로 땀을 훔치고 도망치는 적을 바라보며 대답이 없었다. 복신은 멀리 아득하게 말을 달려 도망가는 소정방의 뒷모습을 바라보다가 계속했다.

"곧 어두울 것이오."

적어도 적의 반수는 죽었거나 부상했으리라, 이쪽 병사들도 지쳐

숨을 허덕이고 개중에는 나무에 기대서서 몸을 가누지 못하는 축도 있었다.

"부처님의 공덕이오."

옆에서 도침(道琛)이 창을 짚고 쳐다보았다. 복신은 세로 찢어져 피가 배어 나오는 그의 뺨을 내려다보고 말을 걸었다.

"살생을 했소?"

"했지."

5척 단구의 도침은 엄숙한 표정이었다. 복신은 그의 겨드랑이를 들어 앞에 앉히고 흑치상지를 돌아보았다.

"포로는 2, 3백 명만 남기고 나머지는 모두 없애요."

흑치상지는 고개를 끄덕였다.

"2, 3백은 왜 남기오? 모두 없애 버리지."

산으로 오르는 오솔길에 들어서자 그의 품에 안기다시피 한 도침이 물었다.

"선물감이오."

"선물이라니?"

"고구려와 일본에 보내는 거야."

"뭣하러?"

"당신 글깨나 했지? 저녁을 먹고 나서 두 나라에 보내는 국서를 써야겠소."

도침은 알아들었다는 듯이 고개를 끄덕였다.

열기(裂起)의 눈에는 처음부터 당군과 신라군 사이에 있는 틈이 눈에 보이는 듯했다. 덕물도에서 엿보이던 틈은 소부리 성 공격을 앞두고 한때 크게 벌어졌었다. 소부리 성을 점령한 후에도 서로 의견이 엇갈렸다. 신라군은 질서유지를 위한 소부대만 남기고 양군 다 성 밖으로 철수하자고 주장했다. 신라군은 즉각 철수했으나 당군은 듣지 않고 그대로 남아 약탈, 강간, 방화를 일삼았다.

신라 측에서 이를 말리자 소정방은 무슨 참견이냐고 역정을 내면서 백제를 아예 잿더미로 만들려고 덤볐다.

그러면 약속대로 백제를 신라에 넘기고 당군은 모두 물러가라고 했다. 그런 약속은 듣지도 보지도 못했다, 또 물러가고 안 가고는 신라가 이러쿵저러쿵 할 일이 아니라고 했다.

그들과 상대하여 온 김유신은 이것들 본때를 보여주어야 한다고 소부리의 대연(大宴) 후 물러가 삼년산성(三年山城: 보은)에 머물고 있는 임금에게 사람을 보냈으나 고구려가 있는데 일은 지금이 시작이니 참으라는 전갈이 왔다.

김유신은 소정방의 말을 귓등으로도 들으려고 하지 않았다. 임존성(任存城)에서 당군이 대패하는 것을 보고도 잠자코 있었다. 휘하의 장수가 싸우자고 하면 한마디로 이를 가로막았다.

"팽개쳐 둬!"

소정방은 임존성의 패전 후 풀이 죽어 철수준비를 서둘렀다. 김유신이 임존성의 적은 어쩔 셈이냐고 물으니 공연히 너털웃음을 쳤다.

"그까짓 좀도둑쯤 걱정 없소."

마침내 당군 1만, 신라군 7천을 남기고 철수하기로 합의를 보았다. 신라군은 대오를 지어 육로를 따라 북쪽으로 떠나고 당군을 실은 배는 날마다 꼬리를 물고 웅진강(백마강)을 내려가 바다로 사라졌다. (신라주둔군은 김인문의 아우 인태가 지휘하고, 당군은 유인원이 지휘)

9월 3일.

마지막으로 소정방이 배에 오르는 날이었다. 이른 아침부터 차례를 기다리는 병사들이 물가에 몰려 선 가운데 제일 먼저 뒷짐을 묶인 의자왕이 뱃전으로 다가갔다. 상투가 풀어져 반백 머리를 강바람에 날리며 두리번거리다가 널빤지를 헛디디고 물속에 고꾸라졌다. 강변에 몰려선 당병들은 허리를 쥐고 웃어댔다.

흙탕물에 흠뻑 젖은 의자왕은 당병들이 뱃간에 끌어올렸으나 배에 올라와서도 사방으로 눈을 굴렸다. 몸에 달라붙은 옷에서는 물이 흐르고 배가 흔들릴 때마다 휘청거리다가 따라붙은 병정이 주먹으로 옆구리를 내지르는 바람에 쓰러져 뱃전에 이마를 대고 다시는 일어서지 않았다.

다음에 걸어가는 왕후 은고는 처음부터 머리를 들지 않았다. 뒤에서 오랏줄 끈을 잡고 따라가던 병정이 보라는 듯이 가끔 치마를 쳐들고 그때마다 강둑에서 고함과 기성이 일어나도 걸음걸이는 흐트러지지 않았다. 이어서 태자 융(隆) 이하 왕자 13명, 사택천복과 아들 손등, 좌평 국변성(國辨成) 등 고관대작들 50여 명이 줄줄이 묶여 고개를 숙이고 배 속으로 들어가 버렸다.

열기(裂起)는 강가 바위 위에서 이 광경을 지켜보고 있었다. 이 소부리 성이 떨어지던 날 적지 않은 장병들이 스스로 목숨을 끊었고 백성들도 수없이 강물에 몸을 던졌다는 소문을 들었다. 또 궁성의 서북을 차지한 저 산(扶蘇山) 절벽에서 강물로 몸을 내던지는 소복의 여인들을 적어도 수십 명은 이 눈으로 보았다. 궁녀(宮女)들이라고 했다.

그런데 임금이나 고관대작들은 처음부터 비굴하게 놀았고, 다음에는 도망을 다니다가 제 발로 걸어와 항복을 하고 개처럼 끌려가고 있다. 우리 임금이나 김유신 장군 같으면 배를 갈라버릴 것이요, 하늘이 두 조각 나도 이렇게 못나게 놀지는 않을 것이다.

떠들썩하는 통곡소리가 울렸다. 배로 끌려가던 남녀 백성들이 물가에 주저앉아 울부짖고 당병들은 발길로 걷어차고 몽둥이로 내려치고 있었다.

하루에도 몇 번씩 당병을 실은 배들이 떠날 때마다 벌어지는 광경이었다. 종으로 쓸 만하다고, 살려서 당나라로 끌고 가는 1만 2천 명 중의 마지막 1천여 명이었다. 매를 이기지 못한 백성들이 하나 둘 움직이자, 같은 줄에 묶인 다른 사람들도 넝쿨에 끌리듯 휘청거리며 일어서 몽둥이찜질을 받으며 물속으로 들어가 배에 올랐다.

떠나는 당병들이 배에 들어가고도 긴 시간이 흐르고 나서 많은 전송객에 둘러싸여 소정방이 나타났다. 그를 보기조차 싫다던 김유신도 김인문을 사이에 두고 그와 이야기를 주고받으며 걸어서 배에까지 올라갔다가 내려왔다.

마침내 배들은 가을바람에 깃발을 나부끼며 서서히 움직이다가 속력을 더해갔다. 배라기보다 돛(帆)의 숲이 순풍을 타고 미끄러지듯 쾌속조로 멀어져 가는 것을 바라보던 김유신은 발길을 돌려 말에 올랐다.

품일 장군과 나란히 달리면서 몇 마디 주고받는 모양이었으나 뒤를 따르는 열기에 귀에는 잘 들리지 않았다. 다만 한마디 김유신의 목소리가 귀에서 맴돌 뿐이었다.

"우선 두구 보는 거지."

11월 1일. 5년 전 오늘, 중구난방으로 떠들어 대는 어중이떠중이들을 문질러 버리고 황후에 자리에 올랐었다.

5년 후의 오늘은 소정방이 묶어 가지고 온 백제왕과 그 신하들을 접수하는 날이다. 그것은 멀리 사냥 갔던 신하가 잡아온 곰이나 산돼지를 바치는 것과 다를 것이 없었다. 5주년의 선물치고 이보다 더한 것은 있을 수 없었다. 낙양성 대궐에 앉은 무후(武后)는 콧노래라도 부르고 싶은 심정이었다. 이날을 멋들어지게 하기 위해서 여러모로 마음을 썼다. 소정방이 맹충이 같은 백제왕 이하 어중이떠중이들을 끌고 온 것은 여러 날 전이었으나 폐하께서 아프다는 핑계로 받아들이는 격식을 갖추는 것을 미루어 왔다. 이것은 핑계만은 아니요 아픈 것도 사실이었다. 그렇다고 잠깐 밖에 나가 몇 마디 입을 놀릴 수도 없는 정도는 아니었으나 아프시니 안 된다고 우기고 이날이 오기를 기다리면서 뜸을 들였다.

곰곰이 생각하니 그것만으로 족하지 않았다. 자기의 존재를 아무리 우둔한 백성이라도 알 수 있도록 내세울 방도를 궁리한 끝에 묘안이 떠올라 허경종을 불렀다.

"중서령, 폐하께서는 백제왕을 어떻게 접수하시지요?"

"소장군이 궁중에 왕과 대신들을 끌고 들어오면 폐하께서는 정전에 납셔 정식으로 항복을 받으시기로 돼 있습니다."

"돼 있습니다?"

"선례가 그렇게 돼 있다는 뜻입니다."

"그래요?"

머리가 빠른 허경종은 알아차렸다.

"우리 중국 역사에서 육지는 몰라도, 먼 바다를 건너가서 그 땅을 평정하고 이렇게 많은 포로를 잡아오기는 이번이 처음이요, 그만큼 큰 경사가 아닐 수 없습니다. 이것이 모두 성상과 중전마마 두 분의 성덕의 소치임은 말할 것도 없습니다. 차제에 선례를 깨뜨리고 만백성들과 함께 이 경사를 맞는 것이 좋을까 합니다."

"나는 한시도 백성을 잊은 일이 없소."

"고마우신 말씀이십니다. … 저 응천문(應天門: 낙양궁 정문) 밖에 동도(東都) 백성들을 다 모이게 하고, 백제왕 이하 포로들을 그 앞에 엎드려 놓고 두 분께서는 문루에 올라 포로들을 접수하도록 하시면 어떨까 생각합니다."

"좋겠구만. 허지마는 나야…"

"아니됩니다. 오늘이 어떤 날이고, 이 경사가 어느 분의 덕이신데요."

"꼭 나가야겠소?"

"이르다뿐이겠습니까?"

"그 얘긴 그만하고, 그 응천문이라는 이름은 어떻소? 천(天) 자는 좋은데 응(應) 자가 어쩐지 미지근한 것 같단 말이오."

허경종은 머리를 숙였다.

"듣고 보니 과연 그렇습니다. 나가서 대신들과 의논하겠습니다."

아침에 다녀간 허경종은 점심 전에 돌아왔다.

"대신들이 의논한 결과 측천문(則天門)으로 고치는 것이 합당하다는 공론입니다."

"아, 그건 내 호(號)가 아니오?"

"존호(尊號)를 범해서 황공하오나… 그 위치로 보나 향작으로 보나… 그 이름이 제일 합당하온데… ."

"난 개의치 않소. 좋으면 얼마든지 쓰시오."

못 이기는 체 대답해 두었다.

"중전마마의 도량은 하해보다도 더 넓으십니다."

"날짜는 언제요?"

"그야 동짓달 초하루 이상 가는 날이 있겠습니까."

"알아서 하시오."

물러간 허경종은 서둘러 차비를 끝냈다.

오늘이 바로 그날이다.

그런데 군복에 평건책(平巾幘: 천자가 강무, 출정, 수렵, 상벌 때에 쓰는 관모)을 머리에 올려놓은 황제가 또 못나게 놀기 시작했다. 조반을 마치고 의관을 갖춘 지도 어느 옛날인데 점심때가 되어도 죽치고 앉은 채 한 손으로 이마를 받치고 움직일 눈치를 보이지 않았다.

"안 나가세요?"

"눈앞이 아물거리는데 어떻게 하지?"

"그럼 못하는 거지요."

"그럴 수야 없지."

원래 시원치 않은 것이 지난 4월 병주(幷州)에서 이 동도에 돌아와서부터는 걸핏하면 얼굴이 빨개가지고 머리가 아프네, 눈앞에 캄캄하네, 죽어가는 시늉을 시작했다. 가을에 접어들어서는 일어나 앉아 있는 시간보다 몸져누운 시간이 더 많아졌다.

의원들은 풍현(風眩: 고혈압)이라고 하고 무당들은 귀신이 붙었다고 했다. 그것도 장안에서 죽인 왕소(王・蕭) 두 여인의 귀신이라는 것이었다. 좋다는 약은 다 쓰고 푸닥거리도 할 만큼 했으나 차도는 보이지 않고 여전히 머리가 띵하고 눈앞이 삼삼해서 무어가 무언지 모르겠다고 이마에서 손이 떨어지는 날이 없었다.

백제에 간 소정방으로부터 첩보(捷報)가 날아왔을 때도 입을 헤벌리기만 하고 사후처리에 대해서는 앉아 뭉개기만 했다.

"백제는 어떻게 처분하오리까?"

만날 누워 있는지라 대신들은 내전에 들어와 묻는 도리밖에 없었다.

"소장군이 떠날 때 무어라고 일렀소? 백제를 친 다음에는 일거에 신라까지 싹 쓸어버리고 둔전병(屯田兵)을 두라고 하지 않았소?"

"백제는 문제가 아니고 신라가 골치입니다. 강병(强兵)들이라 쓸어버린다는 것은 어림도 없고 도리어 약속대로 철군하라고 보챈답니다."

"저런 … 아이고 머리야 … 대신들이 의논해 보오."

대신들이 하루 종일 의논한 끝에 허경종이 두 가지 안을 가지고 들어왔다.

"한 가지는 약속대로 백제를 신라에 넘겨주고 물러나는 것이고, 다음은 도독부(都督府)를 두어 직접 통치하는 것입니다."

침상에 누운 황제는 눈을 뜨지 않았다.

"어느 편이 좋겠소?"
"중론이 일치하지 않으니 성단(聖斷)을 바랄 뿐입니다."
"내 생각해 볼게 … 아이고 머리야."
생각은 많되 도무지 결심이 서지 않는 모양이었다. 먹어 버린다고 하다가도 다음날은 신라에 넘긴다고 했다가 좀스럽게 반씩 가른다는 이야기도 했다.
"고물고물 생각하다가 머리가 터지겠어요. 만사를 잊고 머리를 식히세요."
"그럼 중전이 묘안을 생각해줘."
허경종은 며칠 후 또 나타나서 성단을 재촉했으나 복잡한 말씀을 드리면 성체(聖體)에 해로우니 하회가 있을 때까지 기다리라고 문밖에서 돌려보내려고 했으나 그는 듣지 않았다.
"10여 만의 원정군을 엉거주춤 그대로 두었다가는 무엇보다도 군량이 큰일입니다. 무작정 천연할 수 없습니다."
그럴듯하다 싶어 방안에 들여놓았다.
"내 그 생각을 못했군. 아이고 머리야 … 중전과 의논해서 처리하오."
침상에서 사정 이야기를 들은 황제는 아주 자기에게 맡겨 버렸다.
"백제를 요리하는 일은 차차 생각하더라도 필요한 병력만 남기고 나머지는 철수하오."
그 자리에서 단을 내려 주었더니 허경종은 납죽하게 엎드렸다.
"실로 명쾌한 영단이십니다."
그날로 급사(急使)가 백제로 떠나갔다.
8월이 거의 다 가도 백제를 요리할 성단이 내리지 않았는데 허경종은 생각지도 않던 소식을 가지고 들어왔다.
"아뢰옵기 황공하오나 지금 들어온 소식에 의하면 소정방이 섣불리 건드려서 죽거나 붙들린 백성은 그 몇 10분의 1이요, 대개는 산야에 숨어 버렸다고 합니다. 군대의 힘으로 이것들을 없애려면 백만 군으로도 어렵게 되었답니다."

"저런."

"결국 남은 길은 숨어 있는 백제 백성들을 우리 편으로 끌어들이는 도리밖에 없습니다."

"되겠소?"

"사람이라면 누구나 목숨이 아깝고 편한 것을 좋아하는 법입니다. 우대하면 될 것으로 생각합니다. 백제는 원래 5부(五部)로 갈라 다스려 왔습니다. 그 5부에 각각 도독부를 두되, 네 도독부는 우리 중국 사람이 맡고 그중에 하나쯤은 고분고분한 백제 사람에게 맡기면 어떨까합니다. 유인원이 군대를 이끌고 소부리 성에 버티고 있으니 하나쯤 맡겼다고 걱정될 것은 없습니다."

"거꾸로 해요."

간단히 단을 내려 주었다. 허경종은 알아듣지 못했다.

"이쪽에서 하나 차지하고 백제 사람에게 넷을 맡기란 말이오. 유인원이 있는데 무슨 걱정이오? 백제 종자들이 깜짝 놀랄 인재가 없나 … 그렇지 왕문도(王文度)를 도독으로 보내는 것이 어떻겠소?"

"아주 합당한 인물입니다."

허경종은 두말없이 찬동했다. 훤칠하게 잘생긴 이 사나이를 쫓아보내는 것은 앓던 이를 빼어 버리듯 시원했다. 우위낭장(右衛郞將)으로 대궐을 경비하면서 무시로 황후에게 접근하고 알랑대는 것이 아무래도 안심이 안 되었다.

"그런데 마마. 백제 종자들은 분부대로 다스리기로 하고, 말썽을 부리는 신라 인간들은 어떻게 할까요?"

"백제 종자들이 보채니 핑계가 좋지 않소? 우선 힘을 합해서 백제를 평정하고 고구려를 협격하자고 구슬려 대요."

매운 찰바람에 꽃은 지고 261

"그래도 듣지 않으면 어떻게 할까요?"

"안 들으면 우린 고구려와 손을 잡을 테니 그리 알라고 협박해요."

"참으로 신묘한 방책이십니다."

다음날 왕문도는 웅진도독(熊津都督)의 직함으로 곰나루에서 예전 백제의 북부(北部)를 다스리면서 온 백제를 호령하기로 하고 배에 올라 황하를 내려갔다. 백제 사람에게 맡길 나머지 네 도독부는 그들의 연고를 따서 마한(馬韓), 동명(東明), 금련(金漣), 덕안(德安)이라 명명하고 앞잡이로 나설 백제 사람의 인선은 현지에 가서 의논하라고 일러두었다.

이런 결단에 대신들은 감탄했다. 국사를 처결하는 솜씨가 명쾌하기 이를 데 없고 고금에 드문 인걸(人傑)이라고 떠들썩했다. 대개는 속이 들여다보이는 아첨이었으나 개중에는 진정으로 그렇게 생각하는 패들도 있었다.

찬바람이 불기 시작해도 황제는 여전히 머리를 들지 못했고 옆에서 자기가 일을 처결할 때마다 "알아서 하라"고 뇌까리는 것이 고작이었다.

측천무후(則天武后)는 이제 황제가 잠든 사이에 처결하는 일도 있었고 급할 때에는 정전에 나가 대신들과 의논하고 그 자리에서 결단을 내리기도 했다. 이름이 붙지 않았다 뿐이지 만기(萬機)를 도맡은 섭정(攝政)이었다.

그런데 황제는 백제 포로들을 접수하는 일만은 자기도 참석해야 한다고 기를 쓰고 우겨댔다. 말리지도 않았다. 이런 데 나가는 군주는 군복을 입기로 되어 있다는데 아득한 중국 역사에도 여자가 군복을 입었다는 이야기를 듣지 못했고, 도시 여자의 군복이라는 것은 선례가 없었다. 그러거나 말거나 하자면 못할 것도 없고, 군복도 만들려고 들면 못 만들 것도 아니었으나 그만두었다. 황제를 젖히고 앞에 나서지 않아도 측천(則天) 황후가 황후위에 오른 다섯 돌 되는 날, 측천루에서 백제 포로들을 접수했다고 떠들썩하는 것으로 족했다.

우선 털주의로 황제의 몸을 감싸고 머리도 털로 감싸고 두 눈만 내놓았다. 황제의 겨드랑이에 한 팔을 넣어 일으켰다.

"바깥은 춥겠지?"

"춥겠지요."

무뚝뚝하게 대답하고 몇 걸음 끌고 나와 문을 열었다. 허경종이 다른 대신들과 함께 기다리고 있었다.

"마마께서도 납셔야지요."

대답하지 않고 황제를 그들에게 맡기고 뒤를 따라 측천루에 올랐다. 오늘의 이 장관을 안 본다는 것은 말이 안 된다. 궐문 밖의 넓은 공터와 눈 덮인 길은 골목까지 구경 나온 백성들로 빽빽이 들어차 있었다. 동도의 백성들뿐 아니라 오늘의 이 광경을 구경하기 위해서 추위를 무릅쓰고 먼 고장에서 일부러 올라온 자들도 적지 않다는 소문이었다.

문루 바로 밑에는 뒷짐을 묶인 백제왕과 왕비가 꿇어앉고, 그 뒤에 태자 융(隆)을 위시한 13명의 왕자들과 5, 6명의 공주들, 맨 뒤에 사택천복과 국변성(國辨成)을 비롯한 대신 37명 도합 50여 명의 포로들이 꿇어 엎드리고 주위에 도열한 출정군 병사들은 살기에 찬 눈으로 이들에게 창을 겨누고 있었다.

주악에 맞춰 뭇 사람들이 몇 번이고 머리를 땅에 조아린 다음, 앞에 비켜섰던 소정방이 읍하고, 글을 아는 군관이 그를 대신해서 종이에 적은 것을 읽어 내려갔다. 백제놈들은 사람 같지 않은 것들이고, 이 무도한 종자들을 토벌하는 데 성공한 것은 처음부터 끝까지 황제의 무한한 성덕(盛德)에 의한 것이라고 했다. 만날 이마를 감싸 쥐고 엎드려 있는 황제를 곁눈으로 힐끗 살펴보았다. 늘어진 수염에 고드름이 달린 것이 오들오들 떨고 있었다.

"… 원흉 백제왕 의자와 왕족 대신 도합 58명, 백성 1만 2천 명을 어전에 바치옵니다."

소정방이 말을 마치고 큰절을 하자 황제는 옆에서 바치는 종이를 받아 읽었다.

"백제의 위왕(僞王) 의자(義慈)와 그 대신들의 죄는 막중하여 마땅히 죽일 것이로되 특히 자애로운 마음으로 이를 사(赦)하노니 이들과 잡혀온 그 백성들을 모두 풀어 줄지어다. 아울러 이 일을 기념하여 천하에 대사(大赦)를 내리는 터인즉 유사(有司)는 짐의 뜻을 받들어 즉각 시행할지니라."

기어들어가는 목청에 바람소리까지 겹쳐 몇 사람이나 알아들었는지 알 수 없었다. 그래도 기다렸다는 듯이 주악이 울리고 머리를 조아리고 황제 폐하 만세가 터져 나오고 병정들은 달려들어 포로들의 오랏줄을 풀고, 법석이었다.

제일 앞에 엎드렸던 반백의 백제왕이 병정들에게 양쪽 겨드랑이를 들려 일어섰다가 절을 하자 다른 포로들도 따라서 연거푸 엎드렸다 일어섰다 되풀이했다. 백제왕은 아주 축 늘어져 맥을 추지 못하는 품이 크게 병든 사람 같았다. 이름이 절이지 사실은 병정들이 들었다 놓았다 하고 있었다.

역시 볼 만한 구경거리였다. 주위에 늘어선 백성들도 웃고 문루 위의 고관대작들도 웃었다. 무후(武后)도 소리 없이 웃다가 다시 울리는 주악에 맞춰 멀리 발밑에서 조아리는 뭇 사람들의 머리를 뒤로하고 황제를 따라 문루에서 내려왔다.

백제에서 잡혀온 포로들의 처리 문제에서도 무후는 명쾌한 단을 내렸다.

백성들은 별 문제가 없었다. 어전에 바치는 것은 문서상으로만 하고 공밥을 먹일 것 없이 도착하는 대로 일찌감치 처리해 버렸다. 건장한 남녀는 왕족이나 대신들이 소망하는 대로 종으로 나눠주고, 젊고 얼굴이 반반한 여자들 역시 세도가들이 달라는 대로 그들의 기방(妓房)에 보내고, 나머지는 궁벽한 황무지에 보내 제 손으로 땅을 파먹게 했다. 〔당대(唐代)의 세도가들은 궁중에 후궁이 있듯이 각각 자기 집에 기방을 두어 수명에서 10여 명의 기생들이 있었다.〕

문제는 의자왕과 왕족, 대신들이었다.

"까짓거들 다 없애 버리지."

허약한 황제는 측천문(則天門)에서 돌아오자 침상에 누우면서 큰 소리를 쳤다.

"누구 말이에요?"

무후는 황제에게 따끈한 차를 권하면서 물었다.

"지금 본 백제왕이니 대신들이니 하는 것들 말이야."

"그 죄를 사하신다고 하잖았어요?"

"그랬던가? … 아이고 머리야."

"주위에 만족(蠻族)들이 얼마나 많아요? 항복해도 죽인다면 사생결단으로 덤빌 것 아니에요?"

"그럴까?"

"그럴까가 뭐예요? 보라는 듯이 위계에 따라 적당히 벼슬도 주고 밥도 먹여 주면서 이용하지요."

"그 말이 옳아, 구구절절이 옳아. 아이고 머리야."

황제는 또 머리를 감싸 쥐었다.

그날 밤 무후는 곰곰이 생각했다. 백제의 정복은 자기의 결단으로 이루어진 일이다. 성(姓)은 무(武), 이름은 조(照), 하늘의 태양이 지상의 만물을 비추듯이 자기는 무(武)로써 천하에 위광(威光)을 비출 인물임에 틀림없었다.

차제에 고구려도 밀어 버리는 것이다. 고구려가 백제를 돕는 것을 견제하기 위해 17만 군을 거느리고 무여라 벌에 출동한 양건방(梁建方), 계필하력(契苾何力), 설인귀(薛仁貴) 등의 활약도 보고대로라면 쓸 만했다. 그중에서도 설인귀는 요하를 건너 횡산(橫山)까지 쳐들어가 고구려의 온사문(溫沙門)이라는 장수가 이끄는 군대를 대파했다는 소식도 있었다. 이 온사문이라는 자는 옛날 백암성에서 우리 군대에 붙들렸다가 도망친 곰보장수라고 한다.

이런 기세로 나간다면 고구려라고 못 칠 것이 무엇이냐. 선제(先帝: 태종)의 유조(遺詔)를 쳐들어 고구려를 건드렸다가는 큰코다친다는 자들도 있고, 고구려는 백제의 비(比)가 아니라고 겁부터 먹고 말리는 조무래기들도 있지마는 개의할 것이 못 된다.

밤이 깊도록 생각한 끝에 결심이 섰다. 새벽에 나란히 침상에 누운 황제가 눈을 뜨자 한마디 던졌다.

"여보, 어때요?"

"무엇 말이야?"

입을 헤벌리고 눈을 치뜨는 꼴은 여전히 무엇인가 한두 가지 빠진 상판이었다.

"내친 김에 고구려도 깔아뭉개야죠."

"그게 될 말이오?"

황제는 눈을 크게 뜨고 침상 위에 일어나 앉았다.

"왜 안 돼요?"

무후는 거칠 것이 없었다. 왕황후와 소숙비를 없앤 후 천하의 입 가진 자들은 자기를 독부(毒婦)라고 은근히 찧고 까불어 댔다. 그런데 백제를 토벌했다는 소식이 퍼지면서부터 같은 입들이 이번에는 고금에 드문 인걸(人傑)이라고 떠들썩한다는 것이다. 특히 황제는 더욱 오금을 펴지 못하게 되고.

"왜 안 되는지 물었어요."

다그치니 황제는 비실비실 자리에 도로 누우면서 뇌까렸다.

"선제의 유조가 있는데…."

"선제는 선제고 당신은 당신이에요. 당신은 선제보다 몇 갑절 영특해요."

"이거 왜 이래?"

입을 헤벌리는 품이 싫지는 않은 얼굴이었다.

"생각해 보세요. 선제는 백제를 못 쳤고 당신은 쳐부수잖았어요? 선제가 못 친 고구려를 당신도 못 친다는 법이 어딨어요?"

"허지만 고구려 종자들은 영악해서 백제하고는 다르다는데 … 아이고 머리야."

황제는 머리를 감싸 쥐었다.

"영악하문 뭘 해요? 그때와 지금은 달라요. 이제 백제는 손에 들어왔겠다, 남북에서 협격하면 문제없어요. 당신은 하늘이 낸 분이세요."

하늘이 낸 것은 자기, 무후(武后) 임에 틀림없었으나 못생긴 황제를 추켜올려 줘야 할 필요가 있었다.

"친정(親征)을 해야지."

황제는 벌떡 일어나 두 주먹을 쥐었다.

"친정이라뇨?"

"친정 몰라? 친(親)히 정벌(征伐)하는 것이지. 출정군을 진두지휘한단 말이야."

웃겨도 분수가 있지, 말을 제대로 타나 칼을 쓰나, 게다가 만날 빌빌해서 침상에 누워 있는 주제에 출정군을 진두지휘한다?

"좋도록 하세요."

"내가 못할 줄 알아?"

"누가 못한댔어요?"

무후는 돌아누웠다.

"내가 아픈 줄 뻔히 알면서, 아이고 머리야."

황제는 또 머리를 감싸 쥐고 드러누웠다. 이런 병신, 좀더 춤추게 해서 엉금엉금 기어가게 만들어야지. 무후는 더 이상 응대하지 않았다.

조반을 마치고 불러들인 이세적은 두말없이 찬성이었다.

"두 분 폐하의 성덕(盛德)으로 안 될 일이 무엇이겠습니까."

황제는 시종 말이 없고 이세적은 연거푸 '성덕'을 쳐들었다.

"지금부터 빈틈없는 계책을 세우고, 천하에 영을 내려 병정들을 더 모집하고, 모든 일은 사공(司空)이 알아서 처리해 주시오."

"이렇게까지 신임하여 주시니 성은이 망극하오이다."

납죽하게 엎드린 이세적을 내려다보면서 무후는 계속했다.

"특히 이번 원정에는 성상께서 친정을 하신다니 그렇게 알고 만단의 차비를 해야 하오."

"성상께서?"

지당대신으로 이름난 이세적도 놀란 얼굴을 쳐들었다.

"인자하신 성상께서는 장병(將兵)들만 사지(死地)에 보낼 수 없다, 짐이 선두에서 진두지휘를 하신다는 황공하옵신 분부가 계셨소."

그래도 황제는 말이 없었다. 이불 밑에서 한번 해본 소린데 이것이 신하를 앞에 놓고 입을 나불거릴 건 뭐야. 오늘 소문이 퍼질 것이고… 이 일을 어떻게 감당한다? 얌전한 왕황후와 소숙비를 그 꼴로 만들고, 내 어쩌다 이런 잡년한테 걸려들었는지? 가슴이 답답해 오는데 무후가 또 입을 놀렸다.

"폐하, 안 그러세요?"

아니라고 할 수 없었다. 머리가 아찔해 오는 것을 참고 가까스로 한 마디 했다.

"고럼."

"천하에 그렇게 공포(公布)하시오."

무후의 말이 떨어지자 이세적은 또 납죽하게 엎드렸다.

"분부대로 거행하겠습니다."

황제는 눈앞에 캄캄했다. 이년이 사람을 잡는구나. 머리를 감싸 쥐는 것을 보고 이세적은 슬그머니 물러갔다.

평양회전(平壤會戰)

    서기 661년. 동도(東都: 낙양). 4월.
    지난겨울부터 준비하여 온 고구려 원정군의 편성이 끝나 궁중에서는 황제가 친히 장수들에게 부월(斧鉞)을 내리는 의식이 거행되었다.
    부여도 행군총관(扶餘道 行軍摠管)에 임명된 소사업(蕭嗣業)과 옥저도 행군총관(沃沮道 行軍摠管)에 임명된 방효태(龐孝泰)는 육로 요하를 건너 북으로부터 내려치고, 백제 정벌의 경험이 있는 소정방을 평양도 행군총관(平壤道 行軍摠管), 홍로경(鴻盧卿) 임아상(任雅相)을 패강도 행군총관(浿江道 行軍摠管)에 임명하여 바다를 건너 평양을 직격(直擊)하도록 하였다. 총 35만.
    발 뒤에 앉은 무후는 황제의 거동을 지켜보았다. 친정을 한다고 큰소리를 쳐왔으니 이 자리에서 한마디 없을 수 없을 것이다.
    어울리지도 않는 군복을 입은 황제는 의식이 다 끝났는데도 헛기침만 하고 그때마다 발 뒤의 자기를 돌아보았다. 가끔 머리를 감싸 쥐기도 하고 한숨을 내쉬기도 했다. 무후는 뜸을 들일 대로 들이고 나서 속삭였다.

"짐도 곧이어 군을 이끌고 경들의 뒤를 따르겠소, 이렇게 말해요."

황제는 안색이 변해서 무후를 돌아보고 무후는 턱으로 재촉했다. 그는 한숨을 내쉬고 떨리는 목소리로 되뇌일 수밖에 없었다.

"짐도 곧이어 군을 이끌고 경들의 뒤를 따르겠소."

못난 것이 겨우 서른네 살에 그 꼴이야? 흰 수염을 내려뜨린 70의 소정방이 부끄럽지도 않아? 밤낮 계집이나 밝히고. 태종은 그보다 열네 살이나 많은 마흔여덟에 고구려에 쳐들어가 전쟁을 진두지휘했는데 … 그렇게 잘난 애비한테서도 이따위 지지리 못생긴 아들이 태어나는 법도 있을까. 하기는 못생긴 덕에 내가 이 자리를 차지했고 깔고 앉아 온 당나라를 손아귀에 거머쥐기는 했지. 당장을 모면했다고 될 줄 알아? 좀더 길을 들여야지.

편전(便殿)에 들어와 군복을 벗으면서부터 공치사였다.

"중전은 역시 머리가 좋아. 하마터면 정말 전쟁에 나갈 뻔했잖아."

"그럼 안 나갈 작정이에요?"

"몸이 이 모양인 걸 뻔히 알면서."

무후는 그를 빤히 들여다보았다. 걸핏하면 머리를 감싸 쥐면서도 궁중의 반반한 여자는 자기의 눈을 속여 가면서 밤낮을 가리지 않고 덮치는 이 사나이. 요즘 궁녀들의 밀고에 의하면 이것이 정말 가리는 것이 없다. 연전에 없애버린 언니의 딸까지 건드렸다는 것이다. 열다섯밖에 안 된 것이 언니를 닮아 예쁘장하게 생겼어도 그 애까지 어떻게 할 줄은 몰랐다. 양심의 가책도 약간 동해서 언니를 없앤 후 궁중에 들여왔고 위국부인(魏國夫人)이라는 작호도 주어 귀여워했는데 거기다 침을 흘린 것이다.

무후는 한대 쏘아 주었다.

"몸이 어때서요?"

"머리가 무겁고 어지럽다는 걸 뻔히 알면서 ….”
"여자에게는 그렇게도 용감하면서 전쟁이라면 왜 그 모양이지요? 계집이라면 사족을 못 쓰면서.”
"난 중전밖에 몰라.”
"왜 이래요? 조카딸까지 손대고서는.”
황제는 놀라면서도 시침을 뗐다.
"그런 벼락 맞을 소리가 어디 있어?”
"언니를 건드려서 애까지 낳더니 또 그 딸을 건드리기요?”
황제는 주먹으로 가슴을 쳤다.
"난 못 속여요.”
무후는 입을 삐쭉했다. 황제는 한풀 꺾이고 침상에 드러누워 이마에 손을 얹었다.
"아이고, 머리야.”
"전쟁에 나가 한바탕 사내답게 싸우고 와요. 그따위 잔병은 단박 나을걸요.”
황제는 가슴이 캄캄했다. 어쩌다 이런 괴물한테 걸려들었을까, 내가 바보 등신이었지.
그로부터 매일 출정군은 차례대로 떠나갔다. 대개는 배를 타고 황하를 내려가고 더러는 기마 혹은 도보로 떠났다. 이번에는 백제의 경험을 살려 소정방과 임아상이 이끄는 수군이 3분의 2도 넘는다고 했다.
하루에 한 번씩 친히 전송한다고 황제는 나루에 나갔다 들어왔다. 그때마다 무후는 한마디 하는 것을 잊지 않았다.
"당신은 언제 떠나세요?”
황제는 자기를 손에 거머쥐고 흔드는 이 여자를 어쩔 도리가 없었다. 누구하고 의논하려 해도 반드시 고자질이 들어가고, 들어만 가면 들었다 놓는 데는 재간이 없었다.

4월도 그믐이 가까워오자 황제는 초조했다. 마지막 부대가 떠날 판인데 안 간다고 할 수는 없었다.

"무슨 변통이 없을까…."

머리가 아프다면서 조반도 안 먹고 전송도 나가지 않은 황제는 침상에 드러누워 무후를 힐끗 돌아보았다.

"있지요."

무후는 부러지게 대답했다. 황제는 기운이 났는지 벌떡 일어나 앉았다.

"대신들을 모아놓고 짐은 겁이 나서 못 가겠노라, 한마디 하면 그만 아니에요?"

이것이 황제고 뭐고 나를 헌신짝으로 아는구나. 그는 자리에 도로 누웠다. 그 주제에도 체면을 생각하는 모양이다. 하기는 하늘이 호수를 잘못 찾는 바람에 황제의 감투를 쓴 이 못난이가 전쟁터에 나갔다 어느 발길에 채여 죽으면 나도 곤란하다. 이쯤해서 한바탕 주리를 틀어놓고 풀어 주리라.

"체면은 내가 세워줄 테니 이제부터 내 말 듣겠소, 안 듣겠소?"

황제는 곁눈질을 하다가 일어나 앉았다.

"내가 언제 중전의 말을 안 들은 일이 있소?"

"계집질을 작작 해요."

"작작이 아니라 아예 안 할 테야."

"위국부인인가 하는 기집애 또 건드릴 거요?"

"다시는 안 건드릴게."

황제는 멋쩍게 입을 헤벌렸다. 쥐도 새도 모르게 모가지를 비틀어 버릴까도 생각했으나 언니에 이어 어린 딸까지 없애는 것도 너무한 것 같고, 따지고 보면 못나게 논 것은 황제이지 고것이 아닌 것은 분명한지라 더 두고 보기로 했다.

무후는 그 자리에서 허경종을 불러들였다.

"중서령도 아시다시피 폐하께서는 저렇게 몸이 불편하신데도 기어이 출정하신다니 우선 내가 심난해서 못 살겠소."

"지당하신 말씀이십니다."

침상의 황제가 끼어들었다.

"난 누가 뭐래도 출정할 것이오."

"저러시니 내가 오죽 답답하겠소? 어느 대신의 말도 안 들으실 모양이오."

무후는 시녀를 불러들여 먹을 갈게 하고 붓을 들어 종이에 몇 줄 적어 허경종에게 넘겼다.

"내일 조회(朝會) 때 처리해 주시오."

"중전마마께서 친히 출정을 간지(諫止)하시는 표문(表文)이시군요. 신 등이 불민해서 마마께까지 심려를 끼쳐 황공하기 그지없습니다. 분부대로 거행하겠습니다."

허경종은 몸 둘 바를 모르는 시늉을 하고 물러갔다. 침상의 황제는 감탄했다. 머리가 돌아가는 품이 자기 같은 것은 댈 것도 못되었다. 이러니 내가 오금을 펼 수 있나. 그는 시녀가 물러나자 무후의 손을 덥석 잡았다.

"중전은 역시 보통 사람이 아니야."

이튿날 조회에 나간 황제는 앙탈을 부리다가 친정을 중지한다고 한 말씀 내리고 군신(群臣)들의 치하를 받았다.

서라벌, 6월.

병석의 임금 김춘추는 마음이 착잡했다. 일은 뜻 같지 않고 죽음은 각각으로 다가오고.

험한 파도를 마다 않고 일본에도 가보았고 당나라에도 가보았다.

또 목숨을 내던진 셈치고 적국인 고구려에도 갔었다. 싸움터에도 무수히 드나들었다.

  결국 당나라와 손을 잡고 백제를 일단 쳐부수기는 했으나 당나라는 영영 그 땅에 주저앉을 기색이고, 귀실복신을 중심으로 한 백제군은 결사 항전하여 국토의 태반을 회복하고 곰나루와 소부리 성을 남겼을 뿐이다. 처음 도독으로 왔던 왕문도는 죽고 후임으로 온 유인궤(劉仁軌)는 곰나루, 유인원(劉仁願)은 소부리 성에 죽치고 앉아 싸울 생각은 않고 군량을 보내라, 군복을 보내라 성화가 여간 아니다. 당군 1만은 양반행세를 하고 싸움이 터졌다 하면 피를 흘리는 것은 그들과 함께 주둔하는 신라군 7천이다.

  명색 임금이라는 자기마저 한때 진두지휘하여 싸운 일도 있다. 오랜 전란으로 많은 사상자를 냈고 백성들의 생활도 말이 아니다. 아무리 생각해도 당군을 끌어들인 것은 잘한 일 같지 않다. 약속을 지킬 자들도 아니고 말로 될 일도 아니다.

  이런 판국에 몸져누운 지 벌써 여러 달이다. 쌓이고 쌓인 피곤과 심로(心勞)가 뭉쳐 불치의 병이 되었다는 것이다.

  지소는 아버지의 환후가 위중해서 오늘을 넘기기 어렵겠다는 전갈을 받고 아침부터 대궐에 들어와 어머니와 함께 곁을 떠나지 않았다. 작년 7월, 백제의 수도를 점령하고 아버지께서 친히 그 임금의 항복을 받았다는 소식이 들어왔을 때는 온 나라가 흥분했고 이 서라벌에서는 사람들이 거리에 쏟아져 나와 춤추고 돌아갔다. 그러나 남은 백제 사람들이 난리를 일으키는 바람에 곧 돌아올 줄 알았던 아버지는 친히 토벌에 나섰다가 동짓달도 거의 가서야 돌아왔다. 어찌나 억세게 달려드는지 지금 이 시각에도 많은 신라군이 백제 도처에서 싸우는 중이라고 한다.

지소는 그 훤칠하던 모습이 사라지고 뼈와 가죽만 남은 아버지의 얼굴을 지켜보면서 눈물이 핑 돌았다. 쉰아홉, 갖은 풍파에 거의 백발이 된 머리, 가끔 눈을 뜨고 천장을 물끄러미 바라볼 뿐 말이 없었다.

백제에서 돌아오면서부터 활달하던 아버지는 말수가 적어지고 별로 웃는 일도 없더니 새해 들어 몸져눕고 말았다. 벌써 여섯 달째, 좋다는 약도 쓸 대로 썼고, 부처님께 기도도 드렸다. 차도가 있는 듯하다가도 도져서 마침내 오늘을 넘기지 못한다니 하늘이 무너지는 것만 같았다. 아버지 없는 대궐, 아버지가 없는 신라는 생각조차 할 수 없는 일이었다.

이런 판국에 요석 언니의 일을 꺼낼 수도 없어 입 밖에 내지 못했는데 아버지도 아무 소리 없었다. 기다리다 못해 어머니에게 은근히 떠보아 달라고 부탁했더니 묵묵부답이라는 대답이었다. 그럭저럭 목숨은 부지했으나 아직도 병석을 떠나지 못하는 언니는 가끔 자기로부터 하회를 기다리는 눈치였으나 할 말이 없었다.

오랫동안 눈을 감고 있던 아버지가 시녀들의 부축을 받고 일어나 비스듬히 이불에 기대앉았다. 열어젖힌 문으로 오동이니 단풍 등 무성하게 자란 정원수를 내다보다가 물었다.

"오늘도 원효스님, 입궐했소?"

"대신들과 함께 옆방에 계세요."

어머니가 대답했다. 아버지는 가슴이 답답한 양 손으로 쓰다듬고 어머니는 손수 청심환을 물에 타서 대접했다.

"원효스님을 들라 하고 너희들은 물러가 있거라."

지소는 어머니와 함께 물러가는 시녀들을 대신해서 아버지를 부축하고 앉았다.

"오늘은 좀 어떠시온지 …."

원효는 방에 들어오자 단정히 무릎을 꿇고 앉아 머리를 숙였다. 아버지는 사이를 두고 입을 열었다.

"나랏일은 이미 상대등(上大等: 이때는 김유신)에게 부탁했고…. 집안일을 스님께 부탁해야겠는데…. 스님은 환속(還俗)해서는 안 되는 것이오?"

"신은 반드시 무엇을 하겠다, 혹은 반드시 무엇을 하지 않겠다, 하는 것은 없습니다."

"내 기운이 없어 긴 말을 못하겠소. 우리 요석공주를 맡아줄 수 있겠소?"

"사문(沙門)의 길은 험한 길이온데…."

"… 중전이 대신 말씀드리오."

아버지가 힘없이 도로 자리에 눕자 어머니는 침을 삼키고 조심스럽게 입을 떼었다.

"스님께서도 아시다시피 우리 요석이는 엉뚱한 데가 있지요. 어떻게 말씀드려야 할지 … 사문의 길을 가자는 것이 아니에요."

원효는 눈치를 알아차렸는지 눈을 감고 오래도록 말이 없었다. 기다리다 못한 어머니는 다가앉아 원효의 한 손을 잡았다.

"그 애의 소원이고 … 또 폐하의 … ."

어머니는 말을 잇지 못하고 소리 없이 눈물을 삼켰다.

"알겠습니다. 출가(出家)니 재가(在家)니 하는 것은 인간의 구분이요, 불도(佛道)는 하나뿐입니다."

원효는 담담하게 말하고 어머니는 잡은 손에 힘을 주었다.

"고마워요."

자리에 누운 아버지는 고개를 끄덕이는 듯하다가 숨소리가 거칠어졌다. 원효는 얼른 다가와 아버지의 얼굴을 들여다보고 조용히 일렀다.

"임종이십니다."

모녀의 흐느끼는 소리에 옆방에서 대기하고 있던 대신들이 몰려들어와 엎드리고 원효는 목탁을 두드리며 독경을 시작했다.

압록강 9월.
소정방과 임아상이 수천 척의 배에 20여만 군과 마필 군량을 싣고 패수(浿水) 하구에 상륙한 것은 6월 초였다. 그들은 고구려군의 간단없는 공격을 물리치고 7월 초에는 마침내 평양성(平壤城)을 포위하였다.
도바(突勃) 장군은 상륙 초부터 이들과 싸우다가 지난 달 북으로부터 내려오는 계필하력과 방효태의 침공군을 막으라는 명령을 받고 대장군 남생(男生)을 따라 3만 병력으로 이 압록강 가에 진을 쳤다. 적들은 왕년의 쓰라린 경험을 살려 보병은 충분한 식량을 가지고 도중의 요소에 주둔하여 보급로를 확보하고 정예 기병 5만으로 착실히 남하(南下)하여 머지않아 이 압록강에 당도하리라는 소식이다.
도바는 전쟁을 앞두고 장수들이 모인 자리에서 연개소문이 하던 당부를 되씹었다.
"다 아시는 바와 같이 어디서나 적은 우리의 10배로 보는 것이 합당하고, 따라서 그들은 수(數)로 밀어붙이는지라 야전(野戰)에 능하오. 대신 우리가 성을 지키는 데 능하다는 것은 천하가 다 아는 일이오. 그런데 적에게는 중대한 약점이 있소. 예로부터 일일지량(一日之糧) 밖에 없으면 일일지사(一日之師)에 불과하다고 했는데 육로는 멀고 바닷길에는 순풍(順風)만 있으란 법은 없소. 굳게 성을 지키고 그들의 치중(輜重), 특히 식량을 탈취하는 데 주안을 두어야 하오. 앞을 다투어 용맹을 겨룰 것이 아니라 참고 견디면서 적의 이 아픈 대목을 찌르고 찌르면 우리는 반드시 이길 것이오."
연개소문이 직접 지휘하는 평양수비군은 잘 싸우고 잘 지켜 포위된지 두 달이 넘었어도 끄떡없고 주변에 출몰하는 부대들의 거듭되는 야습(夜襲)에 소정방도 어쩔 도리가 없고, 북에서 남하하는 우군과의 합류를 기다리는 중이라고 한다.

무여라(武厲邏)에서 압록강, 서해에서 평양성에 이르는 육지의 처처에서 적의 보급이 끊어질 뿐 아니라 배를 타고 나간 수군도 적의 보급선을 파괴하고, 때로는 보급품을 실은 적의 대선대(大船隊)가 폭풍을 만나 모조리 침몰해 버렸다는 소식도 들렸다.

북국의 9월은 이미 겨울이지마는 금년은 유난히 추운 날씨가 계속되었다. 하순에 들어서자 압록강은 반이나 얼어붙었다. 도바는 아직도 강심(江心)을 출렁이며 흐르는 물을 바라보다가 옆에 선 남생에게 눈길을 돌렸다.

"지금이라도 군의 배치를 바꾸는 것이 어떻겠습니까?"

그러나 남생은 듣지 않았다.

"되놈들, 한 마리도 이 압록강은 못 넘어오게 할 것이오"

스물여덟 살의 이 패기만만한 청년은 고구려의 무사답게 기사(騎射)에 능하고 도창(刀槍) 등 무술치고 못하는 것이 없었다. 실전에도 나가 보았다. 그러나 대군을 지휘하는 것은 이번이 처음인데 아버지와는 비슷도 하지 않은 것이 경망한 데가 있었다. 연개소문도 그것이 걱정이었는지 떠날 때 두 사람을 불러놓고 일렀다.

"너 남생은 직분은 마리치〔莫離支〕에 대장군이지마는 만사 이 도바 장군의 의견을 따르도록 해라. 장군은 백전연마(百戰鍊磨)의 노련한 장수인 만큼 배울 점이 많을 것이다."(이 해에 남생은 막리지, 연개소문은 대막리지)

그러나 막상 현지에 와서는 누구의 말도 들으려고 하지 않았다. 고구려 무사는 되놈쯤 일당백(一當百)이라면서 강변에 횡(橫)으로 길게 진을 쳤다. 이제 50이 된 도바는 아들을 타이르듯 종심(縱深)으로 험요(險要)한 대목마다 병력을 배치하여, 치고 또 치자고 간곡히 일렀으나 막무가내였다.

평양회전(平壤會戰) 279

9월도 저물어갈 무렵, 계필하력과 방효태가 지휘하는 기병 5만이 압록강 대안에 당도했다. 그들은 강을 건너려고 몰려왔다가 아직도 얼어붙지 않은 강심에서 멈추고 이쪽에서 날아가는 화살에 적지 않은 피해를 보고 물러갔다. 남생은 가슴을 펴고 도바를 내려다보았다.
　그러나 당나라 군사들은 서둘지 않았다. 기병들인지라 먹을 것도 몇 달분은 넉넉히 싣고 온 모양이고, 가죽장막 속에서 별로 밖에 나타나는 일도 없었다.
　10월이 다 가고 동짓달에 들어서면서 강추위가 몰아닥치고 열렸던 강심도 완전히 얼어붙어 압록강은 빙판(氷板)으로 변하고 말았다. 도바는 다시 한 번 남생에게 병력배치를 바꾸자고 권했으나 뙤놈들을 빙판 귀신으로 만들어 버린다고 큰소리쳤다.
　군관을 제외하고는 모두 보졸(步卒)들인 고구려군은 빙판으로 쏟아져 내려가 활을 당기고 창을 휘둘렀다. 그러나 보병집단이 기병집단과 정면 대결한다는 것은 역사에 없는 일이었다. 마상(馬上)에서 부감(俯瞰)하면서 창과 방패를 알맞게 구사하는 적에게 초장부터 몇 수 지고 들어가는 악조건인데다 빙판에서 미끄러지기만 하면 적의 말굽에 밟히게 마련이었다.
　도바는 마상에서 창을 휘두르면서도 7백년의 고구려 역사상 이렇게 어리석은 전쟁은 일찍이 없었으리라고 생각했다. 적의 손해도 적지는 않았으나 빙판에 쓰러져 죽어가는 것은 태반이 고구려 병사들이었다. 그래도 강둑 위의 남생은 이리저리 말을 달려 남은 병력을 계속 죽음의 빙판으로 내몰고 있었다.
　오정이 지나가 고구려군 3만은 거의 빙판에 쓰러지고 적은 이쪽 강둑에 다가왔다. 남생은 10여 기의 호위 속에 여전히 강가에서 고함을 지르고 있었다. 이것은 혈기(血氣)이지 용기는 아니다.
　소수병력으로 적의 선두와 접촉하면서 후퇴하던 도바는 계필하력

(契苾何力)을 목표로 적중에 뛰어들어 사생결단을 내고 자기도 죽으리라 마음먹었다. 16년 전 백암성(白岩城) 싸움에서 죽으려다 상처만 입힌 계필하력, 그 때문에 죽을 곤욕을 치른 계필하력은 장군기를 앞세우고 빙판 중앙을 전진하고 있었다.

남생 따위는 없어지는 것이 고구려를 위해서도 좋다. 이생에서 마지막 보는 셈치고 증오에 찬 눈으로 뒤를 돌아보았다. 적의 일부 병력이 산모퉁이를 돌아 퇴로를 차단하는 줄도 모르고 함께 있는 군관들과 합창하듯 소리치며 손짓을 하고 있었다.

"도바 장군!"

적과 싸우느라 미처 몰랐으나 아까부터 부르고 있었던 모양이다. 도바는 일순 망설였다. 미워도 연개소문의 아들, 부자(父子) 2대에 걸쳐 신세진 은인의 아들이다. 그는 날쌔게 말머리를 돌리면서 후퇴를 명령하고 남생에게 달려갔다.

"어떻게 하면 좋소?"

두리번거리던 남생은 뒤에도 적이 나타난 것을 보고 입술을 떨었다.

"내 뒤를 바싹 따라요!"

그는 한마디 내뱉고 간도(間道)를 따라 서남쪽으로 달리면서 적진에 눈을 던졌다. 검은 파도같이 밀려오는 적의 선두는 뭍에 오르기 시작했고, 배후에 돌아 퇴로를 차단하려고 들던 1백여 기가 추격해 왔다. 10여 기와 1백여 기는 싸움이 될 수 없고, 더구나 그 뒤에는 5만의 적이 있다.

한참 달리던 도바는 좁은 골짜기에 들어섰다.

"병법에 골짜기는 피하라고 했는데…."

뒤에 따라붙은 남생이 중얼거렸으나 도바는 대답하지 않고 계속 말을 몰았다.

"골짜기는 위험하다니까."

한참 뒤에 남생은 또 한마디 했다.

"잔말 말고 따라와요!"

그는 더욱 말에 채찍을 퍼부었다.

해질 무렵에 고개를 넘으니 평지가 나타났다.

"뙤놈들 안 쫓아올까?"

빈집에 들어가 불을 지피우고 콩떡과 육포로 시장기를 때우는데 남생은 망설이다가 물었다. 이제 고구려의 압록강 수비군은 전멸했고 적은 평양까지 휘파람을 불며 내리밀게 되었다. 연개소문도 망령이지 이따위를 대장군으로 삼아 대사를 그르쳤겠다. 도바는 심화가 동했으나 참고 안심을 시켰다.

"안 올 테니 염려마시고 한잠 주무시지요. 적은 아직 골짜기 저쪽에 있을걸요."

"어떻게 알지요?"

"의심 많은 뙤놈들이라 골짜기에는 복병이 있는 걸로 알 것이고, 우리는 자기들을 유인하는 걸로 알았을 겝니다."

남생은 도바의 손을 잡았다.

"역시 백전노장이구만. 내 장군의 말을 들었던들 …."

그는 말끝을 흐렸다.

"자, 이제 떠납시다."

"적이 안 온다면 하룻밤 쉬어 가지 …."

남생은 피곤한 얼굴이었으나 도바는 일어섰다.

"시각을 다투어 평양에 알려야지요."

그들은 바람이 세차게 부는 밤길을 남쪽으로 말을 달렸다.

서기 662년. 평양성 2월.

적에게 포위된 지 8개월, 가을이 가고 겨울도 갔으나 적은 물러가지 않았다. 전 같으면 추위가 닥치기 전에 물러가는 것이 그들의 수법이었으나 이번에는 겨우내 버티고 해를 넘겼다. 해상과 육상에서 활약하는 고구려군의 끈질긴 공격으로 보급이 제대로 안 되어 이제 하루 한 끼도 죽으로 연명하고 여름옷을 그대로 입은 자도 수두룩했다. 그동안의 전투로 많은 사상자를 낸 외에 인마(人馬)는 동상에 걸리고 병들어 죽어갔으나 성 밖의 적은 산과 들에 장막을 치고 추위와 굶주림과 싸우면서 30만 대군이 10여 만으로 줄었어도 그대로 눌러 있었다.

견디다 못한 장수들은 여러 차례 본국에 철수를 요청했으나 꾸지람만 돌아온다는 소문이었다. 황제라는 인간은 등신이나 다를 바 없고 황후 무(武)씨가 고함을 지른다는 것이었다.

"30만 대군이 성 하나 주체하지 못한다는 거요!"

잡혀온 당나라 포로들은 남루한 입성에 앙상한 얼굴로 통곡하기 일쑤였다.

"모든 게 무가년 때문입네다."

백제 정벌에 참가했다는 군관은 엉뚱한 불평도 늘어놓았다.

"신라놈들이 돕지 않아 이 꼴이 됐소."

김춘추의 뒤를 이어 임금이 된 그의 아들 법민(法敏)은 김유신 이하 대군을 거느리고 우술성(雨述城: 충남 회덕)까지 북진하였으나 그 이상 오지 않았다. 귀실복신군의 항전으로 자칫하면 본국이 위험하다고 신라군은 백제땅에 들어가 토벌작전을 하고 있다는 소문이었다. 어떻게 보면 딴전을 부리는 것 같기도 했다.

성안의 연개소문은 태평이었다.

가을 내내 공격을 퍼붓던 적은 추위가 오자 한풀 꺾였다가 북에서 내려온 우군과 합세하면서 한때 기세를 올리기도 했었다. 그러나 새해 들어서면서 적은 기진맥진했는지 공격해 오는 일도 별로 없었다. 이때에 냅다 치자고 주장하는 장수들이 많았으나 연개소문은 듣지 않왔다.

"좀더 굶고 떨게 내버려 둬요."

2월에 들어서자 군량미 2만 6천 섬을 2천 량의 우마차에 싣고 북상하던 신라의 김유신이 장색(獐塞: 황해도 수안)에 도착하여 당군과 연락을 취하는 중이라는 소식이 들어왔다.

"좀 손을 봐야겠군."

연개소문은 한마디 했다.

2월 11일. 적중에 침투했던 세작(細作: 첩자)이 적장 임아상(任雅相)이 병으로 죽었다는 소식을 가지고 왔다. 촛불 밑에서 보고를 받은 연개소문은 한참 생각하다가 도바를 돌아보았다.

"지금부터 서둘러 임아상이 죽었다는 쪽지를 될수록 많이 만들어 사방 적진에 쏘아 보내도록 하오."

일어서려는데 연개소문이 덧붙였다.

"그리고 은밀히 출격준비도 하고."

이튿날부터 임아상이 죽었다는 쪽지는 무수히 적진으로 날아갔다. 쪽지뿐이 아니었다. 중국말을 하는 사람들 수십 명이 성벽에 올라 외치는 것도 잊지 않았다. 말은 글보다 험하게 마련이었다.

"임아상이 뒈졌다."

"임아상, 그 새끼 복상사를 했다."

"임아상이 어떻게 죽었는지 알아? 배때기 터지게 먹고 계집의 엉덩이를 두드리다 죽어 자빠졌다."

별의별 욕설이 바람을 타고 적진으로 날아갔다.

2월 15일 밤. 연개소문은 갑옷에 투구를 쓰면서 남생을 돌아보았다.

"너도 따라와. 전쟁하는 법을 배워야지."

성문을 쏟아져 나간 정기(精騎) 3천은 뱀내(蛇水: 일명 사천. 평양 동북에서 대동강에 합류하는 합장강) 가에 진을 친 계필하력과 방효태군을 급습했다.

선봉을 맡은 도바는 이것은 싸움이라기보다 짓밟는 일이라고 생각했다. 보름달을 등지고 별안간 들이닥친 고구려군은 목책(木柵)을 부수고 창을 휘두르며 무수한 장막들을 짓밟고 돌아갔다.

추위에 오그리고 앉았던 병정들은 비명을 지르며 비틀거리고 일어서다가도 제자리에서 쓰러져 두 손을 비볐다. 간혹 칼을 들고 덤비는 자도 있었으나 대개는 도망칠 엄두조차 못 내고 쓰러진 채 말굽에 밟히거나 창에 찔려 피를 쏟았다. 아주 탈진(脫盡)해 버린 무리들이었다.

도바는 달빛에 펄럭이는 대장군기를 보고 달려갔다. 제법 큰 통나무집에 벽까지 칠한 집이었다. 방효태가 10여 명의 수병들을 거느리고 문을 나서는 길이었다. 도바의 수병 백여 명은 그들을 에워싸고 창을 내질렀다. 다른 적병들보다는 나았으나 이들도 기진한 양 제대로 창이나 칼을 쓰는 자는 드물었다.

도바는 방효태의 가슴에 정통으로 창을 꼬나박았다. 늙은 방효태는 희미한 비명과 함께 큰 대자(大)로 나가떨어졌다. 도바는 찍고 또 찍었다. 다른 놈들은 땅바닥에 무릎을 꿇고 수없이 머리를 조아리며 통곡했다.

"없애버려!"

도바의 한마디에 병사들은 이들을 처치하고 엉기적거리며 도망치는 적을 추격하여 닥치는 대로 찌르고 밟아 버렸다. (이 전투에서 방효태뿐 아니라 아들 13명도 함께 전사했다.)

호각소리에 도바는 부하들을 수습해서 연개소문에게 달려갔다.

"이제 돌아가지."

도바는 잠자코 다시 선봉을 섰다.

"내친 김에 싹 쓸어버릴걸 그랬어요."

뒤에서 남생의 소리가 들려왔다.

"아니다. 싸움에서도 중용이 좋고 과(過) 보다는 불급(不及)이 오히려 낫다."

연개소문의 가라앉은 대답이었다.

멀리 남쪽 패수 가의 소정방의 진영에서 인마의 떠들썩하는 소리가 바람을 타고 왔다.

이 전투에서 계필하력은 놓쳤으나 당군 중에서도 가장 정예(精銳)라고 하던 그의 부대와 방효태의 부대는 거의 전멸했다는 것이 중론이었다.

2월도 중순이 되었건만 추위는 가시지 않고 다음날부터는 때 아닌 폭설(暴雪)까지 퍼부었다. 임아상에 이어 방효태까지, 4명의 대장군 중 두 명이나 잃은 당군의 진영은 눈 속에서 죽은 듯 꼼짝하지 않았다.

며칠 후 세작은 또 새로운 소식을 가지고 왔다. 마침내 당나라 황제로부터 적절한 시기에 철군해도 좋다는 허락이 왔다고 했다.

차제에 기진맥진한 적을 완전히 짓밟아서 다시는 고구려를 넘보지 못하게 하자는 것이 많은 사람들의 의견이었으나 연개소문은 달랐다.

"내버려 둬요. 돌아가 고구려가 무섭다는 걸 방방곡곡에 전하게 말이오."

연일 퍼붓던 눈이 멎자 당나라 군사들은 흰 벌판을 개미떼처럼 서해(西海)를 향해 서서히 움직이기 시작했다. 지루하고도 고달픈 세월이 가고 평화가 다시 찾아드는 것이다. 도바는 성벽에서 물러가는 적을 보면서 눈물이 핑 돌았다.

통곡하는 백제의 혼

서기 663년. 주류성(周留城: 충남 한산). 6월.

한밤중에 자다가 병사들에게 불문곡직하고 끌려나온 귀실복신은 그대로 감옥에 들어갔다. 무슨 영문인지 알 수 없고 가끔 지나가는 병정이 역적놈이라고 욕설을 퍼붓고 개중에는 나라에 충성된 도침(道琛)을 죽였으니 역적이 아니냐고 따지는 자도 있었다. 해묵은 일에 살을 붙여 사람을 잡을 모양이다.

중이 고기 맛을 들이면 절간에는 빈대조차 살아남지 못한다는 속담은 도침에게 해당되는 말이었다. 나당(羅唐) 침략군을 물리치고 국토의 태반을 회복하여 기세가 오르자 도침은 권력에 맛을 들이기 시작했다.

지수신(遲受信), 흑치상지(黑齒常之)는 뛰어난 장수로 각지를 전전(轉戰)하여 큰 공을 세웠으나 그 공을 내세우는 일이 없고 복신의 통제에 복종하였다. 복신 자신도 싸움터에서 세월을 보냈다.

도침도 승군(僧軍)을 중심으로 부대를 편성하여 잘 싸웠다. 그러나 공을 앞세우고 다른 장수들을 헐뜯고 이간질하는 버릇이 있었다. 글줄이나 하는 터수라 나중에는 스스로 영군장군(領軍將軍)이라 칭하고 복신에게는 상잠장군(霜岑將軍)이라는 칭호를 붙이는가 하면 다른 장수들에게도 이러저러한 장군 칭호를 붙이며 나불댔다.

어려운 때에 안에서 분란이 일어나도 곤란하다고 생각한 복신은 참고 그가 하자는 대로 했다. 중이 병법(兵法)을 알 까닭이 없는지라 작은 싸움에는 용감해도 전체를 보지 못하고 엉뚱한 명령을 내려 예기치 않은 패전을 하는 일이 속출하게 되었다.

하루는 싸움터에 나갔다 신라군에게 크게 패하고 돌아온 흑치상지가 도침의 덜미를 잡고 들어왔다.

"이 중놈이 나대는 것을 그냥 둘 것입네까?"

"왜들 이러시오?"

복신은 말렸으나 흑치상지는 듣지 않았다.

"장군께서는 왜 이 병신 같은 중놈에게 머리를 숙이고 나랏일이 잘못되어 가는 것을 보고만 계십니까?"

그를 따라온 군관들도 가만있지 않았다.

"벌써 몇 번입네까? 이번에도 우리 장군의 말씀을 안 듣고 우기는 바람에 백여 명의 장병들이 무참하게 목숨을 잃었습니다."

군관들은 도침을 엎어놓고 짓밟았다. 단구(短軀)의 허약한 도침은 복신이 손을 쓸 겨를도 없이 숨을 거두고 말았다.

"이제부터는 장군의 명령 이외에는 누구의 명령도 안 듣겠습니다."

군관들이 도침의 시체를 끌고 나가자 흑치상지는 내뱉듯이 한마디 했다. 기왕 이렇게 된 바에는 할 수 없었다.

"그렇게 합시다."

복신은 다시 백제군의 총수가 되었다. 그로부터 적을 밀어붙여 곰나루 성을 뺏고 유인궤와 유인원의 잔당, 그리고 그들에게 붙은 신라군을 소부리 성에 몰아넣고 신라로부터 오는 양도(糧道)와 바다를 건너오는 당나라의 수송선들을 쳐부숴 적을 고립무원의 궁지에 몰아넣었다.

당군의 총수 유인궤는 부리나케 본국에 원군을 요청했으나 고구려에서 35만 대군이 참패한 끝이라 용기를 잃은 그들의 황제는 도울 여력이 없으니 남은 군대를 수습해 가지고 신라에 들어가라고 했다는 소문도 들렸다.

다른 나라에 눈을 돌리는 것도 잊지 않았다. 고구려와 일본에서는 많은 식량과 무기가 왔을 뿐 아니라 고구려는 신라의 북경(北境)을 침범해 주었고, 일본으로부터는 대군을 보내 도와준다는 약속도 받았다.

사람들은 그를 용병(用兵)의 천재요, 뛰어난 경세가(經世家)라 했고, 왕실의 지친(至親)이니 왕위에 오르라고도 했다.

그는 듣지 않았다. 일단 패망한 백제를 다시 일으킬 단 하나의 길은 만인의 헌신(獻身)뿐이다. 자기부터 그 본을 보여야 한다고 생각한 그는 일본에 볼모로 가 있는 의자왕의 아들 풍(豊: 일명 풍장)을 맞아 들이기로 하였다.

풍이 도착한 것은 재작년 겨울 도침이 죽은 직후 북쪽에서는 평양성을 포위한 30여 만 당군이 추위와 굶주림 속에 고구려군의 공격을 받고 무수히 죽어갈 무렵이었다. (풍이 볼모로 일본에 간 것은 무왕 때인 서기 631년.)

그러나 백강구(白江口: 금강구)에 나가 배에서 내리는 풍을 맞는 순간 복신은 이것이 큰 실수라고 생각했다. 일본군 5천 명의 호위를 받으며 일본 부인과 함께 아이들을 거느리고 나타난 풍은 가슴을 젖히고 위엄을 떠는 품이 아무래도 마음에 걸렸다. 어려서 조국을 떠나 30년 만에 귀국하는 탓인지 백제말도 제대로 못했다.

그러나 복신은 이제 와서 다른 도리는 없고 외국인 같은 이 사나이를 섬길 수밖에 없었다. 그의 체통을 생각해서 새로 궁궐도 짓고 작년 5월에는 많은 사람들이 모인 가운데 정식으로 즉위식(卽位式)도 올렸다.

재작년부터 온다고 벼르기만 하던 일본의 지원군이 얼마 전 본국을 떠났다는 소식이 오면서부터 임금은 공연히 싱글거리고 일본 사람들은 더욱 도도해졌다.

복신은 되도록 주류성에 있는 시일을 줄이고 기회만 있으면 출진하여 적과 싸우며 세월을 보냈다. 주류성의 임금은 일본 여자와 시시닥거리고 시원치 않은 인간들을 불러들여 술을 마시고는 주정을 일삼는다는 소문이 들려와도 그는 입을 다물고 아무 소리 하지 않았다.

소부리 성의 나당군이 여기 쳐내려온다기에 출격하여 도중에서 여러 날 싸운 끝에 그들을 도로 성내에 밀어 넣고 돌아온 것이 어제 하오였다. 대궐에 들어가 어전에 보고하겠다고 했더니 덕집득(德執得)이 나와 폐하께서는 바쁘시니 내일 들어오라고 전했다. 요것도 고기 맛을 들인 중이라 일본 사람들에게 아첨하더니 마침내 임금의 측근이 되어 세도를 부리기 시작했다.

돌아와 곤히 잠들었는데 밤중에 끌려나온 것이다.

해가 중천에 뜨자 대궐을 경비하는 일본군 10여 명이 나타나 옥문을 열고 고함을 질렀다.

"데데고이(나와)!"

복신은 오랏줄에 묶여 궁중으로 들어갔다. 창을 든 일본군이 삼엄하게 경비하는 가운데 층계 밑에 좌우로 대신들이 늘어서 있고 중앙에는 임금이 앉을 교의도 마련되어 있었다. 덕집득이 가죽 끈을 들고 숯불에 빨갛게 달아오르는 큰 송곳을 가리키며 손짓 발짓하자 일본군인들은 그의 포승을 풀고 송곳으로 양쪽 손바닥에 구멍을 뚫었다. 숨이 막히는 아픔에 복신은 이를 악물었으나 신음소리는 울부짖음으로 변했다.

그들은 뚫어진 구멍에 가죽 끈을 꿰고 빙빙 돌려 상체를 묶어 버렸다. 꿇어앉은 복신은 정신이 아물거리는 속에서도 층계를 내려 교의에 앉는 임금의 모습이 눈에 들어왔다.

"너 보쿠시니, 난데(왜) 도침이를 죽였소까?"

임금의 첫 마디였다. 복신은 정신을 가다듬었다.

"도침이 죽은 경위는 저기 덕집득이 잘 알 텐데요."

"도쿠지비득이 그러는데 네가 죽였다고 하더라."

"그래요…."

처음부터 죽이기로 작정한 것이 분명한데 긴 말이 소용없었다.

"도침이나 하루수 없다고 하자. 난데(왜) 나를 죽이려고 했소까? 나를 죽이고 네가 오사마(임금) 될라고 안했소까?"

"내가 임금이 될 마음이 있었으면 진작 됐지, 너 같은 얼간이를 일부러 멀리 일본에서 데려왔겠어?"

임금이 말이 막히자 덕집득이 나섰다.

"폐하, 저 말투를 보십시오. 틀림없습니다. 이놈이 역모를 꾸민 건 천하가 다 아는 일입니다."

복신은 그를 노려보았다. 덕집득은 계속했다.

"이런 못된 놈은 당장 목을 베야 합니다."

복신은 깡마른 그의 얼굴에 침을 뱉고 외쳤다.

"이 썩은 개 같은 쓰레기야!"

온 궁궐이 울리는 고함에 임금은 흠칫했다.

"죽여야 합니다."

덕집득의 한마디에 임금은 일본말로 외쳤다.

"기레!(목을 잘라)"

칼을 든 일본 군관이 다가와 그의 목을 두 번 세 번 내리쳤다. 떨어진 복신의 머리는 미리 준비된 소금 항아리에 집어넣고 몸체는 저자에 내다버렸다.

　신화(神話)의 영웅이 죽었다. 동에 번쩍, 서에 번쩍, 신출귀몰하여 신라와 당나라 놈들을 쳐부수던 절세의 신장(神將)이 죽었다. 백제 사람들은 목을 놓아 통곡하고 희망도 기력도 한꺼번에 사라졌다. 그들의 귀에는 소생하던 조국이 다시 넘어지는 소리가 들리는 것만 같았다.

　소부리 성에서 꼼짝 못하던 유인궤가 군을 이끌고 다시 곰나루성을 공격해도 전처럼 악착같은 저항은 없고 성은 맥없이 떨어지고 말았다.

　장안(長安), 6월 그믐.
　봉래궁(蓬萊宮: 대명궁의 개칭) 정전. 황제의 옥좌 옆에 발을 드리우고 앉은 무후(武后)는 남편의 거동을 지켜보고 있었다. 백제에 가 있는 유인궤의 표문(表文)을 읽다가 고개를 갸우뚱하고 눈을 감았다.
　무후는 고구려 원정군이 참패하여 살아남은 자들이 거지꼴로 돌아온 작년 2월부터 지금까지 속으로 이를 갈며 살아왔다. 민심이 변덕스럽다는 것은 진작부터 모르지 않았으나 이번 같은 일은 처음이었다.
　온 천하가 자기를 죽일 년이라고 몰아세운다는 것이다. 태종 같은 영웅도 감당하지 못한 고구려를 무(武)가년이 뭐기에 공연히 입방아를 찧어 전쟁을 일으켰기 때문에 내 남편 내 아들이 죽었다. 살아 돌아온 자들도 쉬지 않고 입을 나불거린다고 했다. 무가년 때문에 나는 쩔룩발이가 됐다, 애꾸가 됐다, 이런다는 것이다. 성한 놈들도 가만 있지 않았다. 그년 때문에 죽사도록 고생하고 돌아왔는데 이게 뭐냐, 돈을 주나, 쌀을 주나, 돼먹지 않았다, 암탉이 우는 당나라가 될 게 뭐냐, 이렇게 떠들고 돌아간다고 했다, 백제 정벌에 성공했을 때는 기를 쓰고 자기를 칭찬하던 바로 그 입들이 말이다.

그런데 그 백제도 다 뺏기고 소부리 성만 달랑 남았고, 유인궤는 연속 원군을 보내 달라고 편지질이다. 사면포위로 돌아오기 어려우면 야간도주를 해서라도 신라에 넘어가라고 했더니 장차 고구려를 칠 발판을 버릴 수 없다고 아는 체를 했다.

천하의 입들은 이것을 가지고도 자기에게 시비였다. 무가년이 한 짓이라, 결국은 이 꼴이 되게 마련이라고 한다는 것이다.

설상가상으로 황제라는 이 병신마저 재간을 부렸겠다.

작년 여름의 일이다. 찬 물에 꿀을 타 마시고 있는데 평소 황제를 몰래 지켜보라고 붙여놓은 시녀가 안색이 변해 가지고 들어왔다.

"마마 큰일 났습니다."

"무슨 일인데?"

시녀는 망설였다.

"말해야 알 거 아니냐?"

"너무도 엄청난 일이라서 …"

무후는 손수 꿀물을 타서 한 잔 주고 부드럽게 나왔다.

"걱정 마라. 엄청날수록 얘기해야지."

시녀는 꿀물을 찔끔 마시고 입술을 떨었다.

"마마를 … 폐(廢) 하신다고 …."

무후는 피가 솟구쳐 한동안 눈을 감고 정신을 가다듬었다.

"누가 그래?"

냉정을 되찾고 나서 침착하게 물었다.

"폐하께서 말씀하시는 걸 들었어요."

"누구한테?"

"서대시랑(西臺侍郞)에게 말이에요."(서대는 중서성의 개칭)

"상관의(上官儀) 말이지?"(상관은 성, 이름은 의)

차근차근 묻자 시녀는 안심하고 털어놓았다.

"네. 폐하께서 이렇게 말씀하시데요. 여편네가 남자를 깔아뭉개려고 드니 이거 어디 살겠소? 게다가 듣자하니 일전에는 곽행진(郭行眞)이라는 도사(道士)를 불러다 날 죽으라고 푸닥거리까지 했다니 이런 요망한 계집을 어떻게 그냥 곁에 두겠소? 이러시겠지요, 글쎄."

"그래, 상관의는 무어라든?"

"그렇잖아도 암탉이 드세게 운다고 항간에는 말이 많습니다. 이러시더군요. 폐하께서는, 차제에 내쫓아 버릴 터이니 폐후조서(廢后詔書)를 오늘밤 안으로 써가지고 내일 아침 입궐하는 대로 바치라고 말씀하셨어요."

"그 자리에는 누구누구 있었어?"

"서대시랑 한 분밖에 없었어요."

"수고했다."

무후는 장롱에서 큼직한 금덩이를 꺼내 그에게 주고 일렀다.

"내일 아침 지켜 섰다가 상관의가 궁성에 들어오는 대로 내게 알려 다오."

후한 상에다가 "알려라"도 아닌 "알려다오" 소리를 들은 시녀는 눈물을 글썽이고 물러갔다.

푸닥거리를 한 것은 사실이지마는 태자의 복을 빈 것이지 황제를 죽으라고 한 것은 아니었다. 어떤 놈이 고해바쳤을까?

남편을 깔아뭉갠다지마는 얼마나 칠칠치 못하면 여편네한테 깔리지?

속셈은 그뿐이 아닐 것이다. 나도 이제 갓 마흔이다. 한 물도 아니고 두 물 세 물 다 갔다. 황제는 나보다 훨씬 젊은 30대 중반, 여자라면 사족을 못 쓰는 이 병신이 생각이 달라진 것이다. 저녁에 황제가 들어왔어도 아무 내색을 하지 않았다. 꼼짝 못할 증거를 잡아 가지고 이 병신을 왕창 깔아뭉개서 찍소리 못하게 만들어 놓아야겠다.

잠을 설쳤는데도 이튿날 황제는 일찌감치 나갔다. 급한 일이 있다고 중얼거리면서 사람을 똑바로 쳐다보지도 못했다.

곧이어 상관의가 입궐했다는 전갈을 가지고 시녀가 달려왔다. 무후는 반쯤 뛰었다. 병신도 병신이지마는 상관의란 놈, 글줄이나 한다고 주둥아리를 함부로 놀려? 조서(詔書)고 나발이고 너 잘 걸려 들었다.

궁중 한 모퉁이 황제가 서재로 쓴다고 꾸민 전각에 들어서니 상관의는 이미 물러가고 황제 혼자 앉아 있었다.

"여기서 뭘 해요?"

파랗게 질린 황제는 책상 위에 있는 종이를 덥석 쥐어 품안에 넣으려고 했다.

"이리 내놔요!"

무후는 다짜고짜 뺏어 읽어 내려가고 황제는 일어섰다 앉았다 어쩔 줄을 몰랐다.

"내가 포악해서 죄 없는 왕황후 소숙비를 무참히 죽이고, 장손무기 이하 많은 중신들을 사지에 몰아넣었다?"

무후는 조서의 초안과 황제를 번갈아 보면서 따졌으나 황제는 고개를 떨어뜨리고 돌아앉아 대답이 없었다.

"내가 포악한 짓을 했다고 합시다. 황제라는 당신은 왜 보고만 있었지요? 등신이오 뭐요? 또 뭐지? 푸닥거리를 해서 당신을 죽이려 들었다고? 여보시오, 당신은 푸닥거리 한 번에 죽어 자빠질 그따위 인생이오? 그래서 날 내쫓는다고? 왜 대답이 없소?"

무후는 황제의 어깻죽지를 잡아 돌아 앉혔다. 못난 것이 떨고 있었다.

"대답이 있어야 할 게 아니오?"

황제는 침을 삼키고 떠듬거렸다.

"난 말이야… 그럴 생각이 조금도 없었는데 말이야… 서대시랑이… 우겼단 말이야."

이 등신이 발뺌을 하는구나. 무후는 그를 노려보다가 다짐을 받았다.

"이 일은 내가 처리할 테니 당신은 서투른 수작 않지요? 서대시랑 따위가 우긴다고 넘어가는 당신 안심이 안 돼요. 이제부터 나도 조정에 나가 당신하고 나란히 앉아야겠소."

황제는 길게 한숨을 내쉬고 입을 헤벌렸다.

"수천 년 중국 역사에도 전례가 없는 일인데, 안 그래? 히히…."

"없다고 못할 건 뭐예요?"

"또 내 체통도 있잖아, 중전."

"체통이 도대체 뭐예요? 육갑하네. 하겠소, 못하겠소?"

내친 김에 멱살을 잡아 흔들었더니 단박 항복했다.

"하지, 하고말고."

피라미 같은 것이, 요따위는 두세 마리라도 한꺼번에 때려누일 자신이 있다.

무후는 그날로 허경종을 불러들여 자초지종을 얘기하고 처리를 명령했다. 이런 일에는 출중한 머리를 가진 이 사나이는 기대 이상으로 잘해 주었다. 상관의뿐만 아니라 무꾸리를 했다고 황제에게 고자질한 환관 왕복승(王伏勝)이라는 자를 적발해 내는가 하면 태자위에서 쫓겨나 검주(黔州)에 귀양 가 있는 진왕(陳王) 이충(李忠: 고종의 장자로 후궁 유씨 소생)까지 한데 묶어세웠다.

상관의와 왕복승은 이충을 받들 역모를 꾸몄다고 눈 하나 까딱하지 않고 여러 대신들이 있는 자리에서 어전에 아뢰었다.

황제는 옆에 앉은 무후의 눈치만 보고 아무 말이 없었다.

"두 역적은 참수(斬首)에 처한다고 해요."

발 뒤의 무후가 속삭이자 황제는 침을 삼키고 되뇌었다.

"두 역적은 참수에 처하오."

"이충에게는 사약을 내린다고 해요."

황제는 돌아보고 애걸했다.

"미워도 내 자식인데 … 그 애만은 살려줘, 응?"

눈을 부라리자 황제는 헛기침을 하고 떨리는 목소리로 뇌까렸다.

"이충에게는 사약을 내리오."

그로부터 무후가 조정에 나와 황제 옆에 발을 내리고 앉는 것은 당연한 일이 되었고 황제는 무후가 속삭이는 것을 되풀이하는 입에 지나지 않았다. 조정에서는 공공연히 이성(二聖: 두 분의 천자)이라 불렀고 무후의 허락 없이 되는 일은 있을 수 없었다.

무후는 아까부터 대신들 앞에서 머리를 배틀고 눈을 감은 황제를 보다 못해 옆구리를 찔러 유인궤의 표문을 넘겨받았다.

백제에 내분이 일어나 신장(神將)으로 이름을 날리던 귀실복신(鬼室福信)이 죽었다, 차제에 대군을 보내주면 일거에 평정하겠다, 일본군 2만 7천이 온다지마는 별것이 아니라는 내용이었다. 복신이 죽었으면 백제가 죽은 것이다. 그 때문에 만사 뒤틀리고 이 무조는 천하의 입방아에 올라 몹쓸 년이 되고 말았다. 그는 기회가 왔다고 직감했다.

"어쩔래요?"

속삭였으나 황제는 우물거렸다.

"원군을 보내요."

"일본군이 2만 7천이라는데 한 5만으로 안 될까? 신라군도 합세할 것이고."

"정말 쩨쩨하네. 40만을 보내요."

"40만이나!"

"백제 아이들 혼을 잡아빼요."

황제는 입을 벌리고 무후를 바라보다가 대신들을 향했다.

"백제에 원군 40만을 보내요."

대신들은 서로 마주 보고 놀라는 눈치였다.

"귀실복신이 죽었다고 해요."

황제는 되받아 약간 꼬리를 달았다.

"우리 군사들을 괴롭히던 귀실복신이 죽었으니 좋은 기회요."

무후는 눈을 흘겼다.

"군더더기를 붙이지 말아요."

대신들끼리 속삭이다가 허경종이 앞에 나와 머리를 조아렸다.

"총관(摠管)은 어느 장수로 하시겠습니까?"

무후는 일렀다.

"사공에게 물어요."

황제는 이세적을 바라보고 물었다.

"사공, 누가 좋겠소?"

이세적은 한참 생각하고 나서 대답했다.

"신의 생각으로는 손인사(孫仁師) 장군이 좋을 듯합니다."

"그렇게 하라고 해요."

"그렇게 하오."

백제 8월.

웅진도 행군총관(熊津道 行軍摠管)에 임명된 좌위위 장군(左威衛將軍) 손인사는 산동(山東) 지방의 장병 7천을 거느리고 내주(萊州)에서 배에 올랐다. 중도에 덕물도에서 며칠 쉬고 당항진에 상륙하여 유인궤의 마중을 받고 그와 함께 육로(陸路)를 따라 곰나루 성으로 향하는데 가끔 잠복 중인 백제군과 충돌이 있었으나 이렇다 할 큰 싸움은 없었다.

"복신이 살았으면 이렇게 활개를 치고 행군은 못할 것이오."

유인궤는 지난 몇 해 동안의 고초를 되씹는 듯 감개무량한 표정으로 말했다.

손인사는 장안을 떠나기 전날 이세적에게 불려간 김에 불평을 늘어놓던 일을 생각했다.

"40만이라더니 고작 7천입니까?"

이세적은 아뭏지도 않게 대답했다.

"호왈 40만이고, 7천으로 족할 것이오. 신라는 강병이오. 연락해 놓았으니 적어도 3만은 올 것이오. 어명도 있고 하니 40만 대군이 온다고 크게 떠들어요. 해로울 건 없을 것이오. 의자왕은 죽었으니 할 수 없고, 태자로 있던 융(隆)을 데리고 가시오."

"융을요?"

"사람이라는 건 달래야지 윽박지르기만 하면 반발하는 법이오. 백제 백성들을 달래는 데 쓸모가 있을 것이오. 그리고 여기 조서(詔書)도 몇 통 있으니 가지고 가시오."

봉서의 겉봉에는 흑치상지, 지수신, 사택상여(沙宅相如) 등 두드러진 백제 장수들의 이름이 각각 적혀 있었다.

"이것은 뭡니까?"

"폐하께서 친히 이들을 무마하시는 글이오. 항복만 하면 융숭하게 대접한다는 내용이오."

"들을까요?"

"안 들어도 밑질 것은 없소."

손인사는 자신을 얻고 물러나왔다.

보기감(步騎監) 열기(裂起)는 38 장군에 3만여 명을 거느리고 출정하는 대장군 김유신을 따라 8월의 맑은 하늘 아래 당병과 신라병들이

통곡하는 백제의 혼 299

들끓는 곰나루 성으로 들어갔다. 임금(文武王)도 이 결전(決戰)에 앉아 있을 수 없다고 따라나서 사람들은 이번 전쟁을 친정(親征)이라고 불렀다.

저녁에 추석을 앞둔 달빛을 받으며 신라와 당나라의 장수들은 마당에 멍석을 깔고 마주 앉았다.

"40만이 온다고 들었는데 어찌된 일이오?"

늙은 김유신이 먼저 입을 열었다.

"잇따른 전쟁, 특히 작년 고구려 원정에 크게 패한 후라 여력이 없소이다."

새로 온 손인사가 무어라고 하려는데 유인궤가 가로막고 나왔다. 잇따른 전쟁은 신라도 마찬가지 아닌가. 지난번처럼 싸움은 신라군이 하고 땅은 자기네들이 먹겠다는 속셈이구나. 말석에 앉은 열기는 김유신을 주시했다. 무슨 생각을 하는지 오래도록 눈을 감고 말이 없었다. 그의 무서운 성미를 아는 두 나라 장수들은 아무도 입을 떼지 않고 무거운 침묵이 흘렀다.

"할 수 없지요. 그 대신 이번 전쟁에서는 당신들도 대군을 움직인 우리 측의 절제(통제)를 받아야 하오."

단호하게 말하는 김유신의 흰 수염이 달빛에 떨렸다. 유인궤는 또 나서려는 손인사를 가로막고 정중히 나왔다.

"물론 그래야지요."

그로부터 의논이 시작되었다. 총력을 기울여 수륙의 요충인 가림성(加林城: 부여 남방 임천의 성흥산성)을 치자커니, 수도인 주류성을 치자커니 임존성부터 없애야 한다느니 말이 많았다.

듣고만 있던 김유신이 단을 내렸다.

"지금 일본의 주사(舟師: 수군) 400척에 2만 7천 병력이 서해를 북상 중에 있소. 우리도 주사를 편성해서 미리 대기하고 있다가 이들이 상륙하기 전에 해상에서 무찔러야 하오. 또 주류성은 사람으로 말하자면 머리에 해당하오. 머리가 떨어지면 사지는 맥을 못 쓰게 마련이니 주류성부터 칩시다."

아무도 이의를 달지 않았다.

이튿날 나당(羅唐) 두 나라의 대군은 남으로 진격을 시작했다. 유인궤가 지휘하는 수군은 배로 웅진강(熊津江)을 남하하여 백강구로 향하고, 당항진에 머물고 있는 군선(軍船)들도 합세한다고 했다. 유인궤의 배에는 전 백제 태자 부여융(扶餘隆)이 앉아 있었다. 50 가까운 이 사나이는 풀이 죽은 얼굴을 떨어뜨리고 사람들의 시선을 모았다.

신라군의 주력은 육로를 따라 남진하였다. 열기도 그 속에 끼어 주류성을 목표로 말을 달렸다. 뒤에는 손인사와 유인원이 지휘하는 당나라 병사들이 왁자지껄하고 따라붙었다.

8월 17일. 주류성 밖에 당도한 나당군은 먼발치로 성을 포위하고 휴식에 들어갔다. 성내는 죽은 듯이 고요하고 밤이 되어도 움직이는 기색이 없었다.

임금은 지수신(遲受信)의 호위 하에 일본군을 맞으러 가족과 함께 서해에 나가고, 흑치상지(黑齒常之)가 주장이 되어 사택상여(沙宅相如)와 함께 성을 지키는 중이라고 했다. 복신이 죽은 후 흑치상지는 술이 아니고는 잠을 이루지 못한다는 소문이었다. 열기는 달빛 아래 묵묵히 서 있는 저 성안에서 홀로 술잔을 기울이고 있을 그의 모습을 상상했다. 사흘이 지나도 김유신 장군은 움직이지 않았다.

"흑치상지는 술에 녹았소. 치기만 하면 일거에 무너질 것이오."

유인원이 주장했으나 김유신 장군은 그를 물끄러미 바라볼 뿐 대답이 없었다.

"우리 군사들은 고국을 떠나 하루라도 빨리 돌아가기를 원하오. 그중에서도 내 휘하 장병은 만 4년도 넘었소."

듣고만 있던 김유신 장군은 짤막하게 대답했다.

"알아듣겠소. 잘해 보시오."

그들이 투덜거리면서 돌아간 후 열기는 장군에게 물었다.

"왜 그러십니까."

"아직 전기(戰機)가 안 됐어."

무뚝뚝한 대답이었다. 열기는 더 캘 수도 없어 잠자코 있었다.

다음날 충차(衝車) 포차(抛車)에 운제(雲梯)까지 총동원한 당군은 사방으로 성을 에워싸고 몰려갔다. 그러나 죽은 듯하던 성벽에 무수한 병사들이 나타나고 문루에는 7척 거구의 흑치상지가 버티고 서서 고함을 질렀다.

"되놈들 한 놈 남기지 말고 모조리 없애버려!"

빗발치듯 날아드는 화살에 당군은 많은 사상자를 내고 물러섰다. 도중에서 열기(裂起)를 만난 유인원은 시비를 걸어왔다.

"신라군은 왜 안 도와줘 해?"

4년 있은지라 우리말도 제법 했다. 열기는 그를 노려보면서 한마디 던지고 말머리를 돌렸다.

"우린 바쁠 것이 없어 해."

그러나 이튿날 아침 김유신 장군은 남문에 집중공격을 명령했다.

"전기가 왔습니까?"

열기는 이상해서 물었다.

"후일을 위해서 당나라 아이들에게 본을 보여줘야지."

그것은 글자 그대로 혈투(血鬪)였다. 적의 화살에 맞아 수없이 피를 뿌려도 충차는 꼬리를 물고 남문으로 돌진했다.

오정이 지나 마침내 남문이 부서지고 일부 병력은 성안으로 돌진해 들어갔다. 그러나 김유신 장군은 후퇴를 명령했다.

"왜 물러서지요?"

열기는 화가 동했다.

"장차 우리 백성이 될 사람들이다."

그들이 물러나자 백제군은 곧 뚫어진 자리에 통나무를 엮기 시작했다.

먼발치에서 구경하던 당군 진영에서 유인원이 말을 달려왔다.

"이런 어리석은 일은 없어 해."

김유신 장군은 돌아보지도 않고 열기가 내뱉었다.

"있어 해."

"메이파즈!"

유인원은 중얼거리고 말머리를 돌렸다.

8월 27일.

임금을 모시고 서해에 나간 지수신은 아침 일찍 북상하는 일본 군선들이 시야에 들어오자 쪽배를 타고 바다에 나가 그들의 배에 올랐다. 임금은 아베노히라부(阿倍比邏夫)니 가미쓰케노와카코(上毛野稚子)니 하는 저들의 털보 장수들과 어울리고 자기는 물 위에 뜬 기름 같은 신세였다.

그는 배들을 유심히 살펴보고 불안한 생각이 들었다. 신라나 당나라 배들은 용골(龍骨)로 엮어 흘수(吃水)가 깊고 그만큼 안정되었는데 이 배들은 그저 널빤지에 못질해 만든 평평한 것들이다. 파도가 치는 대로 넘실거리고 바람에도 약했다.

바다에서 싸우면 불리하겠다고 판단한 그는 임금에게 여쭈어 보았다.

"차라리 이쯤에서 상륙하여 주류성을 포위한 적을 치는 것이 어떻겠습니까?"

일본 장수들과 무어라고 주고받은 임금은 그들의 말을 되받아 하는 눈치였다.

"우린 400척, 적은 170척, 단박 다다쿠조(무찌른다), 알았소까?"

하오가 되어 군선들은 백강구에 당도하여 해상에 진을 친 적선과 마주 보게 되었다.

선두를 가던 10여 척의 배들이 꼼짝하지 않는 적의 선단으로 돌진해 갔다. 그러나 파도에 약한 이쪽 배들은 적선의 포차에서 날아오는 돌에 맞아 차례로 부서져 물속에 가라앉고 뛰어내린 병사들은 허우적거리다가 적의 화살에 맞아 죽어갔다. 이쪽은 파도에 요동치는 배에서 제대로 활조차 당기지 못하는 형편이었다.

8월 28일.

쾌청한 날씨에 세지는 않아도 서북풍이 불어왔다. 그런데 전체 선단으로 적을 공격한다고 큰소리였다. 지수신은 말렸으나 임금도 일본 장수들도 듣지 않았다. 나중에는 일본군을 우습게 보지 말라고 짜증까지 나왔다.

파도에 요동치면서도 배들은 적 선단을 향해 움직여 갔다. 여태까지 꼼짝하지 않던 적선들은 서서히 이동하여 바람을 등지고 포위를 시작했다.

해질 무렵에는 서로 얼굴을 알아볼 정도로 접근했다. 이쪽에서 쏘는 화살은 미치지 못하는데 저쪽에서 날아온 화살 몇 대가 뱃머리에 꽂혔다. 별안간 화전(火箭)이 수없이 날아들었다. 여러 배에서 불이 일어나고 불은 밀집한 옆 배에 옮겨 붙었다. 어두워 가는 해상은 불바다를 이루고 바다에 뛰어든 병사들은 비명을 지르다 물속에 잠겨 버렸다.

실로 어처구니없는 일이었다. 일본선단 400척과 2만 7천 명의 지원군은 변변히 싸워 보지도 못하고 수장(水葬) 되는 판국이었다.

임금의 가족들이 탄 배가 적에게 끌려가는 것이 불빛에 보였다. 임금은 발을 구르다가 적선이 다가오자 지수신의 소매를 잡았다.

"도시다라(어쩌면) 좋소?"

지수신은 그의 팔을 잡아끌고 바다에 뛰어들었다. 섬나라에서 30년을 보낸 사람답게 헤엄은 잘 쳤다.

뭍에 오르자 바위 그늘, 쪽배에서 임금을 호송하여 온 백제 병사 5, 6명이 나타났다. 어제 쪽배를 몰고 일본 선대까지 나갔던 축들이었다. 임금과 지수신은 그들이 내주는 마른 옷으로 갈아입고 바위틈에 쭈그리고 앉았다.

"도코에(어디로) 가는 것이 좋겠소까?"

임금은 아래윗니를 부딪치며 물었다.

"임존성(任存城)으로 가십시다."

한참 생각하던 임금은 엉뚱한 대답을 했다.

"오레와(나는) 일본이나 가겠소."

지수신은 이 얼치기를 바다에 차 넣으려다 마음을 고쳐먹었다. 이 사나이마저 없어지면 백성들을 묶어세울 중심이 없어진다.

"이 쪽배로 일본으로는 못 갑니다."

"그럼 고쿠리(고구려)로 가겠소!"

"왜 임존성에는 안 가시지요?"

"백제는 다 호로비다(망했다), 난 이제 지긋지긋했소까라."

지수신은 생각 끝에 대답했다.

"그렇게 하시지요. 신은 이 길로 임존성에 가겠습니다. 뜻이 이루어지면 모시러 가지요."

그는 돌아서 병사들에게 일렀다.

"폐하를 모시고 숲속에 숨었다가 잠잠해지면 배를 타고 고구려에 넘어가라."

그는 임금에게 절하고 어둠 속을 홀로 터벅거리며 북쪽으로 걸었다.

일본 지원군이 몰살했다는 소식이 전해지면서부터 주류성 안에는 분란이 일어났다. 대궐을 경비하던 일본군 5천이 들고일어나 자기들은 못 싸우겠다, 본국에 돌아가겠다고 야단이었다. 이 바람에 그러지 않아도 낙심한 백제 병사들의 사기는 말이 아니었다. 상관의 명령을 듣지 않는 것은 고사하고 걸핏하면 대들고 집단폭행을 하는 일도 심심치 않게 일어났다. 창을 팽개치고 민가에 들어가 행패를 부리고 술을 퍼마시고, 이미 군대라고 할 수 없었다.

간혹 탈출해 나오는 포로들로부터 이런 사정을 들어도 김유신 장군은 움직이지 않았다. 일본군에게는 남쪽 길을 열어 놓았으니 안심하고 물러가라, 백제군에게는 한 사람도 다치지 않고 후하게 대접한다는 편지를 하루에도 몇 번씩 화살에 날려 보냈다. 일본군이 정탐을 나와도 못 본 체하였다.

9월 7일.

임시변통으로 얽어맸던 통나무들을 뜯어내고 남문이 열렸다. 일본 군사들이 쏟아져 나와 남으로 걷기 시작했다. 장사진 속에는 백제의 고관들과 일반 백성들도 적지 아니 끼어 있었으나 아무도 건드리지 않고 조용히 지켜보기만 했다.

그들이 떠나간 후 흑치상지와 사택상여가 호위도 없이 단둘이 말을 달려 나왔다. 김유신 장군과 마주 선 흑치상지는 가라앉은 목소리로 한마디 했다.

"우리 두 사람을 죽이고 대신 약속대로 백성들을 다치지 말아 주시오."

그들은 무기도 갖고 있지 않았다.

"죽이다니 무슨 말씀이오. 여생을 이 백제 땅에서 보내셔도 좋고 우리 신라에 오셔도 좋습니다."

옆에 있던 손인사가 품에서 조서를 꺼내 두 사람에게 각각 전하고 유인원이 거들었다.

"우리 황제 폐하, 벼슬이 내려 하고 집도 줘 하고 우대한다, 이거."

두 사람은 고개만 끄덕이고 묵묵히 말머리를 돌렸다. 신라군과 당군은 그들의 뒤를 따라 주류성으로 들어갔다.

이로써 4년에 걸친 백제의 부흥(復興)운동은 사실상 끝났다.

주류성이 함락된 후 다른 성들도 속속 항복하였으나 임존성에 들어간 지수신은 끝까지 항전하여 10월 말에 감행된 나당 연합군의 총공격도 물리치고 버티었다. 유인궤는 흑치상지와 사택상여들을 우대하여 그들로 하여금 이를 공격케 하니 성은 떨어지고 지수신은 고구려로 망명하였다. 흑치상지는 그 후 당나라로 건너가 무장으로 많은 공을 세웠으나 억울한 모함을 받아 옥사(獄死)하였다.

고구려에 들어간 부여풍은 거기 머물다가 훗날 고구려가 망하자 다시 일본으로 건너갔다. 백강구에서 당군에 포로가 된 사람 중에는 풍의 두 아들 충승과 충지도 끼어 있었다.

거인의 죽음

서기 665년. 서라벌, 8월.

작년은 오래간만에 전쟁이 없는 한 해였다. 금년에도 전쟁이 없이 8월 한가위를 맞게 되었다.

낮에 황룡사(皇龍寺)에 나가 부처님 앞에 감사를 드리고 돌아온 원효는 마당에 멍석을 깔고 앉아 처 요석과 어린 아들 총(聰)과 함께 저녁식사를 들었다.

"아부지, 달은 왜 둥글지?"

동녘 산마루 소나무 사이에 걸린 달을 바라보던 총이 물었다.

"글쎄 말이다."

그는 요석과 마주 보고 웃었다. 두 돌을 갓 지난 것이 가끔 엉뚱한 것을 물어 대답이 궁할 때가 있었다.

"아부지도 모르는 게 있어?"

"많지."

총은 눈을 크게 떴다.

"달님 얘기는 나중에 내가 해줄게. 어서 밥을 먹어라."

어머니의 한마디에 총은 멈췄던 숟가락을 다시 놀리기 시작했다.

달빛에 비친 요석은 더욱 아름답고 아들은 더욱 총명하게 보였다. 처와 아들뿐만 아니라 원효의 눈에는 천지만물이, 있는 그대로 나무랄 데 없고, 이를 지배하는 생멸(生滅流轉)의 법칙도 조용히 받아들일 수 있었다.

요석과 결혼하여 환속할 때는 말도 많았다. 권세에 아부한 파계승(破戒僧)이라느니 설서당(薛誓幢: 원효의 속명)은 애초부터 중이 아니라 가사(袈裟)를 입은 속물이었다느니, 세상 사람들은 부지런히 입을 놀렸다.

개중에는 어느 달밤 모기내(蚊川)가 숲속에서 싫다고 뿌리치는 요석 공주를 덮쳐 어쩔 수 없이 결혼하게 만든 것이라고, 보기라도 한 듯이 단언하는 자도 있었다. 위선자(僞善者)다, 사기꾼이다, 입이 비뚤어지는 대로 떠들었고, 고승대덕(高僧大德)을 가장한 이 협잡배를 숭상하고 시주한 것이 분하다고 가슴을 치는 아낙네들도 있었다.

궁중에 드나드는 귀족들은 두 패로 나뉘었다. 말은 없어도 흰 눈으로 보는 패가 있는가 하면, 선왕의 사위, 금왕의 매부가 된 그에게 애써 접근하려는 축도 있었다.

원효는 아무 소리 하지 않았다. 가사를 벗은 그는 머리를 기르고 스스로 소성거사(小姓居士)라 이름 하였으나 전과 다름없이 불도를 닦고 연구하여 많은 글도 썼다.

세월이 흐르면서 세상공론도 달라졌다. 동서 되는 김유신 장군 내외의 해명으로 손가락질은 차츰 멈췄으나 끝까지 믿지 않는 축도 없지는 않았다.

"똑똑한 화랑들이 얼마든지 있는데 하필 늙은 중에게 공주를 맡겼을라고."

뿐만 아니라 기왕 그렇게 됐으니 그럴싸하게 꾸민 얘기라고 장담하는 자도 있었다.

그러나 제일 먼저 돌아선 것이 가장 세차게 욕설을 퍼붓던 스님들이었다. 무엇보다도 원효에게는 힘이 있었다. 궁중을 무상출입할 수 있고 당대의 영웅으로 추앙을 받는 상대등 김유신 장군과는 대등으로 이야기할 수 있었다.

"당나라에서 불서(佛書)를 들여와야겠는데 좀 도와주시오."

"절을 새로 지어야겠는데 힘써 주시오."

"금동여래상을 만들어야겠는데 무슨 변통이 없을까요?"

승려들은 부지런히 그가 사는 요석궁(瑤石宮)으로 찾아왔다. 그는 도와줄 수 있는 것은 서슴지 않았고, 절을 창건한다면 먼 고장이라도 반드시 제 발로 가서 적부(適否)를 결정했다.

정성이 깃든 그의 행동에 승려들은 감사하고 그가 써내는 책을 보고는 머리를 숙이지 않을 수 없었다. 그는 다시 신라 불교의 중심인물이 되었다.

부처님의 사상을 알기 쉽게 풀이한 무애가(無㝵歌: 화엄경의 일체무애인, 일도출생사에서 따온 것이라 함)라는 노래를 지어 스스로 각처를 돌아다니며 포교(布敎)도 시작하였다.

요석은 불평이었다.

"새삼스럽게 무슨 포교예요? 포교는 스님이 하는 거 아니에요?"

"속인은 포교해서는 안 되나?"

"당신에게는 가정이 있어요."

그는 포교에 정성을 다하였으나 그렇다고 가정을 등한히 하지는 않았다. 나중에는 요석의 불평도 사라졌다.

"나다니시는 것도 몸에 좋군요."

식사를 마치고 양치질을 하는데 하인이 들어와 일렀다.

"재매정댁(財買井宅)에서 오셨습니다."

지소가 손수 바구니를 들고 들어와 달을 등지고 앉았다.

"언니는 자꾸 이뻐지네요."

"얘 봐라…."

요석은 눈을 흘기면서도 싫지 않은 얼굴이었다. 지소는 원효에게도 한마디 던졌다.

"형부는 자꾸 젊어지시고."

"허허… 해마다 한 살씩 먹어 버리니 그 많던 나이가 줄어드는 모양이지."

세 사람은 함께 웃었다.

"금년에는 유난히 알이 굵어서, 총이를 줄려고…."

그는 바구니에서 대추를 몇 개 꺼내 총에게 주었다.

"난 이모가 좋아."

대추를 받아든 총은 지소의 무릎에 앉았다. 원효는 대추를 입에 넣으면서 절간에서는 경험하지 못한 혈연간에 흐르는 정이 가슴에 와 닿는 것을 실감하였다.

평양, 10월.

지난봄부터 연개소문은 전에 없이 피곤하다는 말을 가끔 입에 올리게 되었고, 잔병으로 눕는 일도 드물지 않았다. 그때마다 약을 쓰고 일어나기는 했으나 전 같은 활기는 되찾지 못했다.

이번에는 한 달이 되어도 병세는 나아지는 기색이 없고 의원들은 가망이 없다고 은근히 가족들에 알렸다. 그 자신도 알아차리고 며칠 전부터 중요한 대신들을 불러 뒷일을 부탁하고 오늘 아침에는 세 아들을 불러놓고 도바(突勃)도 불려 들어갔다.

남생(男生), 남건(男建), 남산(男産)의 3형제는 아버지의 머리맡

거인의 죽음 311

에 무릎을 꿇고 앉아 있었다. 딸들만 내리 낳다가 늦게 본 이 3형제에게 그는 유달리 정을 쏟았으나 아버지가 늙어감에 따라 그들의 사이는 점점 벌어져 갔다.

여자들도 한몫 끼어들었다. 남생과 남건 남산은 배가 달랐다. 두 여자는 제각기 자기가 낳은 아들이 제일이고 따라서 뒤를 이을 사람은 자기 아들이라고 은밀히 대신들 사이를 부채질하고 돌아다녔다. 대신들의 의견도 갈라졌다. 생김새나 몸가짐에서 성격까지 아버지를 닮은 남건이 좋겠다는 사람들도 있고, 좀 부족하기는 하나 맏이를 제쳐놓고 둘째가 올라앉으면 분란이 일어난다고 걱정하는 사람들도 있었다.

연개소문도 이런 낌새를 알고 4년 전 당나라가 쳐들어온다는 소문이 퍼진 가운데 스물여덟밖에 안 된 남생을 마리치〔莫離支〕의 자리에 앉히고 자기는 한마리치〔大莫離支〕라 하여 이 일에 단을 내렸다. 그러나 합당하다느니 그렇지 않다느니 하는 쑥덕공론은 그 뒤에도 그치지 않았다.

도바가 들어서자 누워 있던 연개소문은 시녀들의 부축으로 일어나 앉았다.

"도바 장군, 이리 … 가까이 와요."

연개소문은 숨이 차서 띄엄띄엄 이어갔다.

"내, 도바 장군이 … 있는 자리에서 … 너희들에게 유언을 하겠다 … 너희 3형제는 물과 물고기 사이처럼 화합하고 … 벼슬을 가지고 싸우지 마라. 안 그러면 … 이웃의 웃음거리가 … 된다."(汝等兄弟 和如魚水 勿爭爵位 若不如是 必爲隣咲)

3형제는 눈물을 삼키고 연개소문은 도로 자리에 누웠다.

"도바 장군."

옆에 앉은 도바는 귀를 기울였으나 연개소문은 입술을 움직이려다 말고 숨소리가 갈수록 거칠어졌다.

　의원들이 들어와 진맥을 하고 청심환을 물에 타 입으로 흘려 넣었으나 그는 다시는 눈을 뜨지 않았다.

　10월의 태양이 서산으로 넘어갈 무렵 연개소문은 마침내 마지막 숨을 몰아쉬고 운명하였다. 그의 치뜬 눈을 감기고 턱을 고여준 도바는 스님들이 들어와 독경을 시작하자 물러나왔다.

　추운 날씨에 땅거미가 지기 시작했다. 허전하기 이를 데 없고 고구려에도 어둠이 시작된 듯 앞일이 캄캄했다. 대문을 나온 그는 소매로 눈물을 훔치고 말에 올랐다.

　온 도성 사람들이 모여 흐느끼는 가운데 늙은 신성(信誠: 지루)의 주제로 장송(葬送)을 마치고부터 또 쑥덕공론이 시작되었다.

　우선 마리치로 그냥 있어도 될 남생(男生)이 한마리치로 올라앉았다. 이 자리는 연개소문조차 만년에 오른 것이 아니냐. 두대형(頭大兄)으로 말없이 그대로 앉아 있는 남건(男建)과 대형(大兄)으로 있는 남산(男産)이 월등 낫다는 것이다.

　도바는 내색은 하지 않았으나 남생이 마음에 들지 않았다. 연전에 압록강에서 보이던 경망기가 4년 지나 서른두 살이 되어도 가실 줄을 몰랐다. 거드름이 늘고 귀한 집에서 자란 자들에게 흔히 있듯이 남의 사정을 알아주는 법이 없고 사람을 사람으로 보지 않는 버릇이 있었다.

　3형제가 모여 돌아가신 아버지의 유언을 지키자고 하늘에 맹세했다는 소문이 돌았다. 역시 그 아버지에 그 자식들이라고 칭찬하는 축도 있었으나 맹세하는 자체가 우습지 않으냐고 빈정대는 축도 있었다. 연개소문이 돌아간 후 묶었던 끈이 풀린 집단처럼 고구려는 엉성한 느낌이었다.

　도바는 아무리 좋게 보아도 남생(男生)에게 이를 다시 묶어세울 힘은 있을 것 같지 않았다. 남생도 느끼는 것이 있는지 되도록 그를 멀리했다.

섣달에 들어 어디든 좋으니 지방에 나가게 해달라고 청을 드렸더니 남생은 즉석에서 응해 주었다.

"내 어찌 장군의 청을 마다하겠소. 장군의 조상땅이자 우리 동부(東部)의 발판인 동쪽으로 가시오."

이쯤 나오면 동부의 중심인 국내주(國內州)를 맡기고 국내성에 있게 해줄 것으로 생각했으나 그게 아니었다.

"부여성(扶餘城: 함흥)에 가서 그 고을을 다스려 주시오."

"고맙습니다."

넓은 평야에 오곡이 잘되는 그 고장도 좋을 것이었다.

그는 추위를 무릅쓰고 부하들과 함께 말을 동쪽으로 달렸다.

권력은 나누지 못한다

서기 666년. 평양성.

지난겨울 아버지의 뒤를 이어 한마리치에 오른 남생(男生)은 동시에 동부대인(東部大人)도 겸하였다.

봄이 오자 그의 행차는 평양성을 나와 동부로 향하였다. 조상들의 산소를 찾아 새로 막중한 자리에 오른 사실을 고하고 부내의 민정을 살피는 것은 대대로 내려오는 관례였다.

그러나 떠나는 전날 밤까지도 어머니의 얼굴에서는 수심(愁心)이 가시지 않고 될 수만 있으면 후일로 미루라고 했다.

"심사가 편치 않다."

같은 이리(淵)씨의 집안에서 온 50대의 이 여인은 미인은 아니었으나 젊어서부터 머리가 좋기로 정평이 있었다. 왕가의 출신으로 남건과 남산을 낳은 고(高)씨 부인은 아름답고 덕성도 있었으나 머리가 빠른 편은 아니었다. 세상 사람들이 한결같이 출중한 인물로 지목하는 남건을 제치고 남생이 대를 이은 데는 맏아들이라는 이점도 있었으나 그 어머니의 힘이 컸다.

"남건이 때문에 그러시지요? 그 애는 딴 생각 품지 않아요."

남생은 자신만만했다.

"주변이 걱정이다."

"벼룩이 뛰어야 한 치라고 그 멍텅구리가 뭘 하겠어요?"

남생은 남건의 어머니 고씨를 머리에 두고 말했으나 어머니는 그게 아니었다.

"넌 아직 젊어. 이런 때에는 큰 흐름이라는 것이 있다."

"흐름이라니요?"

"왕실을 생각해본 일이 있느냐?"

아버지 연개소문의 덕에 옥좌에 앉은 임금 따위는 아주 우습게 보였다.

"그 병신이 뭐랬어요?"

"아니다."

"그럼?"

"왕자들도 다 너희들 또래가 아니냐?"

"고것들이 무슨 육갑을 했어요?"

"아니다."

"알겠어요. 태자(福男)가 당나라에 간 것이 마음에 걸리시지요?"

이 해 4월 당황(唐皇)이 태산(泰山)에서 제천(祭天)하는데 주변 모든 나라의 대표들이 참석한다기에 남건의 의견에 따라 태자를 보냈다. 아버지가 돌아가고 나라가 허전한 때인 만큼 밉기는 하나 당나라의 체면을 세워주는 것도 평화의 한 가지 방법이다, 고구려만 빠지면 앙심을 품으리라는 것이 남건의 생각이었다.

"그건 잘한 일이다."

"그것도 아니라면 도대체 뭐지요? 왕실에서 무슨 낌새라도 있었어요?"

"아니다. 그만두자."

어머니는 더 이상 말하지 않았다. 근거도 없는 일을 입 밖에 냈다가 이 가벼운 인간이 무어라고 입을 놀릴지 알 수 없고, 자칫하면 풍파가 일어날 염려도 있었다.

겉으로 나타난 것은 아무것도 없었다. 그러나 이리씨의 눈에는 대세의 흐름이 보였다. 연개소문이라는 큰 힘 앞에서는 왕실이고 대신들이고 찍소리 못했다. 그 힘이 사라진 지금, 이 젊은 아이들을 대수롭게 볼 사람은 아무도 없다. 더구나 임금의 친정(親政)이라는 대의명분을 내세우면 무슨 재주로 이를 감당할 것인가.

속이 깊은 남건이라면 자기의 말귀를 알아들었을 것이고, 이런 때에 평양을 비우지도 않고, 여러모로 손을 써서 자기의 터전을 튼튼히 할 것이다. 이리씨는 남건이 자기의 아들이었더라면 얼마나 좋으랴 싶었다.

"어머니, 왕실이건 어느 누구건 이 한마리치를 거역할 사람은 아무도 없습니다. 제가 없는 동안 꽃구경도 다니시고, 잔격정 마세요."

"알았다."

부여성(扶餘城).

평양을 떠난 남생(男生)이 동진(東進)하면서 여러 성들을 둘러보고 비열성(比列城: 안변)에서 며칠 쉰 다음 북상하여 오늘 이 부여성에 당도한다는 전갈이 왔다.

부하들과 함께 사라수(薩賀水: 성천강) 가에 나온 도바는 아득하게 펼쳐진 평야에 짙어가는 신록(新綠)을 바라보다가 옆에 선 아리(阿利)를 돌아보았다. 20을 갓 넘은 젊은 얼굴은 신록처럼 피어오르고 있었다.

백화를 잃은 지 22년, 그동안 여자를 멀리한 것은 아니었다. 그러나 이름 지어 처라고 한 여성은 없었고, 그럴 생각도 없었다. 그런데 지난 정초, 부모와 백화의 공양을 드리러 절간에 갔다 아리(阿利)를 만났다. 꼭 닮은 것은 아니지마는 몸매며 풍기는 분위기는 백화를 연상케 했다. 목소리도 비슷했다.

결혼하기로 약속한 사람이 4년 전 아리수(阿利水: 한강)에서 신라군과 싸우다 전사한 후 이름도 '아리'라 부르고 장차 출가(出家) 할 생각이라고 했다. 나이는 스물두 살, 중년부터 부처님을 믿어온 도바는 백화의 환생(還生)이 아닐까 생각했다.

며칠을 두고 생각하면 할수록 백화의 환생에 틀림없다는 생각이 들었다.

처려근지〔處閭近支: 성(城)의 최고책임자〕의 권력을 발동하면 억지로 끌어올 수도 있었으나 부처님의 인연이라는 것을 잊을 수 없었다. 인연도 없는데 끌어오면 무슨 변이 생길 것이었다.

사람을 내세웠더니 부모도 본인도 두말없이 응해 주었다. 장군 같은 용장(勇將)과 인연을 맺는다는 것은 꿈에도 생각지 못한 일이라고 공치사까지 돌아왔다.

결혼한 지 두 달, 도바는 새로운 삶을 시작한 기분이었다. 다만 이 젊음과 아름다움을 꺾어갈 전쟁이 또다시 일어나지 않을까, 그것이 걱정이었다.

"한마리치께서는 무얼 좋아하시지요?"

아리는 맑은 눈으로 쳐다보았다.

"글쎄…."

도바도 남생이 무엇을 좋아하는지 몰랐다.

"음식이 마음에 안 드시면 어떡하죠?"

군관들의 부인까지 동원하여 서로 의논 끝에 생각나는 것은 다 장만해 놓고도 안심이 안 되는 모양이었다.

"대범하신 분이니 걱정 마라."

그는 눈길을 남으로 돌렸다.

비열성(比列城)에 있을 연정토(淵淨土), 어떤 얼굴로 남생을 대했을까.

형 연개소문의 장례가 끝나자 영명사(永明寺)에 들어가 머리를 깎고 중이 되었다. 그런데 남생의 불호령이 떨어졌다.

"숙부, 무사가 마음대로 중이 될 수 있습니까?"

조카에게 불려간 그는 할 말이 없었다.

"대답해 보시오."

"이젠 나이가 들어 기력도 없고, 돌아가신 형님의 명복을 빌면서 여생을 마칠까 했습네다."

"내 허락 없이 출가했으니 법도를 어긴 건 틀림없지요? 법도를 세워야겠습니다. 특히 지친(至親)의 정으로 용서하고 비열주(比列州)의 처려근지를 제수하는 터인즉 오늘 즉시 진발하오."

이리하여 그는 도바보다 앞서 평양성을 떠났었다. 궁벽한 고장에 쫓겨난 연정토는 지금도 머리를 깎고 가사(袈裟)를 입은 채로 있다는 소식이었다. 세상에서는 은근히 말을 퍼뜨리는 사람도 있었다. 그의 무게로 보아 평양에 그냥 두고는 안심이 안 되기 때문에 남생은 트집을 잡아 먼 고장에 내쫓았다는 것이다.

여기 오는 길에 비열성에 들러 위로했다.

"적적하시겠습니다."

그는 단아한 얼굴에 쓸쓸한 웃음을 띠었다.

"적적한 것을 찾아 머리를 깎은 사람인데…."

"어떻게 출가할 생각을 하셨습니까?"

"아이들도 다 장성했고 나도 늙었고…."

그는 한참 생각하다가 말을 이었다.

"나는 범부(凡夫)라 평생을 사람들 속에서 사람만 상대하고 살아왔소. 그런데 형님이 돌아가시는 걸 보고 생각했지요. 이제부터는 쉬지 않고 흘러가는 산천초목도 좀 지켜보기로 말이오."

도바는 이 사람이 진정으로 속세를 떠나기로 마음먹은 것을 알았다. 저녁에 식사를 같이하고 술잔도 나누었으나 정치 이야기는 하지 않았다. 혹시 도바가 물어도 매번 같은 대답이었다.

"모두들 알아서 잘하겠지요."

다만 취기가 돈 후에 한마디 혼잣말처럼 중얼거렸다.

"신성(信誠: 지루)은 여전하겠지…."

도바는 무슨 뜻인지 짐작이 가지 않았다. 궁중이고 대신들의 집이고 무상출입하는 신성에게 '스님'이라는 존칭을 붙이지 않은 것이 마음에 걸렸다. 자기는 이 부모의 원수를 당초부터 좋게 보지 않았으나 적어도 평양에서는 상하를 막론하고 그에게 존칭을 붙이지 않는 사람이 없었다. 언짢은 일이 있는 듯했으나 캐어묻지는 않았다.

서쪽으로 뻗은 길, 아득하게 보이는 산모퉁이에 흙먼지가 나타나자 도바 일행은 말을 달려 도중까지 마중 나갔다. 수백 기의 높고 낮은 관원들을 거느린 남생(男生)은 지난겨울보다 살이 오르고 그렇게 보아서 그런지 대물(大物)스러운 데가 있었다.

"호오―. 대단한 미인이십니다."

도바의 인사에는 고개만 끄덕이고 아리에게 눈길을 돌렸다. 아리는 처음 대하는 높은 어른이라 얼굴을 붉히고 말소리도 떨렸다.

"원로에 수고가 많으셨겠습니다."

"목소리까지 아름답군."

그는 뒤에 따라붙은 부도(弗德)와 담구(冉求: 벼슬은 大兄)를 돌아보았다. 두 사람은 난처한 표정으로 도바를 건너다보았다. 도바는 곁으로 어떻게 꾸미건 경망기는 여전하다고 생각했다. 그는 더 군말이 나오기 전에 남생 일행을 인도하여 성내로 들어왔다.

즐비하게 차린 저녁상 앞에서 남생은 말이 많았다. 아리를 힐끗 보고 이 고장에는 미인이 많은 모양이라고 하는가 하면 아버지의 유업을 더욱 빛내도록 모두 힘쓰자고 그럴듯한 소리도 나왔다.

저녁상을 물리고 차를 드는데 군관이 들어와 평양에서 급사(急使)가 왔다고 알렸다. 여기까지 오는 도중에도 평양에서는 연속부절로 연락이 온지라 남생은 대수롭게 보지 않는 눈치였다.

"내일 아침에 보지."

그러나 군관은 물러가지 않았다.

"편지만이라도 급히 전해야 한답니다."

"그래?"

그는 옆에 앉은 아들 헌성(獻誠)에게 눈짓을 하고 헌성은 나가 편지를 가지고 들어왔다. 도바는 그의 옆에 촛불을 옮겨놓고 지켜보았다. 편지를 읽는 그의 안색이 변하고 손도 떨렸다.

"아버지 무슨 일이세요?"

남생은 말없이 편지를 내던졌다. 주워 읽던 헌성이 일어서면서 소리를 질렀다.

"내 그럴 줄 알았어!"

아직도 가사를 입고 있는 부도는 침착했다.

"무슨 일이십니까?"

"모두들 이 편지를 봐요."

남생은 내뱉고 천장을 쳐다보았다. 부도는 방바닥에 뒹구는 편지를 집어 도바, 담구와 함께 읽었다. 요컨대 남건(男建) 남산(男産)이 짜고 이복형 남생(男生)을 내쫓을 흉계를 꾸미고 있다는 내용이었다.

방안에는 무거운 침묵이 흘렀다.

"내 이것들을 그냥 둘 수 없소. 도바 장군은 나를 도와줘야겠소."

남생이 침묵을 깨고 외쳤다. 도바는 큰일 났다고 생각했으나 대답할 말을 몰라 궁리하고 있는데 부도가 나섰다.

"이것은 무슨 내막이 있을 듯합니다. 우선 편지를 낸 사람이 이리지(伊利之)라는 것이 수상합니다."

이리지는 아첨과 이간질로 소문난 인물이었다. 10년 전 일본에 가는 사절단의 부사(副使)로 낀 일이 있는데, 도중에 어려운 일이 있을 때마다 이 사람 때문이라느니, 저 사람 때문이라느니 이간질이 자심해서 애를 먹었다고 했다.

연개소문은 그를 사람으로 보지 않고 변방에 쫓아 보냈는데 그가 죽은 후 신성의 주선으로 평양에 돌아와 남생에게 빌붙은 인물이었다. 사람들은 그를 다람쥐라고 불렀다.

"이리지는 내가 믿는 심복이오."

남생은 정색을 했다.

"사실이라면 이것은 국가의 대사입니다. 그러나 아직 중씨와 계씨가 병(兵)을 일으켰다는 소식도 없으니 급할 것은 없습니다. 한번쯤 평양에 사람을 보내 소상히 알아보아도 늦지 않을 듯합니다."

도바는 숨통이 트이는 듯해서 거들었다.

"그렇게 하시지요."

담구는 무슨 일에나 의견이 없는 단순한 무장(武將)이라 말이 없었다. 부도는 길길이 뛰는 어린 헌성을 달래고 말을 이었다.

"제가 다녀오지요."

"그 음흉한 것들이 스님을 해치면 어떻게 하겠소?"

"해치지 않을 것입니다. 저도 이제 50을 넘었습니다. 해를 당해도 후회될 것은 없습니다."

"스님은 내 옆을 떠나서는 안 되오."

"제가 가는 것이 좋을 듯싶은데 ···."

"낯선 사람을 보내요. 우리 일행 중에서 가면 단박 알아보고 해칠 것이오."

남생은 아무리 타일러도 듣지 않았다. 그들은 하는 수 없이 국내성에서 여기까지 남생을 영접하러 온 군관을 보내기로 작정하였다.

남생이 잠자리에 든 후 부도는 도바를 끌고 옆방에 들어가 마주 앉았다.

"부모님들의 일은 부모님들의 일이니 우리 피차 잊읍시다."

부도는 터놓고 말했다. 자기만 아는 비밀인 줄 알았더니 그도 알고 있었구나. 도바는 고개를 끄덕였다.

"평양은 장군이 떠날 때만 해도 옛날이오."

부도는 등잔불을 바라보면서 계속했다.

"어쩌면 우리 고구려의 운명도 저 등잔불 신세가 되지 않을까 걱정이오."

"그건 무슨 말씀이오?"

"큰 바위에 억눌렸던 초목이 바위를 치우자 저마다 고개를 쳐드는 그런 형국이오. 그 사이에 책사(策士)들이 날뛰고 ···."

싸움터에서 지새운 도바에게는 얼른 이해가 가지 않았다.

"책사들이라니요?"

"모르는 건 저분들 3형제뿐이오. 젊은 아이들에게 머리를 못 숙이겠다, 차제에 임금의 친정으로 돌리자고 책동하는가 하면, 동부의 이리(淵) 씨만 해먹기냐, 다른 부(部)도 나설 차례다, 형형색색이오."

"지금 왕실이고, 어느 부고, 그럴 힘이 있나요?"

"그래서 더욱 위험하지요. 가장 안 된 것은 저분 형제들끼리 싸움을 붙여 망하게 만든 연후에 세도를 잡자는 패들이오."

"밖에서 강적들이 노리고 있는 판국에 그게 될 말이오?"

권력은 나누지 못한다

"그들에게는 권세밖에 보이는 것이 없지요."

도바는 가슴이 싸늘했다. 전쟁이라면 방법을 알고 있었으나 이런 일에는 통 머리가 돌아가지 않았다. 답답한 김에 술을 갖다 단둘이 나누는데 취기가 돌자 부도는 한마디 내뱉었다.

"이리지란 놈, 그 다람쥐 같은 것이?"

그의 입에서 이처럼 속된 말이 나오는 것은 처음 들었다.

"그도 책사인가요?"

"가장 더러운 책사지요."

"춘부장(信誠)께서는 왜 그런 인간을 천거하셨지요?"

취기가 도니 도바도 거칠 것이 없었다.

"80을 바라보는 처지에 주책을 … 하여튼 하회를 봅시다."

부도는 말끝을 흐렸다. 지금 말투나 아까 자신이 평양에 다녀오겠다고 한 것이나, 어찌 보면 책사들의 중심은 그의 아버지 신성(信誠) 같기도 했다. 연정토도 의미심장한 말을 했겠다. 도바는 취하도록 마셨다.

며칠을 두고 기다려도 평양에 간 군관은 돌아오지 않고 대신 남건이 보낸 사람이 나타났다.

"두대형(頭大兄: 남건)께서 대감을 받드는 정성에는 조금도 변함이 없으니 오해를 푸시기 바랍니다."

급히 말을 달려온 사나이는 소매로 얼굴의 땀을 훔쳤다.

"오해라니? 그 애들이 나를 없애려고 야단이라면서?"

남생은 입을 삐쭉했다.

"당치도 않은 말씀이십니다. 한마리치께서 보내신 염탐꾼이 붙잡혀서 자초지종을 알았습니다. 이리지의 농간입니다."

"이리지의 농간?"

"그렇습니다."

"이리지는 내게 충성된 사람이오. 그런 이리지가 없는 말을 만들어 내겠소?"

"사실입니다. 두대형께서는 형제간을 이간질하는 간물(奸物)이라고 대노하여 목을 잘랐습니다."

남생은 앉았던 교의에서 일어섰다.

"뭐? 이리지를 죽여? 응—, 너 남건이란 놈이 시켜 예까지 염탐을 왔지?"

"염탐이라니, 천부당 만부당한 말씀이십니다."

"이봐라, 저놈의 목을 쳐라!"

도바와 부도는 한사코 말렸으나 남생은 듣지 않고 철부지 헌성은 길길이 뛰었다.

"너 숙부의 심복이지? 아버지의 심복을 죽이고도 무사할 줄 알아?"

"뭣들 하느냐?"

남생의 호통에 그를 따라온 병사들은 사나이를 끌고 대문 밖에 나가려고 했다.

"내가 보는 앞에서 처치해라!"

마당에 꿇어 엎드린 사나이는 다가선 군관의 칼에 목이 잘리고 병정들은 거적에 시체를 싸가지고 밖으로 나갔다.

사람의 피는 때로 묘한 선풍을 일으킨다는 것을 도바는 알고 있었다. 또 가장 가까운 사이가 벌어지면 돌이킬 수 없는 증오로 변하는 것도 여러 번 보아왔다.

남생은 원래 가벼운 사람이라, 그렇다 치고, 신중한 남건이 이렇게 일을 처리할 줄은 몰랐다. 괘씸이야 하겠지마는 무엇이 그렇게도 급했단 말인가. 나이 30이라, 역시 너무 젊구나.

그는 국내성(國內城)의 약광(若光) 장군을 생각했다. 80의 고령으로 온 나라의 존숭을 받는 그의 말이라면 양쪽이 다 들을 것도 같았다.

권력은 나누지 못한다

"보내는 보시오마는 일이 참 어렵게 됐소."

부도는 별로 기대하지 않는 눈치였다. 그렇다고 가만히 구경만 할 수는 없었다. 약광 장군에게도 알리고 평양에는 이틀이 멀다고 사람을 보냈다.

평양에서도 부지런히 찾아왔다.

이리(淵) 씨의 편지를 가지고 온 사람도 있었다. 아들을 타이르는 간곡한 편지에 말미에는 이런 구절도 있었다.

"…너는 아직도 철이 안 들었느냐. 형제가 싸우면 다 망한다. 어서 평양에 돌아오너라. 형제가 만나면 다 알게 될 것이다."

남생은 이 편지에 약간 동하는 듯했으나 헌성이 또 나섰다.
"그야 뭐 숙부가 강제로 쓰게 한 거지요. 아버지를 유인해다가 없애려는 게 뻔하잖아요?"

철없는 것이 묘한 데 머리가 돌아갔다.
"듣고 보니 네 말이 옳다."

남생은 편지를 내동댕이치고 도바를 향했다.
"장군은 말할 것도 없이 내 편이고, 국내성은 염려 없고…."

도바는 그를 가로막았다.
"제 휘하의 전 병력으로 호위해 드릴 터이니 평양으로 돌아가시지요."

"제 발로 지옥에 걸어 들어간단 말이오?"
"아무리 생각해도 중씨나 계씨가 그럴 분들이 아닙니다."
"장군도 그 패거리요?"

남생은 발끈했다.
"저는 어느 패도 아닙니다. 제가 호위해서 평양 가보고 정말 그분들이 한마리치께 항전한다면 목숨을 걸고 싸워 드리겠습니다."

"그렇게 하시지요."

부도도 거들었다. 남생이 무어라기 전에 헌성이 또 나섰다.

"안 돼요. 여기 병력으로 평양에 있는 병력을 당할 수 있어요?"

"어림도 없지."

남생은 머리가 빠른 아들이 대견한 듯 돌아보았다.

임금의 조서(詔書)도 왔다. 평양에는 정말 아무 일도 없으니 돌아오라. 한마리치가 돌아와야 쓸데없는 공론이 없어지겠다. 이대로 가면 큰 변고가 일까 걱정이다 — 조서라기보다 애원에 가까운 글이었다.

남생은 픽 웃었다.

"새끼들 등신을 내세워 나를 유인하려고?"

"그러나 어명을 거역해서야 쓰겠습니까?"

도바는 타일렀으나 남생은 화를 냈다.

"이름이 조서지 남건이 시킨 게 뻔하지 않소?"

도바도 할 말이 없었다.

국내성의 약광 장군으로부터 간곡한 편지가 오고 자기는 평양에 간다는 전갈이 온 지 얼마 후 남건으로부터 또 사람이 왔다. 형님의 의심이 풀리지 않는다면 자기가 단기(單騎)로 찾아뵈올 터이니 허락해 달라고 했다.

이번에는 남생도 할 말이 없고, 헌성도 나서지 않았다. 단기로 온다면 만나주지. 그는 붓을 들어 남건에게 답장을 썼다.

도바는 약광 장군에게 알린 것은 역시 잘한 일이라고 생각했다. 일이 잘 풀릴 것이라고 안심했으나 부도는 낙관하지 않았다.

"평양의 책사들이 어떻게 나올지…."

"아무리 책사들이라도 두대형께서 직접 오시는 걸 어떻게 막겠소?"

"그건 그렇지만⋯."

이튿날 평양에서 왔던 사람이 돌아간 지 얼마 안 되어 나타난 사나이는 끔찍한 소식을 전했다.

"작은 공자(公子)께서 돌아가셨습니다."

평양에 두고 온 열 살 안팎의 헌충(獻忠)이 죽었다는 것이다. 남생과 헌성이 벌떡 일어서고 도바와 부도도 일어섰다.

"뭐? 죽다니?"

남생은 입술을 떨었다.

"나흘 전입니다. 밤에 친구들과 어울려 초롱을 들고 집 앞에서 노시는데 복면한 무사가 말을 달려오더니 칼로 공자를 내리치고 그대로 도망갔습니다."

헌성은 발을 구르며 통곡을 하고 남생은 풀썩 주저앉았다.

"내 이 원수놈들을!"

두 아우의 소행으로 단정하고 이를 가는데 사나이는 더욱 부채질했다.

"그 때문에 마님께서는 돌아 버리시고 노마님께서는 식음을 전폐하시고⋯."

"어머니가 돌았단 말이야?"

헌성도 주저앉았다.

"그렇습니다. 아주 완전히 도셔갖고 무시로 춤을 훨훨 추십니다."

아무도 나설 계제가 못되어 잠자코 있는데 사나이는 주먹으로 두 눈을 훔치고 머리를 조아렸다.

"이렇게 억울할 데가 어디 있겠습니까? 저는 한마리치께 신명을 바치겠습니다."

도바는 어디서 본 듯한 얼굴이라고 생각했으나 머리에 떠오르지 않았다. 부도에게 슬그머니 물었더니 그는 잠자코 대답이 없었다.

날이 어두운 후에 임금과 남건의 편지를 가진 사람이 당도했다. 남생은 뜯어보지도 않고 헌성에게 넘겼다.
"새끼들 죽여놓고 잡소리야? 범인을 엄탕 중이고 어쩌고."
현충이 죽은 것은 틀림없는 사실로 굳어졌다. 그러나 도바는 남건이 그런 짓을 할 사람이라고는 생각되지 않았다. 그렇다고 지금 제정신이 아닌 남생에게 무어라고 해봐야 귀에 들어갈 리 없었다.
남생 부자는 밤새도록 들락거리는 품이 잠을 이루지 못하는 모양이었다. 도바도 잠이 오지 않고 옆에 누운 아리도 걱정이 태산 같았다.
"이거 고구려 사람끼리 싸우는 거 아니에요?"
"그러게 말이야."
"그런데 한 가지 이상한 게 있어요."
"뭔데?"
"아까 평양서 온 그 사람, 자기가 본 것도 아닐 텐데 두대형 형제분의 소행인 양 부채질하지 않았어요? 한마리치께 신명을 바친다는 것도 이상하잖아요?"
도바는 생각을 더듬고 있었다.
"그렇지, 돌아가신 한마리치의 상여를 멘 사람들 축에 끼어 있었지."
연개소문의 상여를 메었다고 수상할 것은 없었다.
자정이 넘어 시녀가 조심스레 문을 두드렸다.
"부도 대형께서 잠깐 뵐 수 없겠느냐고 하시는데…."
도바는 사랑채의 부도의 방에 갔다.
"아무리 생각해도 저놈의 소행 같소."
부도는 첫 마디였다.
"그 사람 누구지요?"
"해리(海理)라고, 24년 전, 돌아가신 한마리치께서 거사하실 때에 죽은 고세시(渠世斯)의 손자요. 그때 어리다고 살려준 것이오."

그렇다면 연개소문의 집안과는 철천의 한이 맺혀 있을 것이다.

"저것도 책사(策士)지요. 평양에서 말을 달려 여기까지 오는 시일을 곰곰이 생각해 보니 일을 저지르고 그 길로 달려온 것 같소. 그렇지 않고는 그 시각에 여기까지 당도할 수 없지요."

듣고 보니 누가 시키지도 않았는데 유별나게 달려온 것도 이상했다.

"끌어내다 족칠까요?"

"한마리치 몰래 할 수 있겠소?"

"해보지요."

도바는 억센 병정 두 사람을 거느리고 해리를 뒤꼍으로 끌고 갔다.

"작은 공자는 네가 죽였지?"

병정들이 다짜고짜 짓밟아 혼을 뺀 연후에 도바는 그의 멱살을 잡아 쳐들고 물었다.

"제가 죽였습니다."

뜻밖에 순순히 불었다.

"너 한마리치 앞에 가서 고백하는 거다."

"이렇게 된 이상 별 도리 없지요."

도바는 횃불을 든 병정을 앞세우고 그의 등을 밀치며 남생의 숙소로 찾아갔다. 불을 켠 채 아직도 쑥덕거리던 남생은 경비하는 병사들이 알리기 전에 문을 열어젖히고 툇마루에 나섰다.

해리를 엎어놓고 자초지종을 설명하려는데 놈이 선수를 쳤다.

"이렇게 억울할 데가 어디 있습니까?"

놈은 주먹으로 땅바닥을 치며 통곡을 했다.

"무슨 일이냐?"

놈은 또 도바를 앞질렀다.

"불원천리하고 변을 고하러 온 사람을 되레 죄인으로 몰아붙이니 이런 ….”

도바는 그를 가로막았다.

"이 간사한 놈! 작은 공자를 해친 건 바로 이놈입니다. 고백했습니다.”

"고백이라니요? 안 한 일을 어떻게 고백합니까?”

"이놈의 자식이!”

도바는 그를 짓밟았으나 그도 지지 않았다.

"한마리치께 충성하는 사람은 모두 이렇게 당하는 판이니 이 일을 어떻게 합니까.”

"고백했습네다.”

횃불을 들고 간 병정도 한마디 했으나 헌성의 호통이 떨어졌다.

"어느 안전이라고 너 따위가 감히 나서느냐!”

"모두들 짜고 저를 얽어 넣는 것입니다.”

해리는 눈물까지 쏟았다. 남생은 판단이 서지 않는 양 헛기침만 연거푸 하다가 소리를 질렀다.

"네 이놈, 오찰을 할 것이로다.”

해리는 더욱 슬피 울고 머리를 조아렸다.

"제가 댁에 드나든 지 몇 해입니까? 마님께서도 노마님께서도 저의 충성은 다 알고 계십니다.”

"이놈은 역적 고세시의 손자입니다.”

도바가 한마디 했으나 남생은 멍청하니 대려다보기만 했다.

"맞습니다. 그러나 조상의 죗값으로 일편단심 충성해도 역적입니까?”

놈은 조리 있게 나왔다. 일이 시작되면서부터 아들의 말밖에 믿지 않는 남생은 헌성을 돌아보았다.

"무슨 근거로 이 해리가 헌충을 해쳤다는 거요?”

헌성의 머리는 묘하게 돌아갔다.

"고백했습니다."

"본인은 고백한 일이 없다고 하지 않았소?"

"했습니다."

"설사 했다고 칩시다. 억지고백이라는 것도 있지 않소?"

도바는 대답이 궁했다.

"근거가 있어야 할 게 아니오? 생각해 보시오. 일을 저지른 사람이 제 발로 여기까지 올 것 같소?"

이놈이 틀림없는 것 같은데 헌성의 말을 들으니 그것도 그럴듯했다.

"생사람을 잡지 마시오."

남생이 헛기침을 하고 나섰다.

"도바 장군이 이럴 줄은 몰랐소."

"죄송하게 됐습니다."

도바는 사과하고 물러나오는 도리밖에 없었다. 부도는 머리가 치밀하고 헌성은 빨리 돌아가고, 자기와는 종자가 다른 것 같았다. 이런 일에는 아예 끼어들지 말아야겠다.

다음날 남생의 일행은 국내성으로 떠나갔다.

아아, 고구려

새해 들어 연거푸 일어나는 일에 남건(男建)은 정신을 차릴 수 없었다. 쑥덕공론이라는 것은 분명히 있기는 있는데 머리도 꼬리도 없는 묘한 것이어서 종잡을 수 없었다.

형제간을 이간질한 이리지(伊利之)를 처단하여 서슬을 보이면 가라앉으리라 생각했는데 그것도 아니었다. 형에게는 아우를 모함하고 아우에게는 형을 모함하는 은근한 바람은 갈수록 세차게 불어오는 것이 눈에 보이는 듯했다.

형의 생모 이리씨에게는 매일 문안을 드리고 형수도 자주 찾아 있는 정성을 다했다. 세상 풍문을 믿고 의심쩍은 눈으로 보던 그들도 수그러들었다. 그러나 멀리 떨어져 있는 형은 어쩔 도리가 없었다.

차라리 맞아죽는 한이 있더라도 단신(單身)으로 찾아가 오해를 풀려는 참에 어린 조카 헌충이 참살을 당했다. 한때나마 잠자는 줄 알았던 쑥덕공론은 소용돌이를 치고 돌아갔다. 자기의 소행이라는 것이다. 이 일을 계기로 싸움은 집안에까지 번졌다. 이리씨는 형수와 함께 헌충의 시체를 싣고 집에 쳐들어와 입에 거품을 물고 삿대질을 했다.

"너 이놈, 인륜을 거역하는 개만도 못한 자식 같으니라고!"

두 여인은 발버둥치며 뒹굴었다.

"고정하십시오. 고구려 천지의 풀포기를 다 뒤져서라도 범인은 찾아내고야 말겠습니다."

그러나 듣지 않기로 작정한 마음을 돌릴 길은 없었다.

"뭐? 범인을 찾아? 범인이 범인을 찾는 법도 있어?"

이리씨의 눈에는 핏발이 섰다.

며칠을 두고 면밀히 조사한 끝에 사건 당일부터 자취를 감춘 해리(海理)의 소행임이 드러났다. 이리씨를 찾아 자초지종을 말씀드렸으나 입을 삐쭉였다.

"잘 꾸며대는군."

"무슨 말씀이십니까?"

"해리는 그런 사람 아니야."

"틀림없습니다."

"틀림없는 범인을 내가 찾아볼까?"

바람벽이었다. 말해야 소용없는지라 잠자코 있는데 노려보던 이리씨가 일어섰다.

"범인은 너다."

남건은 말없이 물러나왔다.

차라리 머리를 깎고 절간에 들어갈까 생각하는데 국내성으로 옮긴 남생이 압록강 이북의 모든 성에 격문(檄文)을 돌려 역적 남건 남산 형제를 토벌하자고 기세를 올린다는 소식이 왔다.

격문을 돌릴 뿐 아니라 말갈(靺鞨), 글안(契丹) 병사들까지 끌어들여 국내성을 굳힌 남생은 북진하여 남소(南蘇), 목저(木底) 등 아홉 개 성을 손아귀에 넣고 방향을 서쪽으로 바꾸어 오골성에 들어갔다는 소식도 잇달아 왔다. 여기 대병력을 집결하여 평양으로 쳐내려올 계획이라고 했다.

남건은 그동안에도 여러 차례 형에게 편지를 보냈으나 회답은 언제나 단 한마디였다.

"네 놈의 말은 콩으로 메주를 쑨대도 곧이듣지 않는다."

나중에는 회답조차 없었다. 이대로 가면 큰 내란이 일어날 것이었다. 그도 압록강 이북의 모든 성에 사람을 보내 사실을 알리고 임금의 명령 없이 동병(動兵)해서는 안 된다고 일러두었다.

이것이 생각지도 못한 선풍을 일으켰다. 남생(男生)이 군힌 국내성을 제외한 모든 성이 움씰거렸다. 같은 성내에서도 군대는 두 패로 갈라져 서로 싸우고 죽이는 놀음이 벌어졌다. 원래 잘 단련된 군인들이라 서로 양보가 없어 끝까지 싸운 끝에 무수한 사상자를 내고야 싸움이 멎었다. 어느 편이 이겼건 많은 성들이 아물 수 없는 상처를 입었고 강대하던 고구려군은 이제 빈사(瀕死)의 병자같이 되어 버렸다.

압록강 이남은 잠잠했으나 도처에서 이제 고구려는 망했다, 못난 놈들의 집안싸움으로 나라가 자살하는 형국이라고 한탄하는 소리가 들렸다. 집안싸움에 끼어들 수 없다고 산에 들어가 버리는 무사들이 있는가 하면, 이 꼴 더러워서 못 보겠다고 남쪽으로 신라에 도망하는 사람도 나타났다.

산이 무너지는 것을 어찌할 수 없듯이 인력으로는 어쩔 수 없는 일이었다. 남건은 국내성에서 내려온 약광(若光) 장군을 찾았다.

"무슨 변통이 없겠습니까?"

백발의 노장군(老將軍)은 눈을 감고 오래도록 생각하다가 고개를 흔들었다.

"없소."

5월에 들어서자 더욱 놀라운 소식이 왔다.

오골성(烏骨城)의 남생(男生)이 부도(弗德)를 시켜 당나라에 원병(援兵)을 요청하려다 실패하고 북으로 도망쳐 현토성(玄菟城)에 들어갔다는 것이다. 길을 떠난 부도가 가라는 당나라에는 가지 않고 평양으로 내려오려다 동행인 해리의 칼에 맞아죽고, 해리는 길목을 지키던 고구려병에게 붙들렸다고 했다.

"해리의 품에서 나온 것입니다."

말을 달려온 군관은 봉서를 남건(男建)에게 바쳤다. 틀림없는 형의 친필이었다. 그는 머리가 어지러워 이마에 손을 얹었다.

"누가 정말 역적인지 이것으로 분명해졌습니다."

사실을 알고 죽여 버리려고 했는데, 밀고하는 자가 있어 남생 부자는 심복 몇 명과 함께 변장을 하고 야간도주를 했다는 것이다.

남건은 평양에 있는 휘하의 기마병력을 거느리고 현토성을 향해 북으로 달렸다. 다행히 소요하를 사이에 두고 바로 북쪽에 있는 신성(新城)은 이쪽 편이었다.

장안(長安), 6월.

무후는 말로만 들어온 천운(天運)이라는 것을 실감했다. 자기야말로 천운을 타고난 사람이다.

수(隋) 고조도, 수양제도, 그리고 당대에 들어와서는 절세의 영걸이라는 태종도 대패(大敗)했고, 연전에 또 대군을 동원했다가 망해 돌아온 상대가 고구려다.

그 고구려의 사실상의 임금인 한마리치가 항복하겠다고 아들을 보내온 것이다. 그 나라에 사신으로 갔던 사람에게 은근히 보였더니 아들에 틀림없다는 이야기였다. 더구나 자기들끼리 싸워 나라가 아주 박살이 났다는 것이다. 이것은 하늘이 시킨 일이지, 당나라도 이 지상의 어느 누구도 할 수 없는 일이다.

자기의 주창으로 작년부터 준비해서 지난 정초 태산에서 봉선(封禪)한 것은 생각할수록 잘한 일이다. 천지신명은 이를 가상히 여기고 단박 효험이 나타나지 않았는가.〔봉(封)은 산정에 단을 만들고 평화를 고천(告天)하는 의식, 선(禪)은 산기슭에서 지신(地神)에게 고하는 의식〕

그때 자기가 아헌관(亞獻官)을 한 것도 잘한 일이다. 하늘이 돕는다면 병신 같은 황제를 도울 것인가, 빌빌하는 과부 나부랭이를 도울 것인가. 역시 자기를 도울 것이다.

여자가 헌관을 한다는 것은 전례 없는 일이라고 입을 나불거리는 패도 있었다. 하면 전례가 되지 않느냐고 한마디 했더니 찍소리 못했다. 병신이라도 황제라 초헌관(初獻官)은 움직일 수 없고 내친 김에 과부로 장안 한구석에 숨을 죽이고 사는 선제(太宗)의 후궁 월국부인(越國夫人)을 데리고 가서 종헌관(終獻官)을 시켰다. 자식이 있다고 절간 행을 모면한 이 여인은 눈물을 흘리며 고맙다고 했다. 안 된다는 여자가 셋 중에 둘이었어도 일만 잘되지 않았는가.

사실인즉 봉선의 효험은 장안에 돌아오면서부터 나타나기 시작했다. 다른 것은 죽을 쒀도 여자를 밝히는 데는 일등 가는 황제는 그렇게 맹세짓거리를 하고도 계속해서 몰래 조카년(魏國夫人)과 수작을 부렸다. 없애려고 들었는데 눈치를 챈 친정어머니가 한사코 말렸다.

"언니를 죽이더니 그 딸까지 죽일 참이냐?"

"가만있으면 누가 뭐라겠어요?"

"폐하께서 손을 내미시는 걸 그 애들 어떻게 뿌리치니? 후궁이 한 사람 더 있는 셈 쳐라. 이 에미는 네 언니가 죽은 것만으로도 가슴에 한이 맺혔는데 … 에미 생각도 좀 해다오."

어머니는 눈물을 찔끔했다.

정말 후궁 하나 더 있는 셈치고 죽이는 것은 그만두었다. 그 대신 병신이 그 방에서 잤다는 소식만 들어오면 가만있지 않았다.

"간밤에는 어디서 잤어?"

팔을 걷어붙이고 가슴을 쥐어박았다.

"헤헤…. 자기만 했지, 건드리지는 않았어."

"또 그 방에 갈 테야, 안 갈 테야."

먹살을 잡아 흔들었다.

"안 갈게, 죽어도 안 갈게."

폐비(廢妃) 소동 이후 이 병신은 아주 영락없는 고양이 앞의 쥐가 되었다.

그러나 한동안 뜸해졌다가도 도루묵이었다. 천성인가 부다. 다행히 조카딸은 언니처럼 대들지도 않았고 고분고분해서 자기 앞에서는 죽어지냈다. 그러나 네가 애기를 배는 날은 죽는 날이라고 일러두는 것은 잊지 않았다.

그런데 병신이 육갑을 했다.

4월. 태산에서 돌아온 후 몸살기가 있어 조정에 나가지 않고 며칠째 방안에 드러누워 있는데 위국부인의 감시 겸 시중을 드는 소녀가 찾아와 머리를 조아렸다.

"마마 환후가 어떠시온지…"

곁눈질하는 품이 심상치 않아 무후는 시녀를 내보내고 물었다.

"무슨 일이 있었지?"

"네, 어제 폐하께서 드셨습니다."

밤에 꼼짝 못하게 했더니 낮에 드나들기 시작한 것은 어제오늘의 일이 아니다. 그 때문에 몇 번 쥐어박기까지 했다. 어제 그 방에 갔다는 것도 그 즉시로 귀에 들어왔기에 새로운 소식은 못 되었다.

"그런데 마마."

소녀는 무릎걸음으로 다가와 턱밑에서 속삭였다.

"두 분이 속삭이는 걸 엿들었어요. 폐하께서 말입니다. 태산에 다녀오는 동안 네가 보고 싶어 죽을 뻔했다 이러시잖겠어요. 부인께서도 꼭 같은 소리를 하시고. 그런데 폐하께서는 놀라운 말씀을 하시지 않겠어요."

"뭐라고."

"난 젊고 예쁜 네가 없으면 못 살겠다 이러시데요."

유쾌한 소식일 수 없었으나 잠자코 들었다.

"그뿐이면 좋겠어요. 너를 부인에서 비(妃)로 올리려고 생각한 지 이미 오래다. 그런데 무가년이 굴레 벗은 말같이 날뛰는 바람에 뜻대로 돼야지, 그러시고는 긴 한숨이세요."

"그래?"

"양순한 체하면서 부인도 한 가락 하시데요. 폐하께서는 왜 중전 앞에서는 사족을 못 쓰고 슬슬 기시느냐고, 말입니다. 그랬더니 폐하께서는, 조금만 기다려, 너를 비로 올리고야 말 테다. 황송하옵니다, 사실대로 말씀드리다 보니 … 뭐냐, 나는 한다면 한다, 이러세요."

늙은 어머니가 하도 사정하기에 참았더니 이것들 기어오르는구나, 두구 보자. 그는 덤덤한 얼굴로 소녀를 돌려보내고 곰곰이 생각했다. 누가 뭐래도 그냥 둘 일이 아니다.

이튿날 아침 위국부인이 문안드리러 와 있는데 친정사촌 유량(惟良), 회운(懷運) 형제가 산해진미를 섞어 만든 떡을 한 바구니 갖고 문병을 왔다. 둘 다 자기 덕으로 시골 자사(刺史) 벼슬을 하는 터이라 태산에도 따라갔다 온 자들이다.

미운털이 잔뜩 박힌 것들이 나타났다. 누구 덕에 출세했는데, 배은망덕하는 후레자식들이라고 어머니는 늘 푸념이었다. 황제는 눈을 내리깔고 위국부인을 훔쳐보고는 조회(朝會)에 참석한다고 나가 버렸다.

무후의 머리에는 번뜩이는 것이 있었다. 사람을 보내 어머니도 오게 하고 위국부인의 오빠 하란민지(賀蘭敏之)도 오라고 했다. 기다리는 동안 그는 조카딸을 찬찬히 뜯어보았다. 한창 피어오르는 젊음, 한 점 흠잡을 데 없는 아름다움, 죽은 언니보다도 월등 미인이었다. 내가 남자라도 침을 흘릴 것이다.

"너 요즘 불편한 건 없니?"

부드럽게 나가 보았다.

"마마의 하해 같은 덕분으로 이렇게 잘 있습니다."

머리를 조아렸다.

"얘, 이런 자리에서 마마가 다 뭐야? 이모라고 불러야지."

"그럴게요."

양같이 순했다. 그러면서도 뒤에서는 병신을 부추겼다지. 아무개 앞에서는 축 늘어진다느니, 슬슬 긴다느니. 내 경험으로 보아 이런 것은 싹부터 잘라야 한다. 넌 아무래도 죽어 줘야겠다.

모두들 모이자 오래간만에 장안에 있는 친정식구만이라도 한자리에 모인 것을 보니 병이 단박 나은 것 같다고 수선을 떨었다. 그동안에도 시녀가 몇 차례 드나들었고 무후와 귓속말도 나누었다.

점심때가 되자 즐비하게 차린 상이 들어왔다. 식사 도중 무후가 시키는 대로 시녀는 떡 바구니를 갖고 나가 은쟁반에 담아 가지고 들어왔다.

"얘, 이거 두 분 오라버니께서 가져온 것인데 하나 먹어봐라."

무후는 떡을 하나 집어 위국부인에게 넘겼다.

"고마워요, 이모."

위국부인은 애교가 넘치는 웃음을 지었다. 두 손으로 받아 반쯤 먹더니 별안간 토하다 두 눈을 뒤집고 모로 쓰러졌다. 의원을 부르고 법석이 났으나 의원이 당도했을 때는 흰 눈을 뒤집고 이미 숨을 거둔 후였다.

"짐독(鴆毒)입니다."

먹다 남은 떡을 들여다보던 의원이 아뢰었다.

무후가 분노에 찬 눈으로 유량, 회운 형제를 노려보는 가운데 방안에 있던 사람들은 목을 놓아 울었다.

소식을 듣고 조정에 나갔던 황제도 급히 들어와 하란민지의 손을 잡고 눈물을 질질 흘렸다.

"아침에 조회에 나갈 때는 그렇게도 팔팔하던 것이 … 아이고 … 인생무상이라더니 바로 이거로구나."

그러나 하란민지는 울기만 하고 대꾸가 없었다. 찬 눈으로 지켜보던 무후는 속으로 단정했다.

"너 나를 의심하는구나. 무사할 수 없지."

그러지 않아도 너를 곱게 보는 줄 알았더냐. 벼슬(左散騎常侍)을 시켜 줬겠다, 이복오빠들을 없애 버리고 무씨 성을 내려 친정의 대를 잇게까지 하였는데 너 우습게 놀았지. 장안의 미남자라고 상판대기 값을 너무 하지 않느냐 말이다. 소문난 오입쟁이 너 하란민지, 쓸쓸하게 지내는 늙은 어머니와 밀통(密通)하는 것도 알고 있다. 이건 어머니의 주책이라고 하자. 너 태자의 비(妃)로 점을 찍어둔 아이까지 먹어 버렸겠다. 우선 이것들을 처치하고 나면 다음은 네 차례다.

무후는 일어서 발을 굴렀다.

"이봐라, 나를 독살하려 든 이 대역 죄인들을 당장 끌어내다 목을 쳐라."

구석에 앉아 떨고 있던 유량, 회운 형제는 끌려 나가 목이 떨어졌다.〔하란민지는 얼마 안 되어 무씨성을 박탈당하고 하란씨로 돌아가는 동시에 광동성 뇌주로 귀양 갔는데 도중 소주(광동성 곡강현)에서 말고삐로 목을 졸려 죽었다.〕

앓던 이를 빼듯이 위국부인을 없애버린 지 얼마 안 되어 신라로부터 희한한 소식이 들어왔다. 고구려에 내란이 일어나 엉망진창이 되었으니 이 기회에 합심해서 치자는 사연이었다.

그러나 선뜻 응하는 데는 생각할 문제가 있었다. 손인사군이 가서 마지막으로 백제를 평정한 후 그 땅은 완전히 당나라의 손아귀에 들어온 줄 알았더니 그게 아니었다. 백제 종자들은 당이라면 아예 등을 돌리는데다 신라는 그들에게 벼슬도 주고 세금도 탕감해서 환심을 살 뿐 아니라 군대를 동원해서 태반을 먹어 버렸다.

유인원의 웅진도독부는 허수아비에 지나지 않는지라 작년 8월에는 전 백제 태자 융(隆)을 웅진도독으로 보내서 신라왕(文武王)을 웅진까지 불러다 유인원 입회하에 회맹(會盟)케 했으나 소용이 없었다.

융은 뙤놈들의 앞잡이라고 우습게 본다는 것이다. 신라는 뿌리를 내리고 당은 사실상 쫓겨난 셈이다. 몇 천 명의 군대를 거느리고 아직 그 고장에 있는 유인원에게 여러 차례 편지를 보내 멍텅구리같이 놀지 말라고 했으나 대병력이 와서 신라를 치기 전에는 어쩔 도리가 없다는 대답이었다.

고구려에 내란이 일어났다는 것은 신라의 농간이 아닐까.

그런데 이것이 사실로 나타났다. 우선 고구려 한마리치 남생(男生)의 아들 헌성(獻誠)이라는 애송이를 내전에 불러다 극진히 대접했다.

"저의 두 숙부는 역적입니다. 이들을 쳐주시오."

손등으로 눈물을 훔치기도 했다.

"치고말고."

손수 머리를 쓰다듬어 주는 것도 잊지 않았다.

종이 한 장이면 알아보는 것이 벼슬인지라 애송이 헌성에게 우무위 장군(右武衛將軍)을 제수하고 따라온 인간들에게 다 그럴싸한 벼슬과 함께 금은보화를 입이 벌어지게 안겨 주었다. 그에 그치지 않고 조정의 높고 낮은 벼슬아치들을 다 모아놓고 아직 얼굴도 보지 못한 남생에게 평양도 행군대총관 겸 지절안무대사(平壤道 行軍摠管 兼 持節 安撫大使)라는 거창한 벼슬을 내리는 거창한 의식도 올렸다. 헌성이 감격해서 흐느끼는 바람에 따라온 자들마저 흐느끼는 체라도 하지 않을 수 없었다.

이어서 이세적의 의견에 따라 계필하력(右驍衛 大將軍)을 요동도 안무대사(遼東道 安撫大使)로 임명하여 군을 총괄케 하고, 방동선(龐同善: 금오위장군)과 고간(高侃: 영주 도독)을 행군총관(行軍摠管), 설인귀(左武衛將軍)와 이근행(李謹行: 좌감문위 장군)은 후군(後軍)을 지휘하도록 하였다.

장군들을 임명했으니 당장 떠나는 줄 알았으나 시원찮은 방동선만 떠나고 나머지들은 움직이는 기색이 없었다. 이 일을 도맡아 처리해 달라고 부탁한 이세적은 늙은것이 젊은 계집들과 노닥거리지 않으면 나무그늘에서 낮잠을 잔다는 소문이었다.

화가 나서 불러다 족쳤다.

"왜 고구려 원정군은 안 떠나는 거요?"

"하, 그 말씀이십니까. 장군을 임명하는 것은 앉은 자리에서도 몇 번이든 할 수 있습지요. 허지마는 장군만 가지고 싸움이 됩니까. 군량도 보내야 하고 무기도 마련해야 하고 일이 많습니다."

"그렇다고 벌써 달포가 지났는데도 꼼작 않으니 어찌된 일이오?"

"하, 달포는 더 있어야 합니다."

속에서는 불이 치미는데 늙은 구렁이는 천하태평이었다. 정사(政事)라면 자신이 있었으나 군사에 대해서는 아는 것이 없으니 더 할 말이 없었다.

헌성은 자기 아버지가 죽는다고 안달이 나서 부지런히 관가에 드나들고 황제에게도 이틀이 멀다고 글을 올렸으나 응대는 언제나 매일반이었다.

"띵하오, 염려 마라 해."

헌성이 온 지 두 달, 8월 초에야 계필하력은 그를 앞세우고 장안을 떠났다.

그가 떠난 지 얼마 안 되어 선봉으로 진군하던 방동선으로부터 소식이 왔다. 남생이 남건에게 현토성을 뺏기고 요하를 향해 도망 오는 것을 구출했다는 것이다.

"남생이 우리 진영에 넘어왔다는데."

밤에 넌지시 한마디 던졌더니 황제는 침상에 벌떡 일어나 팔을 걷어붙였다.

"내 이걸 그냥…."

누운 채 지켜보는데 한술 더 떴다.

"내 손으로 모가지를 쌍둥 잘라버릴 테야."

강아지도 못 죽일 것이 큰소리였다.

"왜요?"

"왜라니? 그눔아 애비 때문에 우리 부자 2대에 걸쳐 얼마나 망신을 했어? 얼마나 많은 중국 사람들이 죽고. 지난번에는 남생이라는 눔두 한몫 거들었잖아."

"칼을 써본 일이 있어요?"

대답을 못했다. 피라미 같은 것이 칼을 쳐들 힘도 있을 것 같지 않았다.

"웃기지 말아요."

황제는 상판을 오그리고 무후는 입을 삐죽거렸다.

"크게 환영해야죠."

"환영이라니, 원수놈을 환영해?"

무후도 일어나 앉았다.

"헌성이는 왜 환영했지요? 고구려 애들 마음 놓고 항복하라는 거 아니에요? 헌성이 대접을 받았으니 남생이 넘어온 거고, 남생이 대접을 받으면 또 다른 애들도 안심하고 넘어올 거 아니에요?"

"듣고 보니 그렇군."

"천하가 왁자지껄하게 환영하는 거예요."

"허지만 보기도 싫은 그 애를 나중에는 어떡허지?"

"나중이라니?"

"고구려가 망한 다음에 말이야."

"걱정도 팔자네요."

"아냐, 진정으로 하는 소리야."

"그 애들은 고구려를 낚는 미끼에요. 낚은 다음에야 지져 먹든 볶아 먹든 무슨 걱정이지요?"

못난 것이 허리를 얼싸안았다.

"중전은 역시 머리가 좋아."

이튿날 특명으로 환영사(歡迎使)에 임명된 우우림 장군(右羽林將軍) 이동(李同)은 금은보화를 잔뜩 싣고 장안성 동문을 빠져나갔다.

남생(男生)은 9월의 맑은 하늘 아래 도중의 고을마다 북을 치며 환영하는 가운데 극진한 대우를 받으며 장안에 들어왔다.

장안에서는 요란하고도 찬란한 행사가 벌어졌다. 황제가 손수 요동대도독(遼東大都督)에 현토군공(玄菟郡公)이라는 큼지막한 벼슬을 내리고 만조백관이 모인 가운데 연회도 있었다. 어마어마한 저택에 아름다운 여자까지 주었다. 쏟아져 들어오는 금이요 옥 같은 것은 이루 주체할 수 없었다. 고관대작들은 돌아가며 밤이고 낮이고 주연을 베풀어 환대하고 백발의 대관(大官)들도 그의 앞에서는 공손하기 이를 데 없었다. 무슨 일이든 한마디 하기만 하면 "띵하오"였다.

10월에 들어 이세적을 요동도 행군대총관(遼東道 行軍大摠管)에 임명하고 앞서 떠난 장수들과 장차 떠날 장수들도 그의 휘하에 들도록 편제(編制)의 정비가 있었다.

이렇게 되고 보니 남생은 달포를 두고 융숭한 대접을 받은 처지에 한마디 없을 수 없었다. 이세적에게 요동에 돌아가 우선 계필하력과 협력해서 역적 남건, 남산을 쳐부수겠다고 자청했다.

"폐하께서 그렇게도 아끼시는 분인데 … 하여튼 어전에 여쭈어 보지요."

며칠이 지나서야 궁중에서 들어오라는 기별이 왔다.

"막무가내로 출정을 고집한다니 과연 대장부요, 가상한 일이로다."

황제는 옆자리, 발 뒤에서 무후가 속삭이는 대로 되뇌었다.

"신은 기필코 역적들을 쳐부수고 돌아오겠습니다."

황제는 무후의 눈짓으로 미리 준비한 환도(環刀: 군도)를 건네주면서 시키지도 않는 말을 했다.

"나도 같이 갔으면 쓰겠는데 …."

무후는 눈을 흘겼다. 이 머저리는 시키는 대로 잘 나가다가도 가끔 풀친단 말이다. 다행히 통역이 눈치를 채고 적당히 얼버무려 주었고 남생은 납죽하게 엎드렸다가 그 길로 요동을 향해 떠났다.

1백만 군을 모은다고 전국에 영이 내린 것은 지난여름이었다. 병사들의 행렬과 무기 군량을 실은 달구지들은 밤낮을 가리지 않고 만리장성을 넘어갔다. 그러나 가을이 가고 이 해도 저물어 가건만 출정군이 어디서 이겼다는 소식은 없었다.

12월 18일.

요동도행군 대총관 이세적이 떠나는 날이다. 조정에서 의식이 끝난 후 그를 편전으로 불러 점심을 같이 했다.

"그 고령에 무거운 짐을 맡겨 미안하오."

무후는 손수 한 잔 따라 주었다. 늙은 이세적은 찔끔 마시고는 흰 수염을 내리 쓰다듬었다.

"황공하오이다."

황제도 한 잔 따라주고 한 말씀 없을 수 없었다.

"수고 많겠소."

"황공하오이다."

이세적은 같은 말을 되풀이했다. 무후는 이 기회에 침을 한 대 놓아야겠다고 생각했다. 듣자하니 출정군은 현토성 근방에서 도망오는 남생을 구하고 그를 추격하던 남건의 군사들과 한 번 싸운 후로는 맥을 쓰지 못한다는 것이다. 몇 군데 성을 치다가 그만두고 계필하력 휘하의 선발대는 요하 이서로 철수했다고 한다. 만리장성을 넘어간 그 무수한 군대들도 영주 근처에서 밥만 축내고 있다는 소식이다.

"우리 군대는 왜 그렇게 맥을 못 쓰지요?"

무후는 힐책조로 나왔으나 이세적은 태연히 대답했다.

"맥을 쓰지 말라고 했습니다."

"그건 무슨 소리요?"

황제가 끼어들었다.

"지금 형국으로 말씀드리자면 방휼지세(蚌鷸之勢) 올시다."

"방휼지세라?"

무후는 알아차렸으나 황제는 소식불통이었다. 40을 넘은 지도 옛날인데 아는 것이라곤 … 이세적 보기가 민망했다.

"지들끼리 뿔이 부러지게 싸우는 중이라는 말씀입니다. 맥을 쓰는 적이 나타나면 싸움을 그만두고 합칠 염려가 있습니다."

"헤헤 … 그렇게 된 거로구만."

무후가 가로막고 물었다.

"그럼 언제쯤 적을 치게 되나요?"

"병(兵)에는 기(機)라는 것이 있습니다. 기를 보아야 합지요."

"기라?"

이것은 무후도 모를 소리였다.

"고구려의 압록강 이북에는 중요한 성이 20여 개 있습니다. 남건이 우세해서 결국은 이길 것으로 생각됩니다마는 지금 한창 서로 물어뜯는 중이라 기진맥진하기를 기다려서 납작 삼키자는 것입니다. 그때가 바로 기올시다."

황제는 또 못난 소리를 했다.

"그렇다면 천천히 가도 될 걸 그랬소."

"무슨 말씀이시온지?"

"대군이 만리장성을 넘어간 것 말이오."

"아니올시다. 만단준비를 하고 있다가 기가 오면 놓치지 말고 덮쳐야 합니다."

"사공은 역시 천하 명장이시오."

무후는 진정으로 칭찬하고 또 한 잔 따라 주었다.

제야(除夜)의 종소리를 들으며 남건(男建)은 인간의 백팔번뇌(百八煩惱)를 생각했다. 지나간 한 해는 이 백팔번뇌가 한꺼번에 분출하여 고구려를 뒤흔들어 놓은 해였다. 아무리 애써도 그 요동은 그치지 않고 결국 무력으로 가라앉히는 길밖에 없었다.

듣지 않으려고 마음먹은 사람의 귀에는 아무리 진실된 말도 거짓으로밖에 들리지 않았다. 형 남생(男生)도 그렇고 그의 편에 선 여러 성(城)의 장수들도 그랬다.

지난 8월 급히 북상하여 신성의 병력까지 합쳐 현토성을 포위하였다. 포위는 하였으나 공격은 하지 않고 형에게 여러 차례 사람을 보냈다. 만나서 이야기만 하면 안다고 했더니 유인해 내려는 술책이라고 했다. 형은 아직도 한마리치다, 형이 성에서 나오기만 하면 나는 머리를 깎고 산에 들어가겠다고 속임 없는 심정을 써 보내기도 했다. 어린애나 속을 유치한 수작이라고 비웃었다. 제발 조상대대로의 적인 당나라와 내통하는 일만은 그만둬 달라고 했으나 남의 걱정 말고 네나 똑똑해라, 이런 회답이 왔다.

당나라 사신 이호역〔李虎繹: 서대, 즉 중서성의 사인(舍人)〕이라는 자가 밤중에 포위망을 뚫고 들어가 형에게 황제의 선물과 위로의 말씀을 전하고 갔다는 사실을 알고는 설득을 포기하는 수밖에 없었다.

연 3일 맹렬한 공격을 퍼부어 성은 함락되었으나 형은 놓치고 말았다. 심복 수백 기를 거느리고 달아나는 것을 추격하는데 당나라 군대가 불쑥 나타났다. 형은 이미 약속이 된 듯 낯선 깃발을 휘두르며 그들 속으로 뛰어들어 자취를 감춰 버렸다. 이 당나라 군대와 크게 싸웠으나 연일의 전투에 지친 우군은 많은 사상자를 내고 밀리기만 하여 할 수 없이 신성으로 후퇴하였다.

평양을 오래 비워둘 수 없어 돌아왔고, 어쩔 수 없이 마리치의 자리에 올랐다. 이것이 또 형의 편에 선 장수들의 비위를 거슬렀다. 남생의 말이 맞다. 형의 자리를 노려 난리를 일으킨 것은 바로 남건이라고 떠들었다. 남생은 형도 아니다. 이미 당나라로 도망간 역적이라고 해도 곧이듣지 않았다. 고구려의 한마리치가 당나라로 도망간다는 것은 말도 안 되는 소리다. 남건이란 놈이 죽여놓고 딴전을 부린다는 것이다.

진실을 말하면 할수록 거짓은 더욱 기승을 부리고 이제 남은 길은 무력밖에 없었다. 왜 이렇게 되었는지, 참으로 암담하기만 했다.

최후의 결전을 향해

666년.

작년 가을 남생(男生)이 당나라로 도망간 후 남건(男建)은 동원할 수 있는 무력을 총동원해서 압록강 이북 남소(南蘇), 목저(木底) 등 남생을 지지하는 10여 개의 큰 성들을 차례로 공격하여 봄까지 국내성을 남기고 모두 손아귀에 넣었다. 국내성은 옛 서울인 만큼 성도 유달리 튼튼하고 남생의 심복들이 사생결단으로 항전하여 좀처럼 떨어지지 않았다.

그런데 여름이 오자 가장 염려하던 일이 벌어지고 말았다. 이세적이 총지휘하는 당나라의 1백만 대군이 요하를 건너 물밀듯이 쳐들어온 것이다. 남쪽에서는 신라왕(文武王)이 친히 김유신 이하 대군을 이끌고 북상한다는 소식도 왔다.

제 손으로 제 몸에 도끼를 휘둘러 절름발이에 외팔이가 된 고구려, 이 불구자에게 건장한 사나이 두 사람이 한꺼번에 달려드는 형국이었다. 더구나 이 상처투성이 고구려의 어디가 더 아프고 덜 아픈 것을 훤히 알고 있는 남생이 이세적의 막하에서 모사(謀士) 노릇을 하고 있으니 적에 비하면 이쪽은 장님이나 진배없었다.

사기(士氣)도 말이 아니었다. 전쟁이 중요한 것은 무기나 머릿수에 앞서 명분(名分)이라는 것은 고금을 통해서 변함없는 철칙이다. 그런데 작년 봄부터 이 가을까지 고구려 병사들은 명분 없는 집안싸움에 휘말려 죽이고 살리는 놀음에 시달려 왔다. 많은 용사들이 불평 속에 죽어갔고 간사한 자들은 이리 붙고 저리 붙어 목숨을 부지하였다. 고구려를 철석같이 묶어세우던 믿음은 사라지고 불신(不信)이 판을 치고 있다.

특히 작년 섣달, 숙부 연정토(淵淨土)가 비열주(比列州) 12성을 신라에 바치고 항복하여 버린 것은 이 불신을 더욱 부채질하고 아물 수 없는 상처를 남겼다. 식량도 문제였다. 이 몇 해 흉년이 든 데다가 작년에는 큰 내란으로 도처에 폐농(廢農)하는 사태가 벌어졌다.

적은 좋은 조건을 빠짐없이 갖추고 이쪽은 좋지 못한 조건을 빠짐없이 갖춘 이 전쟁은 초장부터 결판이 난 듯싶었다. 그러나 짐승처럼 쫓기거나 앉아서 맞아죽을 수 없는 것이 국가의 숙명(宿命)이다. 국내성 공격을 지휘 중이던 남건은 일부 병력만 남기고 나머지를 전선에 파송하고 급히 평양으로 돌아왔다.

도바(突勃)는 작년 가을 남건의 명령으로 3천 기병을 거느리고 압록강을 건넌 이래 각지를 전전(轉戰)하면서 1년 가까이 싸움터에서 세월을 보냈다.

남생이 당나라에 도망가서 적을 끌어들인 이상 그는 물론, 그의 편에 선 자들은 모두 국적(國賊)일 수밖에 없었다. 간혹 진상을 알고 두말없이 이쪽으로 넘어오는 성도 있었으나 남생의 골수 심복들은 무슨 말을 해도 곧이듣지 않았다.

이런 성에 대해서는 가차 없이 공격을 퍼부어 짓밟고야 말았다. 그는 목저(木底), 남소(南蘇) 두 성의 탈환전에도 참가했고 멀리 북으로 달려가서 북부여성(北扶餘城)은 그의 군대만으로 짓밟아 버렸다. 다시 남으로 내려와 국내성의 총공격에 가담하여 싸우는데 당나라의 대군이 요하를 넘어섰다는 소식이 들어왔다. 가장 안 된 것은 남생이 그들의 앞잡이 노릇을 한다는 것이었다.

그는 작년 봄 자기 고장을 찾아온 그를 처치하지 못한 것이 두고두고 한이었다. 아리는 눈치가 빨랐고, 부도의 판단은 역시 옳았다. 해리란 놈을 더욱 족쳤더라면 진상이 밝혀졌을 것이고, 이 엄청난 난리도 일어나지 않았을 것을… 나는 너무 우직한 것이 탈이다. 그는 모든 잘못이 자기에게 있는 듯 후회 막심했다.

그는 국내성에서 싸우다가 남건의 명령으로 북상하여 신성(新城)에 들어갔다. 성의 지휘관 온사문 장군은 곰보 얼굴에 잔잔한 미소를 띠고 맞아 주었다. 옛날 백암성(白岩城) 시절부터 아는 사이였다. 그때는 피차 젊었고 기운도 씽씽했는데 이제 반백의 50대 중반이 되었다.

"어쩌다가 우리 고구려가 이 지경이 됐는지 모르겠소."

느티나무 그늘에서 수인사를 끝내고 걸상에 앉자 도바가 먼저 입을 열었다. 온사문은 먼 하늘을 바라보고 잠자코 있다가 길게 한숨을 내쉬었다.

"사람에게 명(命)이 있듯이 나라에도 명이 있는가 부오."

"남생이 저렇게 돌지 않았던들 무슨 걱정이겠소?"

"돌아가신 한마리치의 잘못이지요. 군대도 그렇고, 나라도 매일반이지요. 우두머리는 하나라야 하는데 셋을 두었으니…."

도바는 옳은 말이라고 생각했다. 연개소문은 다 잘했으나 끝맺음을 그르쳤다. 어느 자식이나 다 귀했겠지마는 그렇다고 3형제를 모두 권좌에 앉힌 것은 연개소문답지 않은 사정(私情)이었다.

요하를 건넌 적의 대군은 예전같이 요동성을 치지 않고 성과 성 사이의 연락을 차단하면서 동진을 계속하였다.

수법도 예전과는 다른 데가 있었다. 군중에는 수천 명의 목공(木工)과 주장(舟匠)까지 있어 소요하에 닿자 현지에서 나무를 찍어 알맞은 배들을 만들어 강을 거슬러 올라왔다. 무기와 식량은 물론 피곤한 병사들도 배에 앉을 수 있었다.

그들은 서둘지도 않았다. 강에 뜬 배들을 호위하듯 대병력은 양안(兩岸)을 천천히 전진하고 날이 저물면 전진을 멈추고 야영을 했다. 틈만 있으면 밤이고 낮이고 기습을 했으나 원체 어마어마한 대병력이라 이도 들어가지 않았다.

요하(遼河)를 건넌 지 한 달, 이세적이 총지휘하는 적의 대군은 6월 초에 마침내 신성을 포위하였다. 신성의 중요함을 아는 남생이 이세적에게 귀띔했으리라. 압록강 이북에서는 국내성 다음으로 웅장한 성일뿐더러 동남으로 국내성까지 통하는 큰길이 있고, 서남으로 요동성을 거쳐 오골성(烏骨城) 대행성(大行城)에 이르는 넓은 길이 있었다. 또 이 성을 그대로 두고 남진하면 배후에서 보급로를 끊길 것도 자명한 일이었다.

이세적은 신중한 장수였다. 단박 공격해 올 줄 알았으나 그게 아니었다. 여러 날을 두고 병정들은 산에 들어가 굵은 통나무를 찍어오더니 사처에 말도 사람도 넘을 수 없는 목책(木柵)을 두르고 또 며칠 쉬었다.

충분히 쉬고 난 적은 밤낮없이 번갈아 공격을 퍼붓고, 교대한 병력은 목책 안에 들어가 마음 놓고 먹고 잤다. 도바의 계산으로는 한 명이 사흘에 한 번 싸우고 이틀은 쉬는 꼴이었다.

그러나 부녀자들까지 합쳐도 적의 10분의 1도 안 되는 성내의 병사들은 교대로 잠깐 눈을 붙이면서도 잘 싸웠다.

늙은 여자들은 밥을 지어 나르고 젊은 여자들은 무기와 돌을 날랐다. 개중에는 성벽에 올라 활을 당기고, 운제(雲梯)로 성벽을 오르는 적병의 머리를 돌로 내리쳐 까부수는 여자들도 적지 않았다.

도바는 가끔 소부대를 이끌고 별안간 성 밖으로 나가 야간기습을 감행하였다. 창을 휘둘러 닥치는 대로 찌르고는 증원군이 몰려오기 전에 바람같이 철수하곤 했다.

적은 모략전(謀略戰)도 잊지 않았다. 우리는 고구려를 칠 생각은 추호도 없다. 역적 남건만 잡으면 고스란히 물러가겠다고 했다.

성내에는 3개월 식량밖에 없지, 아무리 버텨 보아야 3개월이라고 외쳐 대기도 했다. 이것은 사실이었다. 남생은 속속들이 알고 있는 것이다. 그 3개월 식량도 도바군을 비롯한 증원군 때문에 사실은 2개월 치밖에 안 되었다. 처음부터 하루 두 끼 죽으로 참고 있는 판국이다. 남건의 명령으로 북상한 부대들이 몇 번이고 포위망을 뚫으려다 실패하고 쫓겨 갔다는 소식은 심심치 않게 들어왔다. 이런 판이니 식량의 보급은 어림도 없는 일이었다.

9월에 들어 날씨가 쌀쌀해지고 식량도 바닥이 보이기 시작하자 성내에서는 촛불이 마지막으로 타서 꺼지듯이 누구나 풀이 죽었다. 온사문은 도바와 의논해서 두 끼의 죽을 한 끼로 줄이고 한겨울이 닥칠 때까지 버티라고 하였다. 추위가 오면 물러가리라는 것이 온사문의 계산이었다.

도바는 그의 의견에 좇기는 했으나 의문이 없을 수 없었다. 적은 병사들마다 겨울 군복도 가져왔고 겨울 장막도 더미로 쌓여 있는 것이 눈으로 보였다. 특히 안 된 것은 성내에 무슨 일이 있을 때마다 적이 곧 이를 알아내는 일이었다. 대세가 기울자 내통하는 자가 나타난 것이 분명했으나 알아낼 도리가 없었.

적은 화살이 닿지 않을 만한 거리까지 몰려와서는 빙 둘러앉아 보따리를 풀어 김이 오르는 떡도 먹고 삶은 돼지고기도 칼로 썰어 먹었다. 그러면서 남생에게 붙어 다니는 자들이 외쳐대는 것이다.

"느으들 오늘부터 죽마저 한 끼라지."

"그 한 끼도 한 달이 못 갈 걸."

"항복만 하면 벼슬도 주고 먹을 것도 푸짐하게 준다."

"절대로 끌어가는 일도 없다."

성내에는 날이 갈수록 심상치 않은 공기가 감돌았다. 뼈와 가죽만 남은 병사들 사이에 쑥덕공론이 일고 나중에는 군관들 중에도 온사문을 찾아 터놓고 이야기하는 자가 나타났다.

"이제 항복하는 길밖에 없습니다."

그때마다 온사문은 조금만 더 참으면 된다고 타일러 보냈다.

9월 14일. 날씨가 더욱 쌀쌀해지면서 사람들은 갈수록 허기를 가누지 못했다. 한 끼의 죽도 반달이면 바닥이 날 것이고 성내에는 쥐 한 마리도 없는 상태였다. 참다못한 온사문은 밤중에 도바를 찾아 군마(軍馬)를 잡자고 제의했다.

온사문군의 군마는 이미 다 잡았고 남은 것은 도바 휘하의 군마뿐이었다. 부여성을 떠날 때는 3천 기였으나 1년 넘어 싸우는 동안에 말도 사람도 많이 죽고 이제 남은 말은 1백여 기밖에 없었다.

"생각해 봅시다."

기병이 말을 잃는다는 것은 앉은뱅이가 된다는 이야기와 다름없었으나 이 판국에 못한다고 하기도 어려웠다. 온사문을 돌려보내고 도바는 아무리 생각해도 사방이 다 막힌 느낌이었다.

부여성에 두고 온 젊은 아리의 모습이 머리에 떠올랐다. 자기는 적의 칼에 맞아 죽거나 아니면 굶어 죽게 되었는데 장차 아리는 어떻게 될까. 죽은 부모와 백화, 그리고 아리, 자기의 일가는 폭풍의 계절이 싹이 돋아 폭풍에 시달리다 결국 폭풍에 휘말려 사라지는 한 포기의

최후의 결전을 향해 355

풀에 지나지 않았다. 대자연의 초목이 평화로운 가운데 자생자화(自生自化)하듯이 인간도 한정된 삶을 평화롭게 살다가 때가 되면 조용히 자연으로 돌아가는 길은 없을까.

별안간 말굽소리가 요란하게 울리면서 휘하의 군관이 문을 박차고 들어섰다.

"큰일 났습니다. 반란이 일어났습니다."

도바는 뛰어 일어섰다.

"빨리 나오십시오."

그는 밖에 나와 말에 올랐다. 부여성에서부터 따라온 1백여 기가 모여들었다.

"사부구(師夫仇)란 놈이 주동이 돼서 온장군을 결박했습니다."

사부구는 온사문의 부장(副將)이었다.

"그럼 가서 구해야지."

"안 됩니다. 온장군 휘하는 모두 반란에 가담했습니다. 다음은 장군을 결박한다고 이리로 몰려오는 중입니다."

"따라와!"

그는 말에 채찍을 퍼부어 선두를 달렸다. 도중에서 달려드는 반란군을 짓밟아 버리고 본영에 갔으나 본영은 텅 비고 부녀자들이 통곡하고 있었다. 온사문은 사부구 일당에게 끌려 남문으로 나갔다는 것이다.

도바는 뒤를 쫓았다. 남문은 활짝 열리고 온사문은 횃불을 든 반란군 병사들에게 끌려 벌써 적진으로 들어가는 길이었다. 판단이 서지 않아 물끄러미 바라보고 있는데 군관 한 명이 성문으로 달려 나왔다. 낯익은 온사문의 조카였다.

"반란군은 사대문을 다 열어놓고 적진으로 몰려갔습니다."

그는 둘러보았다. 횃불은 든 군상이 항복하러 적진으로 다가가고 있었다.

"가자!"

도바는 동으로 말머리를 돌리고 달리기 시작했다. 동쪽에는 간도(間道)가 있고, 적은 야간에는 추격하지 않는 습성이 있었다.

신성(新城)을 점령한 이세적은 군을 양분하였다. 계필하력은 신성에 남아 방동선, 고간, 설인귀 등 휘하 장수들과 군을 정비한 다음 동진하여 도중의 성들을 치고 방향을 바꾸어 국내성으로 향하게 하고 자신은 부총관 학처준(郝處俊) 이하 제장을 이끌고 서남으로 떠났다. 중간의 성들을 치고 대행성(大行城: 구연성)까지 간다고 했다.

신성을 탈출한 도바는 남소성(南蘇城)을 목표로 달리다가 금산(金山: 철배산 부근) 벌에서 15만 군을 지휘하여 서진(西進)하는 태자 고복남(高福男)과 마주쳤다. 신성을 구하려고 여러 성에서 병사들을 모으는 데 시일이 걸려 주야겸행으로 오는 길이라고 하였다.

신성은 이미 떨어졌다고 알리자 30대의 이 청년은 침통한 얼굴로 말이 없었다.

"남소성으로 물러가 일부 병력으로 굳게 지키고 나머지 병력으로 보급로를 확보하는 것이 상책일까 합니다."

그러나 태자는 고개를 저었다.

"신성을 탈환해야 하오."

15만 군이라도 예전 같은 정예라면 한번 해 볼만도 했다. 그러나 단련된 병사들은 드물고 위급한 때에는 언제나 도망치는 말갈병도 다수 끼어 있었다. 더구나 강행군으로 모두 지친 기색이 역력했다. 이런 형편에 여유 있는 전쟁을 하고 있는 이세적의 백만 대군과 겨룬다는 것은 말이 안 되는 일이었다.

"그러시다면 적정(敵情)도 알아볼 겸 며칠 쉰 연후에 행동을 시작하는 것이 어떻겠습니까?"

"글쎄…."

태자는 판단이 서지 않는 모양이었다. 금산에서 남소성까지는 불과 2, 30리였다. 추운 때에 병사들을 야산에서 떨게 하는 것보다는 성내에 들어가 발 벗고 쉬게 하는 것이 좋다는 도바의 의견에 좇아 태자는 군을 되돌려 남소성으로 들어갔다.

용케 신성을 빠져나온 사람들의 이야기도 듣고 세작(細作: 첩자) 도 보내서 적정을 알아냈다. 이세적은 이미 떠났고 남은 군대는 계필하력이 지휘하여 이리로 올 기세라고 하였다. 신성의 적이 반으로 줄었다는 이야기에 태자는 용기를 얻었다.

"우리 고구려군 15만이면 당군 50만쯤이야 무찌르고도 남지 않겠소?"

귀하게 자란 이 청년은 과거와 현재, 지난날의 고구려군과 지금의 고구려군을 혼동하고 있었다. 도바는 그렇다고 고구려군의 사기에 관계되는 말을 할 수는 없었다.

"허지마는 야전(野戰)에는 머릿수가 큰 구실을 하는 경우가 많은데 우리는 3분의 1도 안 됩니다."

태자는 대답하지 않았다.

도바는 암담한 생각이 들었다. 이 전쟁은 내란에 겹친 대적(大敵)의 침입이라 중앙의 통일된 전략이 없었다. 총수인 남건이 너무 젊어서 이 같은 일에 경험이 없는 탓도 있었다.

고구려군의 장기(長技)는 끈덕지게 성을 지키는 데 있었다. 역대로 외침이 있을 때마다 이 장기를 살려 성을 지키고 적의 보급선을 촌단하고 유격전으로 적에게 쉴 틈을 주지 않고 못살게 굴었다. 그리하여 적은 어찌할 바를 모르고 물러가지 않을 수 없었다.

남소성에는 그동안 비축한 식량도 적지 않은지라 도바는 다시 한

번 이 남소성에서 버티자고 해보았다.

"내게도 생각이 있소."

태자는 달갑지 않은 얼굴이었다. 도바는 물러나와 아침부터 깊은 잠에 빠져들었다. 그동안의 심로(心勞)와 굶주림으로 며칠이 지난 지금도 눕기만 하면 몸이 땅속으로 빠져드는 듯했다.

새벽에 바깥에서 떠들썩하는 바람에 도바는 잠이 깨었다. 언제 들어왔는지 옆에 지켜 선 군관은 유쾌한 얼굴이 아니었다.

"무슨 일이냐?"

"간밤에 소부대로 신성을 야습(夜襲)했답니다."

"야습?"

도바는 일어나 앉았다. 태자가 자기에게는 알리지 않고 한 일이다. 하기는 객장(客將)이라면 객장인 자기에게 알리지 않았다고 잘못된 것은 아니었다.

"수백 명의 사상자를 내고 물러왔습니다. 그런데 적은 대부대로 추격해 오는 중이고 이쪽은 나가 마주 싸운답니다."

도바는 급히 조반을 마치고 밖에 나섰다. 함박눈이 퍼붓는 가운데 병사들은 출동준비로 법석을 떨고 있었다.

"마침 잘 왔소."

본영에 들어서자 갑옷을 입은 태자는 투구의 끈을 매는 길이었다.

"장군이 선봉을 서주시오."

"네…."

도바는 말리려다 그만두었다. 말해야 소용없는 일이라 단념할밖에 없었다.

15만 대군은 성문으로 쏟아져 나와 함박눈이 퍼붓는 가운데 신성을 향해 진군하였다. 5만군으로 선봉을 맡은 도바는 날쌘 기병들을 골라 간단없이 척후를 보내 적정을 살폈다.

이것은 단순한 추격이 아니라 남소성을 점령하러 오는 본격적인 진격이었다. 방동선과 고관의 10만군이 선봉, 그 뒤에 대장군 계필하력이 역시 10만군을 지휘하여 오는 중이라고 했다. 신성과 현토성, 그 밖에 주위의 작은 성들을 수비하고, 보급로를 지키는 데도 병력이 필요한 것은 자명한 일이지마는 50만 중에서 20만은 납득이 안 가는 숫자였다. 특히 설인귀군의 행방이 묘연했다.

도바는 전진하면서도 설인귀의 행방을 찾으라고 계속 기마척후를 보냈다. 그러나 그의 행방을 찾아낸 척후는 아무도 없었다.

적정을 세밀히 탐지하면서 전진하던 도바는 오정 때 금산벌에 이르자 사방의 구릉지대(丘陵地帶)에 병력을 은닉 배치하였다. 바람 없이 쏟아지는 눈 속에 흰 상의를 걸친 고구려 병사들은 숲속에서 기침소리도 삼켜가며 한길을 주시하고 적의 척후가 내왕해도 움직이지 않았다. 적은 퍼붓는 눈에 시야(視野)가 가려 잘 보이지 않는 모양이었다.

드디어 방동선 고간의 10만군이 저마다 떠들면서 몰려와 포위망 속으로 들어왔다. 말에 재갈을 물리고 느티나무 밑에서 적을 응시하고 있던 도바는 말에 올라 호각을 불었다.

이를 받아 처처에서 호각이 울리고 구릉의 고구려군은 벌판으로 쏟아져 내려갔다.

불의에 기습을 받은 적은 큰 혼란을 일으켰다. 재빨리 활을 당기는 자들도 있었으나 대개는 갈피를 잡지 못하고 자기들끼리 엉켜 우왕좌왕하다가 칼에 맞고 창에 찔려 쓰러지거나 도망을 쳤다.

도바는 방동선의 장군기를 발견하고 1백여 기의 수병들과 함께 얼굴에 퍼붓는 눈을 한 손으로 훔치며 돌진해 갔다. 그러나 방동선은 말머리를 돌려 북으로 쏜살같이 도망쳤다. 도바는 깊이 추격하지 않았다. 계필하력의 대부대가 뒤를 이어 올 것이었다.

그다지 오랜 시간은 아니었다. 많은 적들이 사방으로 도주했으나 적어도 반수는 이 벌판에서 죽었거나 부상해서 아우성이다.

우군의 사상자도 적지 않았다. 도바는 호각을 불어 군을 수습하고 있는데 뒤따라오던 태자가 당도했다.

"이번 전쟁 이래 처음 보는 대승이오."

태자는 손바닥으로 얼굴을 훔치고 계속했다.

"얹혔던 것이 내려간 듯 내 속이 후련하오."

도바는 그의 공치사는 아랑곳없이 한마디 했다.

"이제 군을 수습해 가지고 성으로 돌아가야 합니다."

"돌아가다니? 이 승세(乘勢)를 타고 적을 일거에 무찔러야지요."

도바는 계필하력도 계필하력이지마는 행방을 알 수 없는 설인귀가 마음에 걸렸다. 야전의 명수인 설인귀가 이런 때 가만히 있을 리 없었다.

"병사들이 피곤하면 반드시 패하는 법인데(兵疲則必敗) 지금 이 병사들은 아주 지쳤습니다."

"장군 휘하는 그렇지만 후속부대는 싸우지도 않았소. 장군은 후군으로 여기 남고 이번에는 내가 나가겠소."

"곧 어두워질 터인데…."

"어두우면 야습을 하겠소."

태자는 타일러도 듣지 않고 나머지 10만을 지휘하여 진격을 계속했다. 도바는 사상자들을 성내로 후송하고 병사들에게 쉬라고 일렀다.

전장(戰場)에서 늙은 도바는 아무래도 불길한 예감이 들었다. 그는 주먹밥으로 요기를 끝내고 웅크리고 앉아 쉬는 병사들을 모아 길 양편 지형을 따라 배치하였다. 마음 같아서는 성으로 돌아가는 것이 옳았으나 명색 후군이라 그럴 수도 없었다.

땅거미 질 무렵 전방에서 왁자지껄 떠드는 소리와 함께 뭇 사람들이 앞을 다투어 달려왔다. 우군이었다.
"어찌된 일이냐?"
그들은 대답도 않고 칼이며 창을 눈 속에 팽개치고 뿔뿔이 흩어져 갔다.
길 양측에 배치된 병사들 속에도 동요가 일기 시작했다. 슬금슬금 산으로 도망치는 것이다. 군관들이 고함을 지르고 몇 명을 칼로 내려치는 것도 보였으나 그럴수록 공포의 물결은 더욱 세차게 일어 어두워지자 무더기로 도망치는 사태가 벌어졌다.
도바는 호각을 불어 남은 병사들을 모았다. 천 명에도 미치지 못했다.
"도바 장군, 도바 장군."
전방 어둠 속에서 외치며 달려오는 사람들이 있었다. 태자 일행이었다. 불과 십여 기를 거느리고 달리는 그의 뒤에는 적이 바싹 따라붙었다.
어둠 속에서 불쑥 나타나 창을 휘두르는 도바군의 습격에 추격하던 적은 수백 명의 시체를 남기고 후퇴하였다. 함정이라도 있는 것으로 오인한 모양이었다.
도바는 수하의 병력을 이끌고 성내로 돌아왔다. 먼저 와서 화로에 몸을 녹이고 있던 태자는 울상이었다.
"내 장군을 볼 면목이 없소."
금산에서 10리를 더 가서 계필하력군과 싸우려는데 옆에서 나타난 설인귀의 복병(伏兵)에 기습을 당하여 반은 죽고 반은 흩어졌다고 했다.
태자는 눈물까지 삼켰다.
"푹 쉬시지요. 아침에 뵙겠습니다."
도바는 물러나 자리에 들었다.
15만의 대군이 하루 사이에 사라진 것이다. 단련되지 못한 병사들도 문제려니와 장수가 더 큰 문제였다. 서툴기 이를 데 없는 용병(用兵), 이것도 그 못난 집안싸움에 우수한 장수들을 많이 잃었기 때문이다. 밤새도록 생각해도 묘안은 없었다.

도중에 있는 성에서 쓸 만한 병사들은 모두 뽑아 왔다니 여기서부터 아직도 남생 일당이 차지하고 있는 국내성까지는 무인지경이나 다름이 없다. 어떻게 된 셈인지 작금 양년, 고구려는 하는 일마다 이 지경이다.

아침 일찍 일어난 도바는 창고들을 돌아보았다. 식량도 있고 무기도 어지간히 있었다. 병력을 계산해 보았다. 어제 도망가지 않고 따라온 천 명에 성내에 남아 있던 4, 5백 명, 당면한 50만의 적에 비하면 턱도 없는 숫자였으나 그 대신 이쪽에는 성이 있다. 버틸 대로 버티다가 여기서 죽자.

그는 태자를 평양으로 돌려보내고, 생각 끝에 병사들만 남기고 노약자와 부녀자들은 모두 연고지를 찾아 떠나게 했다. 어차피 떨어질 성이다. 떨어지는 날로 적의 밥이 될 여자들, 맞아죽거나 끌려갈 사람들이었다.

며칠을 두고 내리던 눈이 걷히고 날씨가 개자 적은 아침부터 몰려와 성을 포위하였다. 신성과는 댈 것도 못 되는 작은 성이라 단박 집어삼킬 듯이 맹공격을 퍼부었다. 충차 포차가 수없이 동원되고 사처에 운제를 걸치고 성벽을 오르려고 들었다.

도바는 초장이 중요하다는 것을 잘 알고 있었다. 적의 기를 꺾어버리는 효과도 있고 그보다 더 중요한 것은 이쪽 병사들의 기세를 올리는 효과가 있었다. 많은 전투를 겪었지마는 초장에 진 병사들은 지는 버릇이 생겨 맥을 추지 못하는 경우가 적지 않았다.

성을 지키는 고구려군은 활을 헛쏘는 일이 없었다. 쏘기만 하면 반드시 맞고, 맞으면 죽거나 병신이 되게 마련이었다. 도바는 이 며칠을 두고 스스로 시범을 보이고 적이 지근거리에 와서 맞힐 자신이 생길 때에만 쏘라고 일러두었다.

적은 흡사 인간의 바다였다. 파도같이 밀려와 쓰러지면 다음 파도가 밀려오고 시체 위에 시체가 더미로 쌓여갔다.

도바는 활과 방패를 들고 성벽 위를 천천히 돌았다. 잘 쏘는 병사들의 어깨를 두드려 주고 그렇지 못한 병사에게는 가르쳐 주면서 자신도 심심치 않게 쏘았다.

오정이 지나자 적은 공격을 멈추고 남생의 패거리들이 나타났다.

"도바 장군, 무엇 때문에 싸우시오? 남건이란 놈만 없어지면 당군은 물러가고 고구려는 예전대로 됩니다. 장군께서 마리치〔莫離支 : 수상(首相)〕를 하시지요."

당장 짓밟아 버리고 싶었으나 화살이 닿을 거리가 아니었다. 그렇다고 잠자코 있으면 이쪽의 사기에 영향이 있을 것이었다. 그는 병사들을 시켜 외치게 했다.

"되놈의 앞잽이들아."

"역적놈들아."

"배신자, 비겁자들아."

"지금이라도 넘어오면 살려준다."

점심을 먹고 난 적은 또 파도같이 밀려와서는 쓰러지고 쓰러지면 또 왔다.

도바는 싸움도 많이 치렀으나 이렇게 한정된 땅에서 이다지도 많은 시체들이 겹겹으로 쌓인 것은 처음 보았다.

해가 기울기 시작하자 적은 물러가고 시문(矢文)이 날아들었다. 시체와 부상자들을 걷어갈 수 있도록 사흘 동안 휴전하자는 것이었다.

"까마귀밥이 되게 내버려 둬."

그는 한마디 내뱉고 안 된다는 회신을 시문으로 날려 보냈다. 적의 사기를 꺾는 효과가 있을 것이었다.

다음날부터 적은 전술을 바꾸었다. 대부대가 목저성(木底城) 쪽으로 남하하고 남은 부대들은 신성에서처럼 나무를 찍어 목책을 두르기 시작했다.

맹렬한 공격도 해오지 않았다. 밤이나 낮이나 번갈아 와서는 활을 몇 대 쏘고는 외쳐대는 것이 일이었다.

"꺼우리, 왕바당차우니!"

병사들은 비겁한 놈들이라고 웃었으나 도바는 적의 술책을 알아차렸다. 적은 교대할 병력이 얼마든지 있으나 이쪽은 그렇지 못했다. 쉴 틈도 잘 틈도 안 주고 지쳐 버리게 만들자는 것이다.

그는 적진과 성의 거리를 생각하고 대담하게 전술을 바꾸었다. 밤에는 전원이 나서되 낮에는 파수만 세우고 전원 무장한 채 자게 했다.

열흘이 지나자 적은 별안간 총공격을 퍼부었다. 북소리에 뛰어나온 병사들은 성벽에 올라 전같이 잘 싸웠고 적은 또 많은 시체를 남기고 물러갔다.

다음에는 또 남생의 졸당이 나타났다.

"목저성이 떨어졌다."

"요동성이 떨어졌다."

날마다 무슨 성이 떨어졌다고 불어대는 데는 어쩔 도리가 없었다. 이것은 사실이었다. 도바는 그동안에도 밤이면 몰래 세작(細作)들을 파송하여 전반적인 전세(戰勢)를 제때에 파악했고 평양과의 연락도 잊지 않았다.

적은 예전 전쟁과는 판이하게 다른 점이 있었다. 전에는 성을 점령하면 여자사냥부터 시작되고 살인, 약탈, 방화를 일삼은 끝에 노약자는 학살하고 건장한 자는 남녀를 가리지 않고 종으로 끌고 갔다.

그런데 이번에는 그게 아니었다. 항복한 병정들은 고향으로 돌려

보내고 굶는 백성들에게는 부족하나마 양식도 나눠 주었다. 다치지도 않고 끌어가지도 않았다. 이것은 적진에 있는 남생의 간책(奸策)이리라.

나라에서 으뜸가는 명장 도바와 온사문이 지키던 신성이 떨어지고 금산벌에서 태자가 대패했다는 소식도 낭패였다. 일반 백성들뿐 아니라 병사들에게도 큰 충격을 주었다. 예전 고구려 군사들이라면 그 정도로 흔들릴 까닭이 없었으나 태반이 내란통에 죽고 지금 고구려군은 단련되지 않은 신병들이 대부분이었다. 도바 장군은 지금도 남소성에서 싸우는 중이라도 해도 곧이듣지 않는다는 것이다.

거기다 남생 일당의 충돌질이었다. 적은 남건이지 너희들이 아니다, 남건만 붙잡으면 당군은 물러간다고 불어댔다.

도망병이 속출했고, 유명한 안시성에서 적의 부총관 학처준이 한동안 고전한 외에는 싸움다운 싸움도 없이 성들은 낙엽처럼 무너졌다. 10월 말까지 압록강 이북의 성들은 모두 적의 수중에 들어가고 이 남소성이 남았을 뿐이다.

동남으로 진격한 계필하력, 설인귀 등은 목저, 창암(蒼岩) 등 일곱 개의 성을 차례로 점령하고 국내성으로 들어가 남생의 잔당과 손을 잡았다.

남생을 데리고 서남으로 진격한 이세적은 횡산, 요동, 백암, 안시, 건안성 등 16개의 큰 성을 점령하고 대행성까지 함락시켰다.

거기다 남쪽에서는 신라왕이 김유신 이하 대군을 이끌고 북상하여 장색(獐塞)까지 진출했다는 소식이었다.

대행성까지 점령했으니 그대로 밀고 내려갈 줄 알았으나 동짓달 들어 강추위가 시작되자 이세적은 북상하여 요동성에서 점령군을 통솔하고 적의 전군은 일체의 행동을 멈추고 성에 틀어박혀 나오지 않았다. 또 점령한 여러 성에는 충분한 병력이 배치되었고 실권은 자기들이 쥐면서도 고구려 사람들에게 이러저러한 감투를 씌우는 것도 잊지 않았다.

남소성을 포위한 적도 꼼짝하지 않고, 장색까지 북상했던 신라군도 본국으로 돌아갔다는 소식이 왔다.

국내성의 설인귀는 은밀히 출전준비를 진행하였다. 그는 언제나 전쟁이라면 흥이 났다. 22년 전 돌아간 태종의 고구려 원정에 졸병으로 따라나선 것이 일의 시초였다. 가난에 찌든 30여 세의 총각머슴. 안시성 싸움에서 이판저판 개판이라고 목숨을 내던진 것이 태종의 눈에 들어 단박 유격장군(遊擊將軍)이라는 것이 되었다.

그로부터 대궐의 수문장도 했고 이 고구려 땅에는 심심치 않게 쳐들어와 흑작질을 했다. 글안(契丹)을 흑산(黑山)에서 쳐부수고, 멀리 천산(天山)에 출정하여 돌궐(突厥)을 짓밟고 10만 명을 산 채로 땅에 묻기도 했다. 전쟁으로 지새운 22년, 그러나 털끝 하나 다치지 않았다.

고구려만은 어쩔 수 없다고 생각했더니 못나게 자기들끼리 싸워 축늘어진 것을 집어먹는 형국이다. 먹어도 아주 통째로 삼키는 것이다.

지난 10월 말. 대행성을 점령한 이세적이 부른다기에 갔더니 흰 수염을 내리 쓰다듬으며 엉뚱한 것을 물었다.

"장군은 금년에 몇이더라?"

"쉰여섯 살이올세다."

모를 까닭이 없는데 묻는 것을 보니 곡절이 있는 듯했다. 이 영감태기는 백년 묵은 구렁이로 호가 났다.

"아직 젊었군."

내숭한 것이 씩 웃었다. 여자를 안겨 주려나. 아닌 게 아니라 이번 전쟁에는 유별나게 여자 문제가 입 돋음에 올랐다. 서로 뜻이 맞으면 무방하나 강간(強姦)하는 자는 참수형(斬首刑)에 처한다고 귀찮을 정도로 잔소리했다.

이따위 놈의 전쟁이 어디 있느냐. 강간이 없는 전쟁이 고금을 털어 어느 천지에 있었단 말이냐. 있으면 말해보라. 이번에도 실지로는 전혀 없는 것도 아니었으나 모가지가 아까워 감히 덤비는 자가 드물 뿐이었고 이세적의 귀에는 들어가지 않으니 없는 것으로 되어 있었다.

단둘이 앉은 자리라 한 말씀 드려 보았다.

"저보다 더 젊은 사람들이 문제올시다."

"문제라?"

"여자를 건드리지 말라는 명령 말씀입니다."

"내가 그런 명령을 내렸던가?"

두 눈을 껌뻑거렸다.

"그럼 아닙니까?"

"가만 있자, 부총관(郝處俊)이 내린 게 아닐까?"

"대총관께서 모르시는 일이라면 이제부터 …."

"가만가만, 듣고 보니 그럴듯한 명령이군. 역시 우리 부총관은 생각이 깊은 분이라서."

자기가 내렸을 터인데 슬쩍 부총관을 추켜세웠다. 내친 김에 한마디 더 했다.

"젊은 병사들인데 무한정 묶어둘 수는 없습니다."

"풀어야지."

"그럼 …."

"가만가만, 장군, 도마라는 걸 알겠지?"

"부엌에서 쓰는 도마 말입니까?"

"맞았소."

뚱딴지같은 이야기에 응대를 못했다.

"낚시에 걸린 고기라도 물속에 있는 한 살살 달래야지. 끌어다 도마에 올릴 때까지 말이오."

빙그레 웃던 이세적은 갑자기 엄숙한 표정이 되었다. 군령(軍令)을 내릴 때 얼굴이었다.

"고구려를 아주 잡아야 하겠소."

그는 설인귀를 뚫어지게 보고 나서 계속했다.

"그러기 위해서는 옥저(沃沮) 땅 저들이 지금 부여주(扶餘州)라고 부르는 땅을 먼저 손아귀에 넣어야겠소."

"옥저 말입네까?"

"그렇소. 평양이 위험하면 그리로 도망갈 염려가 있소. 옛날 관구검(毌丘儉)의 선례도 있거든."

글을 모르는 설인귀는 역사에 밝지 못해 듣고만 있었다.

"선수를 쳐야겠는데 이 일은 장군이 맡아주오."

"알겠습니다."

"누구에게든, 특히 고구려 종자들에게는 비밀을 지켜야 하오."

"남생에게도 비밀입니까?"

"남생도 고구려 종자요."

술을 한 잔 받아먹고 나왔다.

그로부터 이 국내성에 돌아와 준비를 서둘렀다. 식량과 무기를 비축하고 병정들에게는 태산준령을 넘어 진격하는 훈련도 시켰다. 군에 퇴로(退路)가 있듯이 나라에도 퇴로가 있구나. 고구려의 퇴로를 차단한다 생각하니 신이 났다.

섣달 들어 도바는 평양으로 철수하라는 명령을 받았다. 넓은 요동 땅에 홀로 남은 고성(孤城)을 지탱해 보아야 소용이 있을 것 같지도 않았다.

그는 어둠을 타고 성을 빠져나왔다. 추운 겨울에 적의 눈을 피하면서 많은 인원이 움직이는 것은 쉬운 일이 아니었다. 더구나 기병은 몰라도 보졸들이 적중을 걸어 평양성까지 간다는 것은 될 말이 아니었다. 포위망을 뚫고 적진에서 멀리 떨어지자 보졸들은 우선 동쪽 200리, 적이 침범하지 않은 말갈부락으로 향하고 도바는 부여성에서부터 따라온 1백여 기를 거느리고 서남으로 달렸다.

추위와 때로는 적과 싸우면서 고달픈 길을 더듬어 평양에 도착한 것은 섣달 그믐께였다.

망하는 집안에 말이 많듯이 평양에는 말이 많았다. 평양을 사수하자는 자가 있는가 하면 평양은 이미 틀렸으니 옛날 동천왕(東川王)처럼 동으로 개마고지(蓋馬高地)에 들어가 후일을 기하자는 패도 있었다. 아예 멀리 책성(柵城: 혼춘)으로 가자는 자도 없지 않았다.

명령도 자주 바뀌었다. 부여성에 돌아가 만일의 경우 임금을 모실 차비를 하라고 하는가 하면 다음날은 도바 장군 같은 명장은 평양 방어를 위해서 남아야 한다고 했다. 결단력이 있던 남건도 궁지에 몰리니 단을 내리지 못하고 망설였다.

약광 장군을 찾아 답답한 심정을 호소하려고 했으나 엄추(奄鄒)라는 대신을 정사로 하는 사절단의 고문 격으로 일본에 가고 없었다. 싫다는 것을 부여풍(扶餘豊)과 함께 어명으로 보냈다는 것이다. 물에 빠진 사람이 지푸라기라도 잡으려는 심정, 도바는 또 하나 서투른 짓을 했다고 생각했다.

결국 해를 넘기고, 심상치 않은 소식이 들어왔다. 국내성에 있던 설인귀가 2천 기병을 거느리고 압록강을 건너 동남으로 진격 중이라고 했다. 도바는 사색이 된 남건의 명령으로 부여성(扶餘城)을 향해 밤낮으로 달렸다.

영원한 대륙의 꿈

서기 668년.

도바는 눈보라 치는 아호비령(阿虎飛嶺)을 넘어 평양을 떠난 지 사흘 만에 부여성에 당도했다.

재작년 가을 3천 기로 떠났던 부대는 사람도 말도 지치고 남루한 입성의 1백여 기로 돌아왔다. 그동안의 고달픈 세월을 아로새긴 양 어느 병사의 눈이나 불이라도 튀어나올 듯 이상한 광채를 발했다.

성 밖까지 쏟아져 나온 사람들은 자기 아들, 자기 남편을 찾아 두리번거리다가 찾은 사람들은 얼싸안고 말없이 눈물을 삼키고, 찾지 못한 사람들은 두 손으로 얼굴을 감싸고 흐느꼈다.

도바는 살아 돌아온 것이 원망스러웠다. 죽은 자나 산 자나, 또 그 어느 가족에게도 죄스러운 생각이 가슴을 쳤다. 그는 눈시울을 적시며 다가오는 아리에게 고개만 끄덕이고 마중 나온 부장(副將) 능루(能婁)와 함께 성내로 들어갔다.

성을 지키는 병사들은 대개 낯선 얼굴들이었다. 도바는 함께 온 병사들을 집으로 돌려보내고 본영에 들어가 늙은 능루로부터 그동안의 경과를 들었다.

"… 말이 군대지 과객(過客)이지요."

그는 잠자코 듣기만 했다.

"예전 병사들은 벌써 옛날에 갔고, 새로 모으면 또 출동명령이라 단련할 틈도 없고, 성은 지나가는 병사들의 객관(客館)이나 다름없습니다. 이제 예전 같은 강건한 병사들은 거의 없습니다. 남자라고 이름이 붙은 것은 모두 끌려오는 판이라 10대도 있고 40을 넘은 중년이 있는가 하면 애꾸마저 끼어 있습니다."

도바는 천천히 입을 열었다.

"설인귀가 국내성을 떠났다는 소식은 들었소?"

"들었습지요."

"압록강에서 항전하고 도중에도 성이 몇 개 있으니 좀 지체하겠지마는 결국은 여기까지 올 것이오. 설한령(雪寒嶺)과 황초령(黃草嶺)에서 이들과 접전하여 막지는 못할망정 전진을 늦춰야 하겠소. 그동안 여기서 수성(守城) 준비를 할 수 있도록."

"저를 보내 주시지요."

능루는 정색을 했다.

"장군은 늙었소. 젊은 군관을 보내오."

"예전 같은 군관다운 군관은 몇 명 없습니다. 이 성을 지키는 데 써야지요."

도바는 그를 물끄러미 바라보았다.

"사지(死地)를 주셔서 감사합니다. 일이 급하니 서둘러 떠나겠습니다."

도바는 고개를 끄덕였다.

능루를 선두로 1천여 명의 행렬은 사라수(薩賀水)를 따라 북으로 떠나갔다. 성 밖까지 전송 나온 도바는 도시 군인답지 않은 벼락치기 군관, 창의 무게를 이기지 못해 비틀거리는 소년, 중년이라기보다 초로(初老)라고 해야 할 늙수레한 사나이들을 바라보면서 나라의 쇠잔(衰殘)을 새삼 실감했다.

그러나 흰 수염을 바람에 나부끼며 선두에서 능란한 솜씨로 말을 달리는 능루의 모습에 살아서 약동하던 고구려 무사들을 연상했다. 아마 그는 영영 돌아오지 못할 것이고, 그도 이제 사라져 가는 고구려 무사의 마지막 한 사람이리라.

집에 들어서자 아리는 그의 어깨에 매달려 쳐다보았다.

"눈이 무서워요."

도바는 말없이 그의 뺨을 만져 주었다.

오래간만에 상을 마주하고 음식을 들면서도 아리는 가끔 그의 눈을 유심히 바라보았다. 사람을 죽인 자의 눈이 심상치 않다는 것은 누구나 아는 일이다. 죽여도 무더기로 죽였으니 더욱 심상치 않게 보이는 모양이다. 아리는 놀리던 젓가락을 멈추고 물었다.

"사람은 왜 서로 싸울까요?"

"새삼스럽게."

"새삼이 아니에요. 오래 두고 생각해도 모르겠어요."

도바는 약광 장군을 생각했다. 당시 그도 지금 아리 또래였을 것이다. 비슷한 질문을 했더니 이런 대답이 돌아왔다.

"무사가 싸움에 의문을 가지면 이미 무사가 아니다."

아리가 무사라면 같은 대답을 해줄 터인데 아리는 여자다. 잠자코 있는데 아리는 더욱 난처한 것을 물었다.

"하늘이니 부처님이니 하는 분들이 사람을 만들 때에 말이에요, 왜 서로 싸우는 버릇을 집어넣었을까요?"

도바는 웃었다.

"그건 절간의 스님에게 물어야지."

그러나 아리는 웃지 않았다.

"물었어요. 허지만 색(色)이니 공(空)이니 하다가도 오온(五蘊)이 어떻고, 콩밭으로만 간단 말이에요."

도바는 또 웃었다.

"콩밭으로 가다니?"

"똑 찍어 말을 못하고 뚱딴지같은 소리를 늘어놓는단 말이에요."

도바는 아리의 아름다운 얼굴에 난세(亂世)를 사는 여인의 오뇌(懊惱)를 읽었다. 적이 오면 오욕(汚辱)의 노리개가 되고, 그것이 지나가면 남편 또는 아들을 잃고 비탄의 세월을 보내는 것이 난세의 여인들이다.

그러나 살육의 바람이 각각으로 다가오는 이 판국에 복잡한 생각을 해야 소용이 없고 자칫하면 허약한 푸념이 될 수도 있었다.

"나도 콩밭으로 가야겠군."

그는 양치질을 하고 일어섰다.

"팥밭은 어때요?"

아리는 재치 있게 받아넘기고 함께 침실로 들어갔다.

설인귀의 진격은 예상외로 빨랐다. 도중의 고구려군을 짓밟고 정월 보름에는 이미 설한령을 넘었기에 능루는 황초령에 포진했다고 알려왔다. 북으로 1백 리, 걸어서도 하룻길이다.

능루는 며칠이나 버틸 수 있을까. 하루 아니면 이틀, 길어야 사흘이리라. 병사들과 함께 통나무를 찍어 길목마다 겹겹으로 목책(木柵)을 치는 그의 모습을 머리에 그리면서 도바는 병사들의 단련에 열중하였다.

좋은 소식도 있었다. 남건의 명령으로 5만 명의 원군(援軍)이 사처에서 몰려왔고, 뒤따라 식량도 넉넉히 보내준다는 기별이 왔다. 그러나 이들 역시 능루가 이끌고 간 병사들과 다를 바 없는 오합지 졸들이었다. 도바는 될수록 건장한 병사들을 골라 능루가 지키는 황초령으로 보내고 나머지는 부여성과 황초령 사이 사라수 협곡에 포진하였다.

설인귀군의 선봉이 황초령에 당도하여 능루와 접전 중이라는 급보가 왔다. 협곡에 포진한 고구려군에는 긴장이 감돌고 미숙한 병사들 사이에는 공포의 물결이 소용돌이쳤다.

군관들의 추측은 병사들 사이에도 쑥덕공론으로 퍼졌다. 길어서 사흘이면 죽음의 사자(使者)들이 몰려올 것이다. 단련되지 못한 병사들의 머리는 싸우는 일보다 살아남을 궁리로 가득했다.

그러나 능루는 잘 싸웠다. 좁은 마루턱길에서 한 목책이 무너지면 다음 목책으로 옮겨 사생결단으로 싸운다고 했다. 도바는 보고를 받을 때마다 죽기로 작정하고 흰 수염을 바람에 나부끼며 떠나던 그의 모습이 눈앞에 떠올랐다.

하루, 이틀, 사흘이 지나고 열흘째가 되었다. 협곡의 진영에는 생기가 돌기 시작했다. 그것은 희망이라기보다 죽음의 공포를 털어 버리지 못하는 미숙한 병사들의 요행을 바라는 애절한 소망이었다. 어쩌면 적은 여기까지 못 올지도 모른다.

그러나 하오에 급히 말을 달려오는 군관이 있었다. 타고 온 것은 능루의 말이었다. 도바는 알아차리고 묵묵히 군관을 바라보았다.

"능루 장군의 전갈입네다. 생전에는 여러 가지로 고마웠다고 전해 달라는 말씀입네다."

도바는 이 친근한 벗의 죽음에 말없이 눈물을 삼켰다.

"그런데 큰일 났습네다. 진영이 모두 무너졌습네다."

벼락치기 군관의 보고에는 두서가 없었다. 도바는 차근차근 물을 수밖에 없었다.

"장군은 언제 돌아가셨느냐?"

"어젯밤입네다."

"진영이 무너졌다고 했지?"

"남생이란 놈의 졸당이 날쳤습네다. 장군이 계실 때는 끄떡없었지요. 어젯밤 장군이 돌아가신 걸 알고 나발을 불어댔습네다. 능루 같은 용장도 죽어 자빠지는데 느으들 같은 것이 무어냐고 하면서 항복하면 더운 옷에 더운밥을 준다, 이렇게 꼬시고. … 밤사이에 모두들 항복하거나 도망쳤습네다."

"알았다. 물러가 쉬어라."

도바는 말에 올라 진영을 돌아보았다. 강병이 아니더라도 보통 병사들만 되어도 이 지경에 이 진형(陣形)이면 능히 이길 터인데….

저녁 무렵부터 적의 기마척후가 출몰하더니 다음날은 해가 뜨자 적의 선봉이 나타났다.

여러 날을 두고 훈련한 대로 도바의 수비군은 숲속에 숨어 꼼짝하지 않았다. 적의 제1파는 모르고 오는 것인지 알고도 우습게 보는 것인지 곧바로 내려왔다.

포위망 속에 들어오자 도바는 길게 호각을 불었다. 언덕에서 쏟아져 내려온 고구려군은 적을 둘러싸고 지근거리에서 활을 당기고 용감한 자들은 창을 휘둘렀다. 그러나 적 기병들이 능숙한 솜씨로 휘두르는 창끝에 많은 고구려 병사들이 다치고 숨져갔다.

적은 100여 구의 시체를 남기고 후퇴했으나 이것은 분명히 고구려군의 패전이었다. 많은 병사들은 공포에 오금을 못 폈던지 숲속에 머리를 처박고 아예 내려오지도 않았다.

도바는 판단했다. 적은 이쪽 진형을 모르는 것이 아니라 건드려서 시험해본 것이다. 총력으로 밀고 내려오면 다소의 희생자는 있더라도 일거에 부여성까지 갈 수 있으리라.

일단 물러간 적은 중간에 목책을 둘러치고 다시는 나오지 않았다. 후속부대를 기다리는 것이리라.

적의 기병 2천은 그날로 집결했으나 이튿날도 또 그 이튿날도 나오지 않았다. 그 대신 남생의 졸당들이 산속을 숨어 다니며 외쳐댔다.

"느으들 왜 싸우지? 남건이란 놈만 잡으면 당군은 물러간다."

"춥고 배고프지? 넘어오면 배불리 먹여준다."

"죽고 싶지 않을걸. 처자식 보고 싶잖아?"

숨어 다니는 자들이라 쫓아가면 도망치고, 물러오면 다시 오고, 어쩔 도리가 없었다.

이것은 효과가 있었다. 밤만 되면 무더기로 도망쳐 사라지거나 적진으로 달아나 항복하는 자가 속출했다. 사흘 밤 사이에 병력은 반으로 줄어들고 남은 병사들의 사기는 말이 아니었다. 도바는 날만 밝으면 구멍 뚫린 진영을 정비하는 데 바빴다.

2월 4일. 간밤에도 무더기로 사라졌다. 그러나 첫새벽에 적은 진영을 재정비할 여유도 주지 않고 총력으로 밀고 내려왔다.

그래도 용사들은 있었다. 도바의 호각소리에 쏟아져 내려온 1천여 명의 병력은 적을 에워싸고 활을 당기다 화살이 떨어지자 창을 휘두르며 달려들었다.

그러나 전쟁은 용기만으로 되는 것이 아니었다. 갑자기 끌려와서 전기(戰技)에 익숙지 못한 병사들은 적의 칼에 맞고 창에 찔리지 않으면 말굽에 짓밟혀 정오까지는 전멸하고 말았다.

10여 기로 부여성을 향해 달리면서 도바는 전쟁이 아니라 학살(虐殺)이라고 생각했다. 그럼에도 숲속에는 아직도 숨어서 눈만 내놓고 구경하는 자들이 무수히 있었다.

적은 맹렬히 추격하여 부여성을 포위하였다. 성에는 남소성에서 돌아온 1백여 명을 주축으로 한 5천 병력으로 치밀한 방위망이 짜여 있었다. 이들이 성에 있는 한 설인귀군은 감히 어쩔 수 없을 것이었다.

문제는 식량이었다. 서둘러 비축해서 1년은 지탱하리라 계산했던 것이 아무짝에도 쓸모없는 5만 원군이 오는 바람에 한 달 치도 남지 않았다. 보내 준다던 식량은 오지 않고 … 궁(窮)하면 둔(鈍)해진다고 요즘 남건은 하는 일마다 이 모양이다.

그러나 적은 포위를 했어도 공격은 하지 않고 남생의 졸당들이 또 밤이고 낮이고 같은 수법으로 불어댔다.

도바는 처음부터 의심이 갔다. 신중하기로 이름난 이세적이 설인귀만 보내서 적중에 고군(孤軍)이 되게 할 까닭이 없다. 또 이 방면에만 용병해서 고구려 전군이 여기 집중하도록 내버려 두지도 않을 것이다.

시일이 흐르면서 그의 짐작은 맞아 들어갔다. 성 밖에는 증원군이 줄을 이어 나타났고 그들과 함께 무기와 식량도 더미로 왔다. 성을 지키는 병사들은 싸우기도 전에 기가 죽어갔다.

2월 상순에 들어서자 아주 불길한 소식이 왔다. 대행성에 집결한 적군 50만은 압록강을 사이에 두고 남산이 지휘하는 고구려의 대군과 전투 중이라고 했다. 도바는 포위망을 뚫고 들어온 남건의 밀사에게 물었다.

"이세적군은 1백만을 넘는데 나머지는 어디 갔지?"

"압록강 이북의 여러 성을 꽉 틀어잡고 있답니다."

이번에야말로 고구려를 물고 놓지 않을 모양이다. 밀사는 망설이다가 한마디 덧붙였다.

"사라수의 패전은 전군에 막심한 충격을 주었으니 이 부여성만은 사수하시라는 분부십니다."

어명이 아니고 분부라면 묻지 않아도 남건의 명령이었다.

"알았다."

"마리치께 전하실 말씀은 없습니까?"

"없다."

할 말은 한두 가지가 아니었으나 그만두었다. 말 많은 조정에 말을 하나 더 보탤 뿐 소용이 있을 리 없었다.

남생의 졸당들은 더욱 기승을 부렸다.

"평양성도 내일이면 떨어진다."

"50만 대군이 쳐내려왔다."

가끔 평양뿐만 아니라 고구려 전역이 떨어지고 남은 것은 부여성뿐이라고도 했다. 우선 부녀자들 사이에 쑥덕공론이 일고 병사들 사이에 퍼져갔다.

"항복해도 죽이지 않는다는데…."

"상까지 준다지 않아."

"식량이 다 떨어져 가는데 싸우긴 어떻게 싸운단 말이야."

도바도 이 쑥덕공론을 모르지 않았다. 옛날 같은 정병(精兵)이라면 성문을 열어젖히고 달려 나가 적중에 뛰어들 것이지마는 믿을 것은 1백여 기밖에 없으니 그것도 될 일이 아니었다. 도대체 적이 공격해 와야 요절을 내든지 죽든지 할 터인데 적은 꼼짝도 하지 않았다.

절박한 분위기가 감돌자 이 성에도 적과 내통하는 자가 나타난 모양이었다. 성 밖 남생의 졸당들이 떠드는 것이다.

"느으들 식량은 이제 닷새밖에 못 간다."

이것은 정확한 숫자였다.

"굶어 죽기 전에 순순히 나오지."

도바를 대놓고 빈정대기도 했다.

"도바 장군, 어서 나오시지. 장군 같은 명장이 굶어 죽었다면 얘기가 우습지 않소?"

장군과 병사들을 이간질하는 것도 있었다.

"느으들 고기를 먹어본 지 옛날이지? 그런데 도바란 놈은 밤마다 아리년과 닭을 잡아먹는다, 이 말이다."

싸움터에서 심심치 않게 굶어본 도바는 음식이란 이름만 처들어도 때로 오묘한 마력을 발휘한다는 것을 알고 있었다. 가까운 군관들은 웃어 넘겼으나 도바는 그렇지 않았다. 실지로 이 지저분한 모략은 적지 않은 효과를 나타냈다. 병사들 가운데는 흰 눈으로 그를 보는 자들이 늘어갔다. 그렇다고 해명할 길도 없었다.

적정을 살피고 진영을 순시하고 백성들의 살림걱정도 하고, 바뻐 돌다가 여러 날 만에 집에 들어왔다.

"아무래도 끝장이지요?"

밤에 아리는 가슴에 파고들었다. 도바의 눈에도 파국은 이미 움직일 수 없는 현실이었다.

"아리에게 미안하게 됐지."

"무슨 말씀이지요?"

"내게 와서 이 지경이 됐으니."

"제 뜻은 그게 아니에요."

"나야 후회할 것도 없는 인생이지마는…."

"저도 후회 없어요."

그는 안은 팔에 힘을 주었다.

"전 요즘 즐거운 생각이 들 때가 있어요."

"이런 때 즐겁다니."

"지옥 다음에는 극락이 오겠지요. 이게 바로 지옥이지요 뭐. 죽으면 극락으로 갈 게 아니에요?"

도바는 대답하지 않았다. 여러 해 전부터 부처님을 믿어 왔으나 딱히 극락으로 간다는 신념은 서지 않았다. 그러나 외곬으로 생각하는 아리에게는 그것은 의심할 여지가 없는 부동의 믿음이었다.

"죽을 때 좀 괴롭겠지마는 그 고비만 넘기면 얼마나 즐겁겠어요. 다만 한 가지, 당신하고 꼭 같이 가고 싶어요."

"그렇게 될 거야."

도바는 그의 머리를 쓰다듬었다. 이 천진하고 간절한 소원이 이루어지기를 마음속으로 빌었다.

2월 28일. 희미하게 날이 새자 적은 포위한 이래 처음으로 맹렬한 공격을 퍼부었다. 도바는 성 위에서 활을 당기다가 운제를 오르는 적병에게 돌 세례를 퍼부었다. 하나 던지고 다른 돌을 집으려는데 옆에서 활을 당기는 아리가 눈에 들어왔다. 보통 솜씨가 아니었다.

"언제 배웠지?"

"당신이 요동에 계신 사이에요."

아리는 활을 당기면서 돌아보지 않았다. 다가오던 적은 머리를 맞고 쓰러졌다.

제1파가 물러가고 한숨 돌리려는데 적진에서 피리소리가 울리고, 분명히 성안 어느 구석에서도 따라 울렸다. 도바는 허리를 펴고 일어서 사방을 둘러보았다.

사처에서 병사들이 군관을 찌르거나 몰매를 때리는 광경이 벌어졌다. 걷잡을 수 없는 혼란 속에 4대문이 열리고 병사들은 쏟아져나가 적진으로 달리고 적은 밀려와 그들을 감쌌다. 전부는 아닌 모양이었다. 성벽 위에는 아직도 그들의 뒤에 화살을 퍼붓는 병사들도 있었다. 도바는 성벽 위를 달리며 외쳤다.

"내려가 성문을 닫아라!"

뒤에서 "헉" 하고 쓰러지는 소리가 들렸다. 아리였다.

도바는 그를 안고 뛰었다. 가슴에서 피가 용솟음치는 품이 염통을 맞을시 분명했다. 오랜 전장(戰場) 경험으로 즉사라고 판단한 그는 우선 조용히 누이려고 허리를 꾸부리는데 윙 하는 소리와 함께 화살이 옆머리에 꽂혔다.

아리를 덮치듯 쓰러진 도바는 화살을 뽑으려는 듯, 한 손을 가까스로 쳐들다 말고 그대로 축 늘어졌다.

문밖에 숲이 우거지고 그 너머로 바다가 보이는 산속이었다. 처음에는 희미하게 안막(眼膜)에 어른거리던 것이 차츰 선명한 영상으로 나타났다.

귀도 트이기 시작했다. 윙윙거리던 것이 일정한 음률(音律)로 변하고 … 생각 끝에 매미소리라고 판단했다.

방안에는 아무도 없었다. 도바는 일어나려고 애써 보았으나 몸이 말을 듣지 않았다.

다시 문밖으로 눈을 돌렸다. 바다와 숲, 그리고 푸른 산, 고요하고도 아름다운 풍경이었다. 여기는 어딜까. 그리고 모두들 어떻게 되었을까. 생각을 더듬어도 피를 뿜는 아리를 안고 쓰러지던 대목에서 더 이상 나가지 못했다.

밖에서 인기척이 나고 이어서 낯익은 얼굴이 생선을 들고 들어섰다.

"정신이 드셨군요."

그는 옆에 앉아 도바의 손목을 잡았다. 20대의 젊은 군관 대조영(大祚榮)이었다. 신성, 남소성, 그리고 사라수 싸움에서도 언제나 앞장서 싸운 그의 눈에는 눈물이 고였다.

"부여성은 어떻게 됐지?"

"그날로 떨어졌습니다."

소녀같이 얌전한 이 군관은 한동안 망설이다 대답했다.

"여기는 어디냐?"

"부여성에서 동북으로 1백 리, 동해안이올시다."

도바는 밖을 내다보면서 물었다.

"금년은 철수가 이른가 보구나."

"아니올시다, 벌써 5월입니다."

두 달도 넘어 이렇게 누워 있었구나. 그 난리의 현장으로부터 오늘에 이르기까지 이 군관은 나 때문에 많은 고역을 치렀으리라.

"고맙다."

도바는 모든 감회를 한마디에 담았다.

군관은 긴 말을 피하려는 듯 생선을 들고 밖으로 나갔다. 도바는 아리의 일이 궁금했으나 묻지 않았다. 그날 숨을 거둔 것이 분명하고, 또 좋은 소식이 있다면 이 군관이 먼저 얘기했을 것이었다. 전쟁은 어떻게 되고 세상은 어떻게 돌아가는지 … 걱정되는 일이 한두 가지가 아니었다.

군관이 좁쌀미음에 생선국을 들고 들어왔다.

"일어나, 앉아 보시겠습니까?"

그는 군관이 끄는 대로 일어나 이불에 기대앉았다. 두 손으로 겨우 미음사발을 들어 마시고 숟가락으로 국을 떴다. 사발이고 숟가락이고 이렇게 무거울 수 없었다. 띄엄띄엄 몇 숟가락 뜨고 도로 자리에 누웠다. 궁금한 일들을 묻고 싶었으나 기운이 없고 머리가 또 무거웠다. 군관은 묻는 말 외에는 입을 열지 않고 옆에 지켜 앉았다가 그가 눈을 감자 슬며시 일어나 밖으로 나갔다. 온몸이 녹아 땅속으로 들어가듯 그는 깊은 잠에 빠져들었다.

등불이 어른거리고 사람들이 속삭이는 소리에 잠이 깨었다.

"천행이외다."

진맥을 하던 늙은 의원이 그를 내려다보고 한마디 했다. 방안에는 대조영 외에 또 다른 청년 한 사람이 있었다. 여러 해를 두고 자기의 신변을 지켜준 병사 조리(助利)였다. 그의 양 볼에는 소리 없이 눈물이 흘러내리고 있었다.
 의원은 머리에 고약을 갈아 붙이고 새로 캐어온 듯 파란 약초들을 손으로 찢어 몇 갈래로 나눠놓고 일어섰다. 약첩을 쌀 종이도 없는 모양이었다.
 조리가 따라 일어서려는데 대조영이 말했다.
 "너 피곤할 텐데 내가 모셔다 드리고 오지."
 의원과 대조영이 나가고 조리는 부엌에 나가 탕약을 끓여 가지고 들어왔다. 약을 마시고 난 도바는 낮보다 기운이 드는 듯했다.
 "너한테 이런 고생까지 시켜 미안하다."
 이 우직한 병정은 조금 전과는 달리 아주 유쾌한 얼굴이었다.
 "모두들 가망이 없다고 했는데 아까 그 의원이 발 벗고 나섰어요. 같이 다니면서 약초도 캐구요."
 "응 … 어떻게 여기까지 왔지?"
 "군관께서 장군을 업고, 저는 마님을 업고 뛰었어요. 마님은 …."
 그는 말끝을 흐렸다. 아리는 이 병정에게 극진했다. 뻔한 일을 묻는 것은 그러지 않아도 무거운 그의 마음에 짐을 하나 더 지우는 것 같아 그만두었다.
 5월이 거의 갈 무렵에는 머리의 통증도 한결 가벼워지고 지팡이를 짚고 집 주위를 돌게도 되었다. 조금 떨어져 숯가마가 있는 것을 보니 예전에는 숯꾼들이 쓰던 집인 모양이었다. 녹음은 한층 짙어지고 푸른 바다는 잔잔했다.
 오솔길을 앞서 걷던 조리가 발을 멈추고 길섶을 가리켰다.
 "마님의 산소올시다."
 새로운 봉분에는 띄엄띄엄 새싹이 돋고 제비꽃 한 송이 산들바람에 나부꼈다. 도바는 오래도록 무덤 옆에 앉아 일어설 줄을 몰랐다.
 아리가 살다 간 20년 남짓한 세월은 그의 말대로 지옥이었다. 정말 극락은 있어 주어야겠고, 아리 같은 사람을 위해서 거기 영원한 안식처가 마련되어야 하겠다. 평화를 갈구하는 착한 사람들이 얼마나 많이 그 소망을 짓밟히고 무참하게 죽어 갔을까, 이들이 찾아갈 극락이 없다면 이것은 말이 안 된다.

"약을 드실 때가 되었는데요."

조리였다.

도바는 눈물을 삼키고 일어섰다.

그의 건강이 회복되어 가자 대조영은 품에서 지도를 꺼내놓고 그때 그때의 전세(戰勢)를 설명하고 군관답게 명석한 판단도 내려 주었다. 이미 적의 수중에 떨어진 부여성이지마는 은밀히 소식을 전해주는 사람들이 있다고 했다.

부여성을 점령한 설인귀는 해안을 따라 남진하면서 여러 성들을 수중에 넣고 아호비령에서 고구려군과 대치하고 있다는 설명이었다.

"압록강의 계필하력군은 어떻게 됐지?"

"남산(男産) 장군께서 잘 막아내어 아직도 도강을 못했습니다."

강을 사이에 두고 석 달 동안 혈투가 계속되고 있는 것이다. 수도 평양성의 방위를 위해서 그나마 남은 정병(精兵)들을 총동원했다고는 하지마는 지금 같은 판세에 잘 싸우는 것이라고 생각했다.

"그런데 이상한 것은 남쪽의 신라가 꼼짝하지 않는 것입니다. 적은 백제에게 골치를 썩인 끝이라 혼자 힘으로 고구려를 먹어 보자는 속셈이 아닐까요?"

"그럴 수도 있지."

도바는 때를 맞춰 약을 마시고 애써 음식도 들었다. 될수록 움직여 체력을 회복하는 데 마음을 쓰고 때로는 두 사람과 함께 바다에 나가 그들이 고기를 낚는 것도 구경했다. 의원도 사람의 눈을 피해 두 밤에 한 번은 찾아와 진맥을 하고 손수 캔 약초로 약을 지어 주었다.

5월이 가고 무더운 6월도 갔다. 아침저녁으로 제법 쌀쌀한 계절에 접어들자 도바는 상처도 아물고 예전 같지는 않아도 어지간히 움직일 수 있게 되었다.

"말을 구할 수 없을까?"

그는 대조영에게 물었다. 이 젊은 군관은 한마디만 해도 다 알아차리는 총명한 재질을 갖고 있었다.

"힘써 보지요."

사흘 만에 말 세 필을 끌고 온 대조영은 심상치 않은 소식을 전했다.

"압록강의 방위가 무너지고, 도강한 적 50만은 그대로 밀고 내려와 욕이성(辱夷城: 안주)을 포위 중이랍니다."

도바는 눈앞이 캄캄했다.

"신라군이 움직인다는 소문이 들어오자 일부 병력을 남으로 이동한 데서 파탄이 생겼다고 합니다. 당나라는 독력으로 해보다가 안 되니까 지난달 유인궤(劉仁軌)를 신라에 보내 원조를 요청했답니다."〔유인궤는 이 해 1월 요동도 부대총관에 임명되었고, 그가 해로로 당항진(경기도 남양만)에 도착한 것은 6월 12일, 신라군의 선봉이 떠난 것은 6월 21일〕

도바는 오래도록 생각한 끝에 무거운 입을 열었다.

"이제 종말이 다가오는 것 같다. 너희 두 사람은 압록강을 건너 북으로 가라."

"북으로요?"

"무너진 집을 바로 세울 길은 없다. 장차 천기(天機)가 오면 새로 지을 수도 있을지 모른다. 그때는 너희들같이 사람들이 필요할 것이다."

"장군께서는 어떻게 하시렵니까?"

"나는 평양성으로 가야 한다."

"저희들도 따라가겠습니다."

"안 된다."

"정 그러시다면 장군께서도 함께 북으로 가시지요."

"나는 이미 늙었다. 천기를 기다릴 시간이 없어."

"장군을 홀로 보낼 수는 없습니다."

"나는 낙엽이고 너희들은 새싹이다. 내 뜻을 헤아리고 어서 떠나거라."

두 사람을 그의 앞에 오래도록 머리를 숙여 절하고 일어서 말을 타고 숲속 오솔길을 더듬어 사라져 갔다.

도바는 남은 말을 끌고 뒤꼍 언덕바지로 올랐다. 안장이며 고삐며 당군의 군마였다. 어느 대목에 숨어 있다가 순찰 중인 적의 군관들을 해치고 뺏은 것이리라.

그는 민들레를 다발로 엮어 아리의 무덤에 놓고 마지막 하직을 고했다.

"오래지 않다. 길어야 한 달이 아니면 두 달 안에 나도 네 곁에 가리라."

아리가 생전에 소원하던 극락이면 더욱 좋고, 단순히 영원한 잠이라도 무방했다. 어쨌든 50여 년의 고달픈 세월은 곧 끝날 것이다.

제비꽃은 아리의 한량없는 감회를 말하는 양, 미풍에 하늘거리고 바라보는 도바의 눈에는 이슬이 맺혔다.

그는 돌아서 말에 올라 오솔길에 들어섰다.

6월 21일. 서라벌의 전정(殿庭)에서는 출정군 장수들에게 군기와 부월(斧鉞)을 내리는 큰 행사가 벌어졌다. 백발의 김유신을 대당대총관(大幢大摠管), 그 휘하로 신라의 이름 있는 장수들은 모두 어전에 엎드려 각각 총관(사령관)의 직함과 임무를 받았다.

김인문 천품(天品) 흠순 죽지(竹旨) 품일(品日) 문훈(文訓) 천존(天存) 문충(文忠) 진복(眞福) 지경(智鏡) 양도(良圖) 개원(愷元) 흠돌(欽突) 도유(都儒) 용장(龍長) 순장(純長) 천광(天光) 장순(長順) 일원(日元) 흥원(興元) 김인태(金仁泰) 숭신(崇信) 김문영(金文穎) 복세(福世) 등 다 같이 싸움터에서 반생을 보낸 장수들이었다.

열기(裂起)는 숭신 복세와 함께 비열성주 행군총관(比列城州 行軍摠管)에 임명된 김문영의 휘하로 전정에 도열한 군관들 틈에서 당상을 바라보았다.

중년의 임금은 8년 전 소부리 성에서 항복한 왕자에게 침을 뱉던 태자 때와는 행동거지에 무게가 있어 보이고 그 앞에 늘어선 장수들은 대개 임금보다 늙은 반백 혹은 백발의 노장들이었으나 모두들 빈틈없는 건장한 모습들이었다.

다만 임금의 옆에 시립한 김유신 장군은 가끔 얼굴을 찌푸리는 것이 어딘가 통증이 심한 모양이었다.

"이번 전쟁에서 적에게나 우군에게나 신라 화랑들의 진면목을 보여주기를 바라오."

당부를 마치고 물러가는 임금의 뒤를 따르는 김유신 장군은 다리를 절고 있었다. 오랜 세월을 산야(山野)에서 싸우고 음식도 거르는 일이 많았던지라 근자에 그것이 병이 되어 사지와 허리에 통증이 심하다는 소문이었다. 저래 가지고 출정할 수 있을까. 그러나 본인은 고집한다고 했다.

작년까지만 해도 괜찮았다. 당나라에서 함께 고구려를 치자고 기별이 왔기에 장군은 임금을 모시고 29명의 장수들과 함께 대군을 거느리고 북진하여 본영은 한산정(漢山停: 경기 광주)에 머물고 선봉은 장색(獐塞: 수안)까지 진출하였었다. 그런데 남진한다던 당군은 압록강에서 전진을 멈추고 대총관 이세적은 요동성으로 물러가 버렸다.

장군은 싱거운 친구들이라고 한마디 하고 회군(回軍)하였었다. 하여튼 큰 전쟁치고 김유신 장군이 지휘하지 않은 일은 없었는데….

열기는 일선주(一善州: 선산), 하서주(河西州: 강릉)를 거쳐 비열주에 들어갔다. 재작년까지만 해도 연개소문의 아우 연정토가 다스리던 고장이다.

좋지 않은 소문이 들려왔다. 당군은 처음에는 노략질이나 부녀자를 건드리는 일이 드물었으나 압록강을 넘어 욕이성〔辱夷城: 식성(息城)〕을 포위하면서부터 태도가 달라졌다고 한다. 걸핏하면 사람을 죽이고 약탈, 강간이 자주 일어나는데 높은 자들에게 호소하면 대답은 언제나 마찬가지라고 했다.

"알아 했소."

문영 숭신 복세의 세 장군이 지휘하는 신라군 4천 5백 기는 곧바로 아호비령(阿虎飛嶺)으로 달려갔다. 설인귀군을 도와 고구려군을 격파하고 그들을 앞질러 8월 초에는 평양성 외곽에 당도했다.

병든 김유신 장군을 대신해서 김인문이 총지휘하여 해곡도〔海谷道: 한성(경주) — 칠중성(적성) — 수곡성(신계 남방 20리)〕와 다곡도〔多谷道: 대곡성(평산) — 동홀(황주)〕의 두 갈래로 북진하던 신라군도 속속 도착하고, 임금은 후군(後軍)을 거느리고 한산정에 머물면서 하회를 기다린다고 했다.

욕이성(辱夷城)을 점령한 계필하력의 50만 대군도 줄을 이어 쏟아져 내려왔다.

김문영은 숭신 복세의 두 장군과 함께 말을 달려 직접 지형을 살피고 나서 영류산(嬰留山) 기슭에 신라군의 진영을 마련하기 시작했다. 병사들은 통나무를 찍어 오고 땅을 파고 찍어 온 통나무를 세워 엮고

장막을 치고, 부지런히 돌아갔다.

이 산에는 둘레 20리의 석성(石城)이 있으나 모두 철수하여 평양성으로 들어갔는지 텅 비어 있었다. 생각 같아서는 성에 들어가고 싶었으나 당군들이 몰려와 자기네들이 쓴다, 더구나 대총관 이세적의 본영으로 쓴다는 바람에 참았다.

며칠 후 이세적도 대군을 거느리고 도착했다. 이미 당도한 계필하력의 50만군과 신라군만으로도 평양성 주변은 빈틈없이 포위하였는데 이세적군은 날마다 줄을 이어 몰려왔다. 20만에서 50만까지 사람마다 말하는 숫자가 달랐으나 하여튼 어마어마한 대군이었다. 모험을 안 하는 이세적은 점령지역을 충분한 병력으로 굳혀놓고 본국에서 새로 보충된 군대를 끌고 왔다는 소문이었다. 평양성은 글자 그대로 사람의 바다 위에 뜬 외로운 섬 같은 모습이었다.

고구려군도 가만있지 않았다. 밤마다 어둠을 타고 기습하는가 하면 때로는 낮에도 틈만 보이면 대담한 공격을 가해 왔다. 특히 새로 온 당나라의 신병(新兵)들은 막심한 피해를 입었다.

9월에 들어서도 혈투는 계속되었다. 무수한 시체들이 산과 들에 뒹굴고, 당군은 일일이 무덤을 만들 수 없다면서 적이고 우군이고 큰 구덩이에 처넣고 묻어 버렸다.

당군이 이상한 짓을 시작했다. 평양성 주변에 있는 왕릉(王陵)들을 파헤치고 앞을 다투어 그 속에 든 옥이며 금붙이들을 훔쳐갔다. 왕릉뿐이 아니었다. 무언가 들어 있을 만한 무덤은 남기지 않고 파헤쳐 백골은 발로 차서 흩어 버리고 돈이 될 만한 것은 서로 뺏으려고 아귀다툼이었다.

3년 전에 죽은 연개소문의 무덤도 예외는 아니었다. 예외가 아닐 뿐 아니라 더욱 참혹했다. 부장품을 모조리 훔치고는 아직도 해골이 안 된 시선을 끌어내다 칼탕을 치고 병정들이 둘러서 소변을 갈겨댔다.

이때만은 남생도 안색이 변해서 이세적에게 한 말씀 드렸다고 한다.

"이런 법은 없습니다. 이럴 줄은 참으로 몰랐습니다."

이세적도 펄쩍 뛰었다는 소문이었다.

"저런 몹쓸 것들이 있나. 내 엄히 다스리겠소."

그러나 누구 하나 벌을 받은 사람은 없었다. 그들은 더욱 기승해서 수십 리, 때로는 1백여 리 밖까지 떼를 지어 고분을 찾아 헤맸다.

국내성에서 들려오는 소식도 마찬가지였다. 시조(始祖)와 광개토왕(廣開土王)의 능을 비롯하여 모두 결딴이 났다고 했다.

어느 고장에서나 약탈, 강간은 당연한 일이 되었다. 평양이 포위되면서부터 당병들은 굴레 벗은 말들처럼 날뛰고 입버릇처럼 호통을 친다고 했다.

"꺼우리들, 씨알머리를 없애 한다!"

고구려 천지는 공포와 살육의 폭풍으로 진동하고 있었다.

간밤에 고구려군과 싸우고 늦잠에서 깨어난 열기는 아침에 당군 패거리들이 멀리 동홀(冬忽: 황주) 지경까지 무덤을 파헤치러 내려갔다는 이야기를 들었다. 무덤뿐이 아니라 여자사냥도 공공연히 자행되었다. 평양을 남기고 그 이북은 어디나 그들의 수중에 들어간지라 사처에서 젊은 여인들이 무더기로 끌려와 그들의 밥이 되고, 개중에는 스스로 바위에 머리를 부딪쳐 목숨을 끊는 여자들도 적지 않았다.

조반을 마치고 이 생각 저 생각 하면서 양치질을 하는데 원효대사가 불쑥 나타났다. 지금은 머리도 기르고 스스로 원효 아닌 소성거사(小姓居士)라고 부르는 그는 예전이나 다른 데가 없었다.

"어떻게 오셨습니까?"

열기는 일어서 인사를 했다.

"의원들을 끌고 왔지."

원효는 장막 한구석에 다리를 뻗고 앉았다. 그의 일행이 와서 죽은 자는 화장하여 돌려보내고 다친 자는 치료해 준다는 소문은 며칠 전에 들었다. 그러나 이 진영에는 처음이었다. 그는 제 손으로 자기 다리를 두드리면서 물었다.
"다친 사람은 없소?"
"간밤에 많이 다쳤습니다."
"어디 있소?"
"옆 장막에 있습니다."
"거기는 의원들이 아까 들어갔고."
"스님, 저 당나라 애들 하는 짓 정말 못 보겠습니다. 어떻게 안 됩니까?"
"내게 그런 힘이 있나?"
"부처님의 힘으로 말입니다."
"부처님은 주무시는 중이라서."
원효는 웃지도 않았다.
"주무시다니요?"
"안 주무시면 애당초 이런 전쟁도 안 일어나게. 부처님은 하늘에 있는 것이 아니라 마음속에 있지. 특히 칼자루를 쥔 사람들의 부처님이 깊은 잠을 들었으니 재간이 없지. 또 보세."
그는 일어서 밖으로 나갔다.
9월도 열흘이 지났는데 성은 떨어질 기미를 보이지 않고 혈투는 더욱 가열하여 밤낮으로 계속되었다.
보름을 며칠 앞둔 달밤이었다. 성을 공격하던 당나라 부대들이 기습을 받아 전멸하고 고구려군은 여세를 몰아 이세적의 본영인 영류산성(嬰留山城)을 치려고 대거 출동했다는 급보가 왔다.
"이것은 김문영 장군이 맡아 줘야겠소."
이세적의 진영에서 급히 달려온 김인문의 첫 마디였다. 군중에는 은근한 불평의 물결이 일었다. 뙤놈애들 밤낮 무덤과 계집만 파고, … 싸움에는 저 모양이니, 더러워서 ….

"여우 같은 이세적이 한번 혼나 보라지."

들으라는 듯이 투덜거리는 병사도 있었다. 8년 전, 소정방에게 죽인다 살린다 모욕을 받고 중국 사람들에게 감정이 좋지 않은 김문영의 마음을 짐작했는지 김인문은 그의 어깨에 손을 얹고 조용히 일렀다.

"이세적 총관의 간곡한 부탁이오. 이 적을 막을 자는 용장(勇壯)한 신라 기병밖에 없다고 말이오."

"알겠습니다."

김문영은 긴 말을 하지 않고 다른 두 장수와 합세하여 4천 기로 진영을 떠났다.

양군은 사천(蛇川) 벌판(합장강 하류 임원면의 평지)에서 마주쳤다.

헤아릴 수 없이 많은 적들, 성내의 병력을 총동원한 듯 파도같이 몰려왔다. 정말 이세적의 본영을 삼켜버릴 기세였다.

그러나 적에게는 약점이 있었다. 거듭되는 패전과 오랜 농성(籠城)의 여파로 마필이 부족했다. 달빛에 비친 적의 파도는 보졸 일색이고 말 탄 사람은 군데군데 눈에 뜨일 뿐이었다.

선봉으로 적중에 뛰어들어 양손에 칼을 들고 닥치는 대로 내리치면서 열기는 처음부터 이것은 이긴 싸움이라고 자신만만했다. 여간 억센 보졸들이 아니고는 백병전(白兵戰)에서 기병을 못 당한다는 것은 상식에 속하는 일이다. 더구나 요즘 고구려군은 예전의 고구려군이 아니다.

4천 기병은 마치 무성한 벌판에서 힘없는 초목을 후려치듯 찍고 짓밟고 내리치며 종횡무진으로 달렸다. 적은 수없이 쓰러지고 비명과 신음소리는 온 벌판에 울려 퍼졌다.

동이 트면서 고구려군은 성내로 되돌아 들어갔다. 김문영은 호각을 불어 병력을 수습하면서 말없이 벌판을 둘러보았다. 아주 숨이 끊어진 자, 아직 꿈틀거리는 자 — 무수한 사상자들이 벌판을 뒤덮었다. 2만이라는 사람도 있고 5만이라는 사람도 있었다. 열기는 진영으로 돌아오면서 일전에 원효대사가 말하던 잠자는 부처님을 생각했다.

그로부터 며칠이 가도 고구려군은 성 밖에는 얼씬도 하지 않았다. 이세적이 비단을 선물로 가지고 와서 흰 수염을 내리 쓰다듬으며 중얼거렸다.

"아주 잘이 했소. 신라군 용맹하다 이거. 우리 황제폐하께 말해서 상을 내린다, 알아 했어?"

세 장수는 어설픈 통역을 듣고 고개를 끄덕일 뿐 별 말을 하지 않았다.

도바가 평양 성내에 들어간 것은 7월 그믐이었다.

욕이성(辱夷城)이 무너지고 신라군마저 북상한다는데 평양의 조정은 말로 세월을 보내고 있었다. 도바는 대신들이 모인 자리에서 말할 때는 이미 지났고 결단을 내리자고 주장했다.

"어떤 결단 말이오?"

웃음을 잃은 남건은 이제 말에 지친 듯 맥없이 물었다.

"나라의 기둥은 왕실입니다. 왕실을 모시고 사잇길로 개마고지(蓋馬高地)에 들어가 싸우다가 그것도 안 되면 강을 건너 멀리 책성(柵城)까지 가서 후일을 기합시다."

내막을 아는 사람들에게는 왕실은 별것일 수 없었으나 백성들에게는 신화와 마력을 가진 존재였다. 그러기에 나라의 기둥이 될 수 있고 천하 백성들의 마음의 중심이 될 수 있었다.

그러나 별별 반론이 다 나왔다.

"곧 겨울이 올 터인데 산속에서 어떻게 지낸단 말이오?"

"누대로 내려오는 수도를 떠나 어디로 간단 말이오?"

"동명성왕의 혼백이 지켜주실 것이오."

"전에도 이 평양성이 포위된 일이 있지마는 끝까지 버텨 이기지 않았소?"

간혹 그의 의견에 동조하는 사람도 있었으나 대개는 평양을 떠나고 싶지 않고, 요행을 바라는 눈치들이었다. 며칠을 두고 간곡히 주장하고 타일렀으나 소용이 없었다. 남건은 결론을 내렸다.

"중론에 따라 평양성을 끝까지 지키기로 합시다."

도통 상황의 변화를 모르는 이야기였다. 전에는 평양성이 포위되어도 다른 성들이 살아 있어 적의 보급로를 촌단할 수 있었다. 급한 것은 적이었지 우리가 아니었다. 지금은 모든 성들이 적의 수중에 들어가 그들은 얼마든지 보급을 받을 수 있고 급한 것은 우리이지 적이 아니다.

도바는 춘하추동(春夏秋冬)의 법칙이라고 생각했다. 계절에 따라 초목에 홍망성쇠를 내리는 대자연은 인간이 만든 국가에도 같은 법칙을 내리고 있다. 고구려에도 이제 겨울이 왔고, 바야흐로 낙엽처럼 지게 될 모양이다. 그는 입을 다물었다.

남북에서 적의 대군이 몰려왔다. 구름 같다기보다 홍수 같다는 말이 맞을 것이다. 유인궤가 지휘하는 수천 척의 선단(船團)도 아무 거리낌 없이 패수를 거슬러 올라왔다. 밤낮으로 무기와 식량을 부리고 산더미처럼 쌓아 올렸다.

달포를 두고 적은 쉬지 않고 공격을 퍼붓고 이쪽에서도 기회만 있으면 밀고 나가 적에게 타격을 가하고 돌아왔다. 도바는 날마다 열리는 회의는 되도록 피하고 성벽에 올라 병사들과 함께 적과 싸우고 때로는 성 밖으로 나가 적진을 공격했다.

남생의 졸당들은 다른 성에서와 마찬가지로 여기서도 이간질에 열을 올렸다. 그러나 무덤을 파헤치고 여자들을 끌어오는 것을 목격한 평양사람들은 곧이듣지 않았다. 죽기 아니면 살기로 덤볐다.

9월 보름을 며칠 앞두고 사천벌에서 대패한 후로는 이런 공기도 시들어 갔다. 어차피 진 전쟁이라는 절망이 누구의 가슴이나 휩쓸고 이 것이 은근한 귓속말로 퍼져갔다.

"형이 다시 마리치가 되건 동생이 그냥 하건 무엇이 어떻단 말이야."

"버티니까 저 행패지, 항복하면 달라질 거야."

반론도 없지는 않았다.

"백제의 꼴을 보고서도 그래? 차라리 죽는 것이 낫지."

그러나 위험이 다가올수록 요행을 바라는 마음은 보이지 않는 바람처럼 성내를 소용돌이쳤다. 백성들도 병사들도 나중에는 군관과 일부 장수들까지 여기 휘말리기 시작했다.

기진맥진한 남건(男建)은 신성(信誠)을 불렀다.

"스님, 이것은 인력으로는 어찌할 수 없고 불력(佛力)을 빌려야 하겠소."

"옳은 말씀이십니다."

"어떻게 하면 되겠소?"

"친히 불전에 백일기도를 드리시지요."

"그렇게 하지요. 그동안 도통하신 스님께서는 주병총관(主兵摠管)으로 나를 대신해서 우리 군사들을 총지휘하여 부처님의 힘으로 적이 물러가게 해주시오."

신성은 얼른 대답하지 않았다.

"이제 스님과 부처님밖에 믿을 데가 없소."

남건은 그의 손목을 잡았다. 신성은 한참 생각하다가 입을 열었다.

"정성을 다해 보지요."

남건은 아우 남산을 불러 사실을 알리고 자신은 집에 틀어박혀 불단(佛壇)에 향을 피우고 눈을 감았다.

성벽에서 전투 중에 소식을 들은 도바는 그길로 남건의 집으로 달려갔다. 머리가 돈 것이 아닐까. 그러나 초병은 백일기도가 끝나기 전에는 아무도 만나지 않는다고 막무가내였다.

주병총관이 된 신성은 장수들을 모아놓고 외쳤다.

"내 뙤놈들의 노략질에는 치가 떨린단 말이오. 이세적이란 놈에게 엄히 한마디 일러 보내야겠소."

그는 미리 준비한 편지를 읽어 내려갔다. 구구절절이 잔학무도한 당군의 죄상을 규탄하고 즉각 중지하지 않으면 신불(神佛)도 무심치 않으리라고 끝을 맺었다.

아무도 이의를 달 사람은 없었다. 그는 심복 중에서 백기(白旗)를 들려 이세적의 본영에 떠나보냈다.

중은 이세적은 만나지도 못하고 당병들에게 푸짐한 욕설만 듣고 돌아왔다는 소문이었다.

9월 15일.

밤에 궁중에서 어전회의(御前會議)가 열렸다. 회의를 주도해야 할 신성(信誠)은 남건(男建)의 백일기도 중 특히 중요한 보름기도에 합석하여 독경(讀經)하는 중이라 남산(男産)이 일어서 두 손을 마주 잡았다.

"폐하께서 마지막 결의를 말씀하실 것이오."

별로 나서는 일이 없는 임금은 장수들을 둘러보고 굳은 표정으로 입을 열었다.

"경들도 아는 바와 같이 금년은 시조 동명성왕께서 나라를 창시하신 지 705년 되는 해요. 내 부덕의 소치로 이런 위기를 당했으니 살아서는 하늘을 우러러볼 염치가 없고 죽어서는 조종(祖宗)을 대할 면목이 없소. 그러나 우리 다 같이 깨끗이 죽을지언정 살아서 백제와 같은 수모를 당하는 일은 없어야 하겠소. 이것이 우리 고구려 무사들의 ···."

임금의 이야기가 끝나기 전에 병사들이 흙발로 몰려 들어와 임금과 남산 이하 모인 사람들을 뒷짐으로 묶고, 안에 들어가 태자 복남(福男)과 왕자 덕남(德男)에 왕비까지 묶어 가지고 나왔다.

궁중이라 아무도 무기를 가진 사람이 없었다. 반란인 것은 분명했으나 순식간에 일어난 일이라 누구도 영문을 몰랐다.

그들은 병사들의 창끝에 휘몰려 북문을 나와 영류산에 있는 이세적의 본영으로 향했다. 북문의 초병들도 그들과 어울려 창을 꼬나들고 따라왔다. 도바는 묶인 오랏줄이 살에 먹어 들어오는 것을 참으면서 달빛 아래 축 늘어져 걷는 군상을 눈여겨보았다. 임금 이하 98명, 고구려의 조정이 몽땅 끌려가는 판이다.

그는 걸으면서 곰곰이 생각하니 한 가지 짚이는 데가 있었다. 작금에 와서 대궐의 친위군이 자주 바뀐 일이었다. 친위군은 정병(精兵)인 만큼 이 난국에 대궐을 경비하는 것보다 적과 싸우는 것이 합당하다고 사방에 분산 배치되었다. 새로 대궐의 경비를 맡은 병사들도 교대라는 명목으로 날마다 일부는 가고 새로 온 자들이 그 자리를 메웠다.

혹시 신성(信誠)이란 중놈이···. 그러나 신성은 자청해서 주병총관이 된 것도 아니고 오늘밤도 남건이 불러서 기도에 참석한 것이다. 전에는 좋지 않게 생각한 때도 있었으나 그의 아들 부도는 남생에게 반대하다가 목숨을 잃지 않았는가.

성문에서 나온 지 얼마 안 되어 적의 대부대가 나타나 그들을 에워싸고 호송했다.

성내에서는 뒤늦게 군사들이 몰려나와 추격했으나 도중에서 적의 제지를 받고 접전이 벌어졌다.

영류산의 이세적은 촛불이 켜진 장막 앞에서 임금 이하 98명을 맞았다. 좌우에는 여러 장수들이 웅성거리고 남생(男生)의 얼굴도 보였다.

이세적은 달빛에 흰 수염을 번뜩이며 임금의 두 손을 마주 잡고 무어라 중얼거렸다. 통역이 굽실하고 나섰다.

"하, 반가와 했소. 어떤 몹쓸 인간들이 귀하신 분을 이렇게 묶어 했소? 내 당장 풀어 하겠소."

그가 또 중얼거리자 장수들은 몰려와 임금과 왕비, 그리고 두 왕자의 결박을 풀고 병사들은 새로 장막을 치며 분주히 돌아갔다. 남생은 말없이 임금 앞에 머리를 숙이고는 멋쩍은 얼굴로 일행을 둘러보다가 남산에게 눈이 멎었다.

"모든 것이 너희 형제 때문이다."

그는 두 주먹을 쥐고 떨었다.

알 수 없는 구령이 울리고 결박이 풀리지 않은 군상은 당병들의 창대에 얻어터지면서 산 옆대기 토굴 속으로 몰려 들어갔다.

이튿날 오정 조금 지나 그들은 다시 끌려나왔다. 당병들은 한 사람씩 묶었던 것을 긴 밧줄에 10여 명씩 차례로 한데 묶고는 창대로 후려갈기며 산을 내려왔다.

죽이러 가는가 부다. 차라리 한시바삐 죽여주는 것이 고마운 일이었다. 그러나 골짜기로 가는 것이 아니라 평양성(平壤城) 쪽으로 끌고 갔다.

성에서 잘 보이는 벌판에 어김없는 돼지우리 같은 것이 서 있고, 그 주변에는 남생의 졸도들이 서성거리고 있었다. 일행은 그들의 욕설과 간혹 침까지 받으면서 우리 속으로 끌려 들어갔다.

졸당들은 성을 향해 불어대기 시작했다.

"느으들 보았지? 대드는 놈은 모조리 이 꼴이 되니라."

"폐하께서도 항복하셨는데 느으들 무엇 때문에 싸우지?"

"남건이란 놈만 끌고 나와. 그럼 모두 잘된다."

그들은 밤낮으로 외쳐 댔으나 성에서는 응대가 없고, 나당군이 공격만 하면 맹렬한 반격으로 나왔다. 남건은 기도를 그만두고 직접 나와 싸우고 신성도 그 밑에서 부지런히 뛴다는 소문이었다.

닷새가 지났다.

9월 21일.

서북풍이 제법 쌀쌀한 날이었다. 밤을 뜬눈으로 지새운 도바는 해뜰 무렵에 잠시 눈을 붙였다가 말굽소리에 다시 깨어 얼굴을 들었다.

'보기감 열기'(步騎監 裂起)라는 깃발을 바람에 나부끼며 신라군 5백 기가 북문을 향해 달리고, 그 뒤 멀찌감치 당군의 대부대가 따라가고 있었다. 신라군은 곧바로 북문을 향해 공격을 퍼붓기 시작했다. 그런데 이변이 생겼다.

문루에서 백기를 열심히 흔들고 문은 안으로부터 활짝 열렸다. 가사(袈裟)를 입은 신성(信誠)이 문을 나와 열기 앞에 합장하고, 그의 뒤를 이어 몰려나온 고구려군은 무기를 팽개치고 신라군이 시키는 대로 성 밑에 무릎을 꿇고 앉았다.

신라 기병대가 열린 문으로 쳐들어가고 그 뒤를 이어 당의 대군이 홍수처럼 쏟아져 들어갔다.

성내에서는 처처에 불길이 솟기 시작하고 피어오르는 연기는 갈수록 짙어져 온 성내를 덮고 맑던 하늘도 흐린 날같이 음산해졌다.

무수한 비명들이 허공에서 어울려 사방으로 퍼졌다. 도바는 이를 악물고 움찔했으나 어쩔 도리가 없었다. 705년의 고구려가 마지막으로 숨을 거두는 이 비명 앞에 이 오욕(汚辱)의 초라한 꼴은 무엇이냐. 몸만 움직일 수 있다면 저 타오르는 불속에 뛰어들었을 것이다.

당병(唐兵)들이 떠들썩하고 들것을 메고 나왔다. 그들은 우리 옆을 지나면서 손가락질하고 욕설을 퍼붓고 침을 뱉었다. 개중에는 공연히 친절한 놈들도 있었다. 일행을 벗어나 우리의 가름대에 두 팔을 얹고 중얼거렸다.

"누군지 알아 했어? 남건(男建)이다, 이거."

"죽을라고 가슴에 칼을 박아 했다."

"못 죽고 붙들려 가서 한다."

"이제 꺼우리 다 망했다, 퉤퉤."

포로들도 꼬리를 물고 끌려 나왔다. 그들은 옆을 지나면서 은근히 몇 마디씩 판세를 알려 주었다.

간밤에 밤새도록 싸운 남건이 신성에게 지휘를 맡기고 잠시 눈을 붙인 사이에 변이 일어났다고 했다. 죽으려고 가슴에 칼을 박고 신음하는 것을 신성의 심복들이 끌어내다 적에게 넘겼다는 것이다.

당군은 궁궐이고 동명신궁이고 닥치는 대로 약탈 방화하고, 집안에서 하는 강간은 점잖은 편이고 한길 도처에서 윤간(輪姦)이 벌어졌다고 했다.

저녁 무렵부터 성내에서 사람들이 짐승처럼 쫓겨나와 적병들의 창끝에 휘몰려 북으로 떠나고 일부는 패수에 나가 배에 올랐다.

다음날도 그다음 날도 고구려 사람들은 개처럼 얻어맞으며 뱃길 아니면 육로로 그들의 본토에 끌려갔다.

며칠이 지나자 평양 성내에 있던 20만은 다 끌려가고 폐허가 된 땅에는 어쩌다 그들의 창끝을 면한 노파가 웅크리고 앉아 있지 않으면 어버이를 잃은 어린이가 가끔 훌쩍거릴 뿐이라는 소식이었다. 끌려가기는 다른 고장의 백성들도 마찬가지라고 했다.

울 속에 갇혀 있던 사람들은 아침 일찍 다시 영류산성 이세적 앞에 끌려갔다. 그는 깜짝 놀란 얼굴로 통역에게 중얼거리고 통역은 이세적이 아닌 그들에게 머리를 숙였다.

"미안하게 돼 했소. 잘 대접하라고 말이 했는데 누가 이런 몹쓸 실례를 했다 이거? 내 못된 인간 잡아 하겠소."

이세적은 통역하는 동안 시종 미소를 잃지 않았다.

병사들이 결박을 푼 다음 그는 좌우에 몰려선 장수들을 둘러보고 나서 남생의 어깨에 손을 얹고 몇 마디 했다. 2년 넘어 그들과 어울려 다닌지라 남생도 중국말을 어지간히 하는 모양이었다.

"대총관의 고마우신 말씀을 전하겠소. 대당 황제 폐하께옵서는 지난 일을 물에 흘려보내고 고구려에서 높은 벼슬을 지낸 여러분을 일률로 후히 대접하신다는 성지가 내렸다 하오."

그는 침을 삼키고 계속했다.

"내가 알기로는 이 모든 융숭한 조치는 대총관께서 어전에 간곡히 아뢴 덕분으로 이루어진 것인즉 다들 대총관의 높은 은덕을 잊지 말아야 할 것이오."

기침소리 하나 없었다.

"오늘 우리 모두 대총관을 모시고 뱃길로 떠나기로 돼 있소."

이세적은 흡족한 얼굴로 돌아서 장막으로 들어갔다.

그들은 조반을 마치고 패수 나루로 내려갔다.

장군기들이 나부끼는 큰 배 여러 척이 대기하고 있었다. 이세적은 남생과 함께 임금을 비롯한 왕족과 한 배에 타고 다른 사람들은 여러 장수들의 배에 나눠 탔다.

도바는 계필하력의 배에 탔다. 23년 백암성에서 처음 만난 이래 요동벌판과 압록강, 이 평양성에 이르기까지 많은 전장(戰場)에서 싸운 적수였다. 도바는 애써 눈길을 돌렸으나 계필하력도 그를 알아보고 친절히 대했다. 술도 권하고 말도 걸었다.

"장군의 심정은 알 만하오. 그러나 나도 원래는 돌궐족(突厥族)이오. 이제부터 지난 일은 지나간 것으로 치부하고 가까이 지냅시다."

도바는 술만 몇 잔 받아 마시고 대답은 하지 않았다. 패자에게는 승자의 친절처럼 괴로운 것도 없었다. 백발의 계필하력은 편히 쉬라면서 제자리로 돌아갔다.

순풍이라 배는 미끄러지듯 패수를 내려갔다. 도바는 흐르는 물을 보면서 요하(遼河)를 생각했다. 조상대대로 피를 흘려 지켜온 요하, 영원한 국경이라고 생각했던 요하는 지금도 이 엄청난 이변을 외면하고 무심히 흐르고 있을 것이다. 요하와 고구려, 그것은 부자 2대에 걸쳐 자기들에게 모든 것이었다. 이제 그 모두가 무너졌다. 도바는 산란한 마음을 가눌 길이 없었다.

오정을 지나 배는 바다에 들어섰다. 잔잔한 물결, 요하와 패수, 그리고 모든 강물들이 흘러 합치는 바다. 그것은 삼라만상, 슬픔과 기쁨 삶과 죽음의 종착역을 방불케 했다. 어머니와 아버지, 백화와 아리, 고구려 ― 모두가 흘러 이 바다로 간 것만 같았다. 바다, 그것이 극락이면 더 바랄 것이 없고, 영원한 꿈, 영원한 정적(靜寂)이라도 무방했다.

그는 눈을 감고 마음을 가라앉혔다. 그리고 일어서 그 바다에 몸을 던졌다.

(끝)

* 이후 벌어진 나당(羅唐) 간의 분쟁과 신라의 최종적인 반도통일은 언급할 필요가 없겠지마는 등장인물 중 우리에게 잘 알려진 사람들을 제외하고 그 밖의 인물 가운데서 그 후의 소식이 기록에 남아 있는 것을 적어두는 것도 참고가 될 것 같다.

- 보장왕

당에 끌려가 당초 원외동정(공부상서 대우) 등 벼슬을 받았다. 훗날 당은 고구려 유민들의 회유책으로 그를 신성에 보내 요동도독의 자리에 앉혔다. 그러나 당에 협조하지 않고 고구려 부흥운동에 가담하여 다시 당으로 끌려가 사천성으로 귀양 갔다. 682년 별세.

- 남생

당에 협력한 공으로 우위대장군 등의 벼슬을 받았다. 도호부의 고관으로 신성에서 일을 보다가 677년 그 고장에서 46세로 사망. 시신을 낙양에 옮겨 묻었다.

- 헌성

당에서 여러 벼슬을 거쳐 우위대장군. 측천무후가 제위에 오른 690년대 초 모함을 받아 역적으로 몰려 교수형을 받았다.

- 남건

당에 끌려가자 곧 검주, 즉 사천성 팽수현으로 귀양 갔는데 그 후의 소식은 불명.

- 남산

당에 끌려간 당초 사재소경의 벼슬을 받았으나 그 후의 소식은 불명.

- 신성

당에 내통한 공으로 당에 건너가 은청광록대부의 벼슬을 받았으나 그 후의 소식은 역시 불명.

• 열기

훗날 삼년산군(보은) 태수.

• 이세적

고구려에서 개선하여 벼슬이 더욱 오르고 태자태사까지 되었으나 다음해인 669년 76세로 사망. 일설에는 86세. 태종의 소릉에 배장.

• 소정방

백제에서 돌아가 양주 안집대사로 토번(티베트) 방면을 담당. 667년 76세로 사망. 양주는 감숙성 무위 부근.

• 설인귀

안동대도호로 유인궤와 함께 평양성에 있다가 요동성, 이어 신성으로 옮겼다. 670년에는 티베트 침입군을 격파하고 이어 계림도 대총관으로 신라정벌에 나섰으나 금강구에서 대패. 681년 70세로 사망.

• 계필하력

고구려에서 개선하여 진군대장군 등 벼슬을 지냈고, 677년 사망.

• 부여융

의자왕은 당에 끌려간 지 얼마 안 되어 사망하고, 태자 융은 665년 당의 회유책의 일환으로 웅진도독에 임명되어 고국에 왔으나 신라의 압력에 못 이겨 다시 당으로 들어가 682년 낙양에서 68세로 사망.

• 무후

고종으로부터 실권을 뺏은 무후는 674년 자신을 천후, 고종은 천황이라 개칭하고 더욱 권력을 강화하였다. 679년 고종이 사망하자 아들 중종을 세웠다가 54일 만에 내쫓고 그 아우 예종을 세웠으나 완전한 허수아비였다. 그동안 당의 종실과 반대파를 가차 없이 숙청하고 690년 9월 제위에 올라 신성황제라 칭하고 국호를 주, 연호는 천원이라 하였다. 예종은 성을 무씨로 바꾸고 태자로 격하. 698년 태자의 사양으로 쫓겨난 중종을 태자로 하였다. 705년 1월 그가 병에 걸린 틈을 타서 장간지 등이 중심이 되어 거병하여 태자, 즉 중종의 복위에 성공히였다. 국호를 당으로 회복하고, 무후에게는 측천대성황제의 존호를 바쳤다. 그러나 병은 차도가 없어 그해 83세로 사망. 그의 향년에 대해서는 81세, 최근에는 77세, 78세 설도 있다. 그는 중국 역사상 유일한 여제.

- **대조영**

고구려 유민과 말갈족을 규합하여 699년 진국을 창건하고, 713년 발해(渤海)라 개칭.

* 끝으로 설인귀가 공략한 부여성을 만주 장춘 북방 농안의 옛날 북부여성 아닌 함남 함흥으로 한 것은 고 이케우치 히로시(池內宏) 박사의 설에 의한 것이다.

· 후기 ·

  서기 668년 9월 21일은 우리로서는 잊을 수 없는 재난의 날이었다. 이날 고구려는 705년의 역사에 막을 내리고 우리 겨레 고유의 생활권을 경계 짓던 요하(遼河)는 영원히 남의 손에 들어갔다. 이로 하여 우리는 대륙에서 밀려나 무대는 반도(半島)에 국한되고 다시는 옛 땅으로 돌아갈 기회를 갖지 못했다.
  승자는 역사를 윤색하고 패자는 오욕 속에 잊히게 마련이다. 그러나 나라의 종말은 오욕의 종말은 아니었다. 당장 이세적은 평양성을 점령하자 20만 명의 고구려인들을 납치하여 가고 설인귀를 도호로 남겨 전토를 다스리게 하였다. 그러나 고구려 유민들의 항쟁이 치열하여 다음 해 4월에 또 38,200명의 많은 사람들을 납치하여 갔고, 여러 해 뒤인 678년 전후해서도 대대적인 납치가 있었다.
  옛날 전쟁에는 사람사냥은 보편적인 현상이었다. 붙들린 자는 맞아죽거나 끌려가고 피한 자는 산야에 흩어져 항전하거나 영영 숨어 버렸다. 쫓는 승자와 쫓기는 패자 사이에 벌어진 수라도(修羅道)와

407

그간을 수놓은 유혈극(流血劇)은 상상하고도 남음이 있다.

끌려간 이들은 대체로 고구려와는 아주 먼, 지금의 사천, 감숙, 섬서, 하남, 호남북의 황무지에 분산 배치되어 종으로 개간사업에 종사하였다.

역사에는 영원한 패자는 있어도 영원한 승자는 있을 수 없다. 그로부터 1,300여 년, 거듭되는 흥망 속에서 당시 윤색되었던 승자의 기록도 퇴색하고 패자의 흔적은 더욱 마멸되어 단편들이 남아 있을 뿐이다. 이 작품은 이러한 단편들을 모아 엮은 것으로 사실과 허구의 거리는 독자의 판단에 맡길 수밖에 없다.

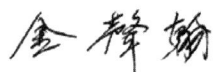

· 인터뷰 ·

《요하》 5부작 완성한 김성한 씨

고구려인의 기상, 비운을 그려

10년 걸린 5천5백 장의 대하(大河)

잘 먹인 말에 올라 만주벌판을 치닫던 대륙혼은 어디로 갔나. 중화의 오만한 자존(自尊)에 깊은 상처를 준 고구려인의 기상은 어디서 찾을 것인가. 서기 668년 9월 21일 고구려의 패망과 함께 반도로 밀려난 우리에게 옛 조상의 땅을 다시 밟을 기회는 지금까지 오지 않았다.

오늘의 운명이 결정된 삼국시대를 배경으로 수·당(隋·唐)에 항쟁한 고구려인의 웅혼한 기상과 민족의 비운을 그린 장편대하소설 《요하》. 최근 원고지 5천5백 장 전 5부작을 탈고, 출간한 작가 김성한 씨는 홀가분한 표정으로 말문을 연다.

"인간과 인간, 국가와 국가와의 관계를 정확한 사료에 의거해서 다루어 보려고 했습니다. 우리 입장에서 보면 삼국지(三國志)가 되겠고 동양 전체로 보면 사국지(四國志)가 되겠지요."

그 어조 속에는 고토(故土)에 대한 향수와 그 뒤 우리 민족의 역정에 회한이 서려 있는 듯하다.

요하는 만주를 북에서 남서로 가르는 강줄기로 그 동쪽은 고구려의 생활터전이었다. 이 요하를 사이에 두고 고구려와 중국은 7세기에 거쳐 숙명적인 전쟁을 벌였고 이 소설도 서기 605년 수양제의 침략준비로부터 시작된다.

"요하는 위적을 지키는 요험(要險)이었고 그 이서(以西)로부터 만리장성까지는 일종의 완충지대였던 것 같아요. 수나라 역사책에 보면 고구려군이 만리장성의 변경을 자주 괴롭혔다는 기록이 나와 있고 그들도 고구려인의 영용(英勇)을 인정하고 있습니다."

역사소설을 집필하는 데 중요한 것은 풍부한 자료와 그것을 문학으로 승화시키는 작가의 능력이다. 자료는 국내에서 고를 수 있는 것은 금석문(金石文)과 각종 학술논문은 물론이고 중국과 일본의 사료도 구할 수 있는 데까지 찾았다. 국내 사료에는 없는 백제 의자왕의 왕후가 '은고'(恩古)라는 것도 자료수집의 과정에서 얻은 수확이었다.

그러나 1천3백여 년이 흐른 지금에 와서 그 당시 중국과 그 변방부족들의 언어와 지명을 풀이하는 데에는 고충을 겪었다고 저자는 말한다.

소설 《요하》의 주인공은 미천한 신분에서 몸을 일으켜 충성과 용맹으로 전장을 치달으며 조국의 영광과 비운을 지켜본 '능소'와 '도바' 부자다. 그들은 을지문덕이나 연개소문 같은 위대한 지도자 밑에서 대수대당 전역에 참가하여 혁혁한 전공을 올린다. 그들의 충성과 용맹은 무사가 되어 동명신궁(東明神宮)에서 맹세한 비원에서 비롯된다.

"동은 창해에서 서는 요하 건너까지 남은 한강에서 북은 흑룡강까지 우리 조상의 발상지이며 피로써 지킨 강토를 영용무쌍하고 고명활달한 조상의 기우(氣宇)대로 간직한다."

이 같은 기상도 살수대첩 이후 30년간 평화가 계속되면서 차차 해이해져 중국을 우습게 여기고 사치와 방종의 풍조가 팽배해지자 연개소문이 일어나 대권을 차지하게 된다.

"나라가 망하려면 안에서부터 먼저 곪기 시작합니다. 백제도 그렇고 남생 형제들도 사소한 이해관계와 주위의 이간질로 서로 갈라서 부친의 유업을 잇지 못하고 나라를 당에 바친 셈입니다. 망국의 설움은 한 왕조의 몰락에만 그치는 것이 아니고 그 후 모든 국민에게 내려지는 가혹한 시련이 더욱 뼈저린 것이지요."

연개소문의 사후 2년 동안 내란에 빠져들었던 고구려는 나당(羅唐)연합군에 나라를 바치고 포로가 되어 당으로 끌려가던 '도바'가 바다에 몸을 던짐으로써 요하가 살찌우던 만주의 광활한 땅이 우리에게서 떠났다.

원래 지난 1968년과 69년 사이 1년 남짓 〈동아일보〉에 지금의 3분의 1가량 연재되었던 《요하》는 그 후 저자가 자료를 보충하고 새로운 야심으로 전작 5부를 완성했다. 저간의 투병기간을 포함하면 장장 10여 년의 세월이 흘렀다.

소설 《요하》를 두고 시종 겸양해하는 저자는 후기에서 그의 심경을 이렇게 밝힌다.

"역사에는 영원한 패자는 있어도 영원한 승자는 있을 수 없다. 그로부터 1,300여 년, 거듭되는 흥망 속에서 당시 윤색되었던 승자의 기록도 퇴색하고 패자의 흔적은 더욱 마멸되어 단편들이 남아 있을 뿐이다. 이 작품은 이러한 단편들을 모아 엮은 것으로 사실과 허구의 거리는 독자의 판단에 맡길 수밖에 없다."

〈동아일보〉, 1980년 7월 16일
박병서 기자

· 주요 등장인물 ·

도바(突勃): 능소와 상아 사이에 태어난 아들. 아버지 능소를 대신하여 백암성을 지키지만 당나라군에 성을 빼앗긴 후 불타오르는 적개심으로 대당전역(對唐戰役)에 온몸을 바친다.

백화(白花): 능소의 부관 돌쇠의 딸이자 도바의 아내. 전쟁으로 도바와 헤어지고 당나라에 끌려가 짐승만도 못한 삶을 이어가지만 굴하지 않고 저항한다.

아리(阿利): 도바의 두 번째 부인. 당나라군이 최후의 공세를 펼칠 때 도바 곁에서 힘껏 싸운다.

연개소문: 고구려 말기의 장군 겸 재상. 평생을 전쟁터에서 보내며 눈부신 활약을 펼치지만, 영류왕이 자신을 제거하려 하자 정변을 일으켜 스스로 한마리치의 자리에 오른다.

약광 장군: 고구려 왕족이자 장군. 능소가 가슴 깊이 흠모하는 인물로, 뛰어난 전투력과 통솔력으로 대(對) 수·당 전쟁을 진두지휘한다. 고구려의 운명이 위기에 처하자 지원 요청을 위해 일본에 건너간다.

남생: 연개소문의 장남. 아버지의 뒤를 이어 한마리치가 되지만 책사들의 술책에 놀아나 두 아우와 대적하면서 고구려를 내분으로 몰아넣는다.

남건: 연개소문의 차남. 형 남생의 오해를 풀기 위해 온갖 노력을

다하지만 소용이 없자 군사를 일으켜 형과 맞선다.

남산: 연개소문의 삼남.

부도(弗德): 승려. 어린 시절 갖은 고초를 겪고 어두운 출생의 비밀까지 갖고 있지만, 아버지의 악업을 대속(代贖)하듯 선량한 성품과 우국충정을 지닌 인물이다.

신성(信誠): 승려. 부도(弗德)의 아버지로 속명은 지루(支婁). 고구려의 운명이 경각에 달했을 때 한마리치 남건으로부터 불력(佛力)으로 난국을 타개하게 해달라는 요청을 받는다.

당고종: 중국 당(唐)의 3대 황제. 아버지 당태종에 이어 22세의 젊은 나이에 황위에 오르나 무후(武后)의 위세에 눌려 허수아비 같은 신세로 전락한다.

무후(武后): 당태종이 '무미랑'(武媚娘)이라는 애칭으로 부르던 후궁. 태종이 죽자 황실의 관습에 따라 출가(出家)하나 천재일우의 행운으로 다시 입궁하여 고종의 총애를 등에 업고 황후의 자리에 오른다. 측천무후(則天武后)로 더 잘 알려진 여인이다.

왕황후: 당고종의 황후. 고종이 소숙비를 총애하자 황제의 마음을 그녀에게서 떼어놓을 생각으로 무미랑을 궁으로 다시 불러들인다.

소숙비: 당고종의 비. 한때 고종의 사랑을 독차지했지만 후에 무후에 의해 왕황후와 함께 처참한 최후를 맞는다.

이세적: 당(唐)의 무장. 당태종에게 등용되어 대제국 건설에 공

헌했다. 고종의 고구려 원정 당시 총사령관 역할을 맡는다.

소정방: 당(唐)의 장군. 나당 연합군 대총관으로 신라군과 함께 백제를 멸하고 이듬해 고구려 평양성 공격을 지휘한다.

김춘추 (무열왕): 신라 제29대 왕. 친당외교를 통해 당나라를 후원세력으로 삼고 고구려, 백제와 싸운다.

김유신: 신라의 명장. 소정방이 이끄는 당나라군과 연합하여 백제와 고구려 공격의 주역으로 활약한다.

김인문: 신라의 외교가 겸 장군. 무열왕 김춘추의 둘째 아들로 당에 사신으로 파견되어 나당연합군 조직을 성공시킨다.

의자왕 (義慈王): 백제의 제31대 왕. 지혜와 용기를 겸비한 성군이었으나 만년에는 새로 맞은 왕후 은고의 치맛자락에 싸여 국정을 돌보지 않다가 나당 연합군의 침공을 맞는다.

은고 (恩古): 백제 의자왕의 왕후. 의자왕의 총애를 이용해 아버지 사택천복(沙宅千福) 등 외척세력과 함께 충신을 배척하고 국정을 농단해 백제를 혼란에 몰아넣는다.

계백: 백제 말 의자왕 시대의 장군. 김유신과 소정방의 나당 연합군을 맞아 황산벌에서 5천 명의 결사대를 이끌고 항전한다.

대조영: 고구려의 젊은 군관. 부여성에서 치명적 부상을 당한 도바를 구해 동해안으로 피신시킨다. 북쪽으로 가서 고구려를 되일으킬 기회를 도모하라는 도바의 강력한 권고에 따라 압록강을 건넌다.

백제멸망 및 부흥운동 관계도
(百濟滅亡 및 復興運動 關係圖)

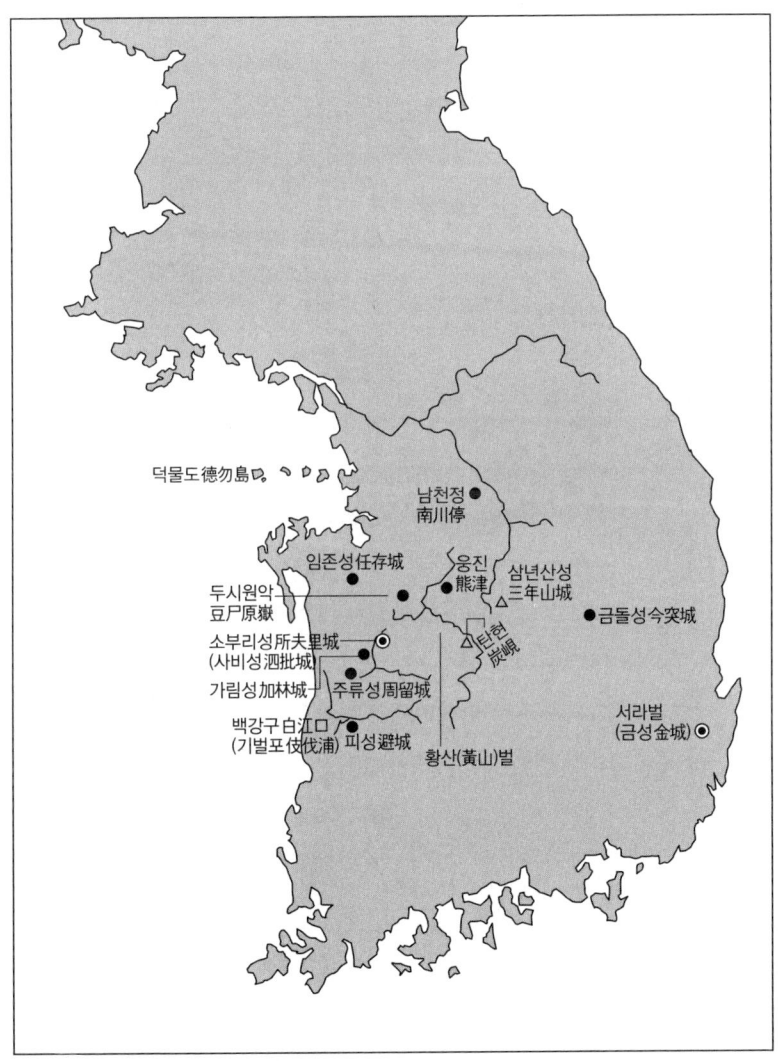

415

나당 연합군의 고구려침공 주요도
(羅唐 聯合軍의 高句麗侵攻 主要圖)

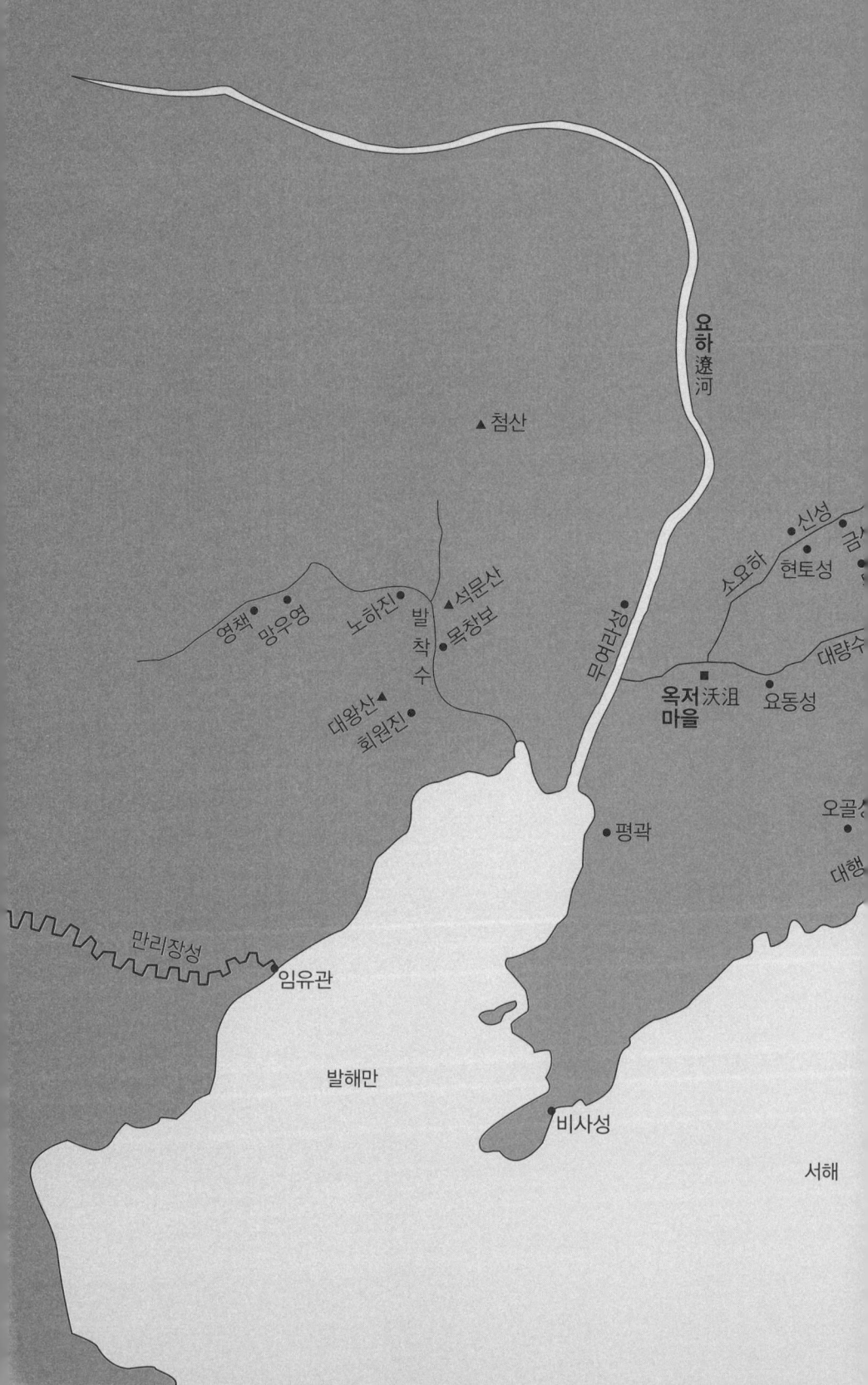

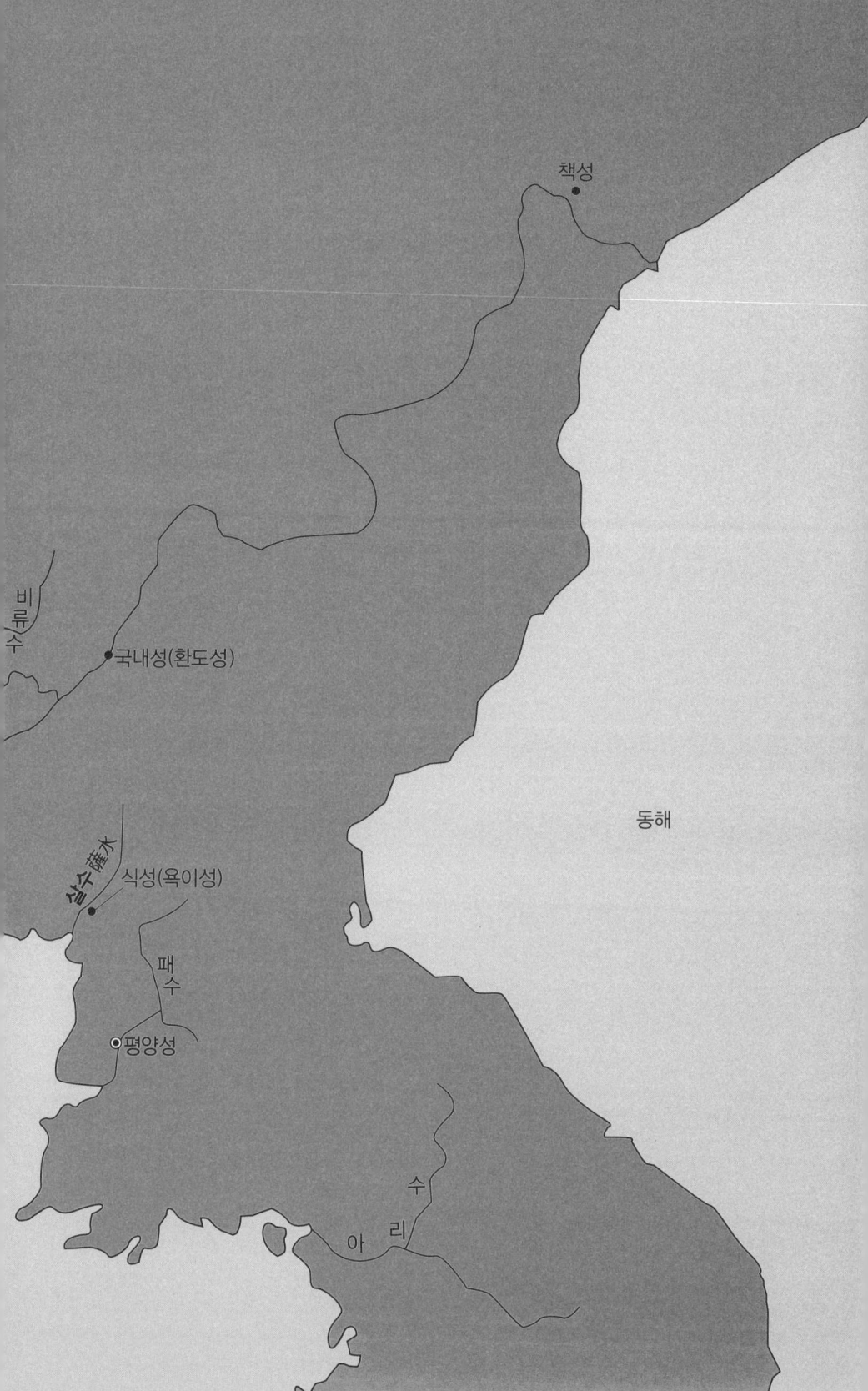